W0239814

SV

Don Winslow

VERGELTUNG

Thriller

Aus dem amerikanischen Englisch von
Conny Lösch

Suhrkamp

Die Originalausgabe trägt den Titel *Vengeance*

Umschlagillustration: Thomas Kuhlenbeck/Jutta Fricke Illustrators

Erste Auflage 2014
suhrkamp taschenbuch 4500
Deutsche Erstausgabe
© Suhrkamp Verlag Berlin 2014
© 2013, Samburu Inc.
Suhrkamp Taschenbuch Verlag
Alle Rechte vorbehalten, insbesondere das
des öffentlichen Vortrags sowie der Übertragung
durch Rundfunk und Fernsehen, auch einzelner Teile.
Kein Teil des Werkes darf in irgendeiner Form
(durch Fotografie, Mikrofilm oder andere Verfahren)
ohne schriftliche Genehmigung des Verlages reproduziert
oder unter Verwendung elektronischer Systeme
verarbeitet, vervielfältigt oder verbreitet werden.
Druck: CPI – Ebner & Spiegel, Ulm
Umschlaggestaltung: Pepperzak, Hamburg
Printed in Germany
ISBN 978-3-518-46500-4

VERGELTUNG

»Rache ist eine Tat der Leidenschaft;
Vergeltung eine der Gerechtigkeit.«
Samuel Johnson

✦

Dave Collins steht mit seiner HK MP7 im Anschlag auf der Treppe.

Blut erscheint schwarz im grünen Licht des Nachtsichtgeräts.

Der Korditgestank brennt in seiner Nase, ihm ist schlecht, fast muss er würgen, sein Hemd ist durchgeschwitzt unter der Panzerweste – dreißig Pfund Keramikplatten. Unter seinem Gefechtshelm sammelt sich Schweiß und läuft ihm übers Gesicht.

Eine Sommernacht im Irak, immer noch glühend heiße 45 Grad Celsius.

Dazu die Anspannung und das Adrenalin, man schwitzt.

Eine Hand tippt ihm von hinten an die Schulter.

Donovans Startsignal.

Dave rennt die Treppe rauf.

Er steigt über die Leiche der »Krähe«, die er gerade getötet hat.

Wie in einem Videospiel, nur dass man kein zweites Mal spielen darf, Wiederholungen gibt es nicht. Den Bruchteil einer Sekunde zu spät abgedrückt, ein Fehler, eine falsche Bewegung – oder einfach nur Pech –, dann bist du geliefert. Du verlierst Hände oder Beine, vielleicht zerfetzt dir auch eine Sprengladung oder eine Granate das Rückgrat.

Auf dem Treppenabsatz blickt er ohne stehenzubleiben nach oben.

Eine Krähe zielt mit einer Kalaschnikow auf ihn.

Dave drückt ab, macht kurzen Prozess – zwei Schüsse in die Brust, einen in den Kopf. Wieder schwarze Spritzer an der Wand im Treppenhaus. Schließlich willst du nicht, dass er noch mal aufsteht. Die Toten sollen tot bleiben.

Weiter die Treppe rauf.

Der Schweiß läuft ihm jetzt in die Augen.

Brennt.

Nimmt ihm fast die Sicht.

Verschwommen sieht er einen Dischdascha, das lange weiße Gewand der irakischen Männer. Weiß ist grellgrün. Er will abdrücken – scheiße, das ist ein Kind, ein Junge, und er greift unter sein Gewand. Wonach? Eine Handgranate? Eine Waffe? Aktiviert er die Sprengkapsel am Dynamitgürtel um seinen Bauch? Will er uns alle in die Luft jagen?

Dave sollte ihn erschießen.

Aber er tut es nicht.

Er nimmt zwei Stufen auf einmal, packt den Jungen am Arm, zerrt ihn mit sich, hält ihn auf Abstand vom eigenen Körper. Er stößt ihn gegen die Wand, fixiert ihn und richtet die MP7 auf ihn, während er gleichzeitig »Echo! Echo!« in sein Funkmikro schreit.

»Zivilist! Zivilist!« Als gäbe es so etwas überhaupt in diesem gottverfluchten Krieg. Dave spürt Kugeln an seinem Gesicht vorbeizischen, seine Haut versengen, Donovan greift ein und feuert.

Mit einer Benelli M4 Super 90.

Schwarz für den Einsatz bei Nacht.

Kugeln Kaliber 12 zerfetzen die Krähe, die sonst Dave getötet hätte. Die Kalaschnikow klappert die Treppe hinunter. Gefolgt vom dumpfen Aufprall eines Körpers.

Dem Tod so nah, rauscht das Adrenalin durch Dave wie Strom. Sein Herz ist die Bassdrum einer Heavy-Metal-Band. Blut rast durch seine Adern, als gelte es ein Wettrennen zu gewinnen. Er stößt das Kind die Treppe runter, tritt vor Donovan, geht wieder voran.

Krähen verteidigen erbittert den Raum ganz oben an der Treppe. Es ist dunkel, sie können uns nicht sehen, aber wir sie.

Die Nacht gehört uns, das ist Angeberei und Realität. Er denkt an den Song – »because the night belongs to lovers«. *Ersetzt man* »lover« *durch* »killer«, *hat man's.* »Because the night belongs to us.«

Geräusche.

Jammernde Frauen, kreischende Kinder, tiefere Männerstimmen, Zorn und Schmerz. Gebrüllte Befehle. Laufschritte. Schüsse. Ihre, nicht unsere. Unsere sind gedämpft. Sie können uns nicht sehen, sie können uns nicht hören. Aber wir sind hier. Because the night belongs to killers, because the night …

Er kommt auf den nächsten Absatz.

Die schwere Holztür ist geschlossen.

Die Tür – der »tödliche Trichter«.

Der erste, der durch die Tür geht, bekommt die ganze Scheiße mit voller Härte ab.

Dahinter brodelt es.

Die müssen dich nicht sehen, die wissen, wo du bist, und auf die Entfernung kann man kaum danebenschießen.

Dave hört Schritte hinter sich.

Donovan.

Dave tritt beiseite, presst sich an die Wand, zieht mit einer Hand die M84-Blendgranate aus dem Gürtel, mit der anderen deckt er Donovan, während der sich neben der Tür positioniert und Hatton Rounds in seine Benelli lädt. Er nickt Dave kurz zu, dann setzt er sich vor die Tür – vor einer Tür steht man nicht, denn die Krähen feuern auf Brusthöhe.

Donovan schießt, und die Scharniere fliegen weg.

Die Tür klappt auf, und Dave wirft einen »Böller« rein.

Knisterndes Magnesium-Licht.

Eine Million Candela – ohne Schutzbrille wird man davon blind.

Laut – 180 Dezibel.

Erschütternd, gewaltig. Der Trichter verliert etwas von seiner Tödlichkeit.

Unmittelbar nach dem Knall springt Dave in den Raum, die MP7 im Anschlag.

Al-Badri ist genau dort, wo er laut Geheimdienstbericht zu vermuten war – im Bett. Nackt. Er blinzelt ins grelle Licht. Die Frau an seiner Seite zieht sich das Laken über die entblößte Brust und starrt Dave voller Entsetzen an.

Er ist ein Monster.

Die Röhren des Nachtsichtgeräts ragen aus seinem Gesicht wie Hörner. Der Satan persönlich ist aus einem grellweißen Blitz gestiegen, um sie im Schlaf heimzusuchen.

Er zielt mit der Waffe auf sie und winkt sie beiseite – raus.

Sie rührt sich nicht.

»Mach schon«, sagt Donovan.

Sie kann nichts sehen, wird Dave jetzt klar. Die Waffe weiter auf Al-Badri gerichtet, packt er sie am Handgelenk und zerrt sie aus dem Bett.

Sie schreit.

»Mach schon«, sagt Donovan noch einmal.

Dave schleudert sie gegen die Wand. Sie sackt zusammen und schluchzt. Dave dreht sich zu Al-Badri um.

Er hat sich nicht gerührt.

Der Mann – bärtig, langes schwarzes Haar, Anführer der al-Qaida im Irak – grinst und hebt langsam die Hände. Laut Geheimdienstbericht hat Al-Badri höchstpersönlich vier amerikanische Entwicklungshelfer enthauptet. Er ist für Dutzende Hinterhalte und Anschläge mit Sprengfallen verantwortlich. Dave musste das Blut und die Hirnmasse seiner Freunde aus einem der betroffenen Schützenpanzer kratzen. Briefe an ihre Frauen und Kinder schreiben. Sich Lügen über die Umstände ihres Todes ausdenken.

Und jetzt nimmt der Kerl die Hände hoch?

Sie haben sich zu seinem Haus durchgekämpft – durch ein Hornissennest aus sehr sorgfältig angelegten Schussfeldern. Ein paar werden verletzt nach Hause fahren. Andere gar nicht mehr.

Und auch den Rückweg werden sie sich freischießen müssen.

Er richtet das Laservisier seiner MP7 auf das »T« – die imaginäre Linie von Schläfe zu Schläfe quer über der Stirn, knapp oberhalb der Brauen – und kann es in seinen Augen sehen: Al-Badri glaubt nicht, dass Dave wirklich abdrücken wird.

Da kennt er mich aber schlecht, denkt Dave.

Und drückt zweimal ab.

Al-Badris Hirn schießt aus seinem Hinterkopf und spritzt über das Bettgestell, sein Mund formt ein O. Die Augen sind verschwunden, wie bei einem Totenschädel in einem Geisterhaus an Halloween.

Die Schreie der Frau werden zur schrillen Totenklage, ein Geheul aus Trauer und Empörung. Sie stürzt sich auf Dave. Er schleudert sie zur Seite.

Donovan spricht in sein Mikro: »EKIA – Enemy Killed In Action.«

Schnell raffen sie gemeinsam Handys, einen Laptop und Papiere zusammen. Dann sagt Donovan: »Rückzug.«

Nichts wie weg.

Dave dreht sich um. Und raus durch die Tür.

Exfiltrieren, umgekehrtes Infiltrieren.

Die Treppe runter, über den Hof, durchs Tor.

Er ist schon halb unten, Donovan ist hinter ihm, da hört er das metallische Klappern einer die Stufen hinunterkullernden Granate.

Er dreht sich noch einmal um und sieht die Frau auf dem Absatz oben.

Die kränklich grüne Welt erstarrt, dann …

Sirenengeheul.

In kurzen, durchdringenden Schüben – der Wecker.

Diana muss ihn für sich selbst gestellt haben. Dave ist seit Stunden wach, seit er aus dem Alptraum hochgeschreckt ist.

Falludscha ist Jahre her, man sollte meinen, die Träume würden allmählich aufhören. Er wirft sich warmes Wasser ins Gesicht und verteilt den Rasierschaum. Bevor er den Rasierer nimmt, prüft er, ob seine Hand schon bereit ist.

Kurz nach dem Aufstehen war sie's nicht. Kein Zittern – dafür hat sich Dave viel zu gut im Griff –, aber die Hand war irgendwie unsicher und fahrig. Er hat gar nicht erst versucht, wieder einzuschlafen, ist nach unten gegangen, hat Kaffee gekocht und sich eine Weile Gedanken gemacht.

Aus einem Krieg kehrt man nie wieder zurück, sagt man, aber das stimmt nicht, dachte er.

Zurück kommt man schon, aber man nimmt den Krieg mit nach Hause.

Verdammt, Falludscha war wirklich ein Alptraum, denkt er jetzt beim Rasieren. Aber wäre es nicht Falludscha gewesen, hätten es noch jede Menge andere Orte und Träume sein können.

Angefangen hatte es mit dem ersten Golfkrieg im Irak, wo er SCUD-Startplattformen aufgeklärt und die dazugehörigen Mannschaften ausgeschaltet hatte. Dave war erst zweiundzwanzig gewesen, knapp über dem Mindestalter eines Delta-Force-Operators, der jüngste seiner Einheit. Als Elitekämpfer, als einer der besten unter den besten, war er manchmal aus 9000 Metern Höhe mit 100 Pfund Gepäck auf dem Rücken in das Kampfgebiet gesprungen, hatte 65 Kilometer im Laufschritt zurückgelegt und die Zielpersonen dann aus einer Entfernung von 1000 Metern getötet. Meistens aber hatte er aus nächster Nähe schießen müssen, so dass er seinem Opfer in die Augen sehen und dessen Angst riechen konnte.

Nach dem Irak kam Mogadischu, »Operation Gothic Serpent«. Ein Alptraum wurde wahr, als die Somalis zwei UH-60-Hubschrauber abschossen und sich der schnelle Überfall von maximal einer Stunde zu einem Belagerungszustand auswuchs, der die ganze Nacht anhielt, ein tausendköpfiger Mob bedrohte sie. Sechs Brüder verlor Dave allein an diesem Tag.

Dann kamen Haiti, Peru, Kolumbien und ein halbes Dutzend anderer Krisenherde in der dritten Welt.

Anschließend ließ sich Dave vom aktiven Dienst freistellen und holte am Army War College seinen Abschluss nach, eine Laufbahn im Pentagon war geplant. Eines Morgens stand er auf, fuhr den Laptop hoch und sah die Türme einstürzen.

Er wird nie vergessen, wie sich Diana hinter ihn stellte, ihm die Hände auf die Schultern legte und – ohne dass er gefragt hätte – sagte: »Natürlich musst du hin. Du würdest es dir sonst nie verzeihen.«

Also ging er wieder zur Delta Force, zurück »an die Front«, fuhr nach Kandahar und anschließend nach Tora-Bora – in gewisser Hinsicht Daves schlimmster Alptraum. Mit seinem Geschwader tötete er massenweise Mudschahedin – ihre Leichen kehren regelmäßig in seinen Träumen wieder –, aber die Mission scheiterte schließlich, weil Bin Laden entkam.

Dann zwei Einsätze im Irak mit der Task Force 145, und er war fertig. Nahm seinen Abschied, verließ den aktiven Dienst, ließ das Töten hinter sich. Eines Abends saß er mit Diana vor dem Fernseher, es lief ein Bericht über die Militäraktion, bei der OBL erschossen wurde, und sie fragte ihn leise: »Tut's dir leid, dass du nicht dabei warst?«

»Nein«, erwiderte er wahrheitsgemäß. Er war ziemlich sicher, dass er einige der Männer kannte, die ihn schließlich erwischt hatten. Aber nein, er bedauerte nicht, nicht dabei gewesen zu sein.

Dave Collins bedauert nichts.

Er hat Feinde seines Landes getötet. Feinde, die es, wie er glaubte, verdient hatten, getötet zu werden.

Der Wecker jault immer noch.

Diana hat ihn auf 4.45 Uhr gestellt, und jetzt ignoriert sie ihn.

Pünktlichkeit gehört nicht zu Dianas zahlreichen Vorzügen. Dave erzählt den gemeinsamen Freunden gerne, dass seine Frau, bevor sie zusammenkamen, nicht wusste, dass eine Kinoleinwand weiß ist. »Und dann werden da auch noch Trailer gezeigt?«, wundert sich Diana. »Wer hätte das gedacht?«

Er geht ins Schlafzimmer, und natürlich liegt sie noch gemütlich unter der Decke, stellt sich schlafend. Er legt sich neben sie, spürt die Wärme ihres Körpers, riecht den Duft ihres kastanienbraunen Haars. Zwanzig Jahre sind sie nun schon verheiratet, und er genießt es immer noch, in ihrem Duft zu schwelgen, in ihrer Berührung. Aber Sie muss zum Flughafen, deshalb schüttelt er sie sanft an der Schulter.

»Aufstehen«, sagt er.

»Neeeeiiiin«, stöhnt Diana. Sie hat nicht geschlafen – sein Traum hatte auch sie geweckt. Jahrelang hatte sie die Angst gequält, dass er nicht nach Hause kommen würde. Jetzt ist er endlich zu Hause, und nun lebt sie mit seinen Angstträumen.

Alpträume kennen keinen Ruhestand, denkt sie, und du auch nicht.

»Dein Flug geht um Viertel nach acht«, sagt Dave.

»Noch genug Zeit.«

»Berufsverkehr, du musst parken, einchecken, durch die Sicherheitskontrolle …«

»Noch fünf Minuten«, bettelt sie.

»Diana …«

»Nur noch fünf Minuten«, wiederholt sie und reibt ihren Hintern anzüglich an seinem Schritt.

Sofort spürt sie seine Reaktion und sagt: »Okay, vielleicht sogar zehn.«

Erst dreiundzwanzig Minuten später verlassen sie das Bett.

Jetzt haben sie's eilig.

Dave öffnet Jakes Zimmertür und betrachtet seinen neunjährigen schlafenden Sohn – er hat das Kissen gegen das Kopfteil des Bettes geschoben, auf das ein Cockpit gemalt ist.

Jake kennt nur zwei Geschwindigkeiten – Überschall und Stillstand. Vierzehn Stunden am Tag ist Jake ein typischer hyperaktiver Junge, dann schläft er plötzlich ein und ist weg, Punkt, aus. Dave hat Jake unzählige Male geschultert und ins Bett getragen, ohne dass er dabei aufgewacht ist.

Kinder werden so schnell erwachsen, denkt Dave, und ich habe schon so viel verpasst.

Er hatte sich große Mühe gegeben, trotz seiner Einsätze so »präsent« wie möglich zu sein. Diana hatte mit ihrem Smartphone mitgefilmt, so dass er wenigstens ein paar von Jakes Fußballspielen hatte sehen können, und auch als Jake in der zweiten Klasse einen Preis gewann, war sie mit der Kamera dabei gewesen. Einmal an Weihnachten hatte Dave Jake über Skype beim Geschenkeauspacken zugesehen. Als Jake klein war und es die ganze Technik noch nicht gab, hatte Dave immer, bevor er zu einem Einsatz fuhr, Gutenachtgeschichten für ihn aufgenommen, damit er Jake vor dem Einschlafen noch etwas »vorlesen« konnte.

Jetzt will er auf keinen Fall noch mehr verpassen. Trotz seines anspruchsvollen Jobs als *Federal Security Officer* am Kennedy-Airport kommt er meist zum Essen nach Hause, hilft bei den Hausaufgaben und ist einfach da.

Eines Abends im Wohnzimmer, als im Hintergrund die Nachrichten liefen, kam ein Beitrag über Afghanistan. Dave achtete nicht darauf, aber Jake anscheinend schon, denn er blickte vom Boden aus zu ihm auf und fragte: »Daddy hast du das auch gemacht?«

»Was?«

»Menschen getötet?«

Einen Augenblick lang war Dave sprachlos. Er wäre nie auf die Idee gekommen, dass Jake tatsächlich schon verstand, was für einen Beruf sein Vater ausübte. Oder dass es ihn überhaupt interessierte. Er zögerte, dann beschloss er, ihm die Wahrheit zu sagen. »Ich habe für unser Land gekämpft, Jake. Um die Menschen hier zu beschützen. Und manchmal musste ich dafür auch jemanden töten. Das war nicht schön, aber manchmal war es notwendig.«

Jake sah ihn eine Sekunde lang an, dann fragte er: »Aber du hast doch nur die Bösen umgebracht, oder?«

»Nur die Bösen.«

Allem Anschein nach zufrieden widmete sich Jake wieder seinen Mathehausaufgaben, aber manchmal fragt sich Dave, ob es den Jungen noch beschäftigte und er lieber mit ihm darüber sprechen oder das Thema doch besser ruhen lassen sollte.

Jetzt beugt sich Dave zu ihm hinunter und flüstert ihm leise ins Ohr: »Zeit aufzustehen, mein Sohn.«

Jake schlägt die Augen auf, er blickt auf die Uhr auf dem Nachttisch und springt aus dem Bett.

»Wir kommen zu spät!«, schreit er und wirft sich in seine Klamotten. Sein Koffer ist längst gepackt und steht am Fußende des Bettes zur Abreise bereit. »Wir verpassen noch das Flugzeug!«

»Das schaffen wir, Jake«, versichert ihm Dave. »Wir dürfen bloß nicht mehr trödeln.«

Um Jake muss sich Dave keine Sorgen machen, er schlüpft bereits in die Schuhe und rennt aus dem Zimmer, die Treppe runter in die Küche. Am Vorabend hatte er eine Schüssel mit löslichen Haferflocken bereitgestellt, und noch bevor Dave wieder im Schlafzimmer ist, hört er schon die Mikrowelle unten brummen.

Dianas Eltern leben in Montana, und in diesem Jahr sind sie mit Weihnachten dran. Als FSO am Kennedy-Airport kann sich Dave an Heiligabend erst nachmittags freinehmen, und auch das nur, wenn er Glück hat, denn er muss erst dafür sorgen, dass alle anderen Familien sicher nach Hause kommen, bevor er zu seiner eigenen fahren darf.

Das ist nicht bloß seine Aufgabe, es ist seine Pflicht.

Inzwischen trägt er zwar Zivilkleidung, aber seine Pflichten nimmt Dave Collins immer noch sehr ernst. Wenn er alles getan hat, was zu tun ist, fliegt er seiner Familie mit der nächsten Maschine nach Bozeman hinterher.

Diana steht vor dem Badezimmerspiegel und schminkt sich.

Dave zieht seinen schwarzen Hugo-Boss-Anzug an. Diana hatte ihn überredet, ihn zu kaufen, als er den Job am Flughafen antrat.

»Ist Jake schon auf?«, fragt Diana.

»Wahrscheinlich ist er längst draußen und lässt den Wagen an.«

Diana schmunzelt. »Ganz der Vater.«

»Er ist ein bisschen aufgeregt.«

»Ein bisschen?«

Jake ist nie nur »ein bisschen« irgendwas. Ihr Sohn ist ein

wahrer Enthusiast, der sich über ein paar Kugeln Eis genauso freuen kann wie über ein großes neues Spielzeug.

Diana weiß genau, in welchem Moment er gezeugt wurde.

Dave hatte plötzlich und ganz unerwartet frei bekommen, und sie war nach Miami geflogen, um ihn dort zu treffen. Sie wusste nicht einmal, woher er kommen würde, er hatte es ihr nicht gesagt. Aber sie war sehr aufgeregt, ihn zu sehen, freute sich auf ein romantisches Wochenende in South Beach mit ihrem Mann.

Nur dass es nicht romantisch wurde.

Dave war angespannt, unruhig und schlecht gelaunt.

Seine Haare waren lang, und er hatte einen Bart, weshalb sie nicht unbedingt Sherlock Holmes sein musste, um sich denken zu können, dass er aus Afghanistan kam. Und er war dünn – als hätte er sich ausschließlich von Notrationen ernährt. Aber vor allem war er gereizt.

Sie lackierte sich die Nägel, machte sich fertig, weil sie essen gehen wollten, und im Fernsehen lief irgendwas Blödes – *American Idol* oder so –, hauptsächlich, um die Stille zu füllen, denn Dave war nicht gerade gesprächig. Plötzlich explodierte er, ging hoch vor Wut: »Wieso guckst du dir diesen bescheuerten Scheiß an? Hast du sie noch alle? Weißt du nicht, dass da drüben Männer sterben?!«

»Das weiß ich«, erwiderte sie ruhig. »Ihre Witwen weinen sich in meinen Armen die Augen aus.«

Er setzte sich aufs Bett, vergrub das Gesicht in den Händen.

Sie setzte sich neben ihn. »Erzähl's mir.«

Er schüttelte den Kopf. »Wenn ich's dir erzähle, wirst du mich hassen.«

»Ich kann dich gar nicht hassen.« Ihr mit allen Wassern gewaschener, ultra-alpha-männlicher Ehemann war den Tränen nahe.

»Du wirst mich verlassen«, sagte er.

Sie schob sein Kinn höher, so dass er sie ansehen musste. »David, ich verlasse dich, wenn du's mir *nicht* erzählst.«

Er redete drei Stunden. Er erzählte ihr so viel er konnte, und als er fertig war, küsste sie ihn und sagte, dass sie ihn liebe. Zum Essen schafften sie es nicht mehr, stattdessen zeugten sie Jake.

Das Leben als Ehefrau eines Delta-Force-Operators blieb schwierig – die langen Abwesenheiten, die Unsicherheit, niemals zu wissen, wo er war oder ob er wieder zurückkommen würde. Selbst wenn er zu Hause war, durfte er nicht darüber reden, was er machte oder wie er seine Zeit verbrachte. Die Frau eines Polizisten oder eines Feuerwehrmanns wusste wenigstens, wo sich ihr Mann tagsüber aufhielt.

Und wenn er zu Hause war, sah er ständig auf die Uhr, und dann wusste sie, dass er ausrechnete, wie spät es im Irak war und ob seine Freunde gerade zum Einsatz geschickt wurden.

Wenn das Telefon klingelte, erschrak er, und sie wusste, dass er Angst hatte, es könnte einer von diesen Anrufen sein – die Mitteilung, dass wieder ein Freund gefallen war.

Sie kannte das Gefühl – wenn er bei einem Einsatz war, zuckte auch sie bei jedem Klingeln zusammen.

Dann war da die Isolation, die die Geheimhaltung mit sich brachte – den Nachbarn erzählten sie, er sei als Sicherheitsberater für eine internationale Bank tätig. Immer bei der »Alibigeschichte« zu bleiben, wie Dave es nannte, fiel ihr nicht schwer, weil sie häufig umzogen und sich nie mit anderen Paaren anfreundeten – Letzteres machte ihr allerdings zu schaffen.

Selbst als Dave den aktiven Dienst verließ, um am Army War College seinen Master zu machen, redeten sie mit den anderen Offiziersehepaaren nie über seine eigentliche Arbeit.

Es verstand sich von selbst, dass darüber nicht gesprochen wurde.

Einmal besuchte sie mit ihm das Weiße Haus, wo ihm der Präsident der Vereinigten Staaten in einem Hinterzimmer einen Orden an die Brust heftete und sich bei ihm und auch bei Diana bedankte. Dann wurde ihm der Orden wieder abgenommen und an einem sicheren Ort weggeschlossen, und sie wurden zu einer Hintertür hinausgeleitet. Dave erzählte ihr nie, wofür er die Auszeichnung bekommen hatte, und sie fragte nicht danach. Sie hütete sich davor, und stolz war sie ja sowieso auf ihn.

Das gehörte nun mal dazu, wenn man die Frau eines Special-Operators war. Es war Teil des Deals, auf den sie sich eingelassen hatte und auf den sie sich jederzeit erneut einlassen würde.

Aber sie war froh und erleichtert gewesen, als er sich vor inzwischen fast vier Jahren von der Army verabschiedet und von einem seiner alten Delta-Force-Kommandanten einen Job in der Sicherheitsüberwachung bei Eagle Airlines angeboten bekommen hatte. Sie kauften das Haus, und sie promovierte fertig. Dave arbeitete sich schon bald an die Spitze, und vor etwas über einem Jahr nahm er das Angebot als FSO am Kennedy-Airport an.

Ein gutaussehender Mann, mein Mann, denkt Diana jetzt, und ihr fällt auf, dass sich an den Schläfen seines sandfarbenen Haars schon ein paar silbrige Streifen eingeschlichen haben. Lässt ihn noch distinguierter wirken, findet sie, seine graublauen Augen werden dadurch betont, und das Grobe der gebrochenen Nase, ein Souvenir aus dem Nahkampftraining im »House of Horrors« der Delta Force, wird ein bisschen relativiert.

Jetzt steht Dave einfach nur da und sieht sie an.

»Ja?«, fragt sie.

Manchmal merkt sie, dass er sie einfach nur ansieht, was ihr gut gefällt, besonders wenn er dazu noch besitzergreifend erklärt: »Ich bin dein Mann, ich darf dich ja wohl ansehen.« Wie jeder verheiratete Mann guckt auch Dave anderen Frauen nach, aber anders als die meisten Männer bleibt er nicht mit Blicken kleben. Er weiß, was er zu Hause hat.

Jakes Stimme ertönt von unten: »Mom, Dad, wir wollen loooooos!«

»Wir kommen!«, schreit Dave zurück, bindet sich noch schnell die Krawatte und schiebt seine Glock 26 in das Thunderwear-Holster. Die »Baby Glock« ist schlank und klein, genau richtig, um verdeckt getragen zu werden, denn sie verschwindet ohne verräterische Ausbeulung unter seinem Sakko.

Jake entdeckt sie trotzdem.

Er ist es gewohnt, seinen Dad so zur Arbeit gehen zu sehen.

✦

Die meisten Menschen in der langen Schlange vor der Sicherheitskontrolle empfinden diese als lästig.

Dave sieht sie eher als Möglichkeit, ihnen das Leben zu retten. Wenn die das hier schon schlimm finden, sollten sie mal nach Israel fahren, wo die Kontrollen zehn Mal schärfer sind.

Und es noch nie zu einer Flugzeugentführung gekommen ist.

Der Flughafen steht während der Feiertage in erhöhter Alarmbereitschaft – zur Weihnachtszeit wäre die propagandistische Wirkung eines Attentats für Terroristen von unschätzbarem Wert.

Der Kennedy Airport gilt als Flughafen der »Kategorie X« – als Hauptangriffsziel.

Und noch dazu ein großes, denkt Dave. Fast 2000 Hektar, 50 Kilometer Fahrwege, sieben Terminals mit 90 verschiedenen Airlines und 125 Flugsteigen. Und da sind die 100 Frachtmaschinen noch nicht mitgezählt, ebenso wenig die 370 000 Quadratmeter Lagerfläche.

Eine riesiges Gelände, das es zu verteidigen gilt.

Und ein belebtes. 50 Millionen Passagiere haben im vergangenen Jahr täglich auf über 1000 Flügen, fast die Hälfte davon international, JFK passiert. Und das sind nur die, die tatsächlich fliegen, dazu kommen die Freunde und Verwandten, die ihre Lieben zum Flughafen bringen oder von dort abholen.

Die Zahlen sind schwindelerregend. Wir müssen immer alles richtig machen, denkt Dave, die Terroristen nur einmal.

Er und seine Leute sind die erste – und vielleicht auch die letzte – Verteidigungslinie.

Dave kennt die Kritik. Das Kürzel TSA – Transportation Security Administration – eine für die Sicherheit im Transportwesen zuständige Abteilung des U.S. Department of Homeland Security, stehe angeblich für »Tausende stehen an« oder »*Take your Shoes off, Asshole*«. Dabei sind die viel geschmähten Beamten an den Monitoren die heutige Polizei.

Sie verwenden die allerneueste Technik. Dave nutzt alles, was ihrer Aufgabe dient, predigt seinen Leuten aber: »Wir müssen besser werden, indem wir die Bombenleger suchen, nicht die Bombe.« Eine passive Verteidigungsstrategie lädt praktisch zu einem Angriff ein – stattdessen muss man den künftigen Attentäter aktiv ausfindig machen. »Der ›Krieg gegen den Terror‹ ist ein vages und letztlich hinfälliges Konzept. Nicht gegen den Terror müssen wir Krieg führen, sondern gegen die Terroristen.«

Dave ist also einer der größten SPOT-Fürsprecher – *Screening of Passengers by Observation Techniques*. Auch jetzt laufen seine BDOs – *Behavior Detection Officers* – durch die Terminals, halten nach Personen Ausschau, die in den Sicherheitsschlangen oder bei der Ausweiskontrolle nervös wirken.

Außerdem sind da noch die Spürhunde, die darauf abgerichtet sind, Sprengmittel wie Nitropenta, Acetonperoxid und andere auf Wasserstoffperoxid-Basis hergestellte Explosivstoffe herauszuschnüffeln.

Terroristen sind versessen darauf, Flugzeuge in die Luft zu jagen. Nach der Einführung verbesserter Sicherheitsstandards in Folge von 9/11 verlegten sie sich zunehmend von einfachen Flugzeugentführungen auf immer raffiniertere Varianten, Sprengstoff an Bord eines Flugzeugs zu schmuggeln. Dave kennt die Zahlen – bei zwei Dritteln der fünfundfünfzig Anschläge auf die amerikanische Luftfahrt waren Sprengstoffe im Spiel.

Dabei geht es nicht »nur« um die Flüge – Dave macht sich mindestens ebenso große Sorgen wegen möglicher Anschläge im Flughafengebäude. Der Umstand, dass es – besonders in der Vorweihnachtszeit – in den Terminals nur so wimmelt vor Leuten, die noch nicht durchleuchtet, aber bereits in den Abflugbereich weitergeschleust wurden, raubt ihm nachts den Schlaf. Sie könnten alles Mögliche dabeihaben.

Eine Bombe in einem gut besuchten Terminal würde sehr viel mehr Menschen das Leben kosten als auf einem einzelnen Flug.

»Grüß Oma und Opa von mir«, sagt Dave zu Jake, als sie zur Ausweiskontrolle kommen.

»Okay.«

»Wir sehen uns Heiligabend«, sagt Dave.

»Bist du da, wenn ich die Geschenke auspacke?«, fragt Jake.

»Versprochen«, erwidert Dave. »Ich bin da, wenn du die Geschenke auspackst.«

»Hab dich lieb«, sagt Jake.

»Ich dich auch«, erwidert Dave.

Dave wendet sich an Diana. »Ruf mich an, wenn ihr in Chicago seid, ja?«

»Mach ich.«

»Okay, dann guten Flug.« Er umarmt sie und küsst sie sanft auf die Lippen. »Ich liebe dich.«

»Ich liebe *dich*«, sagt Diana. »Sehr.«

Sie drückt seine Hand, dann überreicht sie dem Sicherheitsbeamten die Bordkarten.

Dave bleibt stehen, bis beide durch die Kontrolle gegangen und um die Ecke verschwunden sind.

✦

Martin Peterson beendet die Vorflugkontrolle.

Peterson kennt die Maschine – eine Boeing 747-400 mit vier Pratt & Whitney 4056-Turbofan-Triebwerken. Er kennt sogar genau diese Maschine – Luftfahrzeugkennzeichen N83228 – er ist sie schon häufiger geflogen. Sie ist circa zwölf Jahre alt, bei einer Lebenserwartung von ungefähr zwanzig Jahren liegt sie altersmäßig also im Mittelfeld.

Das Baujahr eines Flugzeugs ist aber gar nicht entscheidend. Worauf es wirklich ankommt, sind die Anzahl von Starts und die Flugmeilen, und von einer 747 erwartet man, dass sie 20 000 erstere und 600 000 letztere schafft. Auch setzen ihr weniger der Aufstieg oder das Fliegen an sich zu als der ständige Wechsel des Kabineninnendrucks, durch den sich der Rumpf bei jedem Flug vorübergehend um mehrere Zentimeter dehnt, was das Material ermüden und an den Vernietungen kaum erkennbare Spalten entstehen lässt.

Die 747 ist eine Höllenmaschine, sie besteht aus über sechs Millionen Einzelteilen und fast 30 000 Metern Kabel. Der Flugzeugrumpf ist siebzig Meter lang, die Flügelspannbreite beträgt 65 Meter und die maximale Reisefluggeschwindigkeit 507 Knoten. Die N83228 wiegt leer knapp über 180 Tonnen, mit Besatzung, Gepäck und Passagieren aber fast das Doppelte.

Der Flug ist komplett ausgebucht – 23 Passagiere in der First Class, 78 im Businessbereich und 315 zusammengepfercht in der Holzklasse. Das sind 416 Menschen, denkt Peterson, für die ich verantwortlich bin.

Wie Chirurgen und Strafverteidiger leiden auch Piloten unter einem Gott-Komplex.

Peterson ist die Checkliste bereits durchgegangen. Die Bremse ist gezogen, die Schubhebel zurückgefahren, die Treibstoffzufuhr unterbrochen. Er überprüft noch einmal das Kraftstoffniveau – heute Morgen hatte die N83228 72,5 Tonnen Kraftstoff in den beiden Tragflächentanks. Der große Zentraltank ist fast leer – nur die üblichen 190 Liter für den relativ kurzen Flug nach Chicago sind noch drin.

Jetzt überprüft er auch noch einmal die Flugkontrollinstrumente. Die Bordelektronik ist eingeschaltet, die Flugsteuerung »*free and correct*«, der Fahrwerkshebel steht auf »*down*«, die Landeklappen sind ausgefahren.

»ATIS?«, fragt er seinen Co-Piloten Ted Tarbet, der die Maschine nach Paris weiterfliegen wird.

Tarbet hat beim Wetterdienst nachgefragt. Ein kalter aber

klarer Tag – auf der Strecke sind keine Gewitter oder Turbulenzen zu erwarten. Peterson kennt Tarbet gut, sie sind schon häufig zusammen geflogen. Sein Co-Pilot ist ein ruhiger und besonnener Profi mit einem großartigen Sinn für Humor.

Es verspricht, ein guter, reibungsloser Flug zu werden.

✦

Abdullah Aziz nimmt einen Schluck süßen weißen Tee aus seiner dampfend heißen Tasse.

Er sitzt in einem Café gegenüber dem Hamburger Hauptbahnhof und blickt auf die Uhr an dessen neugotischem Turm.

Fast ist es so weit.

Er hat sich bewusst für diesen Ort entschieden, für den meistfrequentierten Personenbahnhof Deutschlands. Täglich passieren ihn 450 000 Menschen, und Aziz ist lediglich einer von ihnen. Im konservativen blauen Nadelstreifenanzug – schön geschnitten, aber nicht auffallend teuer – sieht er wie jeder andere junge Geschäftsmann aus: kurze schwarze Haare, den Bart bis auf ein paar stylische Stoppeln gestutzt (Allah wird es ihm verzeihen, schließlich dient es dem Dschihad).

Das haben Osama und die anderen falsch gemacht, denkt er. Sie sind von der klassischen Maxime abgewichen, derzufolge ein Terrorist wie ein Guerillakämpfer in einem Meer von Menschen schwimmen soll.

Ein Fisch unter tausenden von Fischen.

Immer in Bewegung, wie ein Hai.

So lange Osama in Bewegung blieb, war er unsichtbar – kaum war er isoliert und unbeweglich wie ein Fels, wurde er für die Amerikaner zum angreifbaren Ziel.

Sein Ende war unvermeidbar.

Und auch nicht ganz unwillkommen, denkt Aziz, als er den Zeiger der Uhr um eine Minute vorrücken sieht. Man stutzt den Baumwipfel, damit die Zweige darunter Sonne bekommen. Hätten die Amerikaner Osama nicht getötet, hätten wir es vielleicht selbst machen müssen, das ist die Wahrheit – der Mann war schlicht unfähig, die Welt nach 9/11 zu begreifen, auch wenn er die Entwicklung selbst in Gang gesetzt hatte. Er war ein wandelnder Anachronismus, verstand nichts von neuerer Technologie oder den heutzutage notwendigen modernen Methoden, einen Dschihad zu führen.

Eine neue Art der Kriegführung, überlegt Aziz, braucht auch neue Krieger. Keine religiös fanatischen Imame oder hoffnungsblinden Märtyrer, die sich von deren Predigten anspornen lassen – wobei diese Typen durchaus nützlich sein können –, sondern Hacker, Identitätsräuber, Scheckfälscher, Drogendealer, Scharfschützen, in Sondereinsatzkommandos eingeschleuste Spione und Soldaten, die ebenso gut ausgebildet sind wie ihre westlichen Feinde.

Traurig aber wahr, Osama war zum Sicherheitsrisiko geworden, hatte sie alle aufgehalten und in den vergangenen Jahren kaum mehr geleistet, als auf seinem Anwesen zu hocken und sich mit seinen zahlreichen Frauen zu zanken.

Osamas Tod war insofern bedauernswert, als er dem Feind Anlass zur Freude bescherte, aber er bot ungeheure Chancen.

Wer auch immer ihn rächen würde, katapultierte sich damit automatisch an die Spitze der losen Sammlung dschihadistischer Gruppierungen, die in alle Winde verstreut und zersplittert waren, nachdem die Amerikaner mit dem, was vom Kern der al-Qaida übrig geblieben war, kurzen Prozess gemacht hatten.

In die Hamburger Innenstadt werden die Amerikaner keine Killerteams oder Drohnen schicken. Aziz ist vorsichtig – die vergangenen drei Nächte hat er in einem bescheidenen Hotel in St. Georg verbracht, einem ehemals schäbigen Rotlichtviertel, inzwischen aber Zentrum der »Gentrifizierung«, die von Yuppies und *sadji* – Homosexuellen, die es hier anscheinend überall gibt – vorangetrieben wird.

Aber westliche Dekadenz kann Aziz schon lange nicht mehr schockieren. Er hat jahrelang in Großbritannien, in Deutschland, Frankreich und Amerika gelebt – in der ungläubigen Welt der Dschāhiliyya – und gelernt, diese mit hämischer Distanz zu betrachten. Tatsächlich gibt es einiges Bewundernswerte im Westen – die Industrie, die Technologie –, vieles, das es zu übernehmen gilt, aber im Großen und Ganzen ist die Zeit des Westens vorbei. Die industrielle Revolution war wichtig, ebenso der Nationalismus.

Aber jetzt ist die Zeit des Islam gekommen.

Er blickt erneut auf die Turmuhr.

Jeden Moment ist es so weit.

✦

Dave geht in die Kommandozentrale. Über eine Reihe von Monitoren kann er sämtliche Terminals überwachen – den Bereich mit den Check-in-Schaltern, die Sicherheitsschleusen, die Ladenzeilen, die Flugsteige. Überall drängen sich Passagiere mit Reisetaschen und Mänteln über den Armen.

Auf weiteren Monitoren sieht er den knapp drei Meter hohen »intelligenten« Zaun, mit dem das Flughafengelände ringsum gesichert ist. Zum Angriffserkennungssystem gehören Kameras, Bewegungsmelder und ein Ortungsradar.

Kameras überwachen Abflug und Ankunft außerhalb der Terminals. Auch der AirTrain, der die Passagiere zum Flughafen und von einem Terminal zum anderen befördert, wird lückenlos kameraüberwacht.

Von der Kommandozentrale aus kann Dave bestimmte Bereiche insgesamt einsehen oder auf die Hände eines einzelnen Mitarbeiters zoomen, der am Bildschirm eines der Geräte sitzt, mit denen das Handgepäck durchleuchtet wird. Er kann in die Gesichter der Reisenden blicken, wenn sie die Sicherheitskontrollen passieren.

Aber jedes System, egal wie sicher, hat Schwachstellen.

Die des JFK ist der AirTrain.

Man kann von jedem beliebigen Ort in New York City die U-Bahn nehmen und in Howard Beach in den AirTrain umsteigen, ohne eine Personen- oder Gepäckkontrolle durchlaufen zu müssen.

Die beiden Waggons des Zugs halten an allen Terminals, aber Sorgen macht Dave vor allem Terminal 4 – dort hält der Zug zwar auf der Ankunftsebene, aber direkt unterhalb der Abflughalle.

Genauer gesagt unter El Al, der israelischen Fluggesellschaft.

Er betrachtet den zweiten Waggon des AirTrain auf dem Monitor.

Etwas weckt seine Aufmerksamkeit. So wie ihm in Falludscha der verdächtige Gesichtsausdruck eines Straßenhändlers auffiel, der eine Schusswaffe unter der Jacke versteckt hatte, oder eine seltsame Verwerfung auf dem Boden, unter der sich eine Sprengfalle verbarg. Dieser genaue Blick hat bereits mehreren Menschen das Leben gerettet, auch ihm selbst.

Jetzt fällt ihm ein junger Mann in dem brechend vollen Zug auf.

Dem Aussehen nach ist er knapp zwanzig, trägt eine blaue Daunenjacke zur Jeans. Typisch. Aber er hat kein Gepäck – keinen Koffer und keinen Rucksack, obwohl Daves Erfahrung nach die meisten jungen Männer in seinem Alter wenigstens eine Art Rucksack dabeihaben. Keine Ohrstöpsel, kein iPod.

Dave sieht täglich tausende junge Männer durch den Flughafen strömen. Nur wenige hören keine Musik, lauschen dem eigenen Soundtrack im Kopf. An sich bedeutet das nichts, aber …

Der junge Mann hat olivfarbene Haut und unter seiner grauen Wollmütze kommt schwarzes Haar zum Vorschein – er könnte aus dem Nahen Osten stammen.

Okay, das ist ethnisches Profiling, nicht schön, aber leider funktioniert's. Die neue Strategie der al-Qaida besteht darin, »einheimische« Terroristen zu rekrutieren – muslimische Einwanderer oder Konvertiten. Der junge Mann hier könnte beides sein.

Dave sieht den Zug an Terminal 4 halten, der Mann steigt aus, dann gehen zwei weitere junge Männer – mit Rucksäcken und iPods – auf ihn zu.

Gelächter und High Fives.

Freunde, die sich voneinander verabschieden oder jemanden abholen.

Dave überprüft noch ein paar weitere Monitore und geht dann runter in den Terminal. Monitore sind super, aber er will sich lieber persönlich ein Bild machen. Und es gibt noch einen anderen Grund – von den tausenden Menschen heute am Flughafen ist Dave einer der wenigen, der schon einmal einem Terroristen in die Augen gesehen hat.

Hassan Al Hulwah greift in seinen Rucksack, öffnet den 22-Liter-Beutel mit Flüssigerdgas und macht sich bereit, das Ding zu zünden.

Er zwingt sich zu warten.

Bei der Übergabe des Rucksacks hatten ihm die Genossen erklärt, er solle warten, bis er richtig drin sei in Terminal 4, unter den Schaltern der El Al, der Fluggesellschaft der verhassten Zionisten.

Ein dreifacher Schlag.

Gegen die Juden.

Gegen die Amerikaner.

An ihrem heiligen Festtag.

Flüssigerdgas, kurz LNG – *Liquefied Natural Gas* –, besteht zu neunzig Prozent aus Methan. Und ist hochentzündlich.

LNG ist in flüssigem Zustand nicht explosiv. Wenn es aber mit Luft in Berührung kommt, entsteht eine Dunstwolke, und der kleinste Funke genügt, um ein Feuer zu entfachen, das so heiß ist, dass Stahlträger noch auf vierhundert Meter Entfernung einfach einknicken. Auf tausendfünfhundert Meter Entfernung verursacht es auf ungeschützter Haut immerhin noch Brandwunden zweiten Grades.

Ein Terminalgebäude und alle, die sich darin befinden, würden schmelzen.

Einen Augenblick lang denkt Hassan an die Menschen, die sterben werden – nicht nur Männer, auch Frauen und Kinder. Dann wappnet er sich mit Abdullahs Lehre, dass alle Opfer im Tod gerecht entlohnt werden – die Unschuldigen kommen direkt ins Paradies, nur die Schuldigen fahren zur Hölle.

Noch wenige Sekunden, denkt Hassan, dann bin ich ein *shahid*, ein Märtyrer.

Er riecht Blumen.

Die verheißenen Rosen des Paradieses.

Dave hat den jungen Mann aus dem AirTrain entdeckt.

Jetzt hat er einen Rucksack und zwar vor sich, vor der Brust. Und seine Hände sind im Rucksack, er fingert an etwas herum.

»An alle Sicherheitskräfte«, meldet Dave über Funk, »Crash. Crash. Alle Einheiten Terminal 4, Ankunftshalle.«

Während Dave sich durch die Menge schiebt, laufen verdeckte Marshals mit ihm los.

Sie werden es nicht schaffen.

Dave zieht die Glock, schießt aber nicht. Zu viele Leute sind im Weg. Er schiebt sich weiter durch die Menge, brüllt: »Runter! Runter! Flach auf den Boden!«

Die Menschen schreien.

Dave wirft eine Frau zu Boden.

Der junge Mann sieht ihn.

Und bedenkt Dave mit dem seltsamsten Lächeln, das dieser je gesehen hat.

Heiter.

Triumphal.

»Stop!«, brüllt Dave und zielt auf den Kopf des Jungen. »Hände hoch und nicht bewegen!«

Hassan reißt sich den Rucksack von der Brust, kippt ihn aus, so dass der Inhalt zu Boden fällt. Dave riecht das Gas. Auch die Menschen im Terminal riechen es, schreien und laufen weg.

Dann zieht Hassan ein Feuerzeug aus der Tasche.

Wenn er es anzündet, fliegt der Terminal in die Luft.

Dave hat nur eine Chance.

Er muss den Hirnstamm treffen, die *Medulla oblongata,* und sämtliche Vitalfunktionen unterbinden, bevor das Gehirn das Signal zum Anzünden des Feuerzeugs an die Finger weiterleiten kann.

Er drückt zweimal ab.

Ein Ruck fährt durch Hassans Körper.

Seine Finger erstarren, und das Feuerzeug fällt ihm aus der Hand.

Dann kippt er um.

Dave lässt die Waffe sinken und atmet.

Eine halbe Sekunde später, und es wäre zur Katastrophe gekommen.

✦

»Einen schönen guten Morgen. Ich bin Captain Martin Peterson. Mit mir im Cockpit sitzt heute Ted Tarbet. Es ist ein wunderschöner Tag zum Fliegen. Mit Turbulenzen ist nicht zu rechnen. Unsere Route führt uns östlich über Jamaica Bay …«

Mit einer Geschwindigkeit von sieben Metern pro Sekunde, die Nase drei Grad aufwärts gerichtet, steigt die 747 auf ihre planmäßige Flughöhe.

»Heimwehkranker Engel« nennen Piloten ein himmelwärts strebendes Flugzeug.

Diana betrachtet ihren Sohn, er mampft einen großen Chocolate-Chip-Cookie und schaut aus dem Fenster. Sie weiß, dass Jake den Cookie komplett aufessen, in einen Zuckerrausch verfallen und einschlafen wird, kurz bevor der Pilot die bevorstehende Landung in O'Hare ankündigt.

Sie zieht eine *Vogue* aus der Tasche und macht es sich bequem. Das Beste am Fliegen ist, dass sie ohne Gewissensbisse schlechte Zeitschriften lesen darf, weshalb sie außerdem noch eine *People* und eine *Cosmopolitan* eingesteckt hat. Als Schulpsychologin muss sie ständig Zeugnisse und Gutachten lesen und kommt sonst zu kaum etwas anderem. Dass ihr normalerweise recht sparsamer Ehemann First-Class-Tickets gebucht hat, war eine schöne Überraschung gewesen. Ein Glas Wein, später auf dem Verbindungsflug nach Bozeman, und …

KRACH!

Die Maschine macht einen Sprung, als wäre sie von einem überdimensionalen Baseballschläger getroffen worden.

Jake dreht sich zu Diana um, die Augen ängstlich aufgerissen. Diana zwingt sich zu lächeln.

»Wenn wir in Montana sind, bauen wir eine riesige Schneeburg.«

Jake lächelt zurück. Wenn sich Mama keine Sorgen macht …

Dann explodiert etwas.

Die Druckwelle reißt auf Höhe des Zentraltanks ein riesiges Loch in den Flugzeugboden.

Die Sitzreihen 17 bis 28 lösen sich aus ihren Verankerungen, und die Passagiere werden durch das klaffende Loch in die eiskalte Luft hinausgesogen. In 8000 Meter Höhe schlagen 100 Menschen fest an ihre Sitze geschnallt wie verrückt Purzelbäume.

Eine Flugbegleiterin im Gang fällt um, wird über den Boden der Kabine geschleift und mit wehendem roten Haar ebenfalls nach draußen gesogen.

Das Flugzeug kippt und stürzt.

Peterson will es hochziehen, aber die Hydraulik reagiert nicht. Während sich die Maschine schon im Sturzflug befindet, schaltet er auf manuelle Kontrolle.

Die Stromleitungen sind unterbrochen, und in der Kabine wird es dunkel, als sich der vordere Teil durch die Wucht der Explosion verbiegt. Tausende Nieten platzen ab und schießen wie Maschinengewehrsalven durch den Passagierraum.

Jake schreit: »Mama!«

Der Mann auf der anderen Seite des Gangs ist tot, eine Niete hat sich ihm in den Kopf gebohrt. Die Frau neben ihm starrt mit offenem Mund auf ihr linkes Handgelenk, Blut spritzt aus dem Stumpf an der Stelle, wo eben noch ihre Hand war. In der Reihe hinter Jake und Diana versucht ein Mann, den Blutfluss aus seiner Halsschlagader eigenhändig zu stoppen.

Die Schreie der Passagiere sind entsetzlich.

Wegen des ohrenbetäubenden Luftstroms, der durch das Loch im Maschinenboden dringt, kann Diana ihre eigene Stimme kaum hören, als sie in Jakes Richtung brüllt: »Alles wird gut! Uns passiert nichts!«

Zwei Sekunden später hört sie Metall reißen.

Hinter den Tragflächen schält sich ein Streifen vom Rumpf wie die Schale von einer Orange.

Diana wendet den Kopf und sieht einen Alptraum – die komplette hintere Hälfte des Flugzeugs trennt sich ab.

Die Sitze lösen sich aus ihrer Verankerung, und weitere Passagiere stürzen ins Leere.

Der hintere Teil sackt nach vorne und fällt.

Jetzt trifft ein Luftstrom von 650 Stundenkilometern die Menschen in der ungeschützten Kabine. Von der Wucht werden ihnen Kleidung und Fleisch von den Körpern gezogen, die Knochen gebrochen und die inneren Organe zerquetscht. Die meisten sind bereits tot oder bewusstlos, als die Stahlstreben über ihnen zusammenkrachen.

Der plötzliche Masseverlust lässt den vorderen Teil der Maschine um 103 Grad nach oben schwingen und 900 Meter in die Höhe schnellen, wobei Diana und Jake brutal in ihre Sitze gepresst werden.

Diana wird um ein Haar ohnmächtig, versucht aber verzweifelt, für Jake bei Bewusstsein zu bleiben. Sie fällt auf ihn, als das Flugzeug nach links gerissen wird, die Triebwerke auf dieser Seite verbrennen den Treibstoff aus dem Tragflächentank.

Die Gepäckfächer springen auf.

Taschen und Koffer purzeln heraus.

Als der rechte Tragflächentank leer ist und die Maschine zur anderen Seite geworfen wird, fällt Jake auf Diana.

Plötzlich ohne Treibstoff stottern die Motoren und gehen aus.

In weniger als einer Sekunde sinkt die Geschwindigkeit von dreihundert auf hundert Knoten.

Der abrupte Beschleunigungsstopp führt zur »inneren Enthauptung« vieler erwachsener Passagiere. Das Genick bricht, der Kopf ist nur noch durch die Haut mit dem Körper verbunden. Die Kinder sind widerstandsfähiger, und viele leben noch, als die Nase des Flugzeugs vornüberkippt und nun auch der vordere Teil zum Sturzflug ansetzt, Spiralen drehend vom Himmel kracht.

Obwohl er weiß, dass die Verbindung wahrscheinlich tot ist, schreit Martin Peterson in sein Funkgerät: »*Eagle Two-One-One, heavy*! 416 Menschen an Bord!«

Der Co-Pilot ist tot – sein Genick ist gebrochen, die leblosen Augen treten hervor.

Peterson reißt den Steuerknüppel zurück, aber die Handsteuerung reagiert nicht, und das Flugzeug verliert mit der fünffachen Geschwindigkeit eines normalen Sinkflugs an Höhe. Er sieht den Boden auf sich zuwirbeln. Schnell, so schnell, und er kann nichts tun, um den Fall abzubremsen. Er kann nur noch seine letzte Pflicht erfüllen, und deshalb schreit er in der Hoffnung, dass die Black Box es aufzeichnet: »*Eagle Two-One-One*! 416 Menschen an Bord! Kein Antrieb, unkontrollierbarer Sturzflug, eine Explosion! Vater, der du bist im Himmel …«

Diana presst Jakes Gesicht an ihre Schulter.

Sitze schießen hinten raus, die meisten darin angeschnallten Passagiere sind längst tot. Mäntel, Mützen und Stofftiere fliegen durch die Kabine wie in einem Wirbelsturm. Kaffeebecher, Tassen und Gläser werden zu tödlichen Geschossen. Der Getränkewagen löst sich und rast durch die Kabine, zertrümmert Köpfe und bricht Menschen das Genick. Die Füße der noch Lebenden werden so fest in den Boden gedrückt, dass die Knochen splittern.

Trotz der Schmerzen, des Schwindels, der *g*-Kraft, die ihr beinahe das Bewusstsein raubt, trotz des entsetzlichen Lärms – der Schreie, des Angstgebrülls, des kreischenden Metalls –, trotz ihrer eigenen Todesangst, hält Diana Jake umklammert und denkt an Dave.

An sie alle drei zusammen.

An den Moment, als Jake geboren wurde und Dave seinen Sohn in den Armen hielt und ihn ihr wieder auf die Brust legte. Dave war von der Reise so müde, dass er zu ihnen beiden in das Krankenhausbett kroch, und sie alle drei einschliefen. Daran denkt sie und sie betet: »Lieber Gott, lass unser Kind überleben. Lieber Gott, lass unser Kind überleben.«

Ein Koffer wird durch die Luft ins Freie geschleudert, knallt Diana gegen die Schulter, aber sie hält Jake fest.

»Ich liebe dich, ich liebe dich, ich liebe dich«, singt sie.

Es sind die letzten Worte, die Diana von sich gibt – die letzten Worte, die Jake hört – dann werden beide ohnmächtig.

Ein Segen.

Nur vierzig Sekunden nach der ersten Explosion reißen die Treibstoffschläuche in der linken Tragfäche ab, verspritzen ungenutzten Treibstoff und verwandeln die Maschine in einen Feuerball.

Ein brennender Engel stürzt auf die Erde.

✦

Theresa Moldano befindet sich in Borough Park, Brooklyn auf der Überführung über den Highway 278.

Der Bus der Linie BM-2, den sie an jedem Werktag nimmt und in dem sie auch heute wieder sitzt, steckt im Stau vor dem Brooklyn Battery Tunnel. Theresa wippt nervös mit dem Fuß und starrt durchs Fenster auf die Fahrzeugschlangen.

Sie wird zu spät kommen – schon wieder –, und ihr Chef im Deli wird sauer sein.

Theresa braucht den Job. Sie ist erst neunzehn, aber schon alleinerziehende Mutter, muss Miete und die Tagesmutter bezahlen und ständig neue Sachen für ihre achtzehn Monate alte Tochter kaufen. Ihr Chef Tony mag sie – ganz besonders ihr langes, glänzendes schwarzes Haar, ihre strahlenden, braunen Augen und ihren Kugelarsch, genau wie der von J-Lo –, aber sie will ihn nicht ranlassen, und deshalb ist ihr Job akut gefährdet. Theresa kramt ihr Handy aus der Tasche und ruft im Laden an.

»Tony«, sagt sie, bevor er eine Chance hat, sie anzuschreien, »ich stecke im Berufsverkehr fest, ich komme nicht weiter.«

Tony schreit sie trotzdem an.

Yussef Hourabi hat Rückenschmerzen.

Im Mauthäuschen an der Tunneleinfahrt steht ein Hocker für ihn, aber er setzt sich selten drauf, weil er sich dann jedes Mal verrenken muss, um durch das Fenster zu greifen, und das macht es noch schlimmer, also bleibt er stehen. Mit zweiundfünfzig ist der ägyptische Einwanderer froh, den Job bei der Transit Authority bekommen zu haben. Er ist krankenversichert, was ein Glück ist, denn seine Frau braucht Medikamente. Der Job ist eintönig, aber Yussef vertreibt sich die Zeit damit, die Fahrer fröhlich zu begrüßen, die er im Verlauf der zehn Jahre, die er diesen Job nun schon macht, persönlich kennengelernt hat. An vielen Vormittagen sieht er dieselben Menschen, und er bemüht sich, ihnen die langweilige Fahrt zum Arbeitsplatz mit einem Lächeln und einem »Hallo« so angenehm wie möglich zu machen.

Einige seiner Kollegen meckern ständig rum – die Bezahlung sei schlecht, die Arbeit öde, die Leute unverschämt.

Yussef sagt nichts, wenn sie ihm was vorjammern, sondern lächelt nur in sich hinein.

Er ist in den Slums von Kairo aufgewachsen.

Das hier ist das Paradies.

Er beugt sich aus dem Fenster, lächelt und sagt: »Guten Morgen! Wie geht es Ihnen an diesem wunderschönen Tag?«

Der Brooklyn Battery Tunnel ist der längste unter Wasser gebaute Fahrzeugtunnel in Nordamerika. 170 000 Quadratmeter Beton, 139 000 Tonnen Stahl, 93 600 Tonnen Eisenauskleidung. Über 60 000 Autos befahren täglich die beiden 2780 Meter langen Röhren auf insgesamt vier Spuren. Über drei Lüftungstürme – zwei in Manhattan und einer in Brooklyn – werden alle neunzig Sekunden mehr als 120 000 Kubikmeter Frischluft in den Tunnel gepumpt. Ohne Stau dauert die Durchfahrt circa zweieinhalb Minuten, aber Mary Kelly ist jetzt schon knapp fünfundzwanzig Minuten drin und hat noch nicht mal die Hälfte der Strecke bis zur Ausfahrt am Battery Park in Manhattan hinter sich.

Wie viele der Pendler im Stau, arbeitet Mary im Bankenviertel, in der Wall Street oder deren Umgebung, unweit des Ground Zero. Auch an *dem* Tag war sie dort gewesen, hatte vom Fenster an ihrem Schreibtisch der kleinen Investmentfirma aus die Türme einstürzen sehen, war zu Fuß über die Brooklyn Bridge getaumelt, Kleidung und Gesicht mit Asche verschmiert.

Jetzt lässt die dreiundvierzigjährige Sekretärin aus Bay Ridge, Mutter zweier Jungs im Teenageralter, das Fenster ihres roten Camry Baujahr 2006 ein Stück runter, um den Zigarettenqualm abziehen zu lassen. Sie hatte ihrem Mann Tom versprochen aufzuhören und will nicht, dass er den Rauch riecht, wenn er den Wagen wäscht, was er häufig am Wochenende tut, sogar im Winter. Normalerweise fährt sie mit der U-Bahn zur Arbeit, will aber heute noch ein paar allerletzte Weihnachtseinkäufe erledigen und nicht vollbepackt in der Bahn stehen.

Sie schaltet das Radio ein und hört in den Verkehrsmeldungen, was sie längst weiß – Stau im Brooklyn Battery Tunnel: »Mit erheblichen Verzögerungen ist zu rechnen.«

»Kannst du laut sagen«, brummt sie.

Theresa Moldano sieht es auf sich zukommen.

Erst war da nur dieses seltsame Geräusch von oben, dann ein ohrenbetäubender Aufprall, der den Bus und Theresa bis ins Mark erschüttert hat, und dann sieht sie den Feuerball auf sich zufliegen, der vordere Teil des Flugzeugs rast über den Highway 278.

Sie denkt an ihr kleines Mädchen, als die rechte Tragfläche des Flugzeugs den Bus in zwei Hälften teilt und beide Teile von der Überführung stürzen.

Theresa wird an die Decke des Busses geschleudert.

Ihr Schädel knallt gegen das Metall, ihr Genick bricht.

Tony fragt am anderen Ende der Leitung, wann sie wohl endlich da sein wird.

Das Flugzeug pflügt über die Überführung und schlittert weiter.

Yussef Houdani, der sich aus seinem Häuschen lehnt, sieht, wie Autos zertrümmert und Laster wie Spielzeug in die Luft geschleudert werden. Ihm bleibt gerade noch Zeit für ein kurzes Gebet, dann walzt das Flugzeug sein Häuschen platt und zerquetscht ihn.

Das Flugzeug, dessen Tragflächen an der Tunneleinfahrt abreißen, ist jetzt ein flammender Torpedo.

Die losen Schläuche der Tragflächentanks versprühen tausende Liter Flugbenzin, während der Restrumpf in die nach Norden führende Röhre rast, Autos und Laster zertrümmert, Menschen unter sich begräbt.

Der Tunnel wird zum riesigen 3000 Meter langen Schornstein – durch den natürlichen Sog werden die Flammen nach innen geleitet, und es entsteht ein gigantischer Feuersturm.

Eben war Mary Kelly noch am Leben, im nächsten Moment schon dringt ein superheißer Luftschwall durch den schmalen Spalt ihres Wagenfensters und in ihre Lungen. Sie ist tot, bevor ihr Körper wie eine Fackel in Flammen aufgeht.

Der Tunnel wird zum Brennofen.

Stahl, Eisen und Beton, die verhindern, dass Wasser eindringt, wirken wie Isolatoren und lassen die Innentemperatur auf über 1800 Grad ansteigen. Die Handläufe aus Kupfer schmelzen, der Sauerstoff in der südlichen Tunnelhälfte verbrennt größtenteils, so dass viele der Menschen, die an diesem Tag sterben, zum Glück schon erstickt sind, bevor die Flammen sie erreichen.

Die automatische Sprinkleranlage springt an, ist den Tausenden von Litern brennenden Flugbenzins aber nicht gewachsen, und das Belüftungssystem, das immer weiter Luft in den Tunnel pumpt, wird zum riesigen, die Flammen anfachenden Blasebalg.

Hunderte von Menschen sind im Tunnel gefangen.

Einige ersticken schnell durch Sauerstoffmangel oder den dichten, giftigen Qualm. Andere werden in ihren Fahrzeugen gebraten. Zum nördlichen Ende des Tunnels hin steigen einige aus und versuchen, vor den Flammen davonzurennen, andere lassen sich fallen oder kriechen voran, während sich der Tunnel immer weiter mit schwarzem Rauch füllt.

Die Temperatur steigt so schnell, dass die winzigen Wassertröpfchen im Beton verdunsten, was wiederum dazu führt, dass dieser in hunderttausende winzige Kügelchen zersplittert, die durch die Tunnelröhre schießen und fliehende Menschen wie mit einer Sense niedermähen. Andere gehen in Flammen auf, ersticken oder werden im panischen Ansturm auf die Ausfahrt niedergetrampelt.

Die Feuerwehr von Manhattan eilt zum Ort des Geschehens, kann aber die intensive Hitze an der Tunneleinfahrt nicht durchdringen und lediglich versuchen, die Temperatur in der Ofenröhre zu senken und die wenigen glücklichen Überlebenden versorgen, die jetzt mit verbrannter Kleidung und versengter Haut herauskriechen.

Die so Geretteten beschreiben das Szenario als buchstäbliche Hölle auf Erden, als Dantes Wirklichkeit gewordenes Inferno.

✦

Das Leben, wie Dave Collins es kannte, endet mit den Worten, die er jetzt durch seinen Ohrstöpsel hört.

»Flugzeug abgestürzt – *Eagle Two-One-One down.*«

Dave ist gerade dabei, die Ordnung in dem von Panik erfüllten Terminal einigermaßen wiederherzustellen, als ihn die Nachricht erreicht.

»*Eagle Two-One-One down.* 416 Menschen an Bord.«

Eagle 211 abgestürzt, 416 Menschen an Bord und zwei davon gehören zu ihm.

Wie aus der Ferne hört er seine eigene Stimme, als er in das Mundstück spricht.

»Hier ist Collins. Wiederholen. Haben Sie gesagt *Eagle Two-One-One?*«

»Korrekt. *Eagle Two-One-One.*«

Er rast in die Kommandozentrale.

In den nächsten Minuten herrscht Chaos im Funkverkehr.

Ein Flugzeug ist abgestürzt.

Ein Teil des Rumpfs kam am Strand von Long Island runter. Die andere Hälfte krachte auf den Highway 278 in Brooklyn.

Und es kommt noch schlimmer.

Was von der Maschine übrig blieb, raste in den Brooklyn Battery Tunnel.

Man nimmt an, dass sich dort noch mehrere hundert Tote befinden.

Schon gibt es wilde Gerüchte.

Terroristen hätten das Flugzeug entführt und in den Tunnel geflogen.

Nein, das Flugzeug sei in der Luft auseinandergebrochen.

Eine Bombe.

Ein Passagier habe Sprengstoff durch die Sicherheitskontrolle an Bord geschmuggelt.

Dave versucht verzweifelt herauszufinden, ob es Überlebende gibt.

Aziz schaltet sein Smartphone ein, und innerhalb von Sekunden sieht er ein Live-Video der Geschehnisse in New York.

Der Tunnel war reines Glück – seine frommeren Kollegen würden sagen, Allahs Wille –, aber Aziz ist überzeugt, dass Glück ein Nebenprodukt guter Planung ist.

Trotz fieberhaftester Bemühungen seit 9/11 war es den Dschihadisten bis heute nicht mehr gelungen, auch nur ein einziges Flugzeug abstürzen zu lassen. Sie hingen zu sehr an alten Methoden – Entführung, Bomben im Frachtraum und an Bord geschmuggelter Sprengstoff.

Dabei ist es ganz einfach.

Erstaunlich.

Er ist versucht, sitzen zu bleiben und sein Werk noch ein paar Minuten länger zu bewundern, aber dafür ist er zu diszipliniert. Er bittet um die Rechnung, zahlt bar und lässt ein weder zu großes noch zu kleines Trinkgeld liegen, dann überquert er die Straße zum Hauptbahnhof, wo die Nachricht vom Anschlag in New York bereits in aller Munde ist.

»Furchtbar, nicht wahr?«, sagt eine Frau zu ihm.

»Entsetzlich«, erwidert Aziz.

Der ICE nach München ist auf die Minute pünktlich.

Der Plan sieht vor, dass Aziz von München nach Paris und von dort nach Barcelona fährt, aber er wird sich nicht daran halten. Von München aus wird er nach Rom weiterfahren, wo ein neuer Reisepass auf ihn wartet, dann mit dem Auto nach Aosta, wie jeder andere Skifahrer, der in den italienischen Alpen Urlaub macht.

So können seine Mitverschwörer, falls sie festgenommen und verhört werden, seinen Aufenthaltsort nicht verraten.

Außerdem fährt er gerne Ski.

Matt Jameson, Leiter der TSA, betritt die Kommandozentrale.

»Dave«, sagt er. »Ich habe gerade erfahren, dass deine Familie in dem Flugzeug saß.«

Dave nickt nur.

»Fahr nach Hause, Dave.«

»Auf keinen Fall werde ich mich vom Dienst …«

»Das ist nicht deine Entscheidung«, entgegnet Jameson. »Du kannst nicht befangen gegen deine eigene Abteilung ermitteln. Erst recht nicht, wenn …«

Er möchte den Satz nicht beenden – wenn deine eigene Frau und dein eigener Sohn zu den Vermissten zählen. Vermisst, vermutlich tot. Stattdessen sagt er: »Um Gottes Willen, fahr nach Hause. Fahr nach Hause und …«

»Ich soll trauern?« Dave schüttelt den Kopf. »Das ist mein

Flughafen, ich bin hier verantwortlich. Wenn jemand Sprengstoff in dieses Flugzeug …«

»NTSB und Eagle Airlines werden die Ermittlungen übernehmen«, sagt Jameson, »es sei denn, wir haben Grund zu der Annahme – stichhaltigen Grund –, dass es sich um einen terroristischen Anschlag handelt.«

»Eine Minute nachdem wir einen Selbstmordattentäter mit einem Rucksack voll LNG festnehmen, stürzt ein Flugzeug ab«, sagt Dave ungläubig, »und du gehst davon aus, dass es ein Unfall war?!«

»Bis auf weiteres, bis wir mehr wissen, war es einer«, erwidert Jameson. »Ein tragischer Unfall. Und du ziehst dich zurück.«

Dave starrt ihn wütend an.

»Lass mich einen Arzt rufen«, sagt Jameson. »Der gibt dir was.«

»Ich will nichts.«

»Dave …«

»Was?«

»Tut mir sehr leid.«

Dave nickt, dann dreht er sich um und geht.

Eagle 211 wird zum Krematorium.

Dianas und Jakes Asche schwebt aus der Kabine hinaus in den Tunnel, wirbelt durch die Luft und erhebt sich als Teil einer schwarzen Rauchsäule gen Himmel.

Der heimwehkranke Engel kehrt nach Hause zurück.

✦

»Wir haben sechs ›Trümmerfelder‹«, erklärt ein Sprecher der Fluggesellschaft.

Ist es das, was Diana und Jake jetzt sind, fragt sich Dave – Trümmerteile? Schutt? Abfall? So werden sie zusammengefasst – und mit ihnen Hunderte andere –, die beiden Menschen, die ich auf dieser Welt am allermeisten geliebt habe, die meine Welt waren?

Das Gefühl von Verlust ist gnadenlos. Dave glaubt immer noch, es sei nur einer seiner Alpträume, der Wecker würde gleich klingeln, er aufwachen und Diana und Jake sicher in ihren Betten finden.

Aber er wacht nicht auf, und der Alptraum ist Wirklichkeit.

Dave steht in einem überfüllten Raum des Sheraton Hotel, wo Eagle Airlines eine Art »Katastrophenzentrale« eingerichtet haben, wo sich »die Familien« – wie die Hinterbliebenen der Opfer bereits wenige Stunden nach dem Absturz genannt werden – sammeln und auf die Bestätigung dessen warten, was sie längst wissen.

Die Fluggesellschaft muss gewissenhaft die Passagierliste mit den tatsächlich am Flugsteig eingesammelten Bordkarten abgleichen. Dave weiß, dass dies ein notwendiger Vorgang ist – einige Passagiere, die auf der Liste stehen, haben den Flug möglicherweise wegen eines verspäteten Verbindungsflugs verpasst und wundern sich jetzt, wie knapp sie dem Tod entronnen sind. Für die meisten aber sind die Nachrichten ebenso gewiss wie grauenvoll – ihre Angehörigen saßen im Flugzeug, und es gibt keine Überlebenden.

Dies hatte der Sprecher, gefolgt von Aufschreien und allgemeinem Ringen nach Luft, gleich zu Beginn verkündet. Mehrere Menschen werden ohnmächtig und von Sanitätern versorgt. Sogenannte Trauerbegleiter stehen in den Ecken des Raums, halten nach Menschen Ausschau, die von ihren Gefühlen überwältigt werden, und kümmern sich um diese.

Jetzt wird ein Name nach dem anderen verlesen, und die Angehörigen einzeln in ein separates Zimmer gerufen, wo sie die Bestätigung bekommen, dass die von ihnen geliebte Person im Flugzeug saß. Draußen vor »dem Zimmer« sitzen auf Klappstühlen Herren in schwarzen Anzügen, allesamt mit derselben ausdruckslos diskreten Miene.

Es sind Bestattungsunternehmer.

Sitzen da wie die Krähen, denkt Dave, wie Krähen auf einer Stromleitung.

»TF-1« – Trümmerfeld 1 – erstreckt sich auf mehreren tausend Metern über Jamaica Bay, wo die Küstenwache mit Kuttern und Freiwilligen nach den Überresten derjenigen sucht, die aus dem Heck geschleudert wurden, als das Flugzeug in zwei Hälften brach. Die Notfallhelfer haben Mühe, die Leichen aus dem öligen Wasser zu ziehen, da sie ihnen teilweise in den Händen zerfallen. Einige wenige können herausgefischt und identifiziert werden, und die Mitarbeiter der Bestattungsunternehmen stehen den Angehörigen zur Seite.

»TF-2« befindet sich auf dem Grund des Ozeans, wobei die genaue Lage noch geklärt werden muss. Navy, Küstenwache und zivile Taucher arbeiten im gefährlich kalten und dunklen Wasser, kämpfen gegen schwere Strömungen an, versuchen, das Heck des Flugzeugs zu finden. Es wird Tage oder Wochen dauern, die Leichen unter den winterlichen Bedingungen zu bergen, falls sie überhaupt je gefunden werden.

»TF-3« befindet sich auf Long Island, wo diejenigen gelandet sind, die durch das Loch im Treibstofftank gesogen wurden. Dieses Trümmerfeld ist ein einziger Alptraum – Leichen haben sich in Bäumen verfangen oder hängen über Stromleitungen. Andere sind auf Bürgersteige, Straßen oder Rasenflächen geklatscht.

»TF-4« ist ein schmaler Streifen weiter südlich, der sich über tausend Meter erstreckt. Hier sind die Überreste der Passagiere zu finden, die aus der vorderen Hälfte des Flugzeugs gerissen wurden. Ihre Leichen sind größtenteils nackt, die Kleidung wurde durch den Luftdruck entfernt. Gepäckteile, Stofffetzen, Schmuck und Besteck aus der Bordküche liegen verstreut herum, als hätte ein Riesenbaby einen Tobsuchtsanfall gehabt.

»TF-5« ist der eigentliche Absturzort auf der Highway-Überführung, wo sich die Opfer aus Eagle 211 mit den Opfern am Boden in einer Solidargemeinschaft des Todes vermischen.

Die meisten Toten gab es, als die Spitze des Rumpfs in den Tunnel raste.

»TF-6« ist das Innere des Tunnels, eine finstere Hölle, erfüllt vom Gestank nach Schwefel und verbranntem Fleisch.

»Wie Sie sich vorstellen können«, sagt der Sprecher, »herrscht auf dem Trümmerfeld im Brooklyn Battery Tunnel nach wie vor Chaos, und wir sind bislang nicht in der Lage, die Opfer, die im Flugzeug saßen, von denen zu unterscheiden, die im Tunnel starben.«

Selbst die Zähne der Toten – meist am verlässlichsten bei der Identifizierung in Katastrophengebieten – wurden eingeäschert – und daher »wird die Identifizierung einige Zeit in Anspruch nehmen, falls sie überhaupt gelingt«.

Dave hat in Tora-Bora genug bis zur Unkenntlichkeit verkohlte Menschen gesehen, um zu wissen, was das bedeutet.

Die Trümmerfelder erstrecken sich über insgesamt zehn Kilometer.

Notfallhelfer sind überall – viele Veteranen von 9/11, alle mit demselben entschlossenen »Nicht noch einmal«-Ausdruck im Gesicht. Abgesehen von der Tunneleinfahrt, wo es Verletzte gibt, die dringend versorgt werden müssen, besteht ihre Arbeit hauptsächlich darin, Leichenteile einzusammeln und irgendwie zuzuordnen.

Auch die Bundesbehörden sind rasch vor Ort erschienen. Nach wie vor ist fraglich, wer zuständig ist – noch weiß niemand, ob es sich um einen Unfall oder ein Verbrechen handelt. Wenn es tatsächlich ein Unfall war, dann hat das National Transportation Safety Board den Vortritt. Handelt es sich aber um einen Terroranschlag, dann ist das Ministerium für innere Sicherheit zuständig. Da die Ursache erst nach eingehenden Ermittlungen festgestellt werden kann, entsteht einstweilen ein Schlachtfeld der Ansprüche und Verantwortlichkeiten.

Das Ministerium für innere Sicherheit, das NTSB, das FBI und die Terrorbekämpfungseinheit der New Yorker Polizei sind ebenso präsent wie die Kings County Sheriffs, und alle durchsuchen die Trümmer. Es herrscht ein einziges Durcheinander, denn solange ein Terroranschlag nicht ausgeschlossen werden kann, ist jeder Absturzort auch Tatort eines Verbrechens, jedes Trümmerteil ein Beweismittel und jede Leiche ein potentielles Mordopfer.

Deshalb und wegen der schieren Masse an Toten ist das Leichenschauhaus des Bezirks schnell überlastet. Kühlfahrzeuge werden zur Aufbewahrung der Leichen bestellt, während die mühsame Arbeit der Identifizierung beginnt. Aber weil die Gerichtsmediziner jeden Toten als mögliches Mordopfer behandeln und deshalb an jedem eine ordentliche Autopsie durchführen müssen, verlangsamt sich der Vorgang erheblich.

Erst nach und nach werden die Leichen freigegeben und direkt den Bestattern überstellt, wobei auf dringende Empfehlung von Eagle Airlines darauf verzichtet wird, sie den Angehörigen zu zeigen.

Dasselbe Chaos der Zuständigkeiten wie an Land entsteht auch auf dem Wasser, nur dass hier außerdem die Küstenwache und die Navy CIS ein Wörtchen mitreden wollen.

»Was war die Ursache?!«, hört Dave einen Mann hinten im Raum rufen. »Was ist passiert?!«

»Wir wissen es noch nicht«, gesteht der Sprecher unumwunden. »Es ist noch viel zu früh, um Aussagen darüber zu treffen. Ich kann nur sagen, dass das NTSB die Ermittlungen aufgenommen hat und …«

Dave blendet das Gelaber aus: »Keine voreiligen Schlüsse«, »jede Möglichkeit in Betracht ziehen« und so weiter. Auf der anderen Seite sieht er jetzt Phil Abrams stehen.

Ein ehemaliger FBI-Agent, der Dave auf den Posten als Sicherheitschef bei Eagle Airlines gefolgt war. Dave hatte seinen ehemaligen Stellvertreter wärmstens empfohlen.

Phil hatte früher nur wenige Straßen entfernt in Rye gewohnt, aber auch nach seiner Scheidung und dem Umzug nach Greenwich war er noch ständiger Gast im Wohnzimmer der Collins' – wenn sie Partys feierten, er mit Dave bei einem Bier und einem Teller Chili Football guckte oder mit Jake Videospiele spielte.

Als er Dave entdeckt, wirkt er völlig fertig. »Ich weiß nicht, was ich sagen soll.«

»Was ist passiert, Phil?«

»Ich kann dir nicht sagen, was ich nicht weiß«, erwidert Phil. »Willst du die Wahrheit hören? Wir beziehen unsere Informationen im Moment hauptsächlich aus den Medien.«

»Und die Black Box?«

»Wurde noch nicht gefunden.«

Das, was man allgemein unter einer Black Box versteht, besteht eigentlich aus zwei Kästen, die außerdem nicht schwarz, sondern grellorange sind. Einer enthält den Stimmenrekorder, der alle im Cockpit geführten Gespräche aufzeichnet. Der andere den Flugdatenschreiber, der alle Instrumentenanzeigen speichert. Würde einer davon oder würden sogar beide gefunden, könnten sie wahrscheinlich erzählen, was mit Eagle 211 geschehen ist.

»Radar?«, fragt Dave.

»Die Maschine ist einfach vom Bildschirm verschwunden.«

»Was ist mit der Flugverkehrskontrolle?«

»Kein Funkspruch.«

»Kein Notruf?«, fragt Dave.

Phil schüttelt den Kopf.

Beide wissen, dass das extrem ungewöhnlich ist. Dave hat noch nie von einem so plötzlichen Absturz gehört, bei dem der Pilot nicht mal mehr Zeit hatte, ein Mayday-Signal an den Tower zu senden. Was auch immer passiert war, es ging sehr schnell – war überraschend, enorm und katastrophal.

»Zeugen?«, fragt Dave.

»Dave …«, Phil wirkt gequält. »Die wollen nicht, dass ich mit dir rede. Es gab schon eine Dienstanweisung.«

Das geht ja schnell, denkt Dave. Nach nur wenigen Minuten gehört man schon zu den »anderen«, wird zum Außenseiter, zum Opfer.

»Mister David Collins.«

Dave hört, dass sein Name aufgerufen wird.

»Geh lieber«, sagt Phil.

Dave verlässt den Saal und läuft durch den Gang wie unter Wasser. Vorbei an den Bestattern und hinein in den kleinen Raum, in dem eine Vertreterin der Fluggesellschaft an einem

Tisch sitzt, eine »Trauerbegleiterin« an ihrer Seite. Wie für alles andere gibt es auch für den Tod ein Prozedere.

»Mr Collins?«, fragt die Mitarbeiterin von Eagle Airlines. Sie ist ungefähr in Dianas Alter. Ihre Augen sind freundlich, aber sehr müde.

»Ich bin David Collins.«

»Mr Collins«, beginnt die Frau, »es tut mir sehr leid, Ihnen mitteilen zu müssen, dass sich Ihre Frau Diana und ihr Sohn Jake an Bord von Flug 211 befanden.«

Dave schweigt.

»Wie Sie bereits wissen«, fährt sie fort, »können wir inzwischen bestätigen, dass es keine Überlebenden gibt.«

Dave muss einfach nur dasitzen und dem »Prozedere« lauschen.

»Leider ist es uns noch nicht gelungen, die Überreste der beiden zu identifizieren, und ich befürchte, was eine Bestattung angeht …«

Dave ist viel zu erschüttert, um an eine Beerdigung zu denken. Er weiß auch gar nicht, ob sie Grabplätze gekauft haben, und einer Kirche gehören sie nicht an …

»Mr Collins?«

Die Trauerbegleiterin schaltet sich ein, sie ist höchstens Mitte zwanzig, und Dave fragt sich, was sie über Trauer weiß.

»Ja?«

»Wenn ich Ihnen irgendwie helfen kann«, sagt sie, »wenn Sie vielleicht an einen ruhigeren Ort gehen und reden möchten …«

»Nein. Nein, danke.« Er blickt die Mitarbeiterin der Fluggesellschaft an, sie hat Tränen in den Augen. »Was ist der nächste Schritt?«

Sie seufzt. »Wir raten den Menschen … in Ihrer Situation … nach Hause zu fahren und abzuwarten.«

Nach Hause, denkt Dave.
Zu Hause?
Wo soll das jetzt sein?

✦

Jake und Diana werden nie mehr nach Hause kommen.

Die nackte Realität bohrt sich ihm wie eine Kugel ins Herz.

Dave stellt seine Tasche im Wohnzimmer auf den Boden und geht in die Küche. Es ist so still – kein gehetztes frühmorgendliches Geplauder, während sie darauf warten, dass der Kaffee durchgelaufen ist, kein »wie war dein Tag, Schatz« beim Gemüseschnippeln auf dem großen Schlachterbrett abends, kein schüchternes, aber glückliches Lachen von Jake, wenn sie sein Zeugnis mit einem Magneten am Kühlschrank befestigen.

Da hängt es noch.

Dave starrt es an.

»Fahren Sie nach Hause und warten Sie ab«, hatte man ihm geraten.

Worauf soll ich warten?, fragt sich Dave.

Dass Diana und Jake durch die Tür spazieren?

Es kommen keine Tränen.

Er versucht, sie rauszulassen, will weinen, schluchzen, schreien, seinen Schmerz herausbrüllen, aber es kommt nichts. Er kann nur rumstehen und fühlen, wie sein Herz bricht.

Es klingelt an der Tür.

Dave will nicht aufmachen. Wahrscheinlich ein Nachbar, der es gut meint. Oder jemand von der Presse.

Aber die verdammte Klingel gibt keine Ruhe.

Er geht runter und macht auf.

Vier Leute stehen vor der Tür – zwei Männer und zwei Frauen.

»Mr Collins?« Ein Mann mittleren Alters überreicht Dave seine Visitenkarte. »Ich bin Doctor Kaplan vom Amt für Gerichtsmedizin.«

»Haben Sie sie gefunden?«

Kaplan läuft rot an. »Ich fürchte nein.«

»Was dann?«

»Ich bitte Sie nur ungern«, sagt Kaplan. »Mir ist bewusst, wie aufdringlich das ist, aber wir brauchen Proben für die DNA-Analyse.«

Dave lässt sie rein.

Auf Kaplans Bitte führt er sie hinauf ins Schlafzimmer und sieht zu, wie Kaplan und sein Team sorgfältig einzelne Haare von Dianas Kissen pflücken und in wiederverschließbaren Plastiktütchen verstauen.

»Dürfen wir auch in das Zimmer Ihres Sohns?«, fragt Kaplan.

Dave nickt und führt sie durch den Flur. Er bleibt im Eingang zu Jakes Zimmer stehen, während sich die Leute darin umsehen. Sie scheinen sich offensichtlich darüber zu freuen, dass der Junge seine Zahnbürste im Zahnputzbecher am Waschbecken vergessen hat.

Auch sie verschwindet in einem sterilen Tütchen.

»Danke«, sagt Kaplan. »Ich denke, wir haben, was wir brauchen.«

Dave nickt erneut.

Es gibt nichts zu sagen.

Er bringt sie zur Tür und sieht ihnen nach, als sie gehen und mitnehmen, was von seiner Familie übrig blieb.

✦

Admiral Dana Wendelin joggt über die Key Bridge.

Howard Bell, CEO von Eagle Airlines, läuft neben ihm.

Trotz der Kälte hat Wendelin sein graues Naval-Academy-Sweatshirt völlig nassgeschwitzt. Sie sind eine lange Strecke gelaufen, fast den ganzen Weg von Tenleytown. Wendelin bleibt stehen, lehnt sich ans Geländer und bindet sich die Schnürsenkel.

Wendelin ist hier in seiner Funktion als DIA Senior Liaison Officer des JSOC – Joint Special Operations Command –, einer Kommandoeinrichtung der US-Streitkräfte, die Verbundoperationen mit mehreren Spezialeinheiten verschiedener Teilstreitkräfte leitet und koordiniert. Aber die Bezeichnung ist Blödsinn – eine umständliche Umscheibung dessen, was Wendelin wirklich macht.

Er jagt Terroristen.

Und das macht er schon sehr lange.

Als Delta-Force-Mitbegründer hat Wendelin in so ziemlich jedem Dreckloch der dritten Welt gedient, überall dort, wo sich das Rattenpack rumtreibt. Jetzt ist er Anfang sechzig, hat fünfzehn Pfund zu viel auf den Rippen, schneeweißes Haar und arbeitet vom Schreibtisch aus, anstatt aus Hubschraubern zu springen.

Aber er macht immer noch dasselbe.

Nur heute nicht, denkt er.

Heute mache ich das Gegenteil.

»Ich liebe es, wenn Schnürsenkel genau im richtigen Augenblick aufgehen«, keucht Bell, bleibt neben ihm stehen und beugt sich vor, um Atem zu schöpfen.

»Wir haben die ›Wer rastet der rostet‹-Phase unseres Lebens erreicht«, erklärt Wendelin.

»Aber du hast mich doch nicht nur zum Joggen herbestellt«, erwidert Bell. »Du willst mir was über Flug 211 erzählen, ohne dass jemand mithören kann.«

»Ich weiß deine Offenheit zu schätzen.«

»Deine wüsste ich auch schätzen.«

»Du wirst es so hinnehmen müssen«, sagt Wendelin. »Das NTSB wird technisches Versagen als Absturzursache feststellen, und du wirst den Kopf einziehen und es hinnehmen.«

»Blödsinn.« Es geht nicht einfach nur um richtig oder falsch, oder den guten Ruf der Fluggesellschaft. Es geht um hunderte Millionen Dollar – wenn es ein Terroranschlag war, ist die Fluggesellschaft den Angehörigen der Opfer gegenüber nicht haftpflichtig. Das ist entsetzlich kaltblütig, Bell weiß das, aber er hat eine gewisse Verantwortung gegenüber den Aktionären. Außerdem wird die Versicherung der Fluggesellschaft nicht so einfach lockerlassen – dort wird man Antworten verlangen, bevor derartige Unsummen freigegeben werden.

Wendelin macht Bell keinen Vorwurf – er muss seine Firma verteidigen, das gehört zu seinen Aufgaben. Aber Wendelins Job ist ein ganz anderer. Also sagt er: »Howard, ich fick dich, und ich sag dir nicht mal warum. Kein Kino, kein Dinner, keine Blumen – ich halte dir nicht einmal einen Vortrag über die übergeordneten Interessen der nationalen Sicherheit, und ich appelliere auch nicht an deinen Patriotismus. Ich sage dir nur, dass es auch im Interesse von Eagle Airlines das Beste ist, wenn es sich um einen Unfall gehandelt hat.«

»Das kann ich mir nicht vorstellen«, erwidert Bell. »Wenn wir unsere Haftpflicht anerkennen, kostet uns das Millionen.«

Wendelin richtet sich auf und sieht Bell direkt in die Augen. »Das ist Kleinkram im Vergleich zu dem, was es euch kostet, wenn die Bearbeitung der von euch beantragten neuen

Streckenrechte bis auf Weiteres auf Eis gelegt wird. Oder die Prüfung der geplanten Fusion mit National beim Handelsministerium über ein Jahr in Anspruch nimmt. Dann könnt ihr Insolvenz anmelden. Und wenn ich heute nicht die Antwort von dir bekomme, die ich hören möchte ... Was mach ich morgen? Ich gehe mit dem Vorsitzenden eurer Gewerkschaft joggen, dem fällt sicher ein, dass mal wieder ein Streik fällig ist.«

Wendelin widmet sich erneut seinen Schnürsenkeln.

✦

Dave steht vor einem Sarg.

Das lebensgroß nachgebaute Skelett von Eagle 211 im Hangar. Einige geborgene Wrackteile – Sitze, Metalltrümmer, Buchstücke aus dem Rumpf – befinden sich wieder an ihrem ursprünglichen Platz, der Rest der Attrappe besteht aus Aluminium.

In den Wochen seit dem Flugzeugabsturz – seit Diana und Jake tot sind – wollte Dave mit niemandem sprechen, wollte mit seiner Trauer und seinen Erinnerungen allein sein. Und mit der entsetzlichen Vorstellung, was sich in dem Flugzeug abgespielt haben muss.

Er kann die Bilder nicht abschütteln.

Auch nicht den Gedanken, dass jemand durch eine Lücke seines Systems gelangt ist und eine Bombe ins Flugzeug geschmuggelt hat.

Dass er versagt hat und es seine Schuld war.

Jetzt steht er in dem alten Hangar auf Long Island, wo das NTSB seine Ermittlungszentrale aufgeschlagen hat, möglichst nah an der Stelle, wo das Heck ins Wasser stürzte.

Sämtliches Beweismaterial, das geborgen werden konnte, wurde in diesem Hangar zusammengetragen, in der Hoffnung, das Geschehene rekonstruieren zu können. Ermittler des NTSB, Mitarbeiter von Eagle Airlines und ein Evidence Recovery Team des FBI arbeiten rund um die Uhr im Schichtdienst. Seit dem Absturz sind sie unermüdlich dabei.

»Wir wollten dir die Ermittlungsergebnisse noch vor der Veröffentlichung mitteilen«, sagt Matt Jameson.

Phil Abrams steht neben ihm. »Es war keine Bombe, Dave. Wir dachten, dass wir dir das sagen sollten.«

»Wie habt ihr das festgestellt?«, fragt Dave.

Jameson erzählt ihm alles über die Bergung der Wrackteile, die akribische Rekonstruktion des Flugzeugrumpfs und die Befragung der Zeugen.

Auf einem Klapptisch aus Metall steht die Black Box, die inzwischen von Tauchern der Navy gefunden wurde.

»Es gab kein Mayday-Signal«, sagt Jameson. »Was auch immer passiert ist, es muss sehr schnell gegangen sein. Aber hör dir das an.«

Er spielt eine Stelle der Aufzeichnungen aus dem Cockpit vor.

Alles normal, dann hört Dave ein lautes Krachen.

»Wir glauben, das war der Auslöser«, sagt Jameson. Er spult an die Stelle vor, an der Peterson schreit: »*Eagle Two-One-One*! 416 Menschen an Bord! Kein Antrieb, unkontrollierbarer Sturzflug, eine Explosion! Vater, der du bist im Himmel …«

»Was sagt der Flugdatenschreiber?«

»Normaler Steigflug«, sagt Phil. »Dann sackt die Maschine plötzlich ab, steigt ebenso plötzlich wieder auf und stürzt ab.«

Sie gehen mit Dave an einen anderen Tisch und zeigen ihm ein großes Stück Blech. »Wir hatten Glück – wir haben ein Stück vom Zentraltank gefunden.«

In dem Blech ist ein Loch, an dessen Rand sich das zerfetzte Metall nach außen biegt.

»Die geplante Flugstrecke war relativ kurz«, sagt Phil, »deshalb waren nur 190 Liter Benzin im Zentraltank.«

»Das heißt, er war ansonsten voller Dämpfe«, sagt Dave.

Jameson nickt. »Irgendwie müssen sich die Dämpfe im Tank entzündet haben.«

»Die Zacken zeigen nach außen«, sagt Dave.

Was bedeutet, dass es eine Explosion im Tank gab.

Ebenso wichtig wie das, was gefunden wurde, ist das, was nicht gefunden wurde.

Einige Sitze aus der Mitte des Flugzeugs, wo die Explosion offenbar stattgefunden hat, konnten geborgen werden.

»Wir haben die Oberfläche der Sitze abgesaugt und den Staub mit dem EGIS II untersuchen lassen«, sagt Jameson. »Das ist …«

»Ich weiß, was das ist«, sagt Dave.

EGIS ist der modernste High-Speed-Gaschromatograph mit Chemilumineszenz-Sensor, der auch geringste Spuren stickstoffhaltiger Sprengstoffe sichtbar macht. Der Schuhbomber wäre an einem EGIS nicht vorbeigekommen. Dave hat Geld beantragt, um EGIS-Handgeräte für seine Kontrolleure anzuschaffen, aber bislang vergeblich.

Die Israelis arbeiten längst damit.

»Wir haben keine Spuren von Nitropenta, Hexogen oder sonst was gefunden«, sagt Jameson.

»TNT? Nitro?«, fragt Dave.

»Fehlanzeige«, sagt Phil. »Wir haben alle Teile untersucht, und alle negativ.«

»Was ist mit den Leichen?«, fragt Dave.

»Auch negativ.«

»Wir haben sämtliche Personen auf der Passagierliste durchleuchtet«, ergänzt Jameson. »Niemand steht auch nur im entferntesten in Verbindung mit einer terroristischen Gruppe, einer islamistisch fundamentalistischen Organisation oder sonst etwas in dieser Richtung.«

»CIA, DIA, das Ministerium für innere Sicherheit, alle haben uns freien Datenzugang ermöglicht«, sagt Phil. »Vollständige Kooperation. Und es gibt noch weitere negative Hinweise – niemand hat die Verantwortung übernommen. Eine Terrororganisation hätte sich das Attentat auf die Fahnen geschrieben. Es gab keine Verlautbarung, kein Bekennerschreiben, nicht mal was im Internet.«

»Ein irrer Einzeltäter vielleicht?«, fragt Dave.

»Dave«, sagt Phil. »Da ist nichts. Glaub mir, wir haben alles geprüft.«

»Und der Selbstmordattentäter im Terminal?«, fragt Dave. »Soll das Zufall gewesen sein?«

»Das war ein Anschlag«, sagt Phil. »Kein Zweifel. Und du hast ihn verhindert. Aber …«

»Ich sag dir, was passiert ist«, sagt Jameson. »Es gab einen Kurzschluss an einem der Kabel im Treibstofftank, dabei ist ein Funke entstanden. Dieser wiederum hat die Dämpfe im Tank entzündet, und das hat zu der Explosion geführt, die die Maschine in zwei Teile gerissen hat. Aber eine Bombe war das nicht. Wozu auch immer es gut sein mag, aber bitte lass dir versichern – es war keine Bombe.«

Vielleicht will ich das nur glauben, denkt Dave. Wenn es keine Bombe war, kann ich Frieden mit mir selbst schließen. Warum sollte Eagle Airlines lügen? Im Gegenteil – Dave glaubt an die Integrität des Unternehmens, auch an die des NTSB.

Er will ihnen glauben, wirklich, das will er.
Aber der junge Mann lässt ihm keine Ruhe.
Der verhinderte Märtyrer, Hassan Al Hulwah.
Dieses Lächeln.
Als hätte er sich gefreut, erwischt worden zu sein.

✦

Dana Wendelin guckt sich mit einem Glas Single Malt in der Hand den Rücktritt von Howard Bell auf CNN an.

Bell steht flankiert von Phil Abrams und Matt Jameson in einem überfüllten Saal voller Angehöriger und Medienvertreter. Während er sein vorbereitetes Statement vorträgt, ragen ihm Mikrophone entgegen wie Speerspitzen auf einem feindlichen Schutzwall.

»Nach eingängigen Ermittlungen durch das National Transportation Safety Board, die von Eagle Airlines rückhaltlos unterstützt wurden, steht nun fest, dass der Absturz von Flug 211 auf technisches Versagen zurückzuführen ist. Der Bericht des NTSB wird Ihnen nach Beendigung der Pressekonferenz zur Verfügung stehen.«

Bell erklärt weiter, dass es an der Verkabelung der Treibstoffpumpe des Zentraltanks zu einem Kurzschluss kam und ein Funke entstand, an dem sich die Dämpfe in dem größtenteils leeren Tank entzündeten, was zu der Explosion und ihren katastrophalen Folgen führte.

»Mir ist bewusst«, fährt Bell fort, »dass es viele Gerüchte um die Absturzursache gab, aber die Ermittlungsergebnisse sind eindeutig. Eagle Airlines übernimmt die volle Verantwortung für die Tragödie und wird die betroffenen Angehörigen unverzüglich entschädigen.«

Und was ist mit mir, fragt sich Wendelin.
Was ist mit meiner Verantwortung?

✦

Dave hat keine Leichen zu begraben, keine Asche zu verstreuen.

Aber er steht mit tausenden von Angehörigen im Red Hook Park, der dem Absturzort nächsten unbebauten Fläche. Die Winterluft ist eisig. Ein unerbittlich rauer Wind weht vom Long Island Sound herüber.

Angehörige sind gekommen, Menschen, die es gut meinen, und Amtsträger – der New Yorker Bürgermeister, der Gouverneur ... sogar der Präsident der Vereinigten Staaten steht ohne Kopfbedeckung da, hält die Hand seiner Frau und kondoliert den Hinterbliebenen. Dave sieht Jameson und Bell. Phil Abrams steht ein paar Meter entfernt und tupft sich mit einem Taschentuch über die Augen.

Die Andacht beginnt.

Katholische Priester, protestantische Pastoren, buddhistische Mönche und muslimische Imams beten und segnen die Verstorbenen. Eine Schweigeminute, dann erklingen Dudelsäcke von einer kleinen Anhöhe zu Ehren der Polizisten und Feuerwehrmänner, die ihr Leben ließen bei dem Versuch, Menschen aus dem Tunnel zu retten.

Dave hat nichts anderes als diese Gedenkfeier – von Diana und Jake gibt es keine identifizierbaren Überreste. Er steht neben Dianas weinender Mutter und ihrem stoischen Vater und lauscht, wie der Wind die letzten Akkorde von *Amazing Grace* davonträgt.

Dann werden achthundertsiebzehn weiße Tauben – für jedes Katastrophenopfer eine – aus ihren Käfigen entlassen, sie flattern in den blauen Himmel den Wolken entgegen.

Jake hat sich immer gewünscht, fliegen zu können, denkt Dave.

✦

Dave sitzt einem Mann gegenüber, der ihm gleich sagen wird, was seine Frau und sein Sohn wert waren.

Frank Sloane legt eine blaue Mappe auf den Wohnzimmertisch. Er sieht aus wie ein typischer Versicherungsmann – sein schwarzer Anzug mit den feinen Nadelstreifen passt zu den silbrigen Strähnen in seinem ansonsten schwarzen Haar.

Dave nimmt die Mappe nicht, schlägt sie nicht auf.

Sloane hat das hier schon hundert Mal gemacht, aber jeder Fall ist einzigartig. Die Menschen reagieren ganz unterschiedlich auf Tragödien und Verlust. Einige befinden sich noch in einem Schockzustand – ihre Gefühle sind wie betäubt, und sie nehmen die finanziellen Konsequenzen teilnahmslos zur Kenntnis. Andere sind wütend und haben das Bedürfnis, ihrer Wut Ausdruck zu verleihen, sind erst danach in der Lage, über Geschäftliches zu sprechen. Wieder andere versinken so tief in ihrer Trauer, dass sie kaum zuhören, geschweige denn verstehen, was er ihnen mitteilen möchte.

Natürlich gibt es auch die Gierigen, die in keinem engen Verhältnis zu dem oder der Verstorbenen standen. Sie interessieren sich ausschließlich für das Geld, und mit ihnen kommt man eigentlich am leichtesten klar, weil es nur um Zahlen geht.

Aber Collins passt in keine dieser Kategorien. Äußerlich gibt er sich so ruhig, dass er fast gleichgültig wirkt, unter der Oberfläche aber brodelt es. Irgendwo brennt dort eine Zündschnur, die Bombe ist noch nicht explodiert, und Sloane würde die Angelegenheit gerne hinter sich bringen, bevor es so weit ist.

»Natürlich kann kein Geld der Welt Ihren Verlust wieder wettmachen«, fährt Sloane fort, »oder Diana und ...«

Er zögert kurz.

»Jake«, sagt Dave.

»... Jake zurückbringen«, beeilt sich Sloane anzufügen. »Das verstehen wir. Um Sie dennoch zumindest teilweise zu entschädigen ...«

»... und Klagen vor Gericht abzuwenden ...«, sagt Dave.

Denn genau darum geht es hier bei diesem freundlichen Hausbesuch, denkt er. Die Fluggesellschaft weiß, dass sie so oder so hunderte Millionen Dollar zahlen muss, und will sich teure Prozesskosten sparen. Anwaltshonorare und Gerichtskosten allein könnten sich insgesamt auf über zehn Millionen Dollar belaufen, insofern hat das Unternehmen ein starkes Interesse daran, sich einvernehmlich mit den Angehörigen der Opfer zu einigen, bevor diese vor Gericht ziehen.

Sloane sagt: »So unsensibel das klingen mag, es gibt Richtlinien für solche Fälle, und die Höhe der Aufwendung bemisst sich an zwei Hauptkategorien – dem wirtschaftlichen Verlust und dem nicht wirtschaftlichen Verlust. Unter dem wirtschaftlichen Verlust verstehen wir die finanziellen Leistungen, die der oder die Verstorbene den Hinterbliebenen erbracht hätte, wäre es nicht zum Tod gekommen. Das ist eine recht simple Berechnung auf Grundlage von Mrs ...«

»Doktor«, korrigiert ihn Dave.

»... Doktor Collins' Alter und ihrem letzten Einkommen«,

fährt Sloane fort, »nach Abzug der Einkommensteuer, zuzüglich der Arbeitgeberbeiträge, der voraussichtlichen Verweildauer im Beruf in Jahren und des daraus resultierenden geschätzten Einkommens plus der zu erwartenden Zuwachszinsen, sowie abzüglich der Lebenshaltungskosten der Verstorbenen …«

»Nennen Sie Zahlen«, sagt Dave.

Aus irgendeinem Grund will er, dass Sloane es sagt, dass er die Arbeit, der Diana mit solcher Leidenschaft nachgegangen ist, die sie mit nach Hause gebracht hat, über die sie gesprochen und über die sie gelacht hat – und manchmal auch geweint –, mit einem Betrag benennt. Wie oft war er in den frühen Morgenstunden aufgewacht und hatte gemerkt, dass sie nicht mehr im Bett lag, sondern aufgestanden und in ihr kleines Arbeitszimmer gegangen war, wo sie über Notizen brütete, um herauszufinden, wie sie einem bestimmten Kind helfen konnte? Welchen Marktwert hat so was?

»2,4 Millionen Dollar«, sagt Sloane.

Man muss ihm zugutehalten, dass er Daves starrem Blick standhält und fortfährt. »Dann ist da noch der nicht-wirtschaftliche Verlust. Es gibt keine faire Methode, diesen zu beziffern. Egal, was man sagt, es klingt unglaublich unsensibel, trotzdem müssen wir es versuchen. Dabei spielt die Länge der Beziehung eine Rolle, die anzunehmende Restdauer der Beziehung, wäre es nicht … zum Tod gekommen. In diesem Fall haben wir zwei Menschen, die sich guter Gesundheit erfreuen … eine hohe Wahrscheinlichkeit, dass die Ehe über dreißig oder mehr Jahre fortgesetzt wird … also müssen wir berechnen, was wir als ›moralischen Schaden‹ bezeichnen.«

»Und was verstehen Sie darunter?«

»Verlust an Lebensfreude und Verlust der ehelichen Lebensgemeinschaft.«

Verlust der ehelichen Lebensgemeinschaft, denkt Dave. Du hast sie nie gekannt, hast nie mit ihr geredet, bist nie neben ihr gegangen, hast ihre Hand nicht gehalten, sie nicht an dich gedrückt. Du hast ihr nie in die Augen gesehen, und jetzt sitzt du da und willst mir erzählen, was sie »wert« war?

»Wir haben den nicht-wirtschaftlichen Verlust durch Doktor Collins' Ableben auf 1,3 Millionen Dollar beziffert. Sollten Sie die Trauerbegleitung durch die von der Airline bestellten Fachkräfte ablehnen ...«

»Hab ich schon«, sagt Dave.

Was zum Teufel hätte ich zu einem Psychiater sagen sollen?, fragt er sich.

Dass ich morgens nicht aufstehen und durch die leeren Räume gehen will? Dass ich mich vor dem Einschlafen fürchte, weil ich im Traum ihre letzten Minuten im Flugzeug vor mir sehe und sie nicht retten kann? Zusehen muss, wie Diana und Jake unter Schmerzen und in Todesangst sterben? Oder dass ich manchmal träume, ich wäre mit ihnen in unserem Haus oder am Strand, und wir gehen einfach nur spazieren, aber dann wache ich auf, und sie sind immer noch weg, und es bricht mir das Herz, und ich will wieder einschlafen, um bei ihnen zu sein, aber dann kommt der Alptraum wieder ...

»... und sich für eine Behandlung durch einen zugelassenen Therapeuten Ihrer Wahl entscheiden«, sagt Sloane, »wird die Airline die Kosten bis maximal 10000 Dollar übernehmen, sofern diese die von Ihrer Krankenversicherung abgedeckten Leistungen übersteigen.«

»Ich habe nicht vor, mich behandeln zu lassen«, erwidert Dave.

»Was Jake betrifft«, sagt Sloane.

Was Jake betrifft, denkt Dave. *Was Jake betrifft.* So fasst du also das Leben eines kleinen Jungen mit reinem Herzen und starkem Geist zusammen. Einem liebevollen kleinen Jungen, der …

»Auch das«, fährt Sloane fort, »erscheint gefühllos, aber wir können den Verlust des Kindes leider nur mit einem nicht-wirtschaftlichen Wert beziffern. Nach reiflicher Überlegung und Abgleich mit anderen Massentragödien sind wir zu einer Summe von einer halben Million Dollar gelangt. Unser Angebot beläuft sich also insgesamt auf 3,75 Millionen Dollar. Wenn Sie hier unterschreiben, können wir …«

»Verlassen Sie mein Haus«, sagt Dave.

»Wie bitte?«

Dave steht auf und zeigt zur Tür. »Machen Sie, dass Sie rauskommen. Sofort.«

Nehmen Sie Ihre Zahlen und Berechnungen, Ihr aufgesetztes Mitgefühl und Ihre falsche Fürsorge, und verschwinden Sie aus meinem Haus, lassen Sie mich allein mit meinen Erinnerungen und meiner Trauer, meinen Alpträumen und meinen Träumen, verschwinden Sie, und fahren Sie zur Hölle.

»Ich verstehe, dass Sie eine sehr schwierige Zeit durchmachen«, sagt Sloane auf dem Weg zur Tür. »Ich lasse Ihnen das angebotene Abfindungspaket zur Ansicht da, wenn Sie …«

»Raus.«

Dave hält die Tür auf und schlägt sie hinter ihm zu. Er lässt das »Abfindungspaket« unberührt liegen, geht in die Küche und holt sich ein Bier. Mit zitternder Hand öffnet er die Flasche.

✦

Dave nimmt die Glock 26 aus dem Holster.

Geladen knapp 750 Gramm schwer.

Zehn Schuss im Magazin, einer im Patronenlager.

Einer genügt, denkt er. Eine Kugel, ein Kurzschluss, ein Funke in einem mit Dämpfen gefüllten Treibstofftank.

Mehr braucht es nicht, um ein Leben auszulöschen.

Er ist ein bisschen betrunken, aber das ist er eigentlich immer, seitdem der Mann von der Versicherung gegangen ist, und das ist jetzt ungefähr drei Wochen her. Vom Wohnzimmersofa aus, wo er den Großteil seiner Zeit verbringt, bis zur Hausbar oder dem Kühlschrank ist es nicht weit. Zum Schlafen geht er nicht mehr nach oben. Er erträgt es nicht, in dem Bett zu liegen, das er mit Diana geteilt hat, also sitzt er meistens im Wohnzimmer und trinkt sich in einen unruhigen Schlaf voller Alpträume.

Nur zu gerne würde er diese Träume jetzt gegen die alten tauschen.

Die Nachbarn brachten Essen. Mitfühlende Freunde boten ihm ein offenes Ohr und eine Schulter zum Weinen an, und am Anfang ließ Dave sie alle rein, nahm höflich ihre aufrichtigen Beileidsbekundungen und ihre sinnlosen Beteuerungen, helfen zu wollen, entgegen. Aber schon bald konnte er die mitleidigen Blicke nicht mehr ertragen und ging nicht mehr zur Tür. Er blieb einfach auf dem Sofa liegen und lauschte, bis das Klingeln wieder aufhörte.

Ebenso das Telefon. Er ging nicht mehr dran, hörte nur noch Nachrichten ab. Dianas Eltern riefen immer wieder aus Bozeman an, aber er schaffte es nicht, den Hörer abzunehmen, konnte sich nicht überwinden, die Stimmen zu hören, in denen sich Spuren von Diana fanden, konnte den Schmerz nicht mit ihnen teilen.

Auch die TSA meldete sich: Jameson ließ ihn wissen, dass er sein Gehalt weiter bekomme, aber auf unbefristete Zeit »freigestellt« sei, es bestünde kein Grund zur Eile, wieder zum Dienst zu erscheinen. Irgendein Bürokrat bat um einen Termin für ein »Gespräch« mit einem Agenten des FBI, das im Fall des erschossenen Hassan Al Hulwah ermittelte. Ein Anwalt der Gewerkschaft sprach gleich anschließend eine Nachricht auf Band und teilte ihm mit, er habe nichts zu befürchten – »begründete Notwehrhandlung« –, aber er müsse trotzdem einen Termin vereinbaren, ob er bitte zurückrufen könne.

Dave rief nicht zurück.

Ich habe aufgehört zu zählen, wie viele Terroristen ich getötet habe, dachte er. Kein einziges Mal wurden »Ermittlungen« angestrengt.

Jetzt müssen sie auch nicht damit anfangen.

Phil Abrams rief an – sehr sehr oft. »Dave? Dave, bist du da? Lass uns mal treffen, mein Freund. Lass uns reden. Ich mache mir Sorgen um dich. Komm schon Dave, geh dran.«

Aber Dave konnte nicht drangehen.

Oder er wollte nicht.

Tag und Nacht verschwammen zu einem einzigen Grau, wurden ununterscheidbar, abgesehen von der unbarmherzigen Wintersonne, die manchmal durch die geschlossenen Vorhänge und Jalousien drang. Aus Tag wurde Nacht und die Nacht wurde zum Tag. Aus Leben wurde Tod.

Dave Collins war eigens dafür ausgebildet worden, Unerträgliches zu ertragen. Er hatte sich immer für stark genug gehalten, alles zu überstehen, was das Leben für ihn vorsah. Ich habe mich geirrt, denkt Dave jetzt, als er sich die Pistole an die Schläfe setzt.

Ich halte das nicht aus.
Verzeih mir, Diana. Verzeih mir, Jake.
Ich halte das nicht aus.
Dann klingelt es Sturm.

✦

Der Mann hat ein Sixpack Budweiser unter dem Arm.

Als er die Pistole in Daves Hand sieht, sagt er: »Schon okay, Chief. Ich bin nicht von den Zeugen Jehovas.«

Er sieht aus wie ein alternder Hippie. Oben auf dem Kopf ist er kahl, die spärlichen Reste seines silbergrauen Haars trägt er zu einem kurzen Pferdeschwanz zusammengebunden.

»Was wollen Sie?«, fragt Dave. Wenn es ein Reporter ist, erschießt er nicht sich, sondern ihn.

»Ich wollte ein paar Bier mit Ihnen trinken«, sagt der Mann, »sieht aus, als hätten Sie schon mal ohne mich angefangen.«

Dave weiß, was für einen Eindruck er macht – er trägt einen alten grauen Kapuzenpulli mit Bierflecken drauf, dazu eine Jeans, die er vor zwei Jahren beim Streichen anhatte. Seine Haare sind lang, er hat sich ewig nicht mehr rasiert, und seine Augen sind blutunterlaufen.

Im Haus sieht es noch schlimmer aus. Leere Bierflaschen stehen auf dem Wohnzimmertisch, darunter ein leerer Pizzakarton. Seit Wochen wurde hier nicht mehr gesaugt, und auf allem liegt eine dicke Staubschicht. Ungeöffnete Post – verschmähte Botschaften aus einer Welt, die Dave nicht mehr interessiert – stapelt sich auf dem Esstisch.

»Wohl nicht auf Besuch vorbereitet, hm?«, sagt der Mann. Er geht einfach an Dave vorbei in die Küche und sieht sich um. »Gibt's Kaffee, Chief?«

»Ich weiß nicht, wer Sie sind, aber machen Sie, dass Sie rauskommen.«

»Warum? Damit Sie ungestört an Ihrer Knarre lutschen können?«, fragt der Mann. »Mein Name ist Stan Mullen. United States Navy, inzwischen im Ruhestand. Ich bin mehr als hundert Einsätze über Nordvietnam geflogen.«

»Und?«

»Und«, sagt Mullen, findet eine Tüte Kaffee und löffelt etwas davon in die Kanne, »ich erkenne eine Rakete, wenn ich eine sehe.«

Er sei joggen gewesen an »dem Morgen«, erzählt er Dave jetzt Bier trinkend am Küchentresen, draußen im Wildlife Refuge von Jamaica Bay, als er etwas Seltsames gesehen habe.

Ein greller weißer Lichtstrahl sei hinter den Bäumen hervorgeschossen. Ein Objekt – glänzend wie die neuen Zehn-Cent-Stücke, die er seinem kleinen Enkel immer von der Bank mitbringt –, eine rote Flamme mit einem wirbelnden Schweif aus Rauch sei zum Himmel aufgestiegen.

»Ich konnte kaum glauben, was ich da sah«, sagt Mullen. »Ein paar Sekunden später hab ich die Explosion gehört.«

Dave ist zu jung, um in Vietnam gekämpft zu haben, aber er weiß, dass das sowjetische Luftverteidigungssystem dort zu den damals besten der Welt zählte. Mullen muss viele solcher Raketen gesehen haben.

Aber Dave ist kein Verschwörungstheoretiker, kein Anhänger von »Grassy Knoll«-Theorien, kein Oliver Stone mit zu viel Phantasie.

»Ich weiß, was Sie denken«, sagt Mullen. »Gleich ziehe ich ein Bigfoot-Video aus der Tasche, das ich zusammen mit Elvis gedreht habe, als wir von Außerirdischen entführt wurden.«

Dave zuckt mit den Schultern. Ziemlich genau das hat er gedacht. Er nimmt einen Schluck von dem Kaffee, den Mullen gekocht hat, und fragt: »Wieso kommen Sie damit zu mir? Wieso wenden Sie sich nicht an die zuständigen Behörden?«

»Da war ich schon«, sagt Mullen und lässt sein zweites Bier aufknacken. »Ich hab noch am Morgen des sogenannten Unfalls beim FBI angerufen.«

»Und?«

»Die haben zwei Kerle vorbeigeschickt, die mir verklickern wollten, dass ich nicht mehr alle Tassen im Schrank habe«, sagt Mullen. »Ein durchgeknallter Vietnam-Veteran. Sie meinten, ich hätte bloß irgendeinen Dunst aus dem Wasser aufsteigen sehen.«

»Hören Sie«, sagt Dave. »Ich weiß, dass Sie glauben gesehen zu haben, was Sie glauben gesehen zu haben. Aber ... heutzutage? Jeder hat ein Handy mit Kamera. Wenn Sie recht hätten, müsste es doch Fotos geben, Videos ...«

Mullen lächelt. »Trinken Sie Ihren Kaffee, wir machen eine Spazierfahrt. Aber wissen Sie was? Ziehen Sie erst mal ein sauberes Hemd an.«

Jack Grafton führt sie auf die Veranda seines Hauses in Westhampton und zeigt auf die Stelle, wo er den »Lichtstrahl« hervorkommen und auf das Flugzeug zuschießen sah. Grafton ist pensionierter Finanzplaner, Mitte siebzig und hat dichtes schneeweißes Haar.

»Ich saß hier draußen, hab Kaffee getrunken«, sagt Jack, »und dann sah ich dieses Ding hochschießen. Ich hab mein

Handy geschnappt und das hier aufgenommen – ich hab's Stan schon gezeigt. Ein paar Sekunden später gab es einen Riesenrumms. Die Veranda hat gebebt. Wie von einer Druckwelle getroffen.«

Dave sieht auf das kleine Display, ein glänzendes, rot glühendes Objekt fliegt in spitzem Bogen von Südosten nach Nordwesten. Das Video ist verwackelt, und das Ding verschwindet noch vor der Explosion aus dem Bild.

»Ich hab sofort die Polizei angerufen«, fährt Grafton fort. »Die kamen und haben das Video kopiert. Zwei Wochen später sind zwei FBI-Agenten hier aufgetaucht und haben behauptet, auf dem Video sei ein Leuchtsignal zu sehen. Ein Fischer habe sich in Jamaica Bay verfahren und ein Leuchtsignal abgefeuert.«

»Sieht das in Ihren Augen nach einem Leuchtsignal aus?«, fragt Mullen Dave, als sie wieder losfahren.

»Möglich wär's.«

»Mh-hm.«

Sie finden Bill MacEneany in einem Irish Pub in Far Rockaway.

Seine kräftigen Unterarme liegen schützend vor seinem Bier und dem Schnaps auf dem Tresen, und es ist klar, dass dies heute weder seine erste noch seine letzte Runde ist. Als Dave ihn nach dem Leuchtsignal fragt, sagt er spöttisch grinsend: »Morgens um halb neun, an einem klaren Tag, in Gewässern, in denen ich fische, seit ich ein kleiner Junge war – glauben Sie, dass ich mich da verfahre?«

»Warum haben Sie dann gegenüber den Ermittlern erklärt, Sie hätten ein Leuchtsignal abgefeuert?«, fragt Dave.

»Hab ich ja gar nicht«, sagt MacEneany. »Das haben die behauptet.«

Er wendet sich seinen Getränken zu und sagt: »Ich hatte Probleme mit meiner Lizenz, und sie meinten, das ließe sich klären. Ein paar Pfund Barsche zu viel im Netz und schon giltst du als Schwerverbrecher. Sind Sie jetzt zufrieden? Sind jetzt alle zufrieden?«

»So viel zum Leuchtsignal«, sagt Mullen, als sie die Bar verlassen.

»Dass es kein Leuchtsignal war«, beharrt Dave, »beweist aber noch nicht, dass es eine Rakete war.«

»Nein«, stimmt ihm Mullen zu. »Aber es beweist, dass jemand lügt.«

»Wenn das alles ist, was Sie haben«, erwidert Dave, »dann ist das nicht genug.«

»Ich habe noch mehr.«

Sie fahren nach New London, Connecticut, vorbei an der alten U-Boot-Basis bis zur Schiffswerft. Am Ende des Docks befindet sich ein altes baufälliges Gebäude, es ist an einer Seite offen und mit einem Schild versehen: »Fleming Marine Recovery«.

Ein schlanker Mann Mitte dreißig kommt in einer khakifarbenen Cargo-Hose, einer roten Flanelljacke und einem Basecap der Boston Red Sox heraus. Er nickt Mullen zu und sagt: »Stan.«

»Stu, das ist Dave Collins.«

»Mein Beileid«, sagt Fleming und streckt ihm die Hand hin.

»Danke.«

Sie folgen Fleming in das Gebäude, in dem allerhand Taucherausrüstung herumsteht und ein Ding, das nach einem kleinen Ein-Mann-U-Boot aussieht.

»Stu ist weltweit einer der bekanntesten Tiefwasser-Bergungstechniker«, sagt Mullen. »Er arbeitet für Ölfirmen, Reedereien und die Regierung.«

Fleming zuckt verlegen mit den Schultern.

»Würden Sie Collins zeigen, was Sie mir gezeigt haben?«, fragt Mullen.

Sie gehen in sein kleines Büro am anderen Ende des Gebäudes. Fleming zieht eine Schreibtischschublade auf, nimmt ein paar Fotos heraus und legt sie auf den Tisch.

Dave betrachtet die Bilder, die aus verschiedenen Perspektiven aufgenommen wurden und ein circa ein Mal anderthalb Meter großes Stück Blech zeigen, in dessen Mitte ein Loch von der Größe eines Baseballs klafft. Es ist das gleiche Stück aus der Verkleidung des Zentraltanks, das Phil und Jameson ihm vorgelegt hatten – nur dass die Metallzacken auf den Fotos nach innen zeigen, nicht nach außen.

»Ich bin dreizehn Mal an der Absturzstelle getaucht«, erklärt Fleming. »Beim elften Tauchgang hab ich das hier gefunden. Ich weiß nicht warum, aber ich hab Fotos gemacht, bevor ich das Teil dem NTSB übergeben hab. Das ist ein Stück vom Zentraltank. Jedenfalls waren sie schwer begeistert, dass ich es gefunden habe.«

Die Oberflächen auf der Innenseite und auf der Außenseite des Metalls unterscheiden sich ganz deutlich voneinander, und Dave kann die nach innen gebogenen Zacken klar erkennen. Der Zentraltank ist nicht von innen heraus explodiert.

Es wurde von außen darauf geschossen.

»Haben Sie den Bericht des NTSB da?«, fragt Mullen Fleming.

»Klar.«

Er zieht einen dicken Bericht heraus, und Mullen blättert darin, bis er die Fotos des Teils gefunden hat. Auf diesen Bildern sind die Zacken nach außen gebogen – so wie Dave sie gesehen hatte, als Jameson und Phil ihm das Teil zeigten.

»Das wurde manipuliert«, sagt Dave und spürt glühend heiße Wut in sich aufsteigen. Dieses entscheidende Beweisstück wurde so verändert, dass es zu der Version vom kurzschlussbedingten Funken passt.

»Weiß das NTSB, dass Sie diese Bilder haben?«, fragt Dave.

Fleming schüttelt den Kopf. »Wenn die das wüssten, hätten sie sie einkassiert. Ich musste eine Vertraulichkeitserklärung unterschreiben, aber … ist mir scheißegal.«

»Die können Sie beruflich fertigmachen«, warnt ihn Mullen.

»Scheiß drauf«, erwidert Fleming. Er übergibt Dave die Fotos und sagt: »Die gehören Ihnen, wenn Sie wollen.«

Dave will.

Auf der Rückfahrt nach New York, fragt Mullen: »Halten Sie mich immer noch für einen Knallkopf?«

»Warum machen Sie das?«, fragt Dave. »Was haben Sie davon? Ich will Ihnen nicht zu nahe treten, aber Sie haben doch gar kein Pferd in diesem Rennen.«

Mullen wechselt über vier Fahrstreifen auf die Expressspur. Dann sagt er: »Wissen Sie, was in den vergangenen drei Jahren die bei Angehörigen des Militärs häufigste Todesursache war?«

Dave antwortet nicht.

»Selbstmord«, sagt Mullen. »Nicht der Feind, nicht Unfälle – wir selbst sind es. Deshalb frage ich Sie, Major Collins, wollen Sie zu denen gehören, die aufgeben oder …«

Oder, denkt Dave, hab *ich* ein Pferd in diesem Rennen?

✦

Er schmeißt alle Flaschen weg – die vollen und die leeren – und macht sich an die Arbeit.

Tut das Einzige, was er für Jake und Diana noch tun kann.

Die Wahrheit herausfinden.

Er geht an den Computer, lädt eine Karte der Umgebung runter, holt ein paar Buntstifte aus Jakes Zimmer, markiert die Stellen, an denen Mullen und Grafton die Rakete gesehen haben wollen, und verbindet sie mit den Koordinaten des Flugzeugs zum Zeitpunkt der Explosion.

Plausibel, denkt er.

Ein Schütze auf einem Boot in Jamaica Bay hätte das Flugzeug in dieser Höhe mit einer Ein-Mann-Boden-Luft-Rakete durchaus treffen können.

Gerne stellt er sich das nicht vor, aber möglich ist es.

Ein Schütze auf einem Boot richtet das Zielfernrohr des Raketenwerfers auf das Flugzeug direkt über sich. Er verfolgt es, während es nach Westen eindreht und sich wieder gerade ausrichtet, dann aktiviert er ein wärmesuchendes Infrarot-Lenksystem.

Der Gefechtskopf ist mit panzerbrechenden Wolfram-Projektilen bestückt, und ein Laser-Annäherungszünder lässt ihn circa sechs Meter vor der Wärmequelle – einer 7,5 mal 13 Meter großen Fläche am Boden des Flugzeugrumpfs, dem Zentraltank – detonieren.

Sechs Meter unterhalb des Flugzeugs erkennen die Sensoren die Wärmequelle und aktivieren den Annäherungszünder im Gefechtskopf.

Eine Sekunde später explodiert das Geschoss.

Die Wolframkugeln durchdringen die Außenhaut des

Tanks. Die Dämpfe explodieren und reißen ein riesiges Loch in den Boden.

Das Flugzeug wird in der Luft auseinandergerissen.

Dave will es nicht glauben.

Die Augenzeugenberichte sind stringent, aber bekanntermaßen sind Augenzeugen unzuverlässig – ihre Beobachtungen sind nicht immer genau, ihre Erinnerung häufig fehlerhaft und die Phantasie gibt ihnen Dinge ein, die in Wirklichkeit nicht da waren.

Das Video ist überzeugender, aber auch nicht beweiskräftig, weil es den Moment des Einschlags nicht zeigt. Und was die Geschichte mit dem Leuchtsignal angeht, so kann McEneany gelogen haben.

Flemings Fotos vom Zentraltank sind der eigentliche Beweis, denn allem Anschein nach wurde Beweismaterial manipuliert.

Wird hier absichtlich etwas vertuscht?, fragt sich Dave.

Um diesen Gedanken überhaupt denken zu können, muss ich mir bewusst machen, dass mich alle, denen ich in meinem bisherigen Leben vertraut habe, belogen haben.

Meine Regierung.

Meine Kollegen.

Meine Freunde.

✦

Dave sitzt bei Phil Abrams zu Hause in Greenwich im Sessel.

Die Glock im Schoß.

In der Wohnung herrscht die für einen geschiedenen Mann mittleren Alters charakteristische sterile Atmosphäre. Ein Flachbildfernseher, eine Getränkebar, ein Sofa.

Scheinwerferlicht strahlt durch das Fenster, dann, ein paar Minuten später, kratzt ein Schlüssel im Schloss, die Tür geht auf, und Phil kommt rein. Er ist groß und hager, trägt sein rotes Haar unvorteilhaft über die Stirnglatze gekämmt – Diana hatte vergeblich versucht, es ihm auszureden. Sein unbedeckter Kopf ist feucht vom Schnee.

Er sieht erst Dave, dann die Pistole und erstarrt.

Ein Blick in Phils Augen, und Dave weiß, dass es stimmt.

»Du warst mein Freund«, sagt Dave. »Du hast Weihnachten mit uns gefeiert. Du hast mit meinem Jungen Football im Garten gespielt, meine Frau hat dir nach deiner Scheidung die Hand gehalten, und du lügst mich an über die Umstände ihres Todes?«

Der ganze Zirkus im Hangar, denkt Dave, nur um mich in die Irre zu führen. Und die »unbefristete Freistellung« – damit ich mich ausruhe, erhole, trauere? Sie wollten mich aus dem Weg haben, um die Ermittlungsergebnisse zu fälschen.

Phil wirkt ängstlich. Er sieht sich im Raum um.

»Ich hab die Alarmanlage ausgeschaltet«, sagt Dave. »Gleich nachdem ich reingekommen bin.«

»Na ja, Mensch, fühl dich ganz wie zu Hause, Dave«, sagt Phil. Er wirft wieder einen Blick auf die Pistole in Daves Schoß. »Schon ein bisschen paranoid, oder?«

»Du hast eine .38er in deinem Schulterholster«, erwidert Dave. »Nimm sie raus und leg sie auf den Tisch.«

»Klar.« Phil zieht die Pistole langsam aus dem Holster, legt sie ab. Dann geht er an die großzügig bestückte Bar. »Willst du was trinken? Ich brauch jetzt jedenfalls was, das kannst du mir glauben. Scotch, ohne alles, richtig?«

Er schenkt zwei Finger breit Scotch in ein gedrungenes Glas, dann dreht er sich wieder zu Dave um.

»Nein?«

Phil nimmt einen Schluck. »Was glaubst du zu wissen, Dave?«

»Ich weiß, dass du und die TSA gelogen haben, was die wahren Umstände betrifft, die zum Absturz von Flug 211 geführt haben«, sagt Dave.

»Hey, es gibt Leute, die ›wissen‹, dass wir das World Trade Center selbst in die Luft gejagt haben«, sagt Phil. »Andere ›wissen‹, dass Obama kein Amerikaner ist und wir nie auf dem Mond waren. Und du glaubst, wir haben unser eigenes Flugzeug abstürzen lassen?«

»Ich glaube, ihr wisst, wer es war, und deckt ihn.«

»Du bist verzweifelt«, sagt Phil. »Ich hab gehört, dass du in letzter Zeit ziemlich an der Flasche gehangen hast. Fahr nach Hause, Dave, dann vergessen wir das hier.«

»Ich hab Fotos vom Zentraltank gesehen«, sagt Dave. »Ihr habt ihn manipuliert.«

Treffer – Dave sieht es ihm an.

Phil seufzt. »Dave, du weißt nicht, in was du dich da einmischst.«

»Dann sag's mir, Phil.«

»Das reicht hinauf bis zur höchsten Ebene.«

»Bell?«, fragt Dave. »Jameson?«

»Das sind Wasserträger«, sagt Phil. »Die Sache geht viel höher.«

»Wie hoch?«

»Bis nach ganz oben«, erwidert Phil. »Hast du eine Ahnung, was passiert, wenn sich herausstellt, dass es sich nachweislich um einen Terroranschlag gehandelt hat? Das würde bedeuten, dass wir alle versagt haben. Es würde bedeuten, dass die Regierung nicht in der Lage ist, die Bürger des Landes zu beschützen. Wir müssten zurückschlagen. Schon wieder Krieg führen. Aber wo? Und wie viele Tausende von Leben –

auf beiden Seiten – wird er kosten? Der Krieg gegen den Terror ist beendet. Es ist vorbei, Dave. Wir haben gewonnen. Niemand wird vor der amerikanischen Öffentlichkeit etwas anderes behaupten.«

»Womit haben sie dir gedroht?«

»Dass ich meinen Job verliere«, gesteht Phil. »Alimente, ich muss zwei Haushalte finanzieren, Angela hat beim Eignungstest fürs College super abgeschnitten. Was hättest du getan?«

Dave richtet die Glock auf Phils Brust.

»Eine Kugel im Patronenlager«, sagt er, »zehn im Magazin. Und ich schwöre bei Gott, Phil, ich jag sie dir alle in den Bauch, wenn du mich weiter anlügst.«

Phil sagt ihm die Wahrheit.

Fünf Sekunden vor der Explosion tauchte das Geschoss auf dem Radarschirm im Kennedy Tower auf – ein verwackelter blauer Streifen, der direkt auf das Flugzeug zusteuerte. Der Flugsicherungsleiter schickte die Daten nach Atlantic City und bekam die Auskunft, es handele sich um einen *ghost blip* – eine Computer-Anomalie.

Und ja, sie hatten einen Anruf von Mullen erhalten und auch Graftons Video gesehen. Ein kauziger Vietnam-Veteran und ein alter Mann, kein Problem, beide abzufertigen. Zur Sicherheit dachten sie sich die Geschichte mit dem Leuchtsignal aus und trichterten sie dem Fischer ein. Aber dann fand Fleming das Stück vom Zentraltank mit den nach innen gebogenen Zacken.

Das war unmöglich zu erklären.

»Also habt ihr sie umgebogen«, sagt Dave.

Phil zuckt mit den Schultern. »Wenn die Beweise nicht zur Geschichte passen, dann werden sie eben passend gemacht. Anders könnte man das Land gar nicht regieren. Hör zu, wir hätten dich ja eingeweiht, nur …«

Er bricht abrupt ab.

»Diana und Jake sind dabei draufgegangen.«

Phil lässt zustimmend den Kopf sinken.

»Und da habt ihr gedacht, dass ich es vielleicht persönlich nehme«, sagt Dave. »Ihr habt recht – ich nehm's persönlich. Wer hat die Verantwortung für den Anschlag übernommen?«

»Der Teil stimmt«, sagt Phil. »Niemand.«

»Ihr müsst etwas über den Selbstmordattentäter zurückverfolgt haben«, sagt Dave. »Hassan.«

Er war ein Ablenkungsmanöver, das weiß Dave jetzt.

Das seltsame Lächeln.

Er wollte erwischt werden.

Damit seine Mitstreiter meine Familie umbringen konnten.

»Du hörst mir nicht zu«, sagt Phil. »Wir haben gar nichts zurückverfolgt. Finger weg, streng verboten. So fangen wir gar nicht erst an. Und du auch nicht, Dave.«

Dave schüttelt den Kopf.

»Die machen dich fertig«, sagt Phil. »Sie werden dich als verrückten Säufer hinstellen, als durchgeknallten Verschwörungstheoretiker. Du wirst in der Klapsmühle landen, zugedröhnt mit Medikamenten durch die Gänge schlurfen und unverständliches Zeug brabbeln. Glaub bloß nicht, dass das nicht möglich ist.«

Dave sagt nichts.

»Halt den Mund«, sagt Phil. »Trauer um deine Familie, lass dir das Geld von der Versicherung auszahlen … Fang ein neues Leben an.«

Ein neues Leben, denkt Dave auf dem Weg nach Hause.

Mein ganzes Leben beruht auf Lügen.

Pflicht, Ehre, Vaterland.
Lügen.
Dienst, Opfer, Integrität.
Lügen.
In meinem Leben waren nur zwei Dinge wahr.
Jake und Diana.
Wie soll ich ohne sie neu anfangen?

Dave betritt das leere Haus.

Das Abfindungsangebot der Versicherung liegt noch auf dem Wohnzimmertisch.

Er setzt sich, nimmt einen Stift und unterschreibt.

✦

»Eigentlich darf ich gar nicht mit dir reden«, sagt Ray Flynn. Der Leiter der Anti-Terror Task Force des NYPD trägt einen Kamelhaarmantel von Burberry, und sein Haar frisch – und teuer – geschnitten. »Du bist in diesen Kreisen plötzlich sehr unbeliebt. In Quarantäne, als hättest du Lepra oder so.«

Er steht mit Dave an der Kunsteisbahn vor dem Rockefeller Center, und sie sehen den Eisläufern in ihren hübschen Kostümen zu.

»Wer hat dich angerufen?«, fragt Dave.

»Alle«, erwidert Flynn. »Das Ministerium für innere Sicherheit, das FBI, die TSA – und Jameson hat sich persönlich bei mir gemeldet. ›Dave Collins sind die Sicherungen durchgebrannt. Er denkt sich irre Geschichten aus. Der ist nicht mehr ganz bei Trost.‹«

»Und was denkst du?«

»Ich denke, dass du der Mann bist, der in Terminal 4 Tausenden das Leben gerettet hat. Ich halte dich für einen gottverdammten Helden.« Er nimmt sich einen Augenblick Zeit, um den Hintern einer blonden Eisläuferin zu mustern, und sagt dann: »Du wolltest wissen, was wir über den kürzlich unbeweint verschiedenen Hassan Al Hulwah herausgefunden haben?«

Flynn erzählt ihm, dass Al Hulwah in Verbindung zu einer radikal-islamistischen Moschee in der Atlantic Avenue stand.

»Wir haben schon seit Jahren ein Auge drauf«, sagt Flynn. »Seit dem ersten Anschlag auf das World Trade Center. Eine Zeit lang hatten wir sogar einen verdeckten Ermittler dort, aber größtenteils war alles nur großspuriges Gerede – ein paar Männer, die sich in einem Hinterzimmer alte al-Qaida-Podcasts reinziehen. Zuffeir, der Imam, organisiert diese bescheuerten Veranstaltungen, und Hulwah war so was wie sein Ziehsohn, fuhr voll auf die ganze Islamistenscheiße ab.«

Nach dem fehlgeschlagenen Attentat am JFK sah sich die Task Force in Hulwahs Zimmer im Haus seiner Eltern um und fand Aufnahmen auf seinem Laptop. Flynn greift in seine Tasche und reicht Dave eine CD.

»Aufnahmen, in arabisch«, sagt Flynn. »Islamistische Propaganda, die sich Hulwah runtergeladen hat. Rache für Osama, der Prophet wurde beleidigt, das Übliche. Die letzte Botschaft wurde an dem Morgen heruntergeladen, an dem Flug 211 abgestürzt ist, um 4:35 Uhr. Danach verließ Hulwah das Haus und kam nie wieder.«

»Wie lautete die letzte Botschaft?«

Flynn sieht Dave lange an, dann sagt er: »Ist ein Koranvers.«

Vers 211.

Miriam steht schon an der Tür, als der Fahrstuhl aufgeht.

Falls sie sich überhaupt verändert hat, dann ist sie in den vergangenen fünf Jahren noch hübscher geworden. Klein, schlank, ihr langes schwarzes Haar glänzt. Miriam ist eine Schönheit.

Vielleicht war sie deshalb so effektiv als Vernehmungsoffizierin im irakischen Balad, wo sie die Task Force 145 von der Anti-Terroreinheit des FBI als zivile Vertragsmitarbeiterin verstärkte. Die anderen Vernehmungsoffiziere – besonders die Männer – neideten ihr den Erfolg und beschwerten sich bisweilen, sie kleide sich zu provokant, aber Miriam wusste, dass die hochrangigen Gefangenen ihr Erscheinungsbild ebenso anstößig wie aufregend fanden, und sie sich damit Vorteile verschaffte.

Sie spricht fließend Arabisch, ebenso Hebräisch, Französisch, Spanisch und Englisch.

Jetzt trägt sie einen schwarzen Rollkragenpullover zu Jeans, und Dave weiß, dass in ihrem Hosenbund eine kleine Pistole steckt.

Er folgt ihr in ihre sparsam, aber elegant eingerichtete Wohnung. Vom Wohnzimmer aus hat sie eine wunderschöne Aussicht auf den Hudson. Überall liegen aufgeschlagene Bücher und Notizen herum.

Miriam handelt mit Informationen.

Ihre Kunden engagieren sie wegen ihres Wissens, ihrer Erfahrung, ihrer Quellen – weil sie geheimdienstliche Kenntnisse verfügbar machen kann. Dafür erhält sie Spitzenhonorare – das Penthouse mit dem Blick auf den Hudson gehört ihr.

Miriam besitzt eine doppelte Staatsbürgerschaft – sie hat einen amerikanischen und einen israelischen Pass – und wohnt auf der Upper West Side, weil das ein altes jüdisches

Viertel unweit der Columbia University ist, wo sie ihren Abschluss in Psychologie und Nahoststudien gemacht hat. Ihre Großeltern wurden in Birkenau ermordet, ihr Bruder als Angehöriger der israelischen Streitkräfte im Libanon getötet, und ein Cousin kam bei einem Bombenanschlag in Tel Aviv ums Leben.

Sie weiß, wie es ist, jemanden zu verlieren.

Dave reicht ihr die CD und fragt: »Kannst du die Stimme identifizieren?«

Wer auch immer hier Vers 211 zitiert, gab den Befehl, seine Familie zu töten.

»Das ist Abdullah Aziz«, sagt Miriam. »So nennt sich ein gewisser Zeinab Julaidan Khaled, am 27. September 1976 in Accra, Jordanien geboren.«

Sie sitzen am Tisch, Miriams Computer vor sich.

Sie hat Zugang zur TSDB, der *Terrorist Screening Data Base* des FBI, die Informationen über mehr als 800 000 nachweisliche und mutmaßliche Terroristen enthält. Außerdem kann sie auf zahlreiche andere Quellen zurückgreifen – Journalisten, Politiker, Agenten aller möglichen Geheimdienste weltweit – und hat die Stimme auf Al Hulwahs Computer mit den Aufzeichnungen von Überwachungen und Vernehmungen verglichen.

Das Stimmprofil ist mit dem von Aziz identisch.

»In seiner Familie und seiner Kindheit gibt es keine Auffälligkeiten«, fährt sie fort. »Gehobene Mittelschicht – der Vater Arzt, die Mutter Hausfrau.«

Auf dem Bildschirm erscheint ein Familienfoto, und Dave betrachtet die fast bizarr »normale« Aufnahme, die Khaled im Alter von schätzungsweise zwölf Jahren zeigt. Er posiert mit seinen Schwestern und seinen stolzen Eltern vor der Kamera.

»Er hat die Al-Ahliyya-Universität in Amman besucht«, sagt Miriam, »und seinen Abschluss in Architektur gemacht. Anschließend ging er nach Lawrence an die University of Kansas.«

Eine weitere Aufnahme von Khaled, diesmal mit wirrem schwarzem Haar, er trägt T-Shirt und Jeans und wirft gerade eine Frisbeescheibe über den Collegehof. Er lacht.

»Die nächste Information stammt von 1999. Er lebt in Hamburg in der Nähe der al-Quds-Moschee, wo er anscheinend Schüler von Imam Mohammad al Fizazi war, einem radikalen Islamisten, mit einem ganz besonders ausgeprägten Hass gegen die Vereinigten Staaten.«

Noch ein Foto – körnig und offensichtlich aus großer Entfernung aufgenommen, zeigt Khaled auf dem Bürgersteig vor der Moschee im Gespräch mit einem älteren Mann. Dave fällt auf, dass Khaled jetzt einen Vollbart trägt.

»Das Foto hat der BND gemacht«, sagt Miriam. »Die Moschee stand unter Beobachtung, bis sie 2010 auf behördliche Anweisung hin geschlossen wurde. Khaled jedenfalls hat danach als Bauzeichner in einem Architekturbüro gearbeitet. Er hat eine Deutsche geheiratet, Isabel Felcher, die zum Islam übergetreten ist und seitdem Kopftuch trägt. Die beiden haben ein Kind zusammen, einen Sohn namens Ali.«

Dave betrachtet das neue Bild von Khaled mit seiner Frau und dem Kind. Die Frau trägt einen Hidschab, aber keinen Niqab, ihr Gesicht ist nicht bedeckt. Sie hält das Baby in eine Decke gewickelt in den Armen. Der Junge muss jetzt ungefähr vierzehn sein, denkt Dave.

»Irgendwann im Jahr 2000 hat Khaled Deutschland und seine Familie verlassen«, sagt Miriam. »In den Personalakten steht, dass ihm im März 2000 wegen fortgesetzten Nichterscheinens gekündigt wurde. Ab Juli erhielt Isabel staatliche

Unterstützung. Dann hat der deutsche Geheimdienst Khaleds Spur verloren.«

Aber du nicht, denkt Dave.

»Sieh dir das mal an«, sagt sie.

Ein körniges Foto zeigt einen bärtigen Khaled in Tarnanzug und Wollweste, der mit einem anderen Mudschahedin eine Kalaschnikow inspiziert.

Osama.

»Die CIA hat dieses Foto auf islamistischen Websites gefunden«, sagt Miriam. »Es zeigt Khaled kurz vor dem 11. September in Osama bin Ladens Ausbildungslager in Afghanistan. Nur dass er sich jetzt Abdullah Aziz nennt.«

»War er auch in Tora-Bora?«, fragt Dave.

So viele Leichen haben wir da rausgezogen, hätte er nicht eine davon sein können?

»Das wissen wir nicht«, sagt Miriam. »Aber wir wissen, dass er wenig später im Irak bei der ›al-Qaida im Zweistromland‹ auftaucht. Er wurde verletzt, konnte aber über Syrien aus dem Irak fliehen.«

Zweimal hatten wir ihn im Visier, denkt Dave, und beide Male nicht erwischt. Oh Gott, vielleicht hatte ich ihn sogar selbst schon mal im Fadenkreuz …

»Zur Genesung ist er in seine jordanische Heimat gereist«, sagt Miriam, »was aus seiner Sicht, wie du dir vielleicht denken kannst, ein schwerwiegender Fehler war.«

»Der Muchabarat wurde auf ihn aufmerksam«, sagt Dave.

Der Da'irat al-Muchabarat al-Amma, der jordanische Geheimdienst, kurz GID, gehört zu den besten der Welt und steht in enger Verbindung mit der CIA und dem Mossad. Die regierende haschemitische Dynastie betrachtet den Islamismus als Bedrohung der eigenen Existenz und duldet ihn nicht.

Im Sommer 2001 hörte der Muchabarat Botschaften der al-

Qaida ab, in denen es um einen geplanten Anschlag in den Vereinigten Staaten ging – Codename *Big Wedding* –, und leitete den Bericht über amerikanische Geheimdienstkanäle weiter.

Die Warnung blieb unbeachtet.

Die Task Force 145 bekam jede Menge geheimdienstliche Informationen über die al-Qaida in Mesopotamien übermittelt, und Miriam pflegte ihre jordanischen Kontakte.

»Aziz wurde nach Al-Jafr gebracht«, sagt Miriam.

Egal, wie scharf unsere Verhörmethoden auch sein mögen, denkt Dave, im Vergleich zu dem, was der Muchabarat in der jordanischen Wüste veranstaltet, gleichen sie eher einem Strandausflug. Das Schlimmste, was einem Muslim passieren kann, ist, von einem anderen Muslim gefangen genommen oder von der CIA ausgeliefert zu werden. Es heißt, Gefangene auf dem Weg nach Al-Jafr hätten schon darum gebettelt, nach Guantanamo verlegt zu werden.

Miriam zeigt Dave das offizielle, von den Jordaniern aufgenommene Gefangenenfoto von Aziz, auf dem er blass und hager wirkt. »Sie haben ihn drei Wochen lang verhört, aber dann gehen lassen.«

»Warum wurde er nicht an uns ausgeliefert?«, fragt Dave.

»Er war kein HVT«, sagt Miriam.

Kein hochrangiger Verdächtiger.

Er hat während der Verhöre dichtgehalten, denkt Dave, und wenig oder gar nichts verraten. Wahrscheinlich hat er sich als dummer junger Mudschahed verkauft, der sich einen Haufen Mist hatte erzählen lassen, seine Lektion aber inzwischen gelernt hat.

»Wir wissen, dass er anschließend wieder nach Deutschland flog«, sagt Miriam, »dann haben wir ihn verloren. Der amerikanische Geheimdienst hat sich vor allem für Osama interessiert. Aziz blieb unter dem Radar.«

Sie erklärt, Aziz baue auf eine Struktur horizontal angeordneter verschwiegener Zellen, die untereinander wenig oder gar keinen Kontakt haben. Er ist kein Anhänger des von der alten al-Qaida gepflegten Persönlichkeitskults – von ihm gibt es keine Fotos, keine Videobotschaften des »großen Anführers«. Er benutzt kein Handy – nur selten mal ein Satellitentelefon – und erledigt fast alles über schnelle Internetverbindungen – auf altmodische Weise im direkten Kontakt von einer Person zur anderen. Anstatt sich irgendwo auf einem isolierten Stützpunkt zu verkriechen, wo er von Satelliten gefunden werden könnte, zieht es ihn in stark bevölkerte Gebiete, wo er in der Masse untertaucht.

»Status?«

»›Im Kommen‹«, sagt Miriam. »Noch nicht an der Spitze der terroristischen Stufenleiter, aber auch nicht mehr allzu weit davon entfernt. Falls er wirklich hinter dem Attentat auf Flug 211 steckt, wird ihn das ein ganzes Stück nach oben bringen.«

»Warum hat er sich nicht zu dem Anschlag bekannt?«, fragt Dave. »Was nutzt ihm das Attentat, wenn er es sich nicht auf die Fahnen schreibt?«

»Rache«, sagt Miriam. »Er betrachtet die Jordanier als Schoßhündchen der Amerikaner, also tragen eigentlich diese die Schuld an der Folter in Al-Jafr. Amerikaner zu töten ist ihm Belohnung genug. Außerdem musst du dir klarmachen, dass sich der Terrorismus verändert hat.«

Er ist zum Geschäft geworden.

Jede Terrororganisation fängt mit einem Anliegen an und wird dann zum Unternehmen.

Amerikaner töten ist ein Geschäft.

»Und alle stecken mit drin«, sagt Miriam. »Die al-Shabaab, die Organisation von Hekmatyar, das Haqqani-Netzwerk.

Aziz ist nur einer von vielen, die versuchen, sich an die Spitze zu setzen. Aziz' eigentliches Geschäft besteht aus Erpressung, Drogen- und Waffenhandel sowie Einflussnahme. Ein Anschlag wie der auf Flug 211 ruft in der arabischen Welt komplexe Reaktionen hervor – Abscheu, Bewunderung, Respekt – vor allem aber Angst. Todesangst. ›Wenn er das den Amerikanern antun kann, was wird er mir dann erst antun?‹ Ladenbesitzer, Geschäftsleute zahlen Abgaben. Die Opiumhändler aus Südasien wollen mit ihm zusammenarbeiten.«

Drogen und Terror, denkt Dave, sind das A und O der Kriegführung im 21. Jahrhundert.

»Das Gleiche gilt für die Ölscheichs«, erklärt Miriam. »Der arabische Frühling hat ihnen einen Riesenschrecken eingejagt. Wenn Mubarak und Gaddafi gestürzt werden können, wer ist dann als Nächstes dran? Kuwait? Der Jemen? Die Saudis? Und wer weiß, wer gewinnt? Die Gemäßigten oder die Islamisten? Sollten es Letztere sein, braucht man einen Freund mit islamistischer Glaubwürdigkeit, jemanden wie Abdullah Aziz. Also gibt man ihm Geld – sehr viel Geld – als Investition in eine ungewisse Zukunft.

Und dann sind da noch die tatsächlich Gläubigen, die echten islamistischen Fanatiker, die an den alten Traum der al-Qaida von einem weltweiten arabischen Kalifat glauben. Sie treibt es jetzt in Scharen in Aziz' Arme, und er wird sie benutzen, so wie er sie für das Attentat auf Flug 211 benutzt hat. Er wird sie aussaugen und wegwerfen. Allem Anschein nach hat Aziz seinen Glauben in den Folterkellern von Al-Jafr verloren. Dort hat er seinen Gott gerufen, aber keine Antwort bekommen. Sein Gott hat ihn benutzt, also benutzt er jetzt seinen Gott. Seine Auffassung vom Islam ist total zynisch.«

Eine Fassade.

»Er ist kein religiöser Fanatiker«, sagt Miriam. »Eher ein brutaler Verbrecher, ein Gangster.«

Das einzige, woran Abdullah Aziz glaubt, ist Abdullah Aziz.

Und für den wird er alles tun.

Lügen.

Töten.

Ein Flugzeug vollbesetzt mit Unschuldigen vom Himmel schießen.

»Kennen wir seinen aktuellen Aufenthaltsort?«, fragt Dave.

Miriam schüttelt den Kopf. »Ich nehme an, irgendwo in der europäischen Union, weil die Grenzen dort durchlässig sind. Aber das ist reine Spekulation.«

Dave blickt noch einmal in das Gesicht des Mannes, der Jake und Diana ermordet hat.

✦

Abdullah Aziz betrachtet den Teller mit schwarzem Reis vor sich.

Der Reis ist mit Sepia gefärbt, das Gericht gilt als eines der vorzüglichsten in ganz Barcelona.

Er probiert und glaubt, dass was dran sein könnte.

Im achten Jahrhundert war die Stadt noch arabisch gewesen, *Barschalona,* erinnert sich Aziz. Das galt für halb Europa, und besser war's. Vor ihm schaukeln Segelboote sanft im Hafenbecken. Ein für die Jahreszeit milder Tag. Die Sonne scheint, und der Himmel ist blassblau im Übergang zu grau.

Aziz trägt einen gelbbraunen Leinenanzug mit blauem Hemd, aber ohne Krawatte. Der italienische Anzug hat ihn zweitausend Dollar gekostet, aber Geldsorgen hat Aziz keine mehr. Hassan Dahir, der innerhalb seines Netzwerks die Finanzen kontrolliert, hat ihm versichert, dass zwei kuwaitische

Scheichs fünf Millionen Dollar auf eines seiner Nummernkonten überwiesen haben. Und laut Dahir haben weitere angekündigt, ebenfalls Geld schicken zu wollen. Außerdem sind zwei afghanische Opiumhändler vom Haqqani-Netzwerk zu ihm übergelaufen, und aus den Suks in Accra, Riad, Kairo, Marseille, Hamburg und London gehen »Beitragszahlungen« ein.

Dahir hat ihm die Zahlen erläutert – das Geld wurde so gründlich gewaschen, dass nicht mal die Amerikaner dahinterkommen.

Aziz' Netzwerk ist über fünfzig Millionen Dollar wert, Tendenz steigend.

Gut, denkt Aziz, aber nicht gut genug.

»Was ist mit Yusuf?«, fragt er. »Haben wir schon was gehört?«

»Ein Chamäleon verlässt seinen Baum erst, wenn es einen anderen gefunden hat«, sagt Dahir und führt damit ein altes Sprichwort an. »Er ist sich, was uns angeht, immer noch nicht sicher.«

»Aber kann ich ein Treffen mit ihm bekommen?«, fragt Aziz.

»Wir arbeiten dran.«

Yusuf ist die Schlüsselfigur, denkt Aziz.

Wenn er den alten Scheich für sich gewinnen kann, ist alles möglich. Frustrierend, dass es so lange dauert, aber mit den Qualen in der Zelle von Al-Jafr nicht zu vergleichen.

Die Narben sind verheilt, aber die Erinnerung ist frisch.

Er muss nur die Augen schließen, dann fällt ihm wieder ein, was ihm die Verbrecher vom Muchabarat angetan haben. Wie sie ihn auszogen und mit Drähten peitschten, ihm heiße Nadeln in die von amerikanischen Granatsplittern gerissene Wunde am Bein bohrten, ankündigten, ihn am nächsten Tag vergewaltigen und erschießen zu wollen.

Sie taten es nicht.

Stattdessen Bastonade – sie schlugen ihm mit Knüppeln auf die nackten Füße, bis sie bluteten und keine Haut mehr daran war, dann ließen sie ihn durch den Raum humpeln, auf dessen Boden sie Glasscherben verteilt hatten.

Er schrie wie ein kleines Mädchen.

Sie lachten und nannten ihn Schwuchtel.

Er hätte ihnen alles erzählt, aber sie haben nicht gefragt. Informationen schienen sie gar nicht zu interessieren, sie wollten ihm nur weh tun.

Als sie von den Stockhieben genug hatten, ging es weiter mit dem »Grillhuhn« – sie fesselten seine Hände hinter den Kniekehlen und hängten ihn kopfüber an einen Holzpfahl, schlugen auf ihn ein, während er hin- und herschaukelte.

Er heulte, schrie, schluchzte und flehte seine Peiniger an.

Was nur zu noch größerer Heiterkeit führte.

So ging es drei Tage lang ununterbrochen. Jedes Mal versicherten sie ihm, mit der nächsten Maßnahme würden sie ihn zum Krüppel machen, er würde fortan wie ein Affe gehen, nie wieder die Arme heben können.

Dann schienen sie des Spiels müde zu werden und ließen ihn nackt in der eiskalten Zelle liegen, wo er frierend und unter Schmerzen, gedemütigt und angsterfüllt, einen tauben Gott anrief, der ihm nicht antwortete.

Eine Woche später zogen sie ihn aus seiner Zelle, gaben ihm seine Kleider zurück und stießen ihn ohne weitere Erklärung auf die Straße hinaus.

Der Muchabarat, das Schoßhündchen der Amerikaner.

Derselben Amerikaner, die bis jetzt noch nicht auf den Anschlag reagiert haben.

Entweder glauben sie inzwischen selbst an ihre Version, dass es ein Unfall war, oder sie sind feige, denkt er und schiebt sich eine weitere Gabel mit köstlichem Reis in den Mund, lässt ihn sich auf der Zunge zergehen. Letzteres scheint ihm am einleuchtendsten.

Die allmächtigen Amerikaner haben Schiss.

Zehn Jahre und tausende Leben hat es sie gekostet, Osama zu töten, und diesen Preis wollen sie nicht noch einmal zahlen.

Deshalb unternehmen sie nichts.

Wenn ich Yusuf für uns gewinnen kann, wird das letzte Attentat im Vergleich zu den kommenden wie ein Segen wirken. Der nächste Anschlag wird die westliche Welt in ihren Grundfesten erschüttern und das Gleichgewicht der Macht zugunsten des Ostens verschieben, so wie es sich gehört.

Ich werde wieder zuschlagen und niemand wird etwas dagegen unternehmen.

✦

»›Nichts anderes braucht es zum Triumph des Bösen …‹«, setzt Dave an, hält dann aber inne und blickt ins Publikum. Alles hängt jetzt von seinen Worten ab.

»›… als dass gute Menschen nichts tun.‹«

Über fünfhundert Augenpaare starren ihn an.

»Das Zitat stammt von Edmund Burke«, sagt Dave, »und ist heute noch ebenso wahr wie vor zweihundert Jahren.«

Er beugt sich über sein Rednerpult und sucht zu möglichst vielen Menschen Blickkontakt.

»Ich werde nicht nichts tun«, sagt Dave.

Er wusste nicht, wie die Angehörigen der Opfer auf seinen Brief reagieren würden, den er allen geschickt hatte, deren Adressen er ausfindig machen konnte. Einige ließen gar nichts von sich hören, andere sagten ab – der Weg sei zu weit, der Schmerz noch zu frisch, einige hielten ihn auch für einen Unruhestifter, einen Verschwörungsspinner oder einen ganz gewöhnlichen Schwindler oder Betrüger.

Aber die meisten kamen.

Dave weiß, dass er vielen von ihnen in den schrecklichen Tagen direkt nach dem Absturz bereits begegnet ist – mit ihnen gemeinsam auf die entsetzlichen, unausweichlichen Nachrichten gewartet und den zahlreichen Verlautbarungen zugehört hat, darunter auch der abschließenden Einschätzung der Unfallursache, die, wie er jetzt weiß, frei erfunden war.

Andere sind Hinterbliebene der am Boden getöteten, derjenigen, die dem brennenden Treibstoff zum Opfer fielen oder im Tunnel gefangen wurden. Einige erkennt er von der Gedenkfeier wieder – er sah, wie sie trauernd die Köpfe neigten, von Weinkrämpfen geschüttelt.

Jetzt sitzen sie in dem überheizten Veranstaltungssaal des Sheraton Hotels und mustern Dave mit einer Mischung aus Neugier, Skepsis und unverhohlener Feindseligkeit. Einige erkennt er nicht. Sie halten sich im Hintergrund und sind dem Aussehen nach FBI-Agenten.

»Wir wurden belogen«, sagt Dave. »Unsere Regierung hat uns erklärt, der Absturz von Flug 211 sei auf technisches Versagen zurückzuführen. Das ist nicht wahr. Das Flugzeug wurde von einer Rakete abgeschossen. Unsere Angehörigen wurden ermordet.«

Einige stehen auf und gehen zur Tür. Dave kann das verstehen – sie haben so viele widersprüchliche und unstimmige Informationen erhalten, ungenaue Analysen von sogenannten Experten, Gerüchte und Halbwahrheiten zu hören bekommen. Jetzt endlich, als sie glaubten, genug zu wissen, um abschließen zu dürfen, kommt er daher und will ihnen auch noch diesen schwachen Trost nehmen.

Aber die meisten bleiben, als Dave die einzelnen Beweise durchgeht und erläutert.

Stan Mullen übernimmt das Mikro und erzählt seinen Teil der Geschichte. Dann zeigt Dave Graftons Videoaufzeichnung.

»Jetzt präsentieren die Ermittler eine neue Version«, sagt Dave. »Plötzlich soll ein Leuchtsignal auf einem Boot gezündet worden sein, nur dass der Kapitän des Bootes inzwischen versichert, er habe nichts dergleichen getan.«

Die Angehörigen sind nicht überzeugt.

Dave sieht einige spöttisch grinsen, andere schütteln den Kopf – und wieder stehen ein paar auf.

Besonders eine Frau beunruhigt ihn. Sie ist zierlich, hat kurzes, makellos gestyltes stahlgraues Haar, ihr Gesicht ist voller Falten, aber ihre blauen Augen strahlen, und sie hält sich kerzengerade. Wütend starrt sie Dave an und schüttelt den Kopf.

Dann zeigt Dave das Foto, das er für den entscheidenden Beweis hält – das Stück vom Zentraltank, das Fleming vom Grund des Ozeans geborgen hat.

»Es ist ein bisschen schwer zu erkennen«, sagt Dave, »aber Sie können sehen, dass die Metallzacken nach innen, nicht nach außen zeigen. Etwas muss den Tank von *außen* getroffen haben – er ist nicht von innen heraus explodiert.«

Er wirft ein Diagramm an die Wand, das zeigt, wie der Gefechtskopf einer Ein-Mann-Boden-Luft-Rakete explodieren und tödliche Kugelgeschosse in den Tank jagen würde. »Das ist das einzige Beweisstück, das sich nicht wegerklären lässt, und deshalb wurde es manipuliert.«

Dave stellt Fleming vor, der den Anwesenden erklärt, er habe den zuständigen Behörden dieses entscheidende Beweisstück übergeben und dass es später in einem Zustand aufgetaucht sei, der zu der offiziellen Version passte.

Diejenigen, die aufgestanden waren, setzen sich jetzt wieder. Einige bleiben an der Tür stehen, die Mäntel über den Arm gelegt. Andere beugen sich auf ihren Sitzen vor, wenden sich einander zu, zeigen auf die Fotos und schütteln die Köpfe – nicht weil sie ihm nicht glauben, sondern weil sie nicht fassen können, dass sie belogen wurden.

»Und dann ist da noch was«, sagt Dave. Er spielt die Aufnahme ab, die ihm Flynn gegeben hat. Im Raum ist es totenstill, während die Menschen den arabischen Worten lauschen.

»Das ist ein Zitat aus dem Koran«, übersetzt Dave. »Vers 211. Das ist der Befehl für den Abschuss des Flugzeugs. Die Stimme gehört Abdullah Aziz, der den Mord an unseren Angehörigen befohlen, geplant und bezahlt hat.«

Die Stimmung im Raum verändert sich. Zunächst hatte Skepsis geherrscht, dann Ungläubigkeit, später Wut.

Jetzt ist es blanker Zorn.

Dave bittet um Ruhe, und als sich der Saal wieder beruhigt hat, sagt er: »Wir haben geglaubt, was man uns erzählt hat – dass es sich um einen grausamen Winkelzug des Schicksals handelte, einen tragischen Unfall. Man hat uns um Loyalität gebeten und sich anschließend unser Schweigen erkauft.«

Er schaut in die Gesichter, in denen er dasselbe Gefühlschaos entdeckt, das er von sich selbst kennt.

»Ich jedenfalls werde nicht mehr schweigen«, sagt Dave. »Ich werde nicht zulassen, dass man die Erinnerung an meine Frau und meinen Sohn unter einem Berg von Lügen begräbt.«

Ein Mann ruft zurück: »Was können wir tun?!«

»Es gibt drei Möglichkeiten«, erwidert Dave. »Erstens, wir machen das, was wir bis jetzt machen – nichts. Zweitens – wir wenden uns an die Medien, versuchen Druck aufzubauen. Vielleicht bekommen wir dann ein paar Antworten, aber Antworten sind keine Gerechtigkeit. Gerechtigkeit bekommen wir nur, wenn wir uns für die dritte Möglichkeit entscheiden.«

Eine ältere Frau in der zweiten Reihe fragt: »Und die wäre?«

Dave klammert sich so fest an das Rednerpult, dass seine Fingerknöchel weiß werden.

»Wir jagen diese Männer«, erwidert er. »Wir werfen unsere Abfindungsgelder in einen Topf und engagieren die besten Söldner der Welt. Wir jagen Aziz und seine Leute und töten sie ebenso skrupellos, wie sie unsere Lieben ermordet haben.«

Fassungsloses Schweigen. Die Anwesenden denken nach – sie brauchen eine Weile, um zu begreifen, dass Dave sie bittet, ihm das von der Fluggesellschaft als Abfindung gezahlte Geld für eine Vergeltungsmission zur Verfügung zu stellen.

Ein Mann weiter hinten fasst seine Gedanken in Worte. Mit schroffem New Yorker Akzent fragt er: »Wir sollen Ihnen unser Geld überweisen? Woher wissen wir, dass Sie nicht damit verschwinden?«

Dave nickt, sagt nichts, dann wirft er erneut ein Bild an die Leinwand.

Ein Bild von Jake und Diana, vor dem Weihnachtsbaum in Montana.

Im Raum wird es still.

Niemand rührt sich, niemand sagt etwas.

Ich hab's nicht geschafft, denkt Dave.

Ich hatte meine Chance, und ich habe sie vergeigt.

Dann steht die Frau auf, die in der zweiten Reihe saß und ihn so wütend angesehen und den Kopf geschüttelt hatte. Sie blickt Dave unumwunden in die Augen und sagt mit kräftiger klarer Stimme: »Mein Name ist Elaine Hauser. Mrs Robert Hauser. Bob und ich waren fast vierzig Jahre verheiratet. Im April sollte er in Rente gehen, und wir wollten gemeinsam durchs Land reisen.«

Sie greift in ihre Handtasche, zieht ein Heft und einen Stift heraus und stellt sehr gewissenhaft einen Scheck aus, dann tritt sie ans Rednerpult.

»Das ist alles, was ich für das Leben meines Mannes bekommen habe«, sagt Elaine. »Bis auf den letzten Penny, ich will das Geld nicht. Ich will Gerechtigkeit.«

Sie reicht Dave den Scheck.

»Verschaffen Sie mir Gerechtigkeit.«

Dann dreht sie sich um und verlässt den Saal.

Einer nach dem anderen stellen sie jetzt Schecks aus, kommen nach vorne und überreichen sie Dave.

Nicht alle, aber die meisten geben die komplette oder zumindest einen Teil der Abfindungssumme zur Finanzierung der Mission.

Als Dave das Geld zählt, ist er sprachlos.

Er hat über zweihundertachtzig Millionen Dollar gesammelt.

David Collins zieht wieder in den Krieg.

✦

Dave übergibt Mike Donovan einen Scheck über eine Million Dollar.

»Was ist das?«, fragt Donovan.

»Ein Vorschuss.«

In den diversen Krisengebieten der Welt dienen derzeit über 40 000 private Vertragspartner der amerikanischen Regierung, aber Donovan gehört nicht dazu.

Er macht etwas ganz anderes.

Donovan hat die Delta Force verlassen und eine Eliteeinheit der weltweit besten Soldaten aus den weltweit besten Spezialeinheiten zusammengestellt. Dieses Söldner-Dream-Team hat bereits in sämtlichen Krisengebieten der Welt Operationen durchgeführt – in Somalia, im Jemen, in Kolumbien, in Mexiko. Personenschutz, geheimdienstliche Razzien, Rettung von Entführungsopfern und ja, auch gezielte Mordaufträge.

Dave und Donovan haben ein Treffen auf dem Arlington Cemetery verabredet.

Dave hielt das für passend – so viele ihrer Freunde liegen dort. Er traf als erster ein, sah aber schon wenige Minuten später Donovan mit dem wogenden Schritt eines Mannes auf sich zukommen, dessen Knie ihren Besitzer zu häufig und über zu viele Jahre hinweg im Laufschritt über unebenes Gelände tragen mussten.

Daves ehemaliger Commander ist einsfünfundneunzig groß, hundertzwanzig Kilo schwer, seine Haare sind immer noch dicht und schwarz, abgesehen vielleicht von ein paar wenigen silbergrauen Strähnen. Seine blauen Augen strahlen wie eh und je, seine Wangen sind genau so rosig, wie Dave sie in Erinnerung hatte. Jetzt betrachtet er den Scheck und fragt: »Ein Vorschuss wofür?«

»Dafür, dass du die Augen nicht schließt.«

Das war eine ihrer Redewendungen im Irak.

Die Task Force 145 war in Balad stationiert – »Mortaritaville« wie Donovan es nannte, weil sie so gut wie täglich von Aufständischen unter Beschuss genommen wurden. »Das Gehege« war der den 145ern zugewiesene Teil des Luftwaffenstützpunkts und vom Rest des Geländes durch Betonabsperrungen getrennt, so dass nur Angehörige des Sonderkommandos Zutritt hatten.

Meistens gingen sie aber nicht rein, sondern kamen raus.

Sie kleideten sich wie Irakis, ließen sich Bärte stehen und die Haare wachsen. Auf Grundlage der »tödlichen Informationen«, die sie von Miriam und den anderen Vernehmungsoffizieren bekamen, fielen sie in bestimmte Gebäude in der Stadt oder den umliegenden Dörfern ein. Durch diese Überfälle gelangten sie an weitere Informationen – sie nahmen Gefangene, beschlagnahmten Laptops und Satellitentelefone – was wiederum zu Razzien führte – oftmals noch in derselben Nacht, nur wenige Stunden, manchmal Minuten später.

»Wir sind Cops«, erklärte Donovan damals seinen Männern. »Wenn wir Informationen erhalten, bleiben wir nicht auf unseren Ärschen sitzen und denken noch mal drüber nach. Wir schlagen zu und ziehen weiter, schlagen erneut zu und ziehen wieder weiter – wir geben dem Feind keine Zeit, sich auszuruhen und Kräfte zu sammeln. Er muss wissen, dass wir ihm im Nacken sitzen. Wir schließen unsere Augen nicht.«

Damit wollte er sagen, auch ihnen selbst blieb keine Zeit, sich auszuruhen und neue Kräfte zu sammeln.

Zuschlagen und weiter, zuschlagen und weiter – Donovan trieb sie gnadenlos an. Das schiere Tempo, die blanke Intensität jener Zeit wird Dave ewig in Erinnerung bleiben.

Task Force Central – ihre Abteilung der 145er – absolvierte im Schnitt einen Einsatz täglich.

Und tötete über zweihundert Kämpfer der al-Qaida.

Jetzt sieht Donovan Dave an und fragt: »Wer ist der Klient?«

»Klient« ist alter Delta-Jargon für »Zielperson«.

»Abdullah Aziz«, sagt Dave. »Er hat den Anschlag auf Flug 211 befohlen. Ich will ihn, außerdem den Mann, der abgedrückt hat, und die Geldgeber.«

Donovan gibt Dave den Scheck zurück. »Unmöglich.«

»Warum?«

»Glaubst du, die sitzen gemütlich zusammen in einem ihrer AWZs«, fragt Donovan, »und man erwischt sie auf einen Schlag mit einer einzigen Granate?«

AWZ, denkt Dave – »Allahs Wartezimmer« – Donovans Kürzel für die Verstecke ihrer damaligen Klienten; Höhlen, Bunker, Gebäudekomplexe, die seinem niemals müden Blick nicht verborgen blieben.

»Nach einem Attentat wie dem auf Flug 211 haben die sich in der ganzen Welt verteilt«, fährt Donovan fort. »Die Schützen sitzen irgendwo, die Geldgeber woanders, und Aziz kann überall sein, bloß nicht in ihrer Nähe. Die bleiben ständig in Bewegung – und wenn wir einen erwischen, tauchen die anderen in ihre Löcher ab und ziehen den Deckel drüber. Wir reden hier nicht von einer Operation, Dave, wir reden von mindestens drei.«

Dave weiß, dass Donovan recht hat.

Aber das ist ihm egal.

Eine Operation, drei, dreitausend – so viele wie nötig sind.

»Wenn du den Job nicht willst«, sagt Dave, »such ich mir jemand anders.«

Donovan kennt Dave Collins.

Als Dave bei der Delta Force anfing, war Donovan so was wie ein großer Bruder oder Lieblingsonkel für ihn – er führte ihn ein, schliff seine rauen Kanten ab, sorgte dafür, dass er überlebte, und lehrte ihn, dass Erfolg darin besteht, »die kleinen Dinge richtig zu machen, immer und jedes Mal«.

Donovan war bei ihm, als Dave zum ersten Mal »Beute« machte – in der Nacht hoben sie ein SCUD-Raketen-Lager aus und töteten die Crew mit Kleinfeuerwaffen. Als er vor der Leiche eines irakischen Soldaten stand, den er gerade erschossen hatte, legte Donovan ihm den Arm auf die Schulter.

»Du hast deinen Job gemacht«, sagte Donovan. »Das hier ist dein Job.«

Auch in Mogadischu – umzingelt und in der Unterzahl – machte Dave Collins, der damals fast noch ein Kind war, seinen Job, immer an der Seite von Donovan. Ringsum lagen Verletzte und Sterbende.

Dave hat noch nie aufgegeben, denkt Donovan, und auch diesmal wird er es nicht tun. Er wird einen anderen Partner finden – einen, der ihm das Geld abnimmt, aber den Auftrag nicht erfüllt.

Und vielleicht geht Dave dabei sogar drauf.

»Woher kommt das Geld?«, fragt Donovan. »Ich will in keine geheime Regierungsoperation verwickelt werden, ohne dass ich es weiß.«

»Wir finanzieren uns selbst«, erwidert Dave.

»Wer ist wir?«

»Die Angehörigen der Opfer von Flug 211.« Er erzählt Donovan von den Abfindungssummen.

»Dave Collins«, sagt Donovan und schüttelt den Kopf. »Und wo ist das Geld jetzt?«

»Erinnerst du dich an Kirk Williams?«

»Das letzte Mal, als ich Kirk gesehen habe«, erwidert Donovan, »hast du ihn in Helmand Huckepack zum Rettungshubschrauber getragen.«

»Er ist jetzt an der Wall Street«, sagt Dave. »Investmentbanker. Er hat das Geld auf einem ausländischen Nummernkonto geparkt, nur ich habe Zugriff und zwar überall dort, wo ich es brauche.«

Verdammt, Collins hat mal wieder an alles gedacht.

»Falls wir den Auftrag annehmen sollten«, sagt Donovan, »und die Betonung liegt auf ›falls‹, dann läuft das so: Ich sage, wann wir losfahren, was wir mitnehmen und wie viele Männer. Ich allein führe das Einsatzkommando. Ist das klar?«

»Klar.«

»Der Preis ist eine halbe Million US-Dollar pro Mann«, sagt Donovan. »Eine Hälfte vorab, die andere nach erfolgreicher Beendigung der Mission. Zusätzlich fallen beträchtliche Summen für Ausrüstung, Spesen und Logistik an. Stirbt einer unserer Leute bei dem Einsatz, geht sein kompletter Anteil an seine Familie.«

Dave zuckt mit keiner Wimper. »Einverstanden.

Klar, es gibt auch noch andere mögliche Partner, aber er will Mike Donovan.

Donovan hat sich hochgearbeitet und zwar auf die harte Tour. Er hat der Stahlarbeiterstadt in den Bergen außerhalb von Pittsburgh den Rücken gekehrt und sich bei der Army eingeschrieben, weil er dort »Kost und Logis« bekam. Hat es bis in die Ranger School und zum Unteroffizier geschafft. Er fiel den Verantwortlichen auf, kam auf die Offiziersanwärterschule und wurde zu seiner eigenen Verwunderung und nicht ganz ohne Widerwillen »Offizier und Gentleman«.

Seine raue Schale legte er aber nie ab, präsentierte sich immer als bodenständiger Anti-Intellektueller, der gerne mal ein Bier trinkt, obwohl er später in Notre Dame seinen Bachelor in Verfassungsgeschichte und an der Naval Postgraduate School seinen Master machte, und sich dort als einer der ersten Offiziere überhaupt für den Lehrgang *Special Operations/Low Intensity Conflict* einschrieb. In seiner Studie über »Zielbestimmung bei der Aufstandsbekämpfung durch Spezialkräfteeinheiten«, vertrat er die These, die gezielte Ermordung terroristischer Anführer sei zwar erstrebenswert, dürfe letztlich aber nur der »Gewinnung von Raum und Zeit« für die Erarbeitung politischer und sozialer Lösungen dienen – was für einen Mann, der sich selbst als »schlangenfressenden Neanderthaler« beschreibt, ein durchaus erstaunlicher Standpunkt ist.

Als er von der Gründung der Delta Force erfuhr, gehörte Donovan zu den ersten Freiwilligen, die die brutale Ausbildung durchliefen. Seither marschierte er immer an vorderster Front – vom Golf bis nach Afghanistan –, bis er schließlich den Stecker zog.

Früher diente er seinem Land – jetzt dient er sich selbst.

»Du hast gesagt ›falls‹«, sagt Dave jetzt. »Wovon hängt deine Entscheidung ab?«

»Meine Leute sind unabhängig«, sagt Donovan. »Sie entscheiden von Fall zu Fall, ob sie einen Auftrag annehmen oder ablehnen. Du kommst mit, erzählst ihnen, worum es geht, und wenn du sie überzeugen kannst, läuft die Sache.«

»Ich habe auch eine Bedingung«, sagt Dave.

»Raus damit.«

»Ich bin bei den Einsätzen dabei«, sagt Dave, »sonst kommen wir nicht ins Geschäft.«

»Dann war's das für mich«, sagt Donovan. »Das Geschäft ist geplatzt.«

»Ich bin genauso qualifiziert wie jeder andere deiner Leute.«

»Das warst du«, sagt Donovan. »Du *warst* genauso qualifiziert. Zu deiner Zeit gab es keinen besseren, niemanden, mit dem ich lieber durch die Scheiße gewatet wäre. Aber das ist jetzt wie lange her? Vier Jahre, Dave. Vielleicht gehst du ja ins Fitnessstudio, ich weiß es nicht, vielleicht sogar auf den Schießplatz, aber meine Leute sind ständig im Einsatz oder im Training, und du hast in deiner Höhle gehockt und montagsabends Football geschaut. Du bringst es nicht mehr, Dave, und ich lasse nicht zu, dass du oder einer meiner Männer draufgehen, nur weil du's trotzdem versuchst.«

Dave lässt es sacken. Donovans Einwände sind berechtigt.

»Ich mache dir ein Angebot«, sagt Dave. »Wenn ich's im

Training nicht bringe, nicht mithalten kann, nicht genauso gut bin wie die anderen, dann bleibe ich zu Hause.«

Donovan lächelt. Völlig ausgeschlossen, dass Dave Collins die Wette gewinnt.

Dave denkt das Gleiche – nur umgekehrt.

»Ich melde mich«, sagt Donovan.

Sie geben sich die Hand, dann dreht Dave sich um und geht. Er steht gerade wieder auf dem Memorial Drive, hält nach einem Taxi Ausschau, als drei Männer von hinten an ihn herantreten.

Einer bohrt ihm den Lauf einer Waffe in den Rücken.

✦

Agenten.

Delta, DEVGRU, Special-Ops, egal, denkt Dave. Alles dasselbe. Einer nimmt ihm die Glock ab, während ihm der andere die Pistole in die Nieren presst und sagt: »Steigen Sie in den Wagen, Major Collins.«

Eine schwarze Limousine mit getönten Scheiben fährt vor. Einer der Männer macht die Tür auf, der andere stößt Dave hinein, steigt hinter ihm in den Wagen und schließt die Tür.

Die Limousine fährt an. Der Fahrer hat Schultern wie ein Linebacker und ist eindeutig bewaffnet.

Ein älterer Mann – schätzungsweise Anfang sechzig – sitzt hinten. Sein Gesicht ist rund, die Haare weiß, die Wangen gerötet, und er hat einen Bauch – er sieht aus wie einer, den man sich als Nikolaus für die Weihnachtsfeier seiner Kinder wünscht. Aber seine blauen Augen sind die Augen eines Mannes, der Morde befiehlt.

»Major Collins«, sagt er, »schön, Sie wiederzusehen. Ich wünschte nur, die Umstände wären glücklicher.«

Dave hat Mühe sich zu erinnern, woher er den Mann kennt.

»Ich war mal dabei, als Ihnen der Präsident eine Auszeichnung verliehen hat«, sagt der Mann. »Dana Wendelin. *Admiral* Wendelin, falls Sie Wert darauf legen. Mein aufrichtiges Beileid zum Tod von Diana und Jake. Ich werde nicht behaupten, dass ich mir vorstellen kann, wie es Ihnen geht, denn das kann ich nicht. Niemand kann das.«

Jetzt erinnert sich Dave – Wendelin gehörte zu den hochrangigen Offizieren, die die Arbeit der Task Force 145 und ähnlicher Einheiten überwachten.

»Aber«, sagt Wendelin jetzt, »Sie haben da ja ein paar irre Geschichten verbreitet.«

Dave antwortet nicht.

»Bei einer Explosion dieser Größenordnung«, sagt Wendelin, »zumal in der Luft, treten immer Anomalien auf. Und es liegt in der menschlichen Natur, Verschwörungstheorien zu erfinden. Das ist bei einem Flugzeugabsturz ganz normal. Niemand will glauben, dass ein banaler Funke zum Verlust geliebter Angehöriger geführt hat. Es muss etwas Gewichtigeres dahinterstecken. Vernünftige Menschen können sich endlos lange über die Bedeutung eines bestimmten Beweismittels streiten, aber ich bin hier, um ihnen zu versichern, dass – was auch immer mit diesem Flugzeug geschehen ist – es ein ganz gewöhnlicher Unfall war. Das ist die Wahrheit, und Sie müssen lernen, diese zu akzeptieren.«

»Das ist nicht die Wahrheit.«

»Mein Lieber, wollen Sie mich als Lügner beschimpfen?«

»Erstens bin ich nicht Ihr ›Lieber‹«, sagt Dave. »Und zweitens irren Sie sich, oder Sie sind tatsächlich ein Lügner.«

Der Soldat neben ihm ist Mitte dreißig, hat schwarzes Haar und eine Habichtnase – er trägt zivil, ist aber ganz offensichtlich militärisch ausgebildet. Er bedenkt Dave mit einem Blick, der einschüchternd wirken soll.

Was er aber nicht tut.

Dave schickt einen Blick zurück, der sagt: Wenn du dich mit mir anlegen willst, lass uns rechts ranfahren und aussteigen.

»Schon gut, Palmer«, beschwichtigt Wendelin.

Der Wagen biegt auf die Arlington Memorial Bridge, die über den Potomac führt.

Dave wendet sich wieder Wendelin zu. »Wenn ich herausfinden konnte, dass Abdullah Aziz den Befehl zum Abschuss des Flugzeugs gab, dann dürfte es Ihnen auch gelungen sein. Der Unterschied ist nur, dass Sie im Gegensatz zu mir nicht vorhaben, etwas zu unternehmen.«

Das Lincoln Memorial ragt jetzt vor ihnen auf.

Der Wagen biegt links in den Kreisverkehr.

»Sie und ich«, sagt Wendelin zu Dave, »haben in einer Welt gelebt, von deren Existenz die meisten Menschen glücklicherweise nie etwas erfahren werden. Wir können uns also ganz offen unterhalten. Major Collins, lassen Sie den Scheiß.«

»Dasselbe könnte ich Ihnen raten.«

Wendelin lächelt und sagt: »Mit Ihrem Vorhaben verstoßen Sie gegen ungefähr siebenundfünfzig bundesstaatliche Gesetze und weitere, die ich mir noch ausdenken werde. Ich stecke Sie ins Gefängnis, bis es in der Hölle schneit. Charlie Manson, Sirhan Sirhan und Jeffrey Dahmer kommen schneller aus dem Knast als Sie.«

»Dahmer ist tot.«

»Trotzdem kommt er vor Ihnen raus.«

Der Wagen biegt auf den Bacon Drive. Von seinem Fenster aus sieht Dave das Vietnam Memorial.

57 000 Namen sind in die Mauer dort eingraviert, denkt Dave, und wozu?

»Aber so weit muss es nicht kommen«, sagt Wendelin. »Geben Sie den Angehörigen ihr Geld zurück, hören Sie auf, und wir vergessen, dass je etwas vorgefallen ist.«

Dave dreht sich zu Wendelin um.

»Früher hatte ich mit *Männern* zu tun«, sagt er. »Männern, die dieses Land verteidigt haben und die niemals tatenlos zugesehen hätten, wie ihre Familien ermordet werden, nur weil ihnen das politisch zweckmäßig erschien. Im Leben hätte ich mir nicht erträumt, dass ich mal jemandem wie Ihnen begegne.«

Wendelin schießt Zornesröte in die Wangen. »Das war die falsche Antwort, Major. Jetzt muss ich verhindern, dass Sie sich und anderen schaden.«

Dave rammt Palmer seinen rechten Ellbogen an die Schläfe, greift über den überraschten Soldaten hinweg, stößt die Wagentür auf und Palmer hinaus.

Der Fahrer tritt auf die Bremse.

Dave springt raus.

✦

Keine Kugel im Rücken.

Dave geht über die Straße, rechnet fast damit, dass es ihn von hinten erwischt, aber eigentlich denkt er, werden sie in der Öffentlichkeit kein Risiko eingehen. Wenn sie mich tot sehen wollten, hätten sie mich längst umgebracht. Oder sich erst gar nicht die Mühe gemacht, mich zu warnen.

Er wirft einen Blick über die Schulter.

Palmer ist nicht zu sehen.

Aber der Linebacker.

Wahrscheinlich hat Palmer was abbekommen, denkt Dave, mindestens eine Gehirnerschütterung, deshalb schickt Wendelin den Fahrer.

Aber was soll er machen?

Sie wissen, dass ich mich widersetzen werde, wenn sie mich einholen, aber sie werden kein öffentliches Aufsehen riskieren, das sich nicht ohne weiteres erklären lässt. Wahrscheinlich lassen sie mich an der langen Leine, weil sie denken, dass sie mich später sowieso kriegen. Sie hängen sich so lange an mich dran, bis der Moment günstig ist, dann kassieren sie mich ein und stecken mich in »Schutzhaft«.

Aber so weit wird es nicht kommen.

Dieselben Leute, die Dave »fliehen und ausweichen« beigebracht haben, wollen jetzt verhindern, dass er genau das tut. Jeder Angehörige einer Spezialeinheit lernt, wie man aus Gefahrengebieten wieder rauskommt – und das nicht nur in ländlicher Umgebung, wo die meisten Kämpfe stattfinden, sondern auch in der Stadt.

Dave ist ein bisschen eingerostet, aber ihm bleibt nicht die Zeit, sich deshalb Sorgen zu machen. Zuerst sucht er eine »Reibefläche«, um den Linebacker in der Menge abzuhängen.

Er geht zum World War II Memorial, das selbst an einem eiskalten Tag wie diesem zahlreiche Besucher anzieht. Viele von ihnen sind alte Männer, warm eingepackte über Achtzigjährige, einige stützen sich auf Gehhilfen. Wenige lächeln oder unterhalten sich leise, die meisten starren schweigend auf die Steintafeln mit den Namen, an die sich unsagbare Erinnerungen knüpfen – Peleliu, Normandie, Pearl Harbor.

Dave schlängelt sich durch die Menge, aber der Linebacker ist wendiger, als er aussieht, und bleibt an ihm dran. Auch hat er den Vorteil, so groß zu sein, dass er die Menge überragt, und Dave weiß, dass er die Koordinaten längst über Funk durchgegeben hat und sie ihm den Weg abschneiden werden.

Eine Weile wird es allerdings noch dauern, bis sich die angeforderten Kollegen in Stellung gebracht haben, deshalb beschleunigt Dave seinen Schritt und läuft auf die Subway-Station Metro Center zu. Drei Linien verlaufen hier, in jeweils zwei Richtungen, sein Verfolger wird also sechs Möglichkeiten im Auge behalten müssen.

Der Linebacker steht schon oben an der Rolltreppe, schiebt sich durch die Menschenmenge.

Stolper, denkt Dave. Fall hin.

Dave kommt unten an, will sich ein Ticket am Automaten kaufen.

Aber der Linebacker holt auf, und Dave sieht ihn an, wie um zu sagen: Und was willst du hier unten machen, du Arschloch?

Nichts.

Dave nimmt sein Ticket und passiert die Schranke.

Der Linebacker hat eine Dauerkarte und folgt ihm, spricht in sein Mikro am Revers.

Was gibst du durch?, fragt sich Dave.

Die blaue Linie? Orange? Rot? Welche Richtung?

Dave blickt zur Anzeigetafel und sieht, dass in zwei Minuten ein Zug der orangefarbenen Linie in östlicher Richtung einfahren wird. Er nimmt den Gang zur orangefarbenen Linie und bleibt auf dem Bahnsteig stehen, auf dem die Züge Richtung Osten halten.

Der Linebacker positioniert sich in circa sieben Metern Entfernung und gibt dies über Funk durch.

Als der Zug einfährt, dreht sich Dave um und verschwindet im Gang, der zur roten Linie führt.

Der Linebacker hinterher.

Dave entscheidet sich für den Bahnsteig Richtung Norden. Ein Zug nach Shady Grove fährt ein.

Die Türen gehen auf, und diesmal steigt Dave ein.

Der Linebacker steigt in denselben Waggon, beide bleiben stehen, halten sich an den Schlaufen fest, sehen einander an.

Aber Dave merkt, dass der Linebacker in der Luft hängt. In der Bahn kann er nicht viel machen, er kann keine Verstärkung anfordern, weil er nicht weiß, wo ich aussteige.

Die Haltestellen ziehen vorüber.

Farrugut North, DuPont Circle, Woodley Park, Cleveland Park …

Van Ness, Tenleytown …

Friendship Heights …

In Bethesda steigt Dave aus.

Er geht den Bahnsteig entlang zur Rolltreppe, der Linebacker direkt hinter ihm, aber nachdem er ungefähr drei Meter mit der Rolltreppe nach oben gefahren ist, springt Dave über den Handlauf, landet wieder auf dem Bahnsteig und rennt zum Fahrstuhl. Wie ein Verrückter drückt er auf den Knopf, während der Linebacker kehrt macht und versucht, sich einen Weg durch die Menge zu bahnen.

Die Fahrstuhltür geht auf, Dave steigt ein und drückt auf den Knopf fürs Erdgeschoss.

Die Türen bewegen sich schon aufeinander zu …

Als sich ein Fuß dazwischenschiebt und der Linebacker in den Fahrstuhl kommt.

Dave hat ihm genau die Situation verschafft, die er haben wollte – jetzt sind sie allein, er kann Dave überwältigen und mitnehmen.

Aber auch Dave wollte das.

Die Verfolgungsjagd hätte nicht ewig so weitergehen können – früher oder später hätten sie ihn erwischt.

Der Linebacker ist größer und stärker.

Sehr viel größer und stärker.

Dave zögert nicht.

Er hebt die Hände.

Rammt dem Linebacker seine Rechte in die Leber. Der klappt vornüber. Dave verpasst ihm zwei weitere Gerade an den Kiefer, gefolgt von einem Knie in den Solar Plexus.

Der Linebacker fällt auf die Knie.

Dave verschränkt die Finger, schlägt ihm ins Genick. Jetzt kauert der Linebacker auf allen Vieren. Mit einem Griff in dessen Jackentasche sichert sich Dave seine Sig Sauer, hält ihm den Lauf unter die Nase und sagt: »Bleib hier. Wenn du mir folgst, erschieß ich dich.«

Der Linebacker nickt.

Dave steckt sich die Sig Sauer in den Hosenbund, fährt wieder runter zu den Zügen und steigt aus.

Jetzt braucht er nur ein bisschen Zeit und Glück.

Der Linebacker wird über Funk Hilfe nach oben bestellt haben, und wenn er nicht auftaucht, werden sie runterkommen. Also braucht Dave einen Zug und zwar schnell, laut Anzeige kommt der nächste erst in drei Minuten – Richtung Norden. Dreißig Sekunden später wird einer in die entgegengesetzte Richtung erwartet.

Man muss nicht Einstein sein, um zu wissen, dass Zeit relativ ist.

Dave behält mit einem Auge den Bahnsteig im Blick, mit dem anderen den Fahrstuhl.

Komm schon, komm schon.

Bevor die Kavallerie anreitet, bevor der große halb bewusstlose Mann im Fahrstuhl entdeckt wird, oder ihm plötzlich neue Eier wachsen und er wundersam erstarkt wieder rauskommt.

Der Zug Richtung Norden fährt ein.

Dave steigt ein, lässt sein Handy auf einen der Sitze fallen und springt schnell wieder raus, bevor sich die Türen schließen. Dann geht er auf die andere Seite des Bahnsteigs und springt in den Zug nach Süden, fährt bis Union Station und kauft sich ein Ticket für den Acela.

Den Expresszug nach New York.

Die Fahrt dauert zweieinhalb Stunden. Dave steigt Penn Station aus, sucht sich ein Hotel in Hell's Kitchen und stellt sich lange unter die heiße Dusche. Nach der Schlägerei mit dem Linebacker tun ihm sämtliche Glieder weh, und die Knöchel seiner rechten Hand sind aufgeschlagen und aufgeschürft. Er legt die Sig Sauer auf den Nachttisch und geht ins Bett. Dabei ist ihm die Ironie durchaus bewusst: Er ist jetzt der Flüchtige, der Gejagte, und seine Regierung sucht ihn – nicht Abdullah Aziz.

»Findet ihn, verdammt noch mal«, sagt Wendelin.

Captain Steven Palmer würde ja gerne. Erstens hat er Collins eine Gehirnerschütterung zu verdanken, zweitens macht ihm sein Chef sonst die Hölle heiß.

Wendelin sieht aus dem Fenster seines Büros bei der DIA.

Viel gibt es nicht zu sehen – eine alte, teilweise stillgelegte Airbase in Anacostia.

»Haben wir irgendeine Ahnung, wohin der Mann verschwunden sein kann?«, fragt er. Er ist stinksauer auf Palmer, stinksauer auf Moretti, weil er sich hat verprügeln lassen, aber am meisten hasst er sich selbst, weil er Collins unterschätzt hat.

Ein ehemaliger Soldat der Delta Force, Herrgottnochmal, denkt Wendelin.

Du hast dir seine Ausbildung doch selbst ausgedacht – ausgerechnet du solltest wissen, wozu er fähig ist, auch vier Jahre nach seinem Ausscheiden noch. Ein ehemaliger Angehöriger einer Spezialeinheit mit einer Waffe, die er auch noch mit verbundenen Augen und verkehrt herum von der Decke baumelnd mühelos auseinandernehmen und wieder zusammensetzen könnte. Einer der gefährlichsten Männer der Welt ist spurlos von der Bildfläche verschwunden und auf Rache versessen.

Und da ist noch was, denkt er.

Gib's zu.

Du bist wütend auf dich selbst, weil du einen Mann in die Schranken weisen willst, der seine Familie verloren und seinem Land gedient hat – einen Helden, der Gerechtigkeit fordert und auch verdient.

Und was noch schlimmer ist, du musst tatenlos zusehen, wie ein Massenmörder wie Aziz einfach so davonkommt.

Aber betrachte die Lage mal insgesamt, sagt er sich. Die nationalen Interessen, die nationale Sicherheit, die Wirtschaftslage. Tu, was du tun musst.

»Wir haben ihn, er befindet sich im Nordwesten von Washington«, sagt Palmer.

»Wir empfangen Handysignale aus Rockville. Die Falle schnappt zu.«

Zwei Stunden später rücken Palmer und drei weitere Agenten vor einer Wohnung in Rockville an. Mit gezogenen Pistolen treten sie die Tür ein.

Ein schlaksiger, pickliger Teenager steht mit sperrangelweit geöffnetem Mund und einem Handy in der Hand vor ihnen, starrt auf die Pistolen.

»Ich wollte nur mal kurz in Barcelona anrufen«, jammert er.

✦

Am Morgen wechselt Dave drei Mal die U-Bahn, bis er sicher ist, dass niemand an ihm dranhängt. Dann betritt er eine Bar am Sheridan Square im Village.

Ben Cooper macht gerade auf.

Der frühere Delta-Operator sieht Dave reinkommen und geht ins Hinterzimmer. Er hat den Safe bereits geöffnet und reicht Dave einen großen braunen Umschlag. Die meisten Special-Ops haben irgendwo ein »Notfallpaket« liegen. Eine Eigenheit, die sie sich auch nach dem aktiven Dienst nicht abgewöhnen können. In dem Umschlag befinden sich zwei, auf verschiedene Namen ausgestellte Führerscheine, ein kanadischer Reisepass, drei saubere Kreditkarten, passend zu den Namen auf den Führerscheinen und dem Reisepass, und 10 000 Dollar in bar. Cooper hat all das für ihn aufbewahrt, weshalb seine Kneipe für Collins jahrelang tabu war.

So lange, bis er sein Paket brauchte.

Dave hätte niemals gedacht, dass es so weit kommen würde.

Er legt die Sig Sauer in den Safe. Er hätte sie auch einfach wegwerfen können, aber er will nicht, dass ein Jugendlicher sie findet. Von sich aus erzählt er nichts, und Cooper fragt nicht nach. Das ist der Deal mit dem Hüter des Notfall-Pakets – er weiß nichts. Wenn er Besuch von Wendelins Leuten bekommt, kann er ihnen nichts erzählen.

Nicht, dass er's tun würde.

»Gibt's eine Nachricht vom Boss?«, fragt Dave Cooper.

»Ja«, sagt der. »Wo du hinfliegen sollst.«

Dave verlässt die Bar und fährt im Taxi zu einem Reisebüro in der Innenstadt, wo er sich mit seiner üblichen Kreditkarte ein einfaches Ticket für einen United-Flug nach Los Angeles mit Anschluss nach Hongkong kauft.

»Wir haben ihn«, sagt Palmer, als er in Wendelins Büro kommt. »Er hat seine Kreditkarte benutzt und ein Ticket für einen United-Flug von Newark nach LA um 1.15 Uhr mit Anschluss nach Hongkong gebucht.«

Hongkong?, denkt Wendelin. Interessant.

»Schickt Leute zum Terminal«, sagt Wendelin. »Und versaut es bitte nicht schon wieder.«

Er erkennt mich, denkt Dave.

Der Mann von der TSA betrachtet erst ausgiebig das Foto im Reisepass, dann Daves Gesicht.

Dave hat ihm gerade seine ausgedruckte Bordkarte und seinen kanadischen Reisepass übergeben und versucht jetzt, gelassen zu wirken. David Collins steht auf der *No-Fly*-Liste – »Peter Bergeron« hoffentlich nicht.

Seltsam, denkt er, auf der anderen Seite der Verhaltenserkennung zu stehen. Er weiß, wonach die Mitarbeiter Ausschau halten, und er strengt sich an, keinen Fehler zu begehen – er fasst sich nicht ins Gesicht, sieht sich nicht um, weicht den ihm gestellten Fragen nicht aus.

Er hat getan, was er tun kann.

Ein Flug, ein Check-in, einmal durch die Sicherheitskontrolle.

Das Risiko minimieren.

Die kleinen Sachen richtig machen.

Seine Bordkarte – für den ersten Teil des gebuchten Hin- und Rückflugs – hatte er noch in allerletzter Minute im »Business Center« eines Hotels ausgedruckt und war dann mit dessen Shuttleservice zum Flughafen gefahren.

Wahrscheinlich hat Wendelin längst überall mein Bild verbreitet, und gleich werde ich erkannt.

Der erste Impuls ist zu reden – nervöses Geplauder –, aber das ist mitunter das Schlimmste, was man machen kann. Schlimmer sind nur die unfreiwilligen Reaktionen – Schweißausbrüche, Schlucken, geweitete Pupillen. All das hat er seinen Mitarbeitern am Kennedy Airport immer wieder eingeschärft.

Also lächelt Dave, atmet gleichmäßig und ruhig und sieht den Mitarbeiter geradeheraus an.

Dieser wirft einen letzten genauen Blick auf Dave, vergleicht dessen Gesicht noch einmal mit dem Foto, kritzelt mit Rotstift ein Zeichen auf die Bordkarte und winkt ihn durch. »Schönen Tag noch.«

»Ihnen auch.«

Das war leicht, aber Dave weiß, dass sie ihn noch an einigen anderen Stellen erwischen können. In der Schlange vor der Sicherheitskontrolle, im Terminal dahinter, und auch noch im Flugzeug selbst. Vielleicht haben sie es genau so geplant, denkt Dave. Ist alles schon vorgekommen, und du kannst nichts dagegen machen, also gib dir Mühe und behalte im Griff, was du im Griff behalten kannst.

Dich selbst.

Er lässt seinen Koffer durchleuchten.

Bevor er nach LaGuardia rausfuhr, hatte er in ein paar Geschäften Halt gemacht und sich einen kleinen Handgepäckkoffer, ein paar Klamotten und Drogerieartikel besorgt.

Jetzt hat Dave die Kontrollen passiert und den Sicherheitsbereich betreten.

So weit alles ruhig.

Er geht in einen Laden und kauft sich eine *New York Times*, eine *Sports Illustrated* und Magentabletten, dann geht er zum Gate und setzt sich. Zehn Minuten später wird sein Flug aufgerufen: »American Flight 576 nach San José, Costa Rica, steht zum Boarding bereit. Passagiere, die beim Einstieg Hilfe benötigen …«

Dave fährt mit dem Bus in die Innenstadt von San José und steigt am Coca-Cola-Busbahnhof auf dem Gelände der alten Abfüllanlage aus. Der Bahnhof befindet sich im Rotlichtviertel, der *zona roja*, hier wimmelt es nur so vor Taschendieben, die es auf Touristen abgesehen haben, aber keiner nimmt Dave ins Visier. Anscheinend wirkt sein Gang beim Überqueren des Platzes zur Avenida Central irgendwie abschreckend.

Er entscheidet sich für eine Strecke, die ihn über den dicht gedrängten Mercado Central führt, den Zentralmarkt. Und er wandert durch die schmalen Gassen, vorbei an den Ständen mit Obst, Gemüse und Blumen und den *sodas*, den kleinen Imbisswagen, an denen billige Mahlzeiten verkauft werden.

Niemand folgt ihm.

Wenn doch, ist er sehr gut.

Donovan hatte gesagt: »Komm ohne Begleitung oder lieber gar nicht, Dave. Wenn jemand an dir dranhängt, siehst du uns nie wieder.«

Zur Sicherheit spaziert er jetzt noch einmal an den Fleisch- und Fischständen des Mercado Borbón vorbei, dann biegt er in die Calle 2 und anschließend in den Parque Central ab, dort stellt er sich, wie Donovan verlangt hatte, an den Brunnen, damit sie ihn sehen.

Er wartet die verabredeten zehn Minuten, dann geht er über die Castro Madriz und in südlicher Richtung in die Calle 5, wo er das kleine Hotel findet, das ihm Donovan genannt hat.

Dave sitzt seit ungefähr fünf Minuten an der Bar auf der Terasse, trinkt ein Imperial-Bier, als ein Jeep vorfährt, hinter dem Lenkrad sitzt ein junger Mann mit zerzaustem blondem Haar, Jeanshemd, Boardshorts und ausgelatschten mexikanischen Sandalen. Er hat eine schiefe, gebrochene Nase und ein breites Grinsen im Gesicht.

Zwei Tri-fin-Shortboards ragen hinten aus seinem Jeep.

Der Mann beugt sich zur Seite, öffnet die Tür und sagt: »Major Dave Collins? Spring rein, Dude.«

Dave wirft seine Tasche nach hinten und steigt auf den Beifahrersitz.

»Ich bin Cody«, sagt der junge Mann beim Losfahren. »Cody Perez. Ich sehe nicht aus wie ein Mexikaner, oder?«

Nein, tut er nicht, denkt Dave. Er sieht aus wie ein typischer kalifornischer Surfer und klingt auch genau so.

»Ich hab mehr DNA von meiner Mom mitbekommen als von meinem Dad«, sagt Cody. »Kommt mir ganz gelegen, dadurch kann ich für beide Seiten spielen. Aufgewachsen bin ich in San Diego, aber in TJ geboren.«

»Daher die Surfboards?«, fragt Dave.

»Donovans Idee. Damit wir wie Yankeesurfer auf Safari aussehen. Aber na ja, ich bin unterwegs tatsächlich auch mal kurz aufs Wasser.« Cody dreht sich um und nimmt sich ein Bier vom Rücksitz. »Mit Alkohol am Steuer bist du hier gut beraten. Sonst machen's die Nerven nicht mit.«

Wahr gesprochen, denkt Dave später.

In der Stadt ist es schon schlimm, in den Vororten wird es aber noch schlimmer, anscheinend betrachtet man die Verkehrsregeln hier bestenfalls als Empfehlungen. Dave presst nervös beide Füße auf den Boden, bis sie endlich den zweispurigen »Highway« erreichen, der sie in die Berge führt. Trotz entgegenkommender Busse überholt Cody andere Autos, wird wiederum von Motorrädern überholt, während sich gleichzeitig Laster aus den unglaublichsten Richtungen und scheinbar aus dem Nichts mitten auf die Fahrbahn schieben. Die Tatsache, dass der asphaltierte Highway von einer einspurigen roten Schotterstraße abgelöst wird, scheint niemanden davon abzubringen, an eine eigene große Zukunft in der Formel Eins zu glauben – wobei die Vorstellung von einer Zukunft in dieser Situation an sich weit hergeholt scheint.

»Costa Rica hat die mit Abstand meisten Verkehrstoten in Lateinamerika!«, erklärt Cody, während er auf einem steil ansteigenden Streckenabschnitt an zwei PKW, einem überladenen Laster und einem vollbesetzten Bus vorbeizieht.

»Toll!«

Aber Dave kennt die Art von Risikobereitschaft, die allen Special-Ops eigen ist.

Wir halten uns für unsterblich.

Cody Perez macht auf cool, aber in seinem Innern brodelt es.

Das ist sein Geheimnis.

Cody war Rettungsspringer beim 24th Special Tactics Squadron der US Air Force und damit sowohl ausgebildeter Sanitäter als auch Special-Op-Fighter. Im Prinzip bedeutete das: Wenn du in der Scheiße gesteckt hast – umzingelt auf einem Berg, auf dem kein Hubschrauber landen kann, bei starkem Wellengang kurz vorm Ertrinken oder einfach ganz allgemein in einem unzugänglichen Dreckloch gesessen hast –, kam Cody Perez vom Himmel gesprungen und hat dir den Arsch gerettet.

Er hat deine Wunden verbunden und jeden abgewehrt, der dir ans Leben wollte, ihn dir so lange vom Hals gehalten, bis eine Möglichkeit gefunden war, euch beide rauszuholen.

Anders ausgedrückt: Cody Perez ist freiwillig in die schlimmsten Situationen überhaupt gesprungen.

Seine Auszeichnungen belegen das, obwohl sie irgendwo in einer kleinen Wohnung in Encinitas in einer Schublade liegen. Zwei davon sind Purple Hearts – eins aus dem Irak und eins aus Afghanistan.

Cody spricht nicht darüber.

Er spricht über das Surfen, über Bier, Tacos, Mädchen und dann wieder über das Surfen.

Aber niemals über den Tag im Tangi-Tal in Afghanistan, als die Chinook mit den Navy Seals an Bord abstürzte und so heftig unter Beschuss genommen wurde, dass kein anderer Hubschrauber landen konnte, wofür es sowieso zu windig war. Also sprang Cody da runter, überall lagen verkohlte Leichen und schreiende Verletzte, und aus allen Richtungen kam die Scheiße geflogen. Die Taliban hatten sich hinter Felsen verbarrikadiert, und Cody versuchte verzweifelt, wirklich verdammt verzweifelt, Hardings Blutfluss zu stoppen. Er drückte ihm Kompressen an den Hals und feuerte gleichzeitig mit seinem M4, um sein eigenes Leben zu retten und das seines Freundes und der anderen Verletzten, aber es kam einfach immer mehr Mist angeflogen – Granatfeuer und Kalaschnikow-Salven –, und er hatte so eine Scheißangst und war so verdammt wütend, und der Lärm hörte einfach nicht auf – die Schreie, die Explosionen. Die Erde bebte, Sand und Steine flogen ihm in die Augen. Hardings Brust rasselte, sein heißes Blut quoll zwischen Codys Fingern hindurch und lief Harding übers Gesicht, und Harding wollte seine Frau noch mal sehen, seine Kinder, und Cody versuchte so verzweifelt, ihn zu retten, tat alles, was er konnte.

An jenem Tag tötete Chief Master Sergeant Cody Perez elf feindliche Kämpfer. Obwohl er selbst verwundet war, hielt er die Feinde in Schach und die Stellung, bis der Wind drehte und die Hubschrauber kamen und die Lebenden und die Toten ausflogen. Er bekam den Bronze Star und sein zweites Purple Heart.

Darüber spricht er nicht. Er will es vergessen.

Aber selbst heute noch, beim Surfen auf dem warmen blauen Wasser von Costa Rica an einem wunderschönen sonnigen Tag, denkt er daran.

Ihm wird schwindlig, und der Kopf tut ihm weh, und plötzlich ist er wieder dort.

Er erinnert sich nicht – er ist dort.

Im Tangi-Tal.

Der Lärm dröhnt in seinen Ohren, Explosionen erschüttern seinen Kopf, Blut spritzt zwischen seinen Fingern hindurch, und Harding stirbt noch einmal in Codys Armen.

»Hey«, sagt Dave.

»Hey.«

»Wo warst du?«, fragt Dave. »Du warst plötzlich wie weggetreten.«

»Hab bloß gechillt.«

Noch drei Stunden fahren sie, immer tiefer in den Regenwald hinein. Die Straße verengt sich, ist nicht mehr als ein holpriger Pfad, den nur ein Jeep bewältigen kann, und mehr als einmal denkt Dave, dass sie feststecken, aber dank Codys Fahrkünsten kommen sie doch irgendwie weiter.

Die Luft wird frischer, je höher sie fahren, durch Wälder mit riesigen, moosbewachsenen Eichen, durch einen Nebelwald mit Lorbeerbäumen und *llama del bosque*, dann fahren sie den Berg in Serpentinen wieder runter auf offeneres Gelände. Dort verlässt Cody die Straße, biegt auf einen noch schmaleren Weg ein, nicht viel breiter als die Reifenspuren, die sich ins hohe Gras graben. Der Pfad führt in ein tiefes Tal mit einem dichten Eichenwald und an ein mit Stacheldraht gesichertes Tor.

Ein Tico – ein einheimischer Costa Ricaner – sitzt mit einer Kalaschnikow über der Schulter am Tor. Cody winkt, der Tico macht das Tor auf, und Cody fährt hindurch, einen steilen Abhang hinauf, bis zu einer Lichtung mitten auf einem bewaldeten Hügel mit Ausblick auf das offene Weideland ringsum.

Mehrere Holzgebäude – eine kleine Krankenstation, ein Besprechungsraum und ein Häuschen, das dem kommandierenden Offizier als Quartier dient – stehen im Kreis um die Lichtung herum. Ein dutzend Conex-Schiffscontainer – $7 \times 2{,}5\ m^2$ große Quader aus Aluminiumblech – sind in einer Reihe nördlich des Besprechungsraums aufgestellt. Jeder dieser behelfsmäßigen Wohncontainer hat eine Tür, ein Fenster, einen Entlüftungsschlitz und Stromanschlüsse für Beleuchtung und Klimaanlage. In Balad hat Dave in kleineren, aber ähnlichen Containern gewohnt. Südlich des Besprechungsraums befindet sich ein langgestrecktes Holzgebäude – die Truppenkantine.

Donovan kommt rüber zum Jeep. Er trägt einen ordentlich gebügelten Tarnanzug und Kampfstiefel.

»Wenn du nicht die größte Fahndungsaktion in ganz Amerika ausgelöst hast«, sagt er, als er Dave sieht, »dann weiß ich's auch nicht.«

»Hat Wendelin dich kontaktiert?«, fragt Dave, als er aus dem Jeep steigt.

»Er hat mir einen so dermaßen guten Deal angeboten, dass ich fast drauf eingegangen wäre.«

Dave muss nicht fragen, warum er's nicht getan hat. Das wäre unnötig und beleidigend. Er weiß auch, dass er Donovan nur einmal einen Auftrag geben wird, Donovan mit Wendelin aber viel öfter ins Geschäft hätte kommen können. Seine Loyalität hat ihn Millionen gekostet.

Das Camp erstreckt sich über 3000 Hektar, erzählt ihm Donovan und zeigt nach Norden Richtung nicaraguanische Grenze. In den achtziger Jahren war's ein Trainingslager der Contras. Ungefähr zu Beginn seiner Selbstständigkeit hatte Donovan es von den Einkünften aus ein paar Aufträgen gekauft, modernisiert, mit der besten erhältlichen Kommunikations- und Überwachungstechnik ausgestattet, und jetzt dient es ihm als Stützpunkt fernab der neugierigen Blicke von Regierungen.

»Wir nennen es ›Camp G-Punkt‹«, sagt Donovan. »Alle haben schon mal davon gehört, aber niemand hat's gefunden. Komm, das Team erwartet dich schon. Ich hab ihnen die Eckdaten genannt, wir haben schon mal eine quantitative Missionsanalyse vorgenommen und ausgerechnet, wie wahrscheinlich es ist, dass sich der Auftrag erfolgreich durchführen lässt. Das Ergebnis war übrigens nicht gerade toll.«

Auf dem Weg zum Besprechungsraum geht Donovan die einzelnen Teammitglieder durch. Im Prinzip sind es ausschließlich Infanteristen, aber mit jeweils eigenem Spezialgebiet. Cody kennt er schon, aber Dave versucht sich auch den Rest zu merken:

Simon Norris – Brite – ehemals Special Air Service – Sanitäter;

Ulrich Mann – Deutscher – ehemals Kommando Spezialkräfte – Sprengungen und Verminung;

Willem Dykstra – Holländer – ehemals Korps Mariniers – Heckenschütze;

Alessandro Borghi – Italiener – ehemals 9. Reggimento d'Assalto Paracadutisti »Col Moschin« – Aufklärung und verdeckte Operationen;

Michel Diallo – Franzose – ehemals Marine nationale – Wassereinsätze;

Rolf Vorster – Rhodesier – ehemals Selous Scouts – Nahkampf;

Lev Ben Marom – Israeli – Sajeret Matkal – Spionage und Waffentechnik;

Amir Haddad – Palästinenser – Qassam-Brigaden – Spionage und Aufklärung;

Bei Letzterem hebt Dave eine Augenbraue.

Donovan zuckt mit den Schultern. »Wenn du gegen Dschihadisten kämpfst, brauchst du einen *haaj*.«

Haaj, denkt Dave, so hatten sie früher kooperationsbereite einheimische Muslime genannt. »Wie versteht er sich mit Marom?«

»So wie sich Israelis mit Palästinensern eben verstehen.«

Eine beeindruckende Gruppe, denkt Dave.

»Ein Traum von einem Team«, sagt er.

»Eher ein Alptraumteam«, erwidert Donovan.

✦

Neun der weltbesten Soldaten starren Dave an wie eine unerwünschte Wanze.

Sie sitzen in einer bunten Mischung aus Zivilklamotten und Kampf- und Tarnkleidung der unterschiedlichsten Einheiten auf weißen Plastikstühlen im Besprechungsraum und starren ihn gleichgültig bis offen feindselig an.

Dave starrt zurück.

Er weiß: Zeigt man vor diesen Kötern Angst, reißen sie einen in Stücke und pissen anschließend auf die Leichenteile.

Also sieht er sie, während Donovan ihn vorstellt, direkt an und achtet darauf, mit jedem mindestens einmal Blickkontakt aufzunehmen. »Gentlemen, das ist David Collins, ehemaliger Major der Delta Force, heute im Ruhestand. Früher war er ein erstklassiger Special-Op, und ich war stolz, mit ihm dienen zu dürfen. Ich weiß, dass ihr ihm sowohl eure Aufmerksamkeit als auch euren Respekt schenken werdet. Dave?«

Dave tritt in die Mitte des Raums.

Ich verlange von diesen Männern, dass sie mit mir kämpfen, denkt Dave, mit mir bluten, vielleicht mit mir sterben. Ich sollte ihnen verdammt gute Gründe dafür liefern.

Andere als Geld.

Geld können sie immer und überall verdienen.

»Ich bin zu euch gekommen«, sagt er, »weil ich weiß, dass ihr die Besten seid, weil ich weiß, dass Mike Donovan der Beste ist, und nur der Beste würde überhaupt nur darüber nachdenken, einen Auftrag wie diesen anzunehmen.«

Willem, im grünen Hemd des Korps Mariniers, lächelt milde. Michel, der das Barett der französischen Marine nationale trägt, nicht.

»Wie ihr wisst«, fährt Dave fort, »ist die Mission an sich simpel: die für den Absturz von Flug 211 Verantwortlichen aufspüren und töten. Ich habe kein Interesse an Gefangenen oder geheimdienstlichen Informationen, es sei denn, sie nutzen der erfolgreichen Durchführung der Mission. Gewalt wird gezielt eingesetzt – unter gar keinen Umständen darf es Kollateralopfer geben.«

Rolf, der eine Kappe mit dem Abzeichen der rhodesischen Selous Scouts trägt und sich gerade mit einem dreißig Zentimeter langen Feldmesser die Fingernägel kürzt, schnaubt. Ulrich spielt mit einem seltsamen Ding, das beunruhigenderweise nach C4-Sprengstoff aussieht, und blickt Dave unverwandt in die Augen.

Dave fährt fort: »Aziz hat in Afghanistan und im Irak Kampferfahrung gesammelt und ausgezeichnete Leute rekrutiert. Er hat die finanziellen Mittel, sich Überwachungs-, Kommunikations- und Waffensysteme auf dem allerneusten Stand der Technik zu beschaffen. Das wird kein Spaziergang.«

Lev Ben Marom lacht.

Der große Israeli ist ein Veteran der effektivsten Anti-Terroreinheit der Welt – der Sajeret Matkal, allgemein bekannt als »Die Einheit«. Er lacht Dave offen aus.

Dave weiß, dass er das nicht auf sich sitzen lassen darf.

Die Männer würden jeglichen Respekt vor ihm verlieren, und dann wäre alles vorbei.

»Was ist so lustig?«, fragt er Lev.

Der Israeli scheint nicht damit gerechnet zu haben, von Dave zur Rede gestellt zu werden, lässt sich aber darauf ein. »Anscheinend hast du einen Hang zur Untertreibung.«

»Sprich weiter«, sagt Dave.

Schön, dann klären sie die Sache eben gleich am Anfang.

»Die Zielpersonen können sich überall aufhalten«, sagt Lev. »Vielleicht verstecken sie sich nicht in einem Dritte-Welt-Sumpfloch, in das wir wild um uns schießend einfallen können, ohne dass jemand etwas dagegen unternimmt. Was ist, wenn sie in Großbritannien sind? Oder in Italien? In der Schweiz? Glaubst du, die lassen uns da einfach wie Cowboys einreiten, Leute abknallen und anschließend gemütlich ausreisen? Wir werden wegen Mordes angeklagt. Wenn wir den Einsatz überleben, verbringen wir den Rest unseres Lebens im Knast.«

»München war genau so«, wirft Dave ein.

»Das war eine von der Regierung angeordnete Operation«, schießt Lev zurück, »und außerdem ein sehr knappes Rennen. Diesmal können wir nicht auf die Hilfe eines Geheimdienstes oder einer Botschaft hoffen. Nein, das ist verrückt.«

Ulrich hebt höflich die Hand.

Er ist zwei Meter groß, schlank, hat kurzes braunes Haar und klare braune Augen. Ulrich war Hauptmann des KSK und hatte das Kommando über den fünften Einsatzzug, der sich auf Aufklärung und Scharfschützen beziehungsweise Scharfschützenabwehr und Sprengungen spezialisiert hatte.

Vor allem Sprengungen – Ulrichs persönliche Philosophie lautet: Nur wenige Probleme lassen sich nicht mit dem gekonnten Einsatz von Sprengstoff lösen.

Ulrich kennt sich mit Amerikanern aus, da er sein Wüstentraining in Texas und sein Amphibientraining an der Küste von San Diego absolviert hat. Er mag sie – sie sind gutmütig, optimistisch und mutig. Aber auch unkoordiniert und undiszipliniert, und ihr Biergeschmack ist unterirdisch.

Zwischen Optimismus und Tollkühnheit gibt es einen Unterschied, denkt Ulrich jetzt, und was Collins von uns verlangt, ist tollkühn.

»Bei allem Respekt, Major Collins«, sagt Ulrich, »das ist ein Himmelfahrtskommando. Ich sehe nicht, wie das funktionieren soll, ohne dass wir alle dabei draufgehen.«

»Sterben müssen wir sowieso«, schaltet sich Alessandro ein.

Der ehemalige *sergente maggiore* des 1. Battaglione Incursori ist eingefleischter Fatalist. Jeder muss irgendwann einmal sterben – durch eine Kugel, eine Bombe, in einem Auto, nach einer Diagnose –, es geht darum, vorher zu leben.

»Aber vielleicht noch nicht im nächsten Monat, danke schön«, erwidert Ulrich. Er hat eine Frau und einen Sohn.

»Wir sind Söldner«, widerspricht Alessandro. »Das gehört zu unserem Job. Wir kämpfen für Geld.«

Eine halbe Million Dollar ist ein Ferrari mitsamt der Frauen, die man darin spazieren fährt. Wobei Alessandro kein Problem hat, Frauen zu bekommen – der Abfahrtsskiläufer aus den italienischen Alpen könnte locker ebenso gut als Model wie als Elitekämpfer durchgehen.

»Das ist eine Brücke zu weit«, sagt Willem.

Dave weiß, dass er die Operation *Market Garden* während des Zweiten Weltkriegs meint, den verhängnisvollen britischen Luftlandeangriff auf drei niederländische Brücken – Eindhoven, Nijmegen und Arnheim.

Arnheim, die dritte Brücke, war eine Brücke zu weit.

8000 Briten fielen.

Willem Dykstra kennt sich in Geschichte aus – seine ehemalige Einheit, das Korps Mariniers, wurde 1665 gegründet.

Es war die letzte Einheit, die sich den Nazis ergab, und der deutsche Kommandant sprach von ihnen als den »schwarzen Teufeln«. Willem war nicht nur holländischer Marineinfanterist und verdiente sich das begehrte dunkelblaue Barett, sondern auch Mitglied der dazugehörigen Elite-Anti-Terroreinheit, der UIM, der Unit Interventie Mariniers.

Willem ist einssechsundachtzig, blond, blauäugig und Scharfschütze.

Jetzt sagt er: »Tut mir leid, Collins, aber durch Flug 211 wurden bereits genug Kinder zu Waisen, ich will nicht, dass meine Töchter dazugehören.«

»So weit kommt es nicht, wenn wir unseren Job richtig

machen«, wendet Dave ein. »Ich würde kein Selbstmordkommando losschicken.«

Er sieht einen schmächtigen jungen Mann am Ende der Reihe bei dem Begriff »Selbstmordkommando« zusammenzucken. Olivenhaut, schwarzes Haar, schwarzer Bart – das muss Amir sein, aber er trägt nichts, das auf seine ehemalige Einheit oder seine Staatszugehörigkeit schließen ließe.

Rolf, der ehemalige Selous Scout, fragt: »Seit wann seid ihr solche Weicheier? Ich dachte, ihr Israelis kriegt alles hin. Ihr geht doch über Wasser, oder etwa nicht?«

»Ich war im Libanon und in Gaza«, erwidert Lev. »Ich weiß es besser.«

Amir schenkt ihm einen bösen Blick.

Simon Norris trägt ein T-Shirt mit dem Slogan »Die beste medizinische Versorgung auf dem Schlachtfeld ist überlegene Feuerkraft«. Der ehemalige SAS-Sanitäter kennt sich aus in der Terrorbekämpfung. Er fing in Nordirland an und machte in Afghanistan weiter.

»Eine Operation – vielleicht«, sagte er. »Zwei – da wird's schon schwierig, aber nicht unmöglich. Drei direkt hintereinander – das bringt Unglück.«

»Scheiß auf Glück oder Unglück«, sagt Cody. »Die haben hunderte von Amerikanern getötet – ich bin auf jeden Fall dabei.«

Der Franzose Michel und der Palästinenser Amir sind bislang die einzigen, die sich noch nicht geäußert haben.

Dave sieht Michel an.

»Wie stehst du zu der Sache?«

Michel Diallo wurde als Sohn senegalesischer Eltern in Paris geboren. Sein Großvater kämpfte bei den Tirailleurs Sénégalais gegen die Deutschen und wurde 1941 von den Nazis hingerichtet, weil er Afrikaner war. Michels Vater überlebte den Krieg und trat der französischen Marine bei. Michel folgte in seine Fußstapfen, ging aber noch einen gigantischen Schritt weiter Richtung Elitekommando und schaffte es bis zu den *bérets verts*.

Er sagt schlicht: »Ich stehe an der Seite von Colonel Donovan.«

Dave wendet sich an Amir: »Was ist mit dir?«

Amir sieht Dave unverwandt an und sagt: »Hast du noch nicht genug Muslime abgeknallt?«

»Ich will keine Muslime abknallen«, sagt Dave. »Ich will Terroristen töten. Ich will, dass sie spüren, wie es ist, auf der anderen Seite des Terrors zu stehen. Ich will sie in Chaos stürzen. Und ich bitte euch, mir dabei zu helfen.«

»Wir stimmen ab«, sagt Donovan.

Sie haben ein eigenes Verfahren dafür entwickelt.

Schwarze und weiße Murmeln werden in einen Helm geworfen.

Schwarz bedeutet nein, weiß ja.

Dave sieht die Männer einen nach dem anderen vortreten und eine Murmel in den Helm legen.

Alles Bisherige, alles noch Kommende, hängt von diesem Moment ab.

Donovan nimmt die Murmeln einzeln aus dem Helm.

Eine weißc.

Eine schwarze.

Noch eine weiße und noch eine weiße.

Dave beginnt zu glauben, dass er es geschafft haben könnte. Aber anscheinend hat Ulrich es sich anders überlegt oder Simon …

Eine schwarze.

Noch eine schwarze.

Eine weiße.

Eine schwarze.

Unentschieden.

Donovan sieht ihn an und greift nach der letzten Murmel.

Collins ließ sich am Flughafen in Newark nicht blicken.

Aber hast du im Ernst geglaubt, dass er's tut, fragt sich Wendelin.

Dafür ist er zu gut.

Erst wurde Collins' Handy bei einem Highschool-Schüler in Rockville sichergestellt, nachdem dieser alle Freunde aus seinem Austauschjahr angerufen und damit eine Riesenhandyrechnung fabriziert hatte, und dann hatte Collins sie umsonst nach Newark geschickt.

Jetzt ist er tatsächlich abgetaucht.

Donovan ist die beste Spur, die wir haben, denkt Wendelin. Du weißt, dass Collins einen Deal mit Donovan abschließen wollte, wobei der dich auf deine Nachfrage hin bereits höflich gebeten hat, dich zu verpissen und anschließend selbst verschwunden ist.

Also such Donovan, dann findest du Collins.

Allerdings hast du keinen Schimmer, wo auf dieser Welt sich Mike Donovan aufhalten könnte.

Aber besser wär's, du findest ihn.

Sonst …

Über die Alternativen will Wendelin lieber erst gar nicht nachdenken.

✦

Sie ist schwarz.

Dave sieht die Murmel aus Donovans Hand auf den Tisch fallen.

Der Auftrag wurde abgelehnt.

Es ist vorbei.

Er steht auf und geht.

Mike Donovan betrachtet sein Team.

»Dave Collins hat mich immer wieder aus der Scheiße gerettet, öfter, als ich zählen kann«, sagt er. »Wäre er nicht gewesen, würde ich bei meinen Freunden in Arlington liegen. Ich weiß nicht, wie's bei euch Arschlöchern aussieht, aber meine künftige Ex-Frau könnte eine halbe Million Dollar ganz gut gebrauchen. Und deshalb nehme ich diesen Job an.«

Er hält inne und blickt nacheinander jedem einzeln in die Augen.

»Wenn jemand nicht mitkommen will«, sagt er, »nichts für ungut. Ich halte deshalb nicht weniger von ihm. Ich werde ihn grüßen, wenn wir uns sehen, Weihnachten eine Karte schicken und gerne auch mal ein Bier mit ihm trinken gehen. Aber ich will nie wieder mit ihm arbeiten.«

Er sieht sich im Raum um, dann sagt er: »Wer gehen will, soll es jetzt tun. Cody fährt euch nach San José.«

Dave sitzt auf der Pritsche in dem Container, der als Gästeunterbringung dient.

Er weiß nicht, was er machen soll.

In die Staaten fliegen, denkt er, und ein anderes Team suchen. Dann klopft es an der Tür, und Donovan duckt sich unter dem Türrahmen durch.

»10,5 Millionen für Honorare und zwei Millionen für Auslagen müssen morgen Abend bei Geschäftsschluss auf unserem Nummernkonto liegen.«

»Was ist passiert?«

»Keine Ahnung, irgendwie haben sie sich's dann doch anders überlegt.«

»Alle?«

»Alle«, sagt Donovan. »In dreißig Minuten gibt's Essen. Danach würde ich mich an deiner Stelle aufs Ohr hauen. Um fünf fangen wir mit der Arbeit an. Bevor wir diese Typen töten können, müssen wir sie finden.«

»Ich schließe meine Augen nicht«, sagt Dave.

Donovan nickt.

Sie beide schließen ihre Augen nicht, niemals.

Als Dave am Abend zurück in seinen Container will, steht Amir plötzlich vor ihm.

»Amir?«

Der Palästinenser dreht sich um. »Ja?«

»Darf ich fragen, warum du deine Meinung geändert hast?«, fragt Dave. »Ich dachte, du hältst nichts davon, Muslime zu töten.«

»Wir bringen uns ständig gegenseitig um«, erwidert Amir. »Sunniten töten Shiiten. Die Hamas tötet die Fatah. Die Salafisten töten die Ungläubigen. Im Prinzip sind wir eine Horde mordender Fanatiker. Wenn wir ausnahmsweise mal niemanden bombardieren, enthaupten wir unsere Feinde.«

»Okay, entschuldige, dass ich gefragt habe.«

»Hör zu, du hasst mich und ich hasse dich«, sagt Amir. »Belassen wir's dabei.«

»Du hast mir immer noch nicht gesagt, warum du geblieben bist.«

Amir starrt ihn an und sagt: »Weil ich sonst nirgendwo hin kann.«

Zum Schluss konnte er's dann doch nicht tun.

Konnte nicht tun, was er zu tun versprochen hatte.

Amir Haddad wuchs im Flüchtlingslager Bureij im Gaza-Streifen auf. Er lebte mit seinem Bruder, drei Schwestern und einer steinalten Tante in einer Unterkunft aus Beton zwischen alten britischen Militärbarracken. Das Lager entstand 1949, als Zionisten die Palästinenser aus ihrem Land vertrieben. 1953 infiltrierte die zionistische Einheit 101, der Vorläufer der gefürchteten Sajeret Matkal, das Lager im Rahmen einer Übung. Als sie entdeckt wurden, warfen sie Granaten, feuerten mit Maschinengewehren in die überfüllten Unterkünfte und töteten 43 unbewaffnete Menschen.

Amirs Vater war damals noch ein Junge – später erzählte er seinen Söhnen davon.

Als Amir dort aufwuchs, war das Lager immer noch überfüllt – 35 000 Menschen ohne Abwassersystem in gerade mal 530 *dunums*. Der Dreck wurde einfach in den Wadi Gaza geschwemmt, und auch der permanente Gestank gehört zu Amirs Kindheitserinnerungen. Im Lager gab es keine eigenen Wasservorräte, es wurde von einem zionistischen Unternehmen reingepumpt – und verkauft. Wenn sich die Palästinenser »schlecht benahmen«, wurde ihnen der Hahn abgedreht.

Trotzdem erinnert sich Amir an seine Kindheit als eine größtenteils glückliche. Sie waren arm, aber das waren die meisten, und er kannte es gar nicht anders. Sein Vater hatte einen kleinen Laden und konnte die Familie von den Einkünften ernähren. Zu den Gerüchen, an die sich Amir erinnert, gehört auch der berauschende Duft von Zimt im *fateeh ghazzawhiyeh* – ein in Hühnerbrühe gegartes Reisgericht, das auf warmem *farasheesh*-Brot serviert wird. Bei besonderen Anlässen gab es Lamm, und an Feiertagen konnte Amir es kaum abwarten, bis der *Mouhalabieh* auf den Tisch kam – Milchpudding.

Wie die meisten Jungs spielte er auf der Straße – am liebsten Fußball, aber auch Verstecken oder »Erobere die Fahne«. Er sah raubkopierte amerikanische Videos, liebte Mel Gibson und Indiana Jones. Er betete täglich, ging freitags mit seinem Vater und seinem Bruder in die Moschee und besuchte eine von der UN geführte Schule, die ihm nicht besonders gefiel.

Mit dreizehn endete seine Kindheit.

Es geschah am Abend des 6. Dezember 2002.

Amir war draußen und spielte noch Fußball, obwohl ihn seine Mutter längst gerufen hatte. Erst als sie die Panzer hörten, brachen sie das Spiel ab.

Kinder in Bureij wissen, wie so was klingt.

Sie kennen auch das unverwechselbare Surren von Rotorblättern.

Auf einmal fiel das grelle weiße Licht der Helikopter ins Camp und blendete Amir. Seine Mutter rief ihn erneut, dann knatterten die Maschinengewehre, er lief los, vom Himmel regneten Kugeln, sie flogen ihm um die Ohren, und er rannte so schnell er konnte, hatte es fast geschafft, als er seine Mutter auf dem Boden liegen sah und seinen Vater kauernd daneben, er hielt sie in seinen Armen und brüllte in den Nachthimmel.

Amir roch nie wieder *fateeh*, nur noch in seiner Erinnerung, nur noch in seinen Träumen.

Am nächsten Tag legte er das grüne Stirnband der Qassam-Brigaden an.

Sie brachten ihm bei, mit Händen und Füßen zu kämpfen. Molotowcocktails zu bauen. Mit Pistolen und Kalaschnikows zu schießen.

Und er kämpfte.

Als die Zionisten 2006 in Gaza einfielen und auch 2008. Er kämpfte und rannte und kämpfte und überlebte – gegen zionistische Kommandos, zionistische Panzer, Helikopter und Raketen.

Er war achtzehn, als er aufgefordert wurde, Selbstmordattentäter zu werden.

Etwas anderes als Tod und Krieg kannte er nicht. Ohne seine Mutter musste die Familie ums Überleben kämpfen, und die Saudis boten Märtyrerfamilien riesige Belohnungen an.

Amir sagte ja.

Drei Monate lang studierte er den Koran, völlig isoliert in einer kleinen Wohnung ohne Fernseher und ohne Radio, er sprach mit Imamen, die ihm erzählten, durch sein Opfer werde er ein von Gott Begünstigter. Aber eigentlich hatte er weder Gott noch das Anliegen der Palästinenser im Sinn.

Er dachte an Rache.

Gegen Ende seiner Ausbildung unterschrieb er einen Vertrag, versprach, seine Mission zu erfüllen. Dann setzten sie ihm eine Videokamera vor die Nase, und er blickte in die Linse und gab ein letztes Statement ab. Sofern er sich noch richtig erinnern kann, zitierte er Koranverse und schwafelte etwas von Rückgewinnung des heiligen Landes.

Dann feierte er eine Abschiedsparty mit seiner Familie.

Sein Vater nahm ihn in den Arm und erklärte ihm, dass er stolz auf ihn sei.

Es gab *mouhalabieh.*

In der Nacht überquerte er die Grenze. Am nächsten Tag band ihm ein älterer Genosse eine Bombe um den Bauch. Amir ging zur Bushaltestelle und wartete auf den mit zionistischen Teenagern auf dem Nachhauseweg von der Schule vollbesetzten Bus und stieg ein.

Er sagte ein Gebet, griff unter sein Hemd, um die Bombe zu zünden.

Und konnte es nicht tun.

Da war etwas in ihren Gesichtern.

Ihrem Gelächter.

Oder vielleicht, denkt er jetzt, war ich auch bloß feige.

Die israelische Polizei sah ihn dort stehen, verwirrt, mit der Hand unter dem Hemd. Sie umstellten ihn, warfen ihn zu Boden und fixierten ihn. Amir weinte.

Die Shin Bet holte ihn ab. Sie steckten ihn in eine Zelle und schlugen ihn mit Pistolengriffen, packten ihn am Hals, schüttelten ihn, bis er glaubte, sein Kopf würde explodieren.

Er sagte nichts.

Ein zionistisches Gericht verurteilte ihn zu fünfzehn Jahren.

Gemeinsam mit hunderten anderen palästinensischen Freiheitskämpfern saß er im Hochsicherheitsgefängnis von Be'er Sheva. Die vier anderen Häftlinge in seiner Zelle mieden ihn.

Er hatte seinen Schwur gebrochen.

Seine Bewegung, sein Volk, seine Familie und seinen Gott verraten.

Er schrieb an seine Familie, und sein Vater schrieb zurück:

»Ich kann nicht mehr erhobenen Hauptes durch die Straßen gehen. Du hast Schande über uns gebracht. Für mich bist du tot.«

Drei Jahre später kam er durch einen Gefangenenaustausch frei. Nach drei Jahren Isolation, Einsamkeit, innerer Einkehr.

Sie setzten ihn in einen Bus und warfen ihn an der Grenze zu Gaza raus.

Niemand hieß ihn willkommen.

Er hatte kein Zuhause.

Niemanden und nichts.

Nur seinen Hass – auf die Zionisten, die ihm sein Land genommen, seine Mutter getötet und ihn gefoltert hatten. Auf die Bewegung und die Familie, von der er verstoßen wurde.

Auf sich selbst.

Er stand an der Grenze, starrte den Stacheldraht an.

Dann kam ein großer, muskulöser Mann auf ihn zu.

Zunächst hielt Amir ihn für einen Zionisten, aber der Mann sprach Englisch mit amerikanischem Akzent.

»Du brauchst ein Zuhause«, sagte Donovan. »Und ich brauche einen Araber.«

Jetzt erteilt Amir dem Amerikaner, der die Terroristen töten will, die seine Familie »ermordet« haben, eine Abfuhr. Glaubt er, durch amerikanische Adern fließt goldenes Blut und durch unsere Wasser? Hält er sich für den einzigen, der seine Familie verloren hat?

Dann geht Amir am Container des Zionisten vorbei.

Dem Mann von der »Einheit«.

Amir weiß, was sie beide wissen.

Dass früher oder später einer den anderen töten wird.

»Die Einheit« war die Elite der Eliten, eine geheime Bruderschaft, zu deren ehemaligen Kommandanten allein zwei israelische Premierminister zählen. Und Danny Lewin, geboren in Denver, aber aufgewachsen in Israel, war der Erste, der am 11. September ums Leben kam, als er die Terroristen daran hindern wollte, American Airlines Flug 11 zu entführen.

»Die Einheit«, die von einer geheimen Basis in der Wüste Negev aus operiert – auf israelischen Karten ist die gesamte

Region geschwärzt –, wurde nach dem Vorbild der »36 Gerechten« gegründet – den geheimen Kriegern, die die Welt laut Talmud vor der Zerstörung retten.

Lev genügte es schon, sein eigenes Land zu retten.

Umzingelt, unterlegen und von Auslöschung bedroht – wobei die Erfahrung des Holocaust belegt, wie real die Bedrohung war –, musste sich Israel eher auf List denn auf Stärke besinnen. Die Einheit spiegelte das wider – die meisten der ihr angehörenden Soldaten waren wie Lev klein, zart gebaut und wurden aufgrund ihrer Intelligenz, Agilität und Widerstandsfähigkeit angeworben.

Sie operierten in Gruppen zu fünfzehn oder zwanzig Mann, häufig verdeckt. Lev kann ohne weiteres als Syrer, Jordanier, Beduine oder Palästinenser durchgehen.

Während seiner Ausbildung wurde er eines Nachts von arabisch gekleideten Männern entführt, in einen Verschlag in der Wüste verschleppt und drei Tage lang brutal verhört.

Lev knickte nicht ein.

Die letzte Feuerprobe gegen Ende seiner zweijährigen Ausbildung bestand darin, dass man ihn in der Wüste aussetzte und er alleine den Weg zurückfinden musste.

Lev fand's toll.

Er liebte es, durch die Wüste Negev zu wandern, durch das Land der Propheten, das Land, das seine Großeltern als ihre Heimat beanspruchten. Vier Tage intensive Auseinandersetzung mit jahrtausendealter Geschichte waren für ihn keine Tortur, sondern eine Freude, und niemals wird er das Ende dieses Ausflugs vergessen.

Wie für jeden anderen Auszubildenden auch endete seine Odyssee in Masada, der berühmten Bergfestung, wo Juden einst nach schier endloser Belagerung durch die Römer den Freitod wählten, um der Kapitulation zu entgehen.

Bei Sonnenuntergang stieg er auf den Berg, jede Kehre des gewundenen Wegs offenbarte einen neuen Ausblick auf seine in rotes Licht getauchte Heimat.

Oben erwarteten ihn seine neuen Kameraden, feuerten ihn an.

Und dann kam der Kommandant der Einheit mit einem Hubschrauber angeflogen, heftete ihm die begehrten Insignien an die Brust, umarmte ihn und hieß ihn in der Bruderschaft willkommen.

Lev hatte seine Prüfung gerade rechtzeitig zum Libanonkrieg 2006 bestanden, wo er Anführer der Hisbollah jagte und ermordete. Er nahm Teil am Überfall auf die Hisbollah in Budai, bei dem der Stellvertreter des kommandierenden Offiziers, Dan Moreno, und zwei weitere in einer erbitterten Feuerschlacht getötet wurden. An jenem Tag heizte ihnen die Hisbollah gehörig ein, sie mussten mit Helikoptern rausgeholt werden. Aber sie gingen nicht ohne die Leichen ihrer getöteten Kameraden.

Und fünf gefangenen Angehörigen der Hisbollah.

Dann reiste Lev nach Syrien, um im »Dreck zu wühlen«.

Als Soldat der syrischen Armee verkleidet, holte er mit elf weiteren Kameraden Bodenproben aus einer verdächtigen Atomanlage. Wochen später fuhr er mit einem Team erneut hin und markierte die Anlage für den Beschuss durch F-51 Kampfjets mit ihren lasergesteuerten Raketen, die die Anlage wenig später zerstörten.

Anschließend widmete er sich »vertraulichen Aufgaben«, mehr oder weniger genau das, was jetzt der Amerikaner von ihm verlangt. Er machte Jagd auf Terroristen – die Hisbollah, die Hamas, die Qassam-Brigaden – und tötete sie.

Normalerweise jagen wir sie, *bevor* sie zum Zug kommen und uns angreifen, denkt er jetzt.

Präventivschläge.

Seine Mission war einfach: Finde den Feind, töte ihn, rette Israelis das Leben.

Arbeite mit dem Skalpell, nicht mit dem Hammer – verwende niemals eine Bombe, wenn dir eine Pistole zur Verfügung steht, niemals eine Pistole, wenn auch ein Messer seinen Zweck erfüllt, niemals ein Messer, wenn du mit den Händen töten kannst.

Er konnte nicht behaupten, dass er den Job liebte – nur ein Soziopath liebt das Töten –, aber seine Aufgabe gefiel ihm.

Sein Volk beschützen.

Wer zur Einheit gehörte, blieb fünf Jahre im aktiven Dienst, ging anschließend in Reserve.

Lev fühlte sich verloren.

Als ihn Donovan aufspürte, sagte er begierig zu.

Und jetzt will dieser Amerikaner, dass ich wieder Terroristen jage, denkt Lev. Amerikaner glauben, sie kennen sich aus in der Welt, aber das tun sie nicht. Seit 9/11 mussten sie schmerzhafte und kostspielige Lektionen in Kauf nehmen, aber die Lernkurve der Israelis verläuft ungleich steiler.

Lev hofft, dass dieser Amerikaner schneller lernt.

Dave geht zurück in seine Unterkunft und spült. Die Container verfügen über Toiletten, Waschbecken und solarbeheizte Duschen.

Diese Welt ist ein einziger Wahnsinn, denkt er.

Dann denkt er an Gott.

Das Auge, das sich niemals schließt.

Was ist passiert in der Sekunde bevor die Rakete das Flugzeug traf?

Wo warst du, Gott?

Du hast die Augen geschlossen.
Mir wird das nicht passieren.

✦

Abdullah Aziz starrt Dave an.

Sein Bild füllt die »Videowand«, den LCD-Bildschirm, der von der Decke bis zum Boden reicht und die Kommandozentrale beherrscht, einen unterirdischen Bunker, der mit Erde und Tarnnetzen bedeckt ist.

Bücherregale mit technischer Fachliteratur und Aktenordnern befinden sich am einen Ende, eine kleine Küche am anderen. Die Mitglieder des Teams sitzen mit Laptops an Tischen, trinken Kaffee oder Tee, unterhalten sich beiläufig miteinander.

Der Raum glüht in sanftgrünem Licht.

Donovan zeigt auf das Bild an der Wand.

»Darf ich vorstellen: Zielperson eins. Wir dürfen nie vergessen, dass es vornehmlich darum geht, diesen Mann zu töten. Wobei«, er wechselt zu einem anderen Bild von Aziz und fährt fort, »sich das Vögelchen ziemlich tief in der Hecke versteckt. Wie treibt man es heraus? Man erschießt die Vögel drum herum – und scheucht es auf. Also fangen wir mit den Männern an, die abgedrückt haben, mit den Schützen.«

So haben wir das damals bei der Task Force 145 auch gemacht, denkt Dave. Zuerst die Vorposten, um die Männer im Zentrum nervös zu machen, so dass sie aus ihren Verstecken gerannt kommen.

Raus ins Licht, wo wir sie sehen, wo sie angreifbar sind.

»Wir wissen, dass es mindestens zwei gewesen sein müssen«, sagt Donovan. Zur Not kann eine Ein-Mann-Boden-Luft-Rakete zwar auch von einem einzigen Mann abgefeuert werden, aber bei einem so wichtigen Ziel wie einem Linienflugzeug waren es wahrscheinlich zwei – einer lädt und zielt, der andere hält das Rohr und drückt ab.

Auch müssen sie einem bestimmten Profil entsprechen – erfahrene Kämpfer aus dem inneren Kreis um Aziz, vertraut im Umgang mit Waffen. Wahrscheinlich haben sie entweder in Afghanistan oder im Irak, möglicherweise auch in beiden Kriegen gekämpft.

Das sind die groben Eckdaten, mit denen wir arbeiten können, denkt Dave – dazu kommen die alten Task-Force-145-Akten, außerdem Miriams Netzwerk.

»Die NSA überwacht diese Tango-Adams – diese terroristischen Arschlöcher«, sagt Donovan. »Sie stehen unter ständiger Überwachung, und wir haben die Kommunikationswege der NSA, des Ministeriums für innere Sicherheit und des Special Operations Trainings Center angezapft. Sofern es elektronisch übermittelte Informationen über diese Männer gibt – über Telefon, Internetverbindungen oder Radarimpulse –, bekommen wir das mit.«

Aber es gibt keine und zwar aus einem einfachen Grund, weil die NSA, das Ministerium für innere Sicherheit und das CSO die Schützen nicht sucht, sondern behauptet, dass es sie gar nicht gibt.

»Also kennen wir auch nicht ihren Aufenthaltsort«, sagt Donovan. »Wir brauchen einen Jagdhund, der unsere Vögelchen aufschreckt.«

Imam Zuffeir verlässt die Moschee, geht über die Atlantic Avenue und vergräbt sein Kinn wegen des kalten Nachtwinds im Mantelkragen. Er ist erst wenige Schritte gegangen, als ihn ein junger Mann in einer Cabanjacke anspricht: »*Masaa el kheer ya sadiqqui.*«

Guten Abend, mein Freund.

»*Masaa el nuur*«, erwidert Zuffeir. Aber ich bin nicht dein Freund, denkt er. Er kennt fast alle Muslime im Viertel, aber diesen jungen Mann kennt er nicht, und das macht ihn nervös. In dieser heruntergekommenen Stadt gibt es so viele Drogensüchtige.

Er geht weiter, aber der junge Mann geht mit.

»*Hal youmkenak mosa'adati?*«, fragt der junge Mann. »*Dalaltu al tareeq.*«

Kannst du mir helfen? Ich hab mich verlaufen.

Zuffeir bleibt stehen, dann schiebt ihm der Mann den Lauf seiner Pistole zwischen die Rippen und sagt: »Steig in den Transporter, mein Freund.«

Die Tür des am Straßenrand parkenden Wagens geht auf, und der Mann stößt Zuffeir hinein. Ein weiteres Händepaar packt ihn und drückt ihn auf den Sitz.

Dann wird ihm ein Sack über den Kopf gezogen, und die Welt wird schwarz.

Als sie ihm den Sack wieder vom Kopf ziehen, sitzt Zuffeir in einem kahlen Kellerraum auf einem Hocker, grelles Licht scheint ihm in die Augen. Dann hört er die Stimme einer Frau.

Er kann kein Gesicht hinter dem Licht erkennen, nur verschwommene Umrisse in der Dunkelheit.

»Was sagt dir der Name Abdullah Aziz?«, fragt sie.

»Nichts.«

Amir schlägt ihn aufs Ohr.

»Lüg mich nicht an«, sagt Miriam. »Zeinab Julaidan Khaled, Abdullah Aziz, was sagt dir das?«

»Wer seid ihr?«, fragt Zuffeir. »Was wollt ihr? Lasst mich sofort frei.«

Er will aufstehen, aber Amir drückt ihn zurück. Mit Kraft. »›Dort hören sie weder eitles Gerede noch Lüge.‹«

»Ihr verschleppt mich und zitiert den heiligen Koran?«, fragt Zuffeir. »Das ist Blasphemie.«

»Blasphemie ist, wenn man lügt, Imam.«

»Nicht gegenüber Ungläubigen.«

»Ich bin kein Ungläubiger«, sagt Amir.

»Du hast Hassan Al Hulwah mit Aziz' Männern bekannt gemacht«, sagt Miriam.

»Damit hatte ich nichts zu tun.«

»Hassan hatte das Flüssigerdgas von dir«, sagt Miriam.

»Nein.«

»Und du hast den Raketenwerfer versteckt, mit dem das Flugzeug abgeschossen wurde.«

»Wenn ihr das sicher wüsstet«, sagt Zuffeir, »säße ich längst im Gefängnis.«

»Wer hat den Raketenwerfer abgeholt?«, fragt Miriam.

»Ich weiß es nicht.«

In Balad hatte Miriam meist mehrere Tage oder Wochen Zeit, um die Gefangenen geduldig und mit Bedacht zu brechen – ihr Vertrauen zu gewinnen, eine Beziehung aufzubauen, ihnen das Gefühl zu geben, auf ihrer Seite zu sein. Dieser Luxus ist ihr jetzt nicht vergönnt, also sagt sie: »Du verschwendest meine Zeit. Sobald ich zu dem Schluss gelange, dass du mir nicht helfen kannst, und ich mich von diesem Stuhl hier erhebe, wird dir mein Kollege sehr weh tun.«

Zuffeir schüttelt den Kopf.

Aber sein Fuß tappt nervös auf dem Betonboden.

»Du hast Hassan zum Märtyrer auserkoren«, sagt Amir. »Weil du selbst keiner sein willst. Du bist ein Feigling.«

»In dem Flugzeug saßen auch Muslime«, sagt Miriam jetzt auf Arabisch. »Und auch im Tunnel waren Muslime.«

»Die tiefsten Tiefen der Hölle sind Muslimen vorbehalten, die andere Muslime auf dem Gewissen haben«, ergänzt Amir.

»Das wusste ich nicht«, sagt Zuffeir. »Ich schwöre, ich wusste nicht, was sie vorhatten.«

»Aber jetzt weißt du's, oder?«, fragt Miriam. »Und es lastet schwer auf deiner Seele. So viele Unschuldige mussten sterben.«

Ein Vernehmer ist immer auch ein Beichtvater, das weiß Miriam.

Ein Therapeut, ein Priester, ein Imam.

»Deine Schuld lastet auf deiner Seele, du kannst nicht schlafen«, fährt sie fort. »Du denkst an all die armen Menschen, siehst sie vor dir.«

»Allah liebt die Wahrheit«, sagt Amir, während er Zuffeir einen Schnellhefter in den Schoß legt und ihm mit der Taschenlampe über die Schulter leuchtet.

»Sieh dir die Fotos an«, sagt Miriam. »Sag mir, ob du jemanden wiedererkennst. Ich weiß schon, wen du kennst, ich will es nur bestätigt haben. Ich merke, wenn du mich anlügst, und solltest du's versuchen, stehe ich auf und gehe. Man sagt, den Schuss, der einen tötet, hört man nicht, aber so genau weiß das niemand, stimmt's?«

Es dauert lange. Zuffeirs Hand zittert, als er die Seiten umblättert. Dann hält er inne und zeigt auf ein Foto.

»Dieser Mann.«

Amir prägt ihn sich ein.

»Bist du sicher?«, fragt Miriam.

Zuffeir nickt.

»Ich will seinen Namen«, sagt Miriam.

»Den kenne ich nicht.«

Sie erhebt sich vom Stuhl.

»Ich kenne ihn nur als ›Saif‹!«

»Ist das sein Kampfname?« Miriam setzt sich wieder.

»Ja, ich glaube, ja.«

»Saudi?«, fragt Miriam. »Aus dem Jemen? Pakistan? Oder wie du aus Ägypten?«

»Ich weiß es nicht.«

»Du weißt es, du hast mit ihm gesprochen«, beharrt Miriam. »Hat er dasselbe Arabisch gesprochen wie du?«

Zuffeir lässt das Kinn auf die Brust sinken. »Dasselbe.«

»Danke«, sagt Miriam. »Blätter weiter.«

»Ich habe nur einen getroffen«, sagt Zuffeir. »Saif.«

»Und Saif arbeitet für Aziz, richtig?«

»Das hat er nicht gesagt.«

»Aber du bist davon ausgegangen.«

Zuffeir nickt.

»Blätter weiter«, sagt Miriam, »und sag mir, wen du sonst erkennst, gesehen oder gesprochen hast.«

Er blättert den Rest des Ordners durch, findet aber niemanden mehr. Amir nimmt ihm die Fotos aus den Händen und presst ihm den Pistolenlauf ins Genick.

»Soll ich ihn töten?«, fragt er.

Zuffeir sitzt stocksteif und kerzengerade. Seine Hand klammert sich seitlich an den Hocker, und er beginnt zu beten.

»Nein«, sagt Miriam. »Wir sind nicht wie die.«

Dann sagt sie zu Zuffeir: »Erzähle niemandem von heute Abend. Du bist auf dem Heimweg einem verirrten jungen Mann begegnet, hast mit ihm gesprochen, ihm gute Ratschläge gegeben. Du weißt, was passiert, wenn du über den heutigen Abend sprichst.«

Sie ziehen ihm erneut den Sack über den Kopf, bringen ihn hinaus zum Transporter und fahren ihn in sein Viertel.

»Imam«, sagt Amir, »wenn sich herausstellt, dass du uns angelogen hast, kommen wir wieder und töten dich. Ganz langsam.«

Er macht die Tür auf, zieht Zuffeir den Sack vom Kopf und stößt ihn auf die Straße.

Amir hatte Zuffeir während des Verhörs heimlich das Handy abgenommen, sämtliche Informationen von der SIM-Karte kopiert, einen GPS-Chip eingebaut und es ihm unbemerkt wieder in die Manteltasche gesteckt.

Lev überwacht ihn bereits.

Dave betrachtet das runde Gesicht, den schwarzen Bart und die braunen Augen des Mannes auf der Videowand.

»Zuffeir hat ihn als Täter benannt.« Miriams Gesicht wird per Skype übertragen und taucht in einem Fenster in der rechten oberen Ecke auf. Sie führt aus: »Ibrahim Hannawi, alias Ibrahim abu Masif. Ägypter. Mitglied der Muslimbrüder. Hat in Afghanistan gekämpft, danach für al-Qaida in Mesopotamien. Vor achtzehn Monaten wurde er bei einem Drohnenangriff in Waziristan getötet.«

»Zuffeir hat uns den Namen eines Toten verkauft«, sagt Dave.

»Dieses gerissene Stück Scheiße«, sagt Donovan.

Jetzt, denkt Dave, müssen wir hoffen, dass er bei den Lebenden Zuflucht sucht.

Zuffeirs Handy wird rund um die Uhr überwacht. Die Daten auf der SIM-Karte wurden ausnahmslos ausgewertet und überprüft, und nur zwei Nummern konnten nicht auf unverdächtige, in Brooklyn gemeldete Personen zurückgeführt werden.

Eine aus Montreal.

Eine andere aus Genf.

»Wir sind auf Sendung«, sagt Cody.

»Amir, schalte dich ein.«

»Bin eingeschaltet.«

»Ist eine 514-Vorwahl.«

Montreal.

Amir übersetzt.

»Du hättest diese Nummer nicht wählen dürfen.«

»Ich brauche Hilfe. Ich muss raus.«

Langes Schweigen.

Leg bloß nicht auf, denkt Dave. Bitte leg nicht auf.

Dann …

»Wir melden uns bei dir.«

Dave lässt sich nicht ablösen, trinkt circa ein Dutzend Becher schlechten Kaffee, bleibt im Besprechungsraum sitzen und starrt das Telefon-Abhörgerät an.

Warten.

Endlose Stunden.

Wenn der Kontaktmann in Montreal nicht weiter auf Zuffeirs Anruf reagiert, ist die Spur kalt.

Fang schon an zu blinken, sagt Dave.

Verdammt noch mal, blink doch endlich.

Das GPS in Zuffeirs Handy zeigt an, dass er sich nicht bewegt. Er ist immer noch in Brooklyn. Zu Hause. Jedenfalls ist sein Handy dort.

Dave hängt sich ans Telefon.

Ulrich, der nur eine Straßenecke von Zuffeirs Haus entfernt in einem Wagen sitzt, meldet sich. »Er hat sich nicht gerührt. Ich ruf dich an, wenn er's tut.«

»Okay.«

»Ende.«

Du hast leicht reden, denkt Dave. Er geht wieder zum Abhörgerät, starrt drauf. Durchbohrt den Bildschirm mit Blicken, will ihn dazu bewegen, endlich einen Anruf zu melden.

Drei Stunden später ist es so weit.

Um 2.45 Uhr costaricanischer Zeit erhält Zuffeir einen Anruf.

»Bin dran«, sagt Amir.

»*Ishab ila Marsellia*«, sagt eine männliche Stimme.

Fahr nach Marseille.

Ein Drittel der Einwohner von Marseille sind Muslime.

Damit ist die Stadt die islamische Hauptstadt Europas.

»Einleuchtend«, sagt Dave. »Dort fallen Aziz und seine Leute nicht auf.«

Und Marseille ist ein Umschlaghafen für Opium aus Südwestasien. Aziz unterhält zweifellos Schmugglerverbindungen – Kontakte zu Männern mit Geld und Waffen.

»Ist Aziz dort?«, fragt Simon.

»Das möchte ich bezweifeln«, sagt Donovan. »Ich glaube nicht, dass er sich am selben Ort wie seine Schützen aufhält.«

Dave zuckt mit den Schultern. Er sieht Michel an. »Kennst du dich dort aus?«

»Ich war zwei Jahre in Marseille stationiert«, erwidert Michel. »Ich kenne die Stadt sehr gut.«

Aber Frankreich ist ein Problem. Die Franzosen wehren bekanntermaßen jegliche Einmischung in ihre Angelegenheiten ab und die Sûreté kann es gar nicht leiden, wenn sich die Geheimdienste ihrer Verbündeten auf französischem Staatsgebiet tummeln, von einer privaten Söldnertruppe einmal ganz zu schweigen.

Wenn Zuffeir sie zu den Schützen führt oder sogar zu Aziz, kann es problematisch werden, die entsprechenden Maßnahmen zu ergreifen – werden sie erwischt, drohen ihnen lebenslängliche Haftstrafen in französischen Gefängnissen; und als französischem Staatsbürger blüht Michel sogar eine Anklage wegen Hochverrats.

Außerdem sind die logistischen Herausforderungen enorm – rechtzeitig ein Team vor Ort in Stellung bringen, Waffen organisieren, die Flucht planen.

Michel löst eins der Probleme.

»Wir haben früher mit der Unione Corse gearbeitet«, sagt er.

Die korsische Mafia ist sehr mächtig in Marseille.

»Wenn wir Waffen brauchen, können wir sie von denen bekommen. Das kann ich arrangieren.«

»Dann los«, sagt Donovan.

Der Jagdhund hat die Fährte aufgenommen.

✦

Zuffeir bahnt sich einen Weg durch das Labyrinth überfüllter Straßen und schmaler Gassen des Quartier Noailles von Marseille.

Im Hintergrund erhebt sich das Minarett der Al-Taqwa-Moschee.

Dave sitzt in einem Transporter am Hafen und verfolgt Zuffeirs Bewegungen auf seinem iPad.

Cody sitzt am Steuer.

Die Videobilder stammen von Alessandro. Er hat sich auf einem der Dächer platziert und richtet eine kleine MC-07-Videokamera mit Teleobjektiv auf Zuffeir, der gerade den belebten Marktplatz überquert.

»Er trifft seinen Kontaktmann«, sagt Donovan.

Dave hofft, dass er Recht behält und Zuffeir mit den Schützen verabredet ist. Das Team wird improvisieren müssen. Ideal wäre, wenn die Schützen Zuffeir mit in ihr Versteck nähmen, das hoffentlich so isoliert ist, dass ein Überfall möglich erscheint. Oder dass sie die Schützen zumindest identifizieren und verfolgen können. Wenn sie überhaupt auftauchen.

»Bravo, melden«, sagt Donovan.

»Bravo, vor Ort«, erwidert Michel. Er schickt Videoaufnahmen live über sein Smartphone, während er dem Imam mit einem Abstand von einem Straßenzug auf den Suk folgt, den arabischen Markt.

Lev ist bereits dort.

In seinem hellgrauen Anzug sieht er wie ein junger arabischer Geschäftsmann aus, er futtert ein *mahjouba* an einem der Marktstände, eine Art Crêpe, gefüllt mit Tomaten, Zwiebeln und Harissa. Normalerweise hätten sie an einem Ort wie diesem Amir eingesetzt, aber Zuffeir kennt sein Gesicht, also bleibt er besser bei Dave und Donovan im Transporter.

Lev wird sich an denjenigen dranhängen, der sich mit Zuffeir trifft.

Michel übernimmt den zweiten Mann, falls es einen zweiten gibt.

Willem ist bei Alessandro auf dem Dach.

Ulrich und Rolf warten als Touristen getarnt im Centre Bourse, dem größten Einkaufszentrum der Stadt, und sind bereit, dorthin zu gehen, wo sie gebraucht werden. Simon sitzt in einem Transporter am Port Moderne, seine Sanitätertasche liegt im Laderaum hinten bereit.

Jetzt sieht Dave, wie Zuffeir den Suk betritt.

Zehn lange Minuten vergehen, während Zuffeir irritiert mitten auf dem Marktplatz steht und nicht weiß, was er machen soll.

»Vielleicht haben sie Lunte gerochen«, sagt Cody, »und versetzen ihn.«

»Die beobachten ihn erst«, sagt Dave, »weil sie sicher sein wollen, dass er alleine ist.«

»Meinst du, Michel wurde entdeckt?«

»Nein«, sagt Dave zuversichtlicher, als er sich fühlt. Auf der Plaza tummeln sich mehr schwarze Gesichter als weiße, und Michel trägt einen marokkanischen *dschellaba,* das heißt, er geht perfekt in der Masse unter. Außerdem macht er seine Sache sehr gut. Aber gut sind Aziz' Leute auch.

Dann sagt Alessandro: »Ich habe einen potentiellen Tango.«

Auf dem Video ist jetzt ein junger Mann zu sehen, der am Rande des Suk aus einem Internet-Café tritt. Er trägt eine grüne Sportjacke, Jeans und Turnschuhe von Nike und schlängelt sich durch die Menge Zuffeir entgegen.

»Ist er das?«, fragt Donovan.

»Ein Weißer«, sagt Dave.

»Was?«

»Sieh ihn dir an«, sagt Dave. Der Junge hat dunkelblondes Haar, Dreadlocks und blaue Augen. Er ist hellhäutig, fast bleich.

»Könnte Tschetschene oder Usbeke sein«, sagt Donovan.

»Das ist ein Amerikaner«, sagt Dave.

»Woher willst du das wissen?«

»Keine Ahnung, ich weiß es einfach.«

Amerikaner laufen anders – unmöglich zu beschreiben,

aber ihr Gang ist unverwechselbar. Wer auch immer das ist, er nähert sich Zuffeir, und jetzt sieht Dave, dass Zuffeir ihn erkennt, die Augen aufreißt und erleichtert grinst.

»Alle Mann, Achtung«, befiehlt Donovan. »Wir haben Tango eins.«

Willem hat keine Videokamera.

Er hat ein PGM 338 Lapua Magnum mit Military MK II Zielfernrohr von Schmidt & Bender. Das PGM 338 hält den Rekord über die größte Reichweite – genau genommen sogar zwei Rekorde –, zwei Maschinengewehrschützen der Taliban wurden damit in der Provinz Helmand auf eine Entfernung von 2474 Metern erschossen.

Auch an dem Tag, an dem er nicht schießen durfte, hatte Willem durch ein Schmidt & Bender-Zielfernrohr geschaut und zusehen müssen, wie die Taliban den Polizeiposten in Sarab stürmten. Er lag auf einer felsigen Anhöhe, weniger als 1500 Meter entfernt, und hätte problemlos getroffen. Aber er bekam nicht die Erlaubnis dazu, weil der Kommandant der Holländer gerade seine Männer ohne Unterstützung aus der Luft von dem Kontrollpunkt in Kala Kala abzog und fürchtete, einen Angriff zu riskieren, wenn Willem das Feuer eröffnete.

Deshalb musste er zusehen, wie die Taliban der Frau des Polizeichefs die Hände abhackten und anschließend ihren Mann enthaupteten.

Willem tat nichts.

Er gehorchte, drückte nicht ab und bereute es.

Er bereute es, als endlich Unterstützung aus der Luft eintraf, sie zurückschießen durften und Dutzende von Taliban töteten – darunter hoffentlich auch den Mann, der das Schwert geführt hatte.

Er bereute es, als er sich aus dem Dienst verabschiedete.

Und er träumt noch immer davon – sieht das Gesicht der Frau vor sich, in dem Moment, in dem ihr die Klinge die Handgelenke durchtrennt. Sieht ihren Schmerz.

Jetzt ist er hier und hat die Chance abzudrücken.

Er nimmt Tango eins ins Visier.

»Alpha, können wir Ton bekommen?«, fragt Donovan.

»Ich bin dabei«, erwidert Alessandro. Er richtet den LVC-1 Laser-Voice-Communicator auf Zuffeir, doch auf dem lauten Suk gibt es zu viele Nebengeräusche, so dass das Gespräch wahrscheinlich kaum zu verstehen sein wird.

Natürlich haben sich Aziz' Leute genau deshalb für diesen Treffpunkt entschieden, denkt Dave.

»Bravo, hast du Tango eins?«

»Ich sehe ihn«, sagt Michel. »Zielperson kommt näher.«

Dave sieht Tango eins auf Zuffeir zugehen. Der junge Mann legt einen Arm um den Imam und küsst ihn auf die Wange.

Der Ton ist verrauscht, aber Amir kann gerade so verstehen, was gesprochen wird, und übersetzt.

»*Al salam alykoum.*«

»*Ue alykoum al salam.*«

»*Die sind hinter dir her.*«

»*Wer?*«

»*Die Amerikaner. Sie wissen, dass ich die Waffe für dich aufbewahrt habe. Ihr müsst mich verstecken.*«

»*Mach dir keine Sorgen, Bruder.*«

Tango eins führt Zuffeir vom Suk.

Dann taumelt der Imam, fasst sich an die Seite, Blut quillt zwischen seinen Fingern hindurch. Tango eins lässt das Messer fallen und bahnt sich gewandt einen Weg durch die Menge.

Verfluchte Scheiße, denkt Dave.

»Ich hab Tango eins im Visier«, sagt Willem. Er zielt auf den Hinterkopf.

»Augenblick«, sagt Dave.

Tango eins könnte sie zum zweiten Schützen führen.

Michel schlängelt sich durchs Gedränge, bleibt dicht hinter Tango eins.

»Ich kann ihn gezielt ausschalten«, sagt er in sein Mikro. Er trägt ein Fairbairn-Sykes-Kampfmesser am Fußgelenk.

Er kann ihn töten, ohne Zivilopfer zu riskieren.

»Bleib an ihm dran«, befiehlt Dave.

»Wenn wir ihn verlieren«, sagt Donovan, »finden wir keinen von beiden jemals wieder. Zugriff!«

»Nein.«

Beide oder keiner.

Donovan seufzt und sagt: »Gefechtsbereitschaft aufheben.«

Willem schwenkt auf Zuffeir, und Dave sieht ihn zusammengekauert auf dem Boden liegen, er versucht verzweifelt zu verhindern, dass ihm die Eingeweide aus dem Bauch quellen. Die umstehenden Menschen treten einen Schritt zurück, weichen dem Blut aus, das eine immer größer werdende Lache um ihn bildet.

Zuffeir liegt im Sterben.

Lev drängelt sich durch die Menge und sagt auf Arabisch: »Ich bin Arzt.«

Er kauert sich neben Zuffeir und flüstert ihm ins Ohr: »Du stirbst, Imam. Dein Freund hat dich ermordet.«

Zuffeir stöhnt.

»Gleich wirst du vor Allah treten«, sagt Lev. »Sag jetzt die Wahrheit. War das einer der Männer, die das Flugzeug abgeschossen haben?«

»Ja.«

»War das Saif?«

»Nein. Der andere.«

Er reißt die Augen auf, schüttelt den Kopf und stirbt.

»Ich verliere Tango eins«, sagt Willem. »Höchstens drei Takte.«

Drei Sekunden bleiben für eine Entscheidung.

»Bereitschaft aufheben«, sagt Dave.

»Kein Zugriff«, sagt Donovan. »Wiederhole, kein Zugriff.«

Willem legt das Gewehr ab.

Und fragt sich, ob er wieder einen Terroristen am Leben ließ, damit dieser noch einmal ein Schwert führen kann.

»Eins zu null«, sagt Donovan.

»Was?«

»Der Punktestand«, sagt Donovan. »Bis jetzt hat Aziz selbst mehr von seinen Leuten umgebracht als wir.«

Wir können nur warten, denkt Dave, und hoffen.

Eins spricht für mich, denkt Michel, Tango eins glaubt, *er* habe Heimvorteil.

Aber ich war hier stationiert.

Also lass uns spielen.

Tango eins spielt gut. Er taucht in einem Gebäude ab, verklappt die grüne Jacke und verlässt das Haus auf der anderen Seite. Dann macht er kehrt, steigt in einen Bus und springt raus. Anschließend geht er zur Metro, fährt ein paar Stationen, steigt aus, überquert den Bahnsteig und fährt in die entgegengesetzte Richtung.

Ganz schön albern, *mon ami*, denkt Michel.

Du wirst mich nicht abhängen, und du wirst mich nicht erkennen.

Weil du nicht nach einem Schwarzen Ausschau hältst, und was du nicht suchst, das findest du auch nicht.

Er fährt mit Tango eins bis Le Castellane.

Le Castellane, auch bekannt als »Klein-Marokko«.

Tango eins geht in eine schmale Straße und verschwindet in einem Wohnhaus.

»Rue Marat 144«, gibt Michel durch.

»Wir müssen uns entscheiden«, sagt Donovan. »Zugriff oder nicht.«

Das Team hat sich Le Castellane so weit wie möglich genähert und bis Einbruch der Dunkelheit gewartet. Sie wollen nicht zu dicht aufrücken – die Straße ist voller spielender Kinder, alte Männer sitzen draußen vor den Häusern und trinken Tee, spielen Backgammon, die Frauen unterhalten sich.

Aziz oder seine Leute könnten Wachposten auf der Straße positioniert haben. Eine Gruppe Weißer – oder auch nur einer – würde schnell Alarm auslösen.

Nur Michel und Lev sind in das Viertel gegangen, behalten die Rue Marat 144 im Auge, beobachten, wer rein- oder rausgeht. Und das sind viele – hauptsächlich Frauen und Kinder – Tango eins ist noch drin.

Dave hat Videoaufnahmen von Tango eins an Miriam geschickt, damit sie diese in ihre Datenbank eingibt.

Was aber gar nicht nötig ist.

»Das ist Anwar Mansoor al-Amriki«, sagt Miriam.

Al-Amriki, denkt Dave.

Was auf Arabisch »der Amerikaner« bedeutet.

»1987 als Phillip Makem in Knoxville, Tennessee, geboren«, sagt Miriam. »Seine Mutter war Baptistentochter aus dem Süden, kam mit einem syrischen Austauschstudenten vom Pfad der Tugend ab. Erst hat er sie geschwängert, dann sitzen gelassen. Phillip bekannte sich auf der Highschool zum Islam und trat in Somalia der Al-Shabaab bei.«

»Das Außenministerium muss über Makem Bescheid wissen«, sagt Dave.

»Klar, wissen die Bescheid«, erwidert Miriam, »und hüten sich davor, das heiße Eisen anzufassen. Nach dem ganzen Theater wegen des Mordes an al-Awlaki im Jemen wollen sie mit Makem nichts zu tun haben.«

Ein Amerikaner, denkt Dave – die Gefahr ist »hausgemacht«. Ein Amerikaner war maßgeblich an dem Attentat auf Flug 211 beteiligt.

Dann sagt Miriam: »Warte mal.«

Fünf Minuten geht sie offline, dann ist sie zurück. Ein Foto erscheint auf dem iPad. Amriki und ein anderer Mann stehen wie Mudschahedin gekleidet neben einer Flugabwehrkanone, vermutlich in Mogadischu.

»Der andere ist Muhammed Abd Said«, sagt Miriam. »Jemenit. War in Afghanistan, im Irak, in Somalia. Als Dschihadist nennt er sich ›Saif‹. Zuffeir hatte Angst und hat uns seinen Tarnnamen genannt, dann hat er es sich anders überlegt und ist auf einen anderen umgeschwenkt. Amriki und Saif sind *rafiqui.*«

Dave kennt das Wort aus Somalia. »Das heißt ›Freunde‹.«

»Ja«, erwidert Miriam, »aber mehr als das. In Dschihadistenkreisen bedeutet es auch ›Kamerad‹. Die beiden sind islamistische Krieger, die geschworen haben, gemeinsam zu kämpfen und zu sterben.«

»Mal sehen, ob wir ihnen dabei behilflich sein können«, sagt Dave.

Wenn Amriki einer der Schützen war, dann war Saif mit ziemlicher Sicherheit der andere.

Aber wir wissen nicht, ob sie beide im Haus sind, denkt Dave, oder nur Amriki. Oder wie viele Menschen sich überhaupt in dem Gebäude aufhalten und ob sie bewaffnet sind. Wenn wir reingehen und es zu einer Schießerei kommt, ist fraglich, ob wir das Spiel gewinnen. Und selbst wenn, wissen wir nicht, ob wir wieder rauskommen.

Aber wenn wir nicht reingehen, verlieren wir Amriki möglicherweise endgültig.

Und damit auch die Chance, Saif zu finden.

Ist das ein Fall von jetzt oder nie?

»Lass uns reingehen«, sagt Lev leise in das Mikro unter seinem Hemdkragen. Er steht auf der Straße gegenüber der Hausnummer 144. Er hat eine IMI Desert Eagle Mark XIX Kaliber 50 unter dem Jackett – die standardmäßige Seitenwaffe der Israelis.

»Seh ich genauso«, sagt Michel. »Wir gehen zu zweit rein, erschießen ihn, dreißig Sekunden später sind wir wieder draußen.«

Die Fluchtwege sind vorbereitet.

Cody und Simon stehen bereit, können vorfahren und Lev und Michel aus Marseille schleusen. Die anderen nehmen die Metro, fahren zu verschiedenen Bahnhöfen und sind wenige Stunden später in Italien oder Spanien.

»Wir wissen nicht, ob sie beide drin sind«, gibt Dave zu bedenken.

»Es gibt nur eine Möglichkeit, das herauszufinden«, sagt Lev.

»Wenn wir Amriki töten, verlieren wir Saif.«

»Aber vielleicht ist das hier die letzte Chance, ihn zu erwischen.«

»Und wenn es Zivilopfer gibt?«, fragt Dave.

Lev hält nicht dagegen, dass beim Absturz von Flug 211 auch Frauen und Kinder starben. Das weiß Collins nur zu gut.

»Du musst dich entscheiden, Dave«, sagt Donovan. »Willst du einen Einzeltreffer jetzt oder willst du warten, bis wir doppelten Zugriff haben.«

Dave denkt nach.

Amriki wähnt sich in Sicherheit. Er glaubt, mit Zuffeir sei er auch dessen Anhang losgeworden.

»Wir warten«, sagt Dave.

»Gefechtsbereitschaft aufheben«, befiehlt Donovan. »Überwachungsmodus.«

Dave wartet.

Viel mehr gibt es nicht zu tun, als rumsitzen und immer wieder über die eigene Entscheidung nachdenken.

Hab ich's versaut?, fragt er sich. Hab ich die anderen im Stich gelassen? Was wäre gewesen, hätte der verantwortliche Kommandant damals den Rückzug befohlen, als die Chancen fünfzig-fünfzig standen, dass sich Osama in dem Haus aufhält? Als der Helikopter abgestürzt ist?

Hör auf damit, sagt er sich. Seit wann bist du so ein Weichei? Du hast deine Entscheidung getroffen – es war die richtige Entscheidung – jetzt musst du damit leben.

Dann hört er Lev sagen: »Tango eins kommt raus.«

»Alleine?«, fragt Dave.

»Solo.«

»Bleib dran«, befiehlt Donovan.

Amriki tritt auf die Straße und winkt ein Taxi heran.

Lev folgt ihm zum Aéroport Marseille Provence und beobachtet, wie er sich am Check-in-Schalter der Air France anstellt.

Schwarz uniformierte französische Polizisten patroullieren mit Maschinenpistolen vor der Brust.

Die Air France fliegt von Marseille aus überallhin.

Lev stellt sich hinter Amriki in die Schlange.

Nah genug um mitzuhören, wohin die Reise geht.

»Nairobi«, sagt Cody. »Wo ist das denn?«

»Kenia«, erwidert Dave.

Er sieht Donovan an, und beide grinsen.

Zum ersten Mal haben Aziz' Leute einen schwerwiegenden Fehler gemacht.

Die Vögelchen sind aufgeflattert.

✦

Captain Palmer platzt in Wendelins Büro.

Wendelin blickt vom Schreibtisch auf und stellt die Frage, die er allen nervlich überlasteten Untergebenen stellt: »Ist die Republik in Gefahr?«

»Nein, Sir«, erwidert Palmer.

»Dann haben wir ja zum Glück keine echten Probleme«, sagt Wendelin. »Was gibt's?«

Palmer erzählt ihm vom Mord an Zuffeir.

»Was Neues über Collins?«

Palmer verneint.

Die Fahndung nach dem ehemaligen Delta Operator verlief ausgesprochen unproduktiv. Als er Fleming, dem Taucher, mit der Stornierung sämtlicher Regierungsaufträge gedroht hatte, hatte ihm dieser einen alten Donut angeboten und auch gleich vorgeschlagen, in welche Körperöffnung er ihn sich schieben möge. Mullen, der Veteran, hatte schlicht geantwortet: »Machen Sie, was Sie wollen, aber entfernen Sie ihr trauriges Wichsgesicht schleunigst von meiner Veranda.«

Anfragen bei Collins' ehemaligen Kameraden blieben ähnlich fruchtlos.

»Glauben Sie im Ernst«, hatte Kirk Williams, der Banker, gefragt, »dass Dave Collins hier mit zweihundert Millionen Dollar hereinspaziert und ich sie mir nichts dir nichts für ihn wasche? Glauben Sie das im Ernst? Im Ernst?«

Palmer machte außerdem einen weiteren Delta-Veteranen ausfindig, einen New Yorker Barbetreiber, der ihm erklärte: »Ich habe Collins nicht gesehen, und wenn ich ihn gesehen hätte, würde ich es einem stiefelleckenden Schreibtischhengst wie Ihnen ganz bestimmt nicht verraten. Verschwinden Sie aus meiner Bar, sonst suche ich mir einen Straßenköter, der Sie anpisst.«

»Ich frage mich«, hatte Palmer geantwortet, »ob sich das Gesundheitsamt hier schon mal umgesehen hat. Und wie stehen Sie überhaupt zum Finanzamt? In letzter Zeit mal eine Steuerprüfung gehabt?«

»Das Gesundheitsamt war mit Ihrer Mutter voll ausgelastet«, erwiderte Cooper. »Und wenn das Finanzamt meine Bücher prüfen möchte, schön. Ich hab keine Ahnung, wie viel mir meine Leute klauen, vielleicht können die mir das ja sagen. Hier wird cash gezahlt, Sie Blödmann. Und jetzt raus. Zwei Menschen auf der Welt würde ich niemals einen Drink servieren – Osama bin Laden und Ihnen. Ersterer ist tot, und wenn Sie hier noch einmal die Klappe aufreißen, sind Sie's auch.«

Palmer ging.

Jetzt fragt er Wendelin: »Glauben Sie, Collins hat was mit dem Mord an Zuffeir zu tun?«

Möglich, denkt Wendelin, zumal Zuffeir in Verbindung mit Al-Hulwah stand.

Collins ist aus dem Ruhestand zurück und Zuffeir ausgeschaltet.

Jetzt machen sich die Franzosen ins gallische Hemd, denken, wir wollen unser Unkraut in ihrem Garten jäten. Er nimmt sich vor, noch am selben Nachmittag ein teures Glas Wein mit dem französischen Militärattaché zu trinken – den er, Gott sei dank, noch vom Naval War College kennt – und ihm bei der Gelegenheit zu versichern, dass wir nichts mit der Sache zu tun haben.

Aber interessant ist das trotzdem.

Entweder ging Collins davon aus, dass der Imam in das Attentat auf Flug 211 verwickelt war, und hat ihn deshalb ermordet, oder …

Er scheucht Vögel auf.

Aziz steigt aus dem Bett.

Er lässt die Wärme einer Frau hinter sich zurück, einer *sharmuta* zwar, einer Hure, aber sie ist von ausgesuchtester

Schönheit, überaus geschickt und ungeheuer charmant. Was sich bei dem Tarif, den sie verlangt, auch gehört. Wie sagen die Amerikaner so schön? »Man bekommt, wofür man bezahlt.«

Jetzt schläft sie, ihr langes blondes Haar ergießt sich über das Kissen.

Er tippt ihr an die Fußsohle, und sie schlägt die Augen auf.

»Wenn ich wiederkomme, will ich dich nicht mehr hier sehen«, sagt er.

Er zieht einen schwarzen Pullover über, eine schwarze Hose, dazu Stiefel und eine Daunenjacke von The North Face, dann tritt er hinaus auf die Via Padova, geht zum Zeitungskiosk und entdeckt dort Baseyew, der bereits auf ihn wartet. Aziz geht an ihm vorbei und biegt in eine der unzähligen engen Gassen des arabischen Viertels von Mailand ein.

Aziz verlangsamt seinen Schritt, lässt sich von Baseyew einholen, geht neben ihm her. Baseyew trägt wie üblich eine schwarze Lederjacke und die Haare zurückgegelt, er sieht aus wie das, was er ist – ein Russe. Was man ihm aber besser nicht ins Gesicht sagt.

Baseyew ist gebürtiger Tschetschene.

Er tötet Russen.

»Und?«, fragt Aziz.

»Es gab ein Problem«, erwidert Baseyew. Er erzählt Aziz von Zuffeir und den Ereignissen in Marseille.

Plötzlich wird Aziz von Angst gepackt. Jetzt weiß er mit Sicherheit, dass ihn die Amerikaner mit dem Attentat auf Flug 211 in Verbindung bringen.

»Egal«, erwidert Baseyew. »Die Spur ist kalt. Zuffeir ist tot, Saif und Amriki sind auf Lamu in Sicherheit. Außer Reichweite.«

»Gut«, antwortet Aziz. Amriki ist ihm egal, aber Saif saß in

Al-Jafr in der Zelle nebenan. Sie flüsterten miteinander, machten sich gegenseitig Mut, beteten zusammen, hörten den anderen weinen, trösteten einander. Zum Dank hatte Aziz Saif die Ehre und Verantwortung übertragen, Flug 211 vom Himmel zu schießen. Amriki, der Amerikaner – der Konvertit, der Anfänger – ist verzichtbar. Aber Saif wäre ein entsetzlicher Verlust. »Sie hätten sich an unterschiedlichen Orten verstecken müssen.«

Baseyews Lächeln wird zum dreckigen Grinsen. »Man sagt, sie seien unzertrennlich.«

»Was soll das heißen?«, fährt Aziz ihn an.

»Nichts«. Er grinst noch dreckiger.

Als Einsatzleiter ist Baseyew innerhalb des Netzwerks von unschätzbarem Wert. Er hatte den Kauf des Mistral-MANPADS arrangiert, mit dem das Flugzeug abgeschossen wurde, und auch die lukrativen Kontakte zu den Opiumhändlern hergestellt, deren Ware über die ehemaligen Sowjetrepubliken nach Europa geschmuggelt wurde. Jetzt ist er der wichtigste Eintreiber der Organisation – er achtet darauf, dass die Unterhändler ihre Abgaben in voller Höhe leisten. Durch ihn kommen Millionen herein.

Aber Aziz wird in Bezug auf Saif keinen verwerflichen Tratsch dulden, auch nicht von Baseyew.

»Sag nicht noch mal ›nichts‹, nie mehr«, befiehlt Aziz.

Baseyew zuckt mit den Schultern.

Aziz durchbohrt ihn mit Blicken, bis sein Grinsen verschwindet. Dann fragt er: »Was ist mit Yusuf?«

Scheich Yusuf weigert sich beharrlich, mit Aziz in Verhandlungen zu treten. Angeblich ist er immer noch in seine anderen Freier verknallt, die Hekmatyars, die Haqqanis und die anderen hochrangigen Mudschahedin in Afghanistan und den Stammesgebieten von Waziristan. Mudschahedin, die, wie er behauptet, an »der Front« kämpfen.

Das ist eine grobe Spitze gegen mich, denkt Aziz, nur weil ich in Europa geblieben bin, in »zweiter Reihe«. Dabei habe ich ein Attentat auf einen amerikanischen Linienflug organisiert, habe das Flugzeug auf amerikanischen Grund und Boden stürzen lassen und damit den größten Sieg seit 9/11 errungen, und so was nennt dieser vertrottelte, blinde Alte »zweite Reihe«?

Aber wir brauchen Yusufs Vermögen. Wenn er darauf besteht, es in einem aussichtslosen Krieg zu verpulvern, wenn er nicht freiwillig von den anderen Schleimscheißern lässt, müssen wir die Liebenden eben gewaltsam trennen. Wenn es außer mir keinen anderen gibt, hat er keine Wahl, als mit mir zu sprechen.

Aziz hatte Baseyew daher angewiesen, den Amerikanern die Aufenthaltsorte dieser Konkurrenten zuzuspielen – über Gefangene, die diese scheinbar widerwillig verraten sollten. Damit wurden gleich zwei Fliegen mit einer Klappe geschlagen: den Gefangenen blieb die Folter erspart, und Aziz war seine Rivalen los.

Es funktionierte. Erst heute Morgen hat Aziz wieder von einem erfolgreichen amerikanischen Drohnenangriff gehört, bei dem ein »bedeutender Talibanführer« ums Leben kam, der von Yusufs Großzügigkeit profitiert und Aziz mit seinen Drogengeschäften Konkurrenz gemacht hatte.

Warum sollen wir unsere Rivalen selbst töten, wenn uns die Amerikaner das nur allzu gerne abnehmen? Sie bezahlen die Aktion, stecken die Kritik dafür ein und helfen, junge Rekruten von unserer Sache zu überzeugen.

»Heute Morgen kam eine Botschaft aus Yusufs Lager«, sagt Baseyew. »Unter Umständen ist er demnächst zu einem Treffen bereit.«

»Gut.«

Wir brauchen Yusuf.

Yusuf bedeutet Sicherheit.

Aziz erinnert sich an eine Zeile aus Shakespeares *Macbeth*, das er am College gelesen hat. »Das so zu sein, ist nichts: Doch sicher so zu sein …«

Yusuf bietet Sicherheit. Nein, nicht nur Sicherheit – durch Yusuf werde ich unverwundbar. Er würde mir die Grundlage verschaffen, die mich unangreifbar macht.

»Und das andere, worum ich dich gebeten habe?«, fragt Aziz.

»Schwer ranzukommen«, sagt Baseyew.

Natürlich kommt man schwer ran, denkt Aziz.

Ist auch ganz gut so, wenn man an die tödlichste Waffe der Welt nicht so leicht rankommt.

✦

Dave taucht auf und sieht Diana am Strand sitzen, sie lächelt ihn an.

Jake tippt ihm auf die Schulter und sagt: »Noch mal, Daddy.«

»Noch eine Welle«, sagt Dave.

Sie sind am Strand von Rhode Island, machen Ferien, und Dave bringt Jake das Bodysurfen bei. Der Junge steigt auf seine Schultern, lacht und schreit.

Jetzt sieht Dave Diana an und zeigt auf die Brandung.

Sie nickt und lacht.

Sie ist so schön.

Er winkt ihr zu – komm rein.

Sie schüttelt den Kopf und lacht, schlingt sich die Arme um den Oberkörper. Zu kalt.

So schön.

Er nimmt Jakes Hand, und sie gehen auf die brechenden Wellen zu, plötzlich muss Dave weinen.

»Major Collins?«

Es ist Cody, er steht vor Daves Pritsche. Dave braucht einen Augenblick, um zu kapieren, dass er wieder im Camp in Costa Rica ist.

»Der Boss will dich sprechen.«

Dave nickt und steht auf. Er folgt Cody in den Besprechungsraum, wo Donovan sagt: »Ich dachte, das hier könnte dich vielleicht interessieren.«

Michel sagt: »KH-2 rutscht in vierzehn Minuten über den Horizont. Dadurch entsteht eine elfminütige Überwachungslücke.«

Der KH-2-Satellit ist ein vierzehn Tonnen schwerer, lastergroßer Brocken Hightech-Hardware im All. Auf Befehl kann er bis auf hundertsechzig Kilometer Abstand zur Erde abgesenkt und auf ein bestimmtes Zielgebiet ausgerichtet werden. Die Kamera mit einer Brennweite von sieben Metern überträgt die eingefangenen Bilder auf Computer in Washington.

Und Costa Rica.

Donovan hat sich nämlich reingehackt.

»Wir sind drin«, sagt Michel.

Der Bildschirm flackert, das grün phosphoreszierende Licht glüht im abgedunkelten Raum.

Echozeichen blinken grellgrün, ein Infrarotbild aus dem All.

»Schon vor vierzig Jahren«, sagt Donovan, »konnten wir mit der Lockheed U-2 das Nummernschild eines russischen Autos aus 10000 Metern Entfernung lesen. Jetzt sind wir vierzig Jahre weiter.«

Atmosphärische Störungen flackern über den Monitor, dann wird das Bild größer.

Die Linse fokussiert ein anscheinend sehr altes Dorf zwischen Palmen und Sand.

»Die Insel Lamu«, sagt Donovan. »Zwanzig Kilometer vor der kenianischen Küste im indischen Ozean. Seit dem sechsten Jahrhundert islamisch und seit zwanzig Jahren Brutstätte der Dschihadisten. Wir dachten, wir sehen uns dort mal um.«

Die Kamera fährt näher ran.

Dave sieht ein großes altes Haus, dann einen von einer Korallensteinmauer begrenzten Innenhof.

Die Kamera fährt noch näher ran.

Ein Mann liegt ausgestreckt auf einem Liegestuhl, eine Kalaschnikow lehnt daneben. Er trinkt aus einem Glas dem Anschein nach Saft.

Dave sieht eine Nahaufnahme seines Gesichts.

Saif.

Die Kamera zieht sich wieder zurück, als Amriki aus dem Haus kommt und sich neben Saif setzt.

»Die Insel Lamu«, Miriams Gesicht erscheint wieder in der oberen rechten Ecke der Videowand, »gehört zu einer Inselgruppe im indischen Ozean vor der kenianischen Küste.«

Das gesamte Team hat sich im Besprechungsraum versammelt.

Karten und Fotos tauchen an der Wand auf, dann verwandelt sich die Karte in eine »digitale Sandtafel« in 3-D, die jede Erhebung auf der Insel sichtbar macht.

»Lamu ist klein«, fährt Miriam fort, »zwanzig Kilometer lang und selbst an der breitesten Stelle nur drei Kilometer breit. Die Hauptstadt Lamu – hier – liegt im Zentrum, aber die Zielpersonen halten sich in dem Dorf Shela auf, drei Kilometer südlich. In Shela gibt es ein kleines Urlaubshotel – am Strand – und auf dieser Anhöhe hier ein kleines Dorf mit einer Moschee.«

Dave betrachtet das Foto der schmalen Straßen, die gerade breit genug für einen Eselkarren sind. Abgesehen von zwei Polizeifahrzeugen sind auf der Insel keine Autos erlaubt. Die Menschen bewegen sich per Esel, zu Fuß oder mit *dhows* – kleinen Segelbooten.

»Die Zielpersonen wurden von Scheich Ali aufgenommen«, sagt Miriam, als das Foto eines weiß verputzten, zweistöckigen, klassischen Swahilihauses mit breitem Balkon und offenem Innenhof auf dem Bildschirm erscheint. »Lasst euch von seinem Titel nicht in die Irre führen – sein Scheichtum steckt tief in der Krise, er ist auf Zuschüsse der Dschihadisten angewiesen. Unsere Zielpersonen sind zwar seine Gäste, aber sie zahlen.«

Dave betrachtet ein Foto von Scheich Ali, der dem Aussehen nach Anfang dreißig sein muss. Er ist sehr dünn.

»Der Scheich«, erklärt Miriam, »ist khatsüchtig. Khat ist auch bekannt als Abessinischer Tee oder *miraa*, wird an der Ostküste Afrikas von fast allen Männern gekaut. Kath enthält das Stimulans Cathinon, das ähnlich wirkt wie Kokablätter. Wahrscheinlich kennt ihr's von euren Einsätzen am Golf.«

Cody grinst.

»Der Scheich und sein Hauspersonal sind den Großteil des Tages über breit«, sagt Donovan, »was bedeutet, dass wir sie zu jeder beliebigen Tages- oder Nachtzeit entweder halb bewusstlos oder hellwach vorfinden, möglicherweise auch in den frühen Morgenstunden, wenn wir zugreifen. Außerdem verhindert das Khat, dass man die Wirkung eines Schlags, eines Messerstichs oder einer Schusswunde spürt. Die Typen sind wie die Zombies in den Filmen, mit denen uns Cody auf den Geist geht – schwer kleinzukriegen.«

Cody grinst erneut.

»Sind unsere Zielpersonen auch auf dem Zeug?«, fragt Simon.

»Betrachten wir den Scheich und sein Personal als Nichtkombattanten?«, fragt Lev.

»Nein«, sagt Dave. »Sie nehmen flüchtige Terroristen bei sich auf, und wir müssen damit rechnen, dass sie bewaffnet sind.«

»Halten sich Frauen in dem Haus auf?«, fragt Ulrich. »Kinder?«

»Ali hält seine Familie möglichst von den Gästen fern«, sagt Miriam.

Auf dem Bildschirm erscheint ein Grundriss des Hauses.

»Ali, seine Frau und seine beiden Kinder schlafen im hinteren Teil des Hauses«, sagt Donovan. »Normalerweise übernachten unsere Zielpersonen draußen auf dem Balkon unter Moskitonetzen – wegen der Hitze.«

Eine Gesamtansicht der Insel wird jetzt eingeblendet.

»Wir müssen vom Wasser aus zugreifen«, sagt Donovan. »Ein Helikopter wird uns von einem Schiff abholen und uns an einem Punkt zehn Kilometer vor der Insel absetzen. Wir müssen uns von der Stadt Lamu fernhalten, deshalb paddeln wir mit Schlauchbooten – Motoren sind zu laut – in den Kanal am Strand südlich von Shela, abseits des Hotels und dringen von hinten in das Dorf ein.«

»Das Paddeln ist der riskanteste Teil des Einsatzes«, fährt Donovan fort, »wir müssen durch ein Mangrovendickicht. Treibende Baumstämme oder abgebrochene Äste könnten die Schlauchboote beschädigen. Ich sollte außerdem erwähnen, dass es dort giftige Wasserschlangen gibt und auch Elefanten schon gesehen wurden.«

»Wie machen wir sie fertig?«, fragt Willem.

»Schallgedämpfte Handfeuerwaffen«, sagt Donovan. »Rein, raus, wenn ihr Zeit habt, euch nach geheimdienstlich Verwertbarem umzusehen, macht das. Satellitentelefone und Laptops können nützlich sein.«

»Wie kommen wir raus?«, fragt Lev.

»Auf demselben Weg, wie wir reingekommen sind«, sagt Donovan. »Wir paddeln zurück zur Absprungstelle, der Heli bringt uns zum Schiff, dann gibt's Freibier für alle. Noch Fragen?«

Dave sagt: »Wenn wir ...«

»Hey, hey«, fällt ihm Cody ins Wort. »Was heißt hier ›wir‹, Major?«

Dave blickt Donovan an. »Hast du's ihnen nicht gesagt?«

»Uns was gesagt?«, fragt Ulrich.

»Dass ich mitkomme«, sagt Dave.

Unruhe macht sich breit. Unflätige Bemerkungen fliegen durch den Raum.

»Auf keinen Fall«, fasst Cody zusammen. »Auf keinen Fall gehe ich mit einem FNG da rein.«

Fucking New Guy.

»Er hat mehr Kampferfahrung als ihr alle«, wirft Donovan ein.

»Ja, aus der Steinzeit«, sagt Cody. »Heutzutage benutzen wir diese Dinger, die man ›Pistolen‹ nennt. Sorry, Major, aber du furzt schon Staub.«

»Ohne Ihnen zu nahe treten zu wollen, Major Collins«, sagt Ulrich, »aber wir vertrauen einander unser Leben an, und wir kennen Sie nicht mal. Was haben Sie in den letzten Jahren gemacht? Leiter der Flughafensicherheit? Tut mir leid, aber das reicht nicht.«

Dave hütet sich davor einzuwenden, dass er immerhin

»alles bezahlt«. Geld flößt diesen Männern keinen Respekt ein. Also sagt er: »Donovan und ich haben einen Deal.«

»Was für einen Deal?«, fragt Lev.

»Wenn ich im Training mithalte, bin ich dabei.«

Weitere Ausrufe, unflätige Bemerkungen, Einwände.

Donovan lässt sie ein paar Sekunden lang machen, dann schreit er: »Haltet die Klappe, verdammt noch mal!«

Als wieder Ruhe herrscht, sieht er einem nach dem anderen ins zornige Gesicht und sagt: »Ihr Mädels macht euch unnötig Sorgen.«

Er nickt Dave zu, der zurücknickt.

Wenigstens fällt mir Donovan nicht in den Rücken, denkt Dave.

Dann setzt Donovan hinzu: »Das Training schafft der nie.«

Palmer platzt ins Büro.

»Im Allgemeinen ist eine Tür dazu da«, sagt Wendelin, »dass man anklopft, bevor man eintritt. Vielleicht möchten Sie's noch mal versuchen?«

»Wir haben Collins gefunden.«

»Wo?«

»Die DEA verfolgt die Schmugglerrouten der Gangs aus San José durch ganz Mexiko«, erklärt Palmer. »Bei der Luftüberwachung haben sie das hier entdeckt.«

Er legt Wendelin eine Aufnahme von einer Art Lager vor.

»Ein verlassener Stützpunkt der Contras. Und?«

»Vergleichen Sie's mal mit diesen älteren Fotos.«

Die Fotos zeigen dasselbe Gelände, allerdings von Gestrüpp überwuchert.

»Da ist jemand neu eingezogen.«

»Kann doch jeder sein.«

»Ich war so frei, weitere Satellitenaufnahmen anzufordern.« Palmer legt ein weiteres Foto vor.

»Warum haben Sie mir das nicht gleich gezeigt?«, fragt Wendelin.

Auf dem Foto steht Collins im Tarnanzug auf der Lichtung.

»Danke, mein Freund«, sagt Dave zu Donovan in dessen Büro.

»Ich betrachte die Sache realistisch«, sagt Donovan. »Vielleicht solltest du dir ein Beispiel daran nehmen.«

»Du bist älter als ich und kommst auch mit.«

»Bis zum Helikopter«, sagt Donovan. »Ich weiß, wo meine Grenzen liegen. Auch daran …«

»… könnte ich mir ein Beispiel nehmen.«

»Ich sag's ja nur.«

Donovan steht auf und packt Papiere in eine Aktentasche. »Willst du hier sitzen und jammern oder lieber packen gehen?«

»Packen? Wo fahren wir hin?«

»Falls es dir noch nicht aufgefallen ist«, sagt Donovan, »hier gibt's keinen Ozean. Und das ist ein schwerwiegendes Manko bei der Vorbereitung eines Angriffs vom Wasser aus. Wir verlassen das Camp morgen früh, fahren an den Golf von Kalifornien, auch bekannt als Mar de Cortés, wohlgemerkt kein Ozean, sondern ein Nebenmeer.«

»Warum nicht an die Küste von Costa Rica?«

»Touristen«, sagt Donovan. »Surfer, Regenwaldschützer. Ich will nicht, dass Aufnahmen von unserem Training auf YouTube die Runde machen. Meine Leute sind keine niedlichen kleinen Kätzchen. Geh packen.«

Als Dave gegangen ist, ruft Donovan Michel in sein Büro.

»Du übernimmst das Kommando während des Trainings«, sagt Donovan.

»Danke.«

»Und wegen Collins …«

»Ich tu mein Bestes.«

»Du hörst mir nicht zu«, sagt Donovan. Er fixiert Michel gute drei Sekunden lang mit durchdringendem Blick.

Jetzt versteht Michel die Botschaft …

Mach ihn fertig.

✦

Die Karawane, fünf Jeeps mit Delta Operatives, gefolgt von einem Laster costa-ricanischer Polizisten, schlängelt sich durch den Dschungel den Berg hinauf.

Wendelin sitzt vorne im ersten Wagen. Der Polizeichef wollte ihn dort eigentlich nicht haben, aus Angst, der erste Wagen könnte auf eine Mine treffen, aber Wendelin versicherte ihm, die gesuchten Männer seien keine von denen, die Sprengsätze vergraben.

Jetzt hält der Jeep.

»Von hier aus gehen wir zu Fuß weiter«, sagt der Polizeichef.

Wendelin steigt aus und folgt ihm über den Pfad. Andere schwärmen in den Dschungel aus, umstellen Donovans Basislager. Wendelin tastet nach dem Griff seiner Pistole im Hüftholster.

Ist lange her, denkt er, seit ich an der Front stand.

Nicht dass er eine Schießerei erwartet.

Donovan mag vieles sein, aber ein Landesverräter ist er nicht. Er wird nicht auf seine eigenen Leute schießen.

Collins ebenso wenig.

Was mich aber nicht davon abhalten wird, beide einzukassieren, in die US-amerikanische Botschaft nach San José zu verschleppen, in einen Flieger zu setzen und zu Hause in den Knast zu stecken.

Die Maschine steht schon bereit.

Schade, aber niemand kann behaupten, wir hätten sie nicht gewarnt.

Die Delta-Ops bewegen sich circa drei Viertel des Wegs die Anhöhe hinauf, und gehen in Deckung, warten auf ihr Signal. Der Plan sieht vor, das Camp zu umzingeln, anzustrahlen und Donovans Leute zur Kapitulation aufzufordern.

»Was, wenn sie sich weigern?«, fragt Palmer.

Wendelin will lieber nicht darüber nachdenken, dass er gezwungen sein könnte, auf Männer zu feuern, die für ihr Land gekämpft haben, die im Krieg gegen den Terror an allererster Front standen und teilweise einen entsetzlichen Preis dafür zahlen mussten.

Er will nicht darüber nachdenken, dass er gezwungen sein könnte, auf Dave Collins zu schießen, einen mehrfach ausgezeichneten Helden, der nichts als Gerechtigkeit fordert für den Mord an seiner Familie und tausend anderen Unschuldigen. Und der den Job selbst in die Hand nimmt …

Mach schon, sagt er sich, führ den Gedanken zu Ende.

Collins erledigt den Job, der eigentlich deiner wäre.

Über Funk hört Wendelin den Befehl des Delta-Commanders und kriecht vorwärts, bis an den Rand des Waldstücks, von wo aus er die Lichtung überblickt.

Wohncontainer, ein Übungsgelände.

»Zugriff«, befiehlt Wendelin.

Unglaublich grelles Scheinwerferlicht taucht das Gelände in kaltes Weiß.

Wendelin spricht in ein Megaphon. »Donovan! Collins! Hier spricht Dana Wendelin! Wir haben Sie umzingelt! Die Männer sind von der Delta Force! Wir wollen nicht schießen! Kommen Sie heraus!«

Nichts.

Kein Mucks, nichts rührt sich.

Wendelin sieht praktisch vor sich, wie sich die Männer geräuschlos von ihren Pritschen fallen lassen, nach den Waffen greifen und in Gefechtsstellung gehen.

Bitte, denkt er, tut das nicht.

»Kommt raus!«, brüllt er.

Nichts.

»Feuer frei?«, hört er Palmer fragen.

»Negativ. Wiederhole, negativ.«

Dann tritt ein Mann aus einem der Zelte, die Hände hoch erhoben.

Wie ein Gespenst steht er im grellweißen Licht.

Collins ist es nicht.

Donovan auch nicht.

»Wer sind Sie?!«, schreit Wendelin. »Identifizieren Sie sich!«

»Ich bin Manuel!«, schreit der Mann mit bebender Stimme. »Der Koch!«

Sie sind weg, erzählt Manuel Wendelin.

»Wohin?«

Manuel weiß es nicht.

»Wie viele?«

Sagt Manuel nicht.

»War ein gewisser David Collins dabei?«

Manuel versteht die Frage nicht.

Wendelin wird klar, dass Manuel von Donovan gebrieft wurde.

Und Manuel ist loyal.

Ich könnte den Koch von den Kollegen aus Costa Rica verhaften und verhören lassen, denkt Wendelin, aber das käme mir sinnlos und grausam vor.

Jetzt, da Collins und seine fröhlichen Gefährten in die große weite Welt gezogen sind, werden sie die Puppen tanzen lassen.

Aber wo zum Henker steckt Collins?, fragt sich Wendelin.

Und was zum Teufel hat er vor?

✦

Der Stamm ist am schlimmsten.

Über zwei Meter lang, knapp ein Meter Umfang, mit Wasser vollgesogen und schwer – der Stamm ist die reine Folter. Die Übung besteht darin, die Arme darum zu schlingen und das Ding aus dem Wasser über den Strand bis zum Hügel zu schleppen oder zu ziehen.

Rolf macht das, als wär's ein überdimensionierter Zahnstocher, aber Rolf ist auch einsachtundneunzig und fast hundertzwanzig Kilo schwer.

Dave nicht.

Willem, Ulrich, Alessandro, Lev, Amir, Michel – alle haben Mühe, kriegen es aber hin.

Dave nicht.

Der Stamm fickt ihn.

Fast wird es persönlich, als würde ihn das Ding richtiggehend hassen. Es vergräbt sich im Sand, rutscht ihm aus den Händen, bohrt Splitter in seine Unterarme, wenn er versucht, sich daran festzuklammern; schürft ihm die Schultern blutig, wenn er's endlich schafft, es hochzuhieven; zwingt ihn in die Knie, wenn er damit den Hang hinaufstaksen will.

Der Stamm gewinnt.

Dass Michel ihm ununterbrochen in die Ohren brüllt, hilft auch nicht.

»Gib's auf, *bleu*!«, schreit Michel. »Wie willst du an einem Einsatz teilnehmen, wenn du nicht mal mit einem Baumstamm klarkommst? Wie willst du einen Verwundeten tragen?! Du kannst es nicht. Er wird sterben! Gib's auf, *bleu*!«

Allein durch die ständige Wiederholung hat Dave begriffen, dass *bleu* der französische Ausdruck für einen blutigen Anfänger ist, einen Neuling, einen FNG.

Er stellt sich hinter den Stamm und versucht, ihn durch den Sand zu schieben.

»Du schaffst es nicht!«, brüllt Michel.

Das Wasser im Mar de Cortés ist von einem Türkisblau, wie es sich kein zweites Mal auf der Welt findet.

Auch bekannt als Golf von Kalifornien, trennt es die Halbinsel Baja California vom mexikanischen Festland. Es gibt siebenunddreißig Inseln im Mar de Cortés, und Donovans neues Camp befindet sich auf einer davon. Im Prinzip ist die Insel eine kleine vulkanische Erhebung, umgeben von einer kargen Küste, felsig auf der Westseite, sandig im Osten.

Im Vergleich zu dem Stützpunkt in Costa Rica ist das auf kahlen Felsen über dem Strand im Osten gelegene Camp primitiv. Eine Reihe schlichter Ein-Mann-Zelte wurde dort aufgeschlagen. Ein *ramada* mit einem Palmblattdach dient als Küche, über einer Feuerstelle liegt ein Stück Blech als »Herdplatte«. Ein paar einfache Stühle und Tische bilden den Essbereich.

Ein hölzerner Tank auf dem Hügel versorgt das Camp, die beiden Duschen, die Latrine und die Küche mit Wasser. Ein dieselbetriebener Generator liefert Strom. Auf der Westseite befindet sich eine kleine hölzerne Anlegestelle – von Sonne und Wind ausgebleicht.

Die Sonne scheint unerbittlich, der Wind bläst stetig.

Essen gibt es reichlich, aber es ist primitiv – Fisch und Eier morgens, Fisch-Tacos mittags, Fisch und Reis abends.

»Die Swahilis auf Lamu essen Fisch und Reis«, erklärt Donovan, »und ihr müsst riechen wie sie.«

Das Camp soll sie stählen.

Am Abend des ersten Trainingstags klappte Dave auf seiner Pritsche zusammen. Aß nicht, duschte nicht, warf sich einfach mit dem Gesicht voran aufs Bett und war weg.

Eine Stunde und achtunddreißig Minuten später kam Michel herein und schrie, wie schön es sei, nachts ein paar Runden im Meer zu schwimmen. Kaum zurück und erneut in einen traumlosen Schlaf gesunken, wurde Dave von Willem geweckt, der in die Luft ballerte. So ging es Nacht für Nacht. Einmal warf Ulrich eine Blendgranate in Daves Zelt. Ein anderes Mal wurde Dave von einem Zischen geweckt, dann sah er eine ein Meter lange Klapperschlange auf seine Pritsche zuschlängeln. Er stürzte aus dem Zelt und wurde draußen von seinen »Teamkameraden« mit spöttischem Gesang empfangen:

»Good morning to you,
good morning to you
We're all in our places
With bright shiny faces …«

Es war der Auftakt zu einem zwanzig Kilometer langen »Fun-Lauf«, noch vor dem Frühstück – die Hälfte der Strecke führte durch knietiefes Wasser. Der Letzte musste die Latrinen putzen.

Dave war der Letzte.

Jetzt stellt er sich hinter den Stamm und will ihn durch den Sand schieben. »Du schaffst es nicht!«, brüllt Michel. »Und wenn du's jetzt nicht schaffst, wie willst du's dann beim Abschlussball hinkriegen?!«

»Abschlussball« – so nennen die Männer den letzten Teil der ersten Trainingsphase.

Das Training gliedert sich in zwei Phasen – Ausdauertraining zur körperlichen Vorbereitung und fortgeschrittenes Training, das speziell auf den bevorstehenden Einsatz zugeschnitten ist. Die erste Phase ist physisch und psychisch brutal – belastet Körper und Geist. Die zweite Phase ist körperlich weniger anstrengend und lässt den Männern ein bisschen mehr Raum zur Erholung. Schließlich sollen sie nicht völlig erschöpft und ausgemergelt antreten, wenn es ernst wird. Sie sollen frisch, gesund und ausgeruht sein.

Die zweite Phase ist eher eine intellektuelle Herausforderung: Sie müssen sich die Operation einprägen, sie einüben und perfektionieren.

Um dorthin zu gelangen, gilt es aber erst mal, das körperliche Training zu meistern, das seinen Höhepunkt im sogenannten Abschlussball findet.

Jedes Spezialkräftekommando hat eine eigene Form dafür entwickelt – ein letzter Marathonlauf, eine Ausdauerprüfung, ein Ritual, das zusammenschweißt. Donovan lässt sein Team dreißig Kilometer mit kompletter Ausrüstung über einen Berg laufen, acht Kilometer schwimmen und zum Schluss einen nassen Baumstamm durch den Strand die Dünen raufschleppen.

Wenn du das überlebst, bist du bereit.

Du bist ein Bruder.

Gehörst dazu.

Du stellst dich unter die heiße Dusche, dann ziehst du die Uniform deiner alten Einheit an, gesellst dich zu deinen Brüdern und erhebst dein Glas auf abwesende Freunde. Danach setzt du dich, isst ein extra eingeflogenes Steak, dinierst bei Kerzenlicht und trinkst noch ein paar weitere Gläser.

Dann schläfst du, bis du von alleine aufwachst, weil der kommende Tag frei ist.

Dann erst beginnt die zweite Phase.

»Gib auf!«, sagt Michel. Er beugt sich zu Dave runter und sagt leise: »Musst dich nicht schämen. Du bist der Sache körperlich nicht gewachsen. Gib auf.«

Dann macht Michel einen Fehler. Er sagt: »Deine Frau und dein Sohn würden es auch wollen.«

Dave stemmt sich hoch.

Er drückt, zieht, schleppt, zerrt und schiebt den »scheiß Stamm« die steile Düne hinauf.

Aber Michel hat recht – wenn er es so schon kaum hinbekommt, wie soll das nach einem dreißig Kilometer langen Lauf und acht Kilometern Kraul funktionieren?

Mach dir keine Sorgen, sagt er sich.

So weit ist es noch nicht, das kommt erst beim Abschlussball.

In einer Woche.

»Warum hat er noch nicht aufgegeben?«, fragt Donovan Michel ein paar Tage später. Sie beobachten Dave, der langsam den Hügel hinaufsteigt, die Sonne verschwimmt hinter ihm zu einem roten Glühen.

»Morgen ist Abschlussball.«

»Er gibt nicht auf.«

»Dann zwing ihn.«

Michel schüttelt den Kopf.

»Was?«, fragt Donovan.

»Du hast doch mit ihm gekämpft, oder?«, fragt Michel.

»Und?«

»Hat er da jemals aufgegeben?«, fragt Michel.

Donovan starrt ihn an.

»Er ist sehr entschlossen«, sagt Michel. »Und kämpferisch.«

»Dann setz ihn außer Gefecht«, fährt Donovan ihn an.

Lieber sieht er Dave verwundet als tot.

»Das ist nicht richtig«, sagt Michel am Abend draußen vor seinem Zelt zu Simon, während sie noch was zusammen trinken.

»Was?«

»Was wir mit Collins machen«, sagt Michel.

Simon zuckt mit den Schultern.

»Wäre es die Frau von einem von uns gewesen«, sagt Michel, »oder eins unserer Kinder ...«

»War's aber nicht«, erwidert Simon. Er nimmt einen großen Schluck Scotch und stochert im Feuer – nachts kann es auf einsamen Inseln erstaunlich kalt werden. »Ich wäre gerne Mittelfeldspieler bei Birmingham geworden. Daraus wird auch nichts mehr.«

»Trotzdem ...«

Michel war am Nachmittag zu Rolf gegangen und hatte ihm erklärt, was er am folgenden Tag von ihm erwartete. Der Rhodesier hatte sich bereit erklärt mitzuspielen, für Michels Geschmack sogar ein bisschen zu diensteifrig. Jetzt schämt er sich für das, was am kommenden Vormittag passieren wird.

Michel Diallos Ausbildung bei der Marine war brutal – vom Dauerregen in der Bretagne völlig durchweicht durften die Rekruten zwei Stunden schlafen, dann wurden sie von Granatfeuer geweckt. Jeder noch so kleine Fehler konnte ihre Entlassung zur Folge haben.

Aber Michel machte keinen Fehler.

Er schnitt beim Tauchen mit Kreislaufatemgerät außergewöhnlich gut ab, ebenso bei Unterwasser-Sprengungen, Angriffen vom Wasser aus und Einsätzen mit kleineren Booten. Dann ging es weiter mit Sprengungen und Hindernisbeseitigung und schließlich »nassen Sprüngen« – Fallschirmsprüngen aufs Wasser.

Honneur, Patrie, Valeur, Discipline.

Ehre, Vaterland, Tapferkeit, Disziplin.

Das Motto der französischen Marine. Werte, die Michel sehr ernst nimmt.

Die somalischen Piraten – zumindest die, die überlebt haben – könnten ein Lied davon singen.

Frankreich nimmt Piraterie ein bisschen ernster als die anderen westlichen Geschädigten – die Franzosen verhandeln nicht und spielen keine Spielchen.

Sie schicken Männer wie Michel.

Einmal brachten Piraten eine Jacht in ihre Gewalt, entführten ein französisches Ehepaar und steuerten somalisches Festland an, um Lösegeld zu fordern.

Dazu kam es aber nicht, weil Helikopter, bemannt mit Soldaten des *Commando Hubert*, von einer französischen Fregatte aus starteten und bis auf sechs Kilometer an die entführte Jacht heranflogen. Michel und seine Kameraden sprangen mit Fallschirmen in den Ozean. Ihre Waffen waren wasserdicht verstaut, sie verwendeten Nachtsichtgeräte und umluftunabhängige Tauchgeräte, so dass keine verräterischen Luftblasen aufstiegen. Sie schwammen zur Jacht.

Mit Enterhaken gingen sie an Bord.

Michel erinnert sich, dass er einem sehr verdutzten Piraten gegenüberstand, als er an Deck stieg.

Michel riss sein SIG 550 hoch und schoss ihm in den Kopf. Dem Team gelang es, die übrigen sieben Piraten gefangen zu nehmen und die Geiseln zu befreien.

Bei einer Cocktailparty in Paris bekam Michel später von einer Frau die Frage gestellt, ob er ein schlechtes Gewissen habe, weil er einen anderen Afrikaner getötet hatte.

»Das war kein Afrikaner, das war ein Pirat«, erwiderte Michel. »Und ich bin Franzose.«

Aber nicht Franzose genug, um die Budgetkürzungen im Rahmen des neuen Sparprogramms zu überstehen. Michel wurde in das Büro des Kommandanten bestellt und bekam behutsam mitgeteilt, dass er als »Kolonialer« keine Zukunft beim Militär habe und er sich nach »etwas anderem« umsehen möge.

Es brach ihm das Herz.

Er hatte seine Orden und seine Abfindung, konnte sich finanziell also eine Weile über Wasser halten, aber das war's auch schon. Für das Leben als Zivilist war er nicht ausgebildet, und es lag ihm nicht. Als Colonel Donovan ihn eines Tages in einem Café draußen vor seiner Wohnung in Montparnasse ansprach, erklärte er sich zu einem Gespräch bereit.

»Ich suche die Besten der Besten«, sagte Donovan bei einem Glas Wein. »Dein ehemaliger Kommandant hat mir verraten, dass du ein verdammt guter Admiral geworden wärst, hättest du eine andere Hautfarbe.«

»Wie nett von ihm«, erwiderte Michel.

»Zum Admiral kann ich dich nicht machen«, sagte Donovan, »aber bei mir kannst du deinen Lebensunterhalt verdienen, und ich hätte dich gerne in meinem Team.«

Jetzt weckt Michel Collins, um ihn erneut auf einen Nachtlauf zu schicken.

Er bewundert die Einstellung des Amerikaners – ein Terrorist ist ein Terrorist ist ein Terrorist, und der einzig richtige Umgang mit einem solchen besteht darin, ihn zu töten. In diesem Punkt, sind sie sich einig.

Er hat großes Verständnis für Collins.

Aber für Colonel Donovan würde er durchs Feuer gehen.

Dave liegt auf seiner Pritsche, ist zu müde zum Schlafen.

Sein ganzer Körper schmerzt.

Aber ich werde nicht aufgeben, denkt er.

Bevor ich aufgebe, müssen sie mich töten.

✦

Ulrich hält Dave ein Messer an die Kehle.

»Gib auf, Anfänger.«

Dave spürt die kalte Klinge an seiner Halsschlagader. Eine Sekunde zuvor hatte Ulrich ihn zu Boden geschleudert, ihm die Luft aus den Lungen getrieben. Dann hatte sich der Deutsche rittlings auf seine Brust gesetzt und das Messer gezogen.

Nahkampftraining.

Die Männer bilden Paare, die anderen stehen jeweils im Kreis um die Kämpfenden herum, wie eine Art menschlicher Käfig. Sie alle sind Experten in den jeweiligen Spezialdisziplinen ihrer ehemaligen Einheiten, ausgebildet in allen möglichen Varianten von Judo, Krav Maga, Karate, Muay-Thai, Keysi und allem anderen, was sich irgendwie als Kampftechnik anwenden lässt.

Auch Dave hat eine Nahkampfausbildung durchlaufen – damals während seiner Zeit bei der Delta Force. Seit Jahren hat er aber auf nichts anderes mehr gehauen als auf Sandsäcke, die sich nicht wehren konnten. Dazu kommt die körperliche Erschöpfung nach dem nächtlichen Ausdauerlauf um die Insel.

»Halbe Kraft«, hatte Michel befohlen. »Kein Ganzkörperkontakt. Wir sind im Training, ich will keine Verletzten.«

Dave hatte sich für Ulrich entschieden, aber was der KSK-Veteran unter »halber Kraft« verstand, als er Dave an der linken Schulter packte und zu Boden schleuderte, fühlte sich eher nach »voller Wucht« an.

Jetzt sitzt ihm ein Messer an der Kehle.

»Gib auf, gib auf, gib auf.«

Ein Sprechchor.

Alle stimmen ein, umstehen sie wie krächzende Geier.

Dave versucht, sich aufzusetzen.

Ulrich hat damit gerechnet und hält mit seinem Gewicht dagegen, beugt sich leicht vor. Das nutzt Dave aus, bäumt die Hüfte auf und schickt Ulrich über seinen Kopf. Anschließend rollt er herum, packt Ulrichs Fußgelenk, rollt erneut herum, verdreht und fixiert ihm dabei die Beine so, dass er kurz davor ist, Ulrich ein Kniegelenk auszurenken.

»Gib doch selbst auf«, keucht Dave.

Ulrich versucht, sich aus dem Klammergriff zu befreien, aber Dave hält ihn fest, und der Deutsche klopft dreimal auf den Boden zum Zeichen, dass er kapituliert.

Dave stellt sich auf die wackligen Beine, streckt eine Hand aus und hilft Ulrich hoch.

»Gut gekämpft.«

»Du auch.«

Als sich Dave wieder in den Kreis einreiht, starrt ihn Michel an.

»Wo willst du hin?«, fragt der Franzose.

»Ich hab gerade gekämpft.«

»Du kämpfst noch mal«, sagt Michel. »Cody, du bist dran.«

Cody wirft Michel einen irritierten Blick zu – als wollte er sagen: »Geht's noch, Dude?« – aber er sieht die Unerbittlichkeit in Michels Augen und stellt sich in die Mitte.

Dave kämpft gegen alle.

Einen nach dem anderen.

Cody, Alessandro, Willem, Lev, Amir, Simon.

Einige Kämpfe gewinnt er, andere verliert er, aber er kämpft. Fausthiebe, Tritte, Würgegriffe, Messerattacken – immer und immer wieder wird Dave zu Boden geschleudert, gewürgt, geschlagen und getreten. Trotz halber Kraft tut es weh, fordert seinen Tribut.

Aber er steht immer wieder auf.

Nach dem Kampf gegen Simon blickt Dave Michel atemlos an, die Augen voller Tränengas und aus dem Mund blutend, zeigt er auf ihn und sagt: »Du.«

Michel tritt in die Mitte.

Dave eröffnet mit einer rechten Geraden.

Michel weicht aus und verpasst ihm einen Schlag seitlich

an den Schädel. Dave dreht sich wie ein Bulle im Ring und stürzt sich erneut auf ihn, zielt auf die Beine, versucht, Michel niederzureißen. Doch der rammt ihm ein Knie ins Gesicht. Dave richtet sich auf und lanciert einen linken Uppercut, der Michel am Kinn trifft.

Es fühlt sich so … verdammt … gut an.

Aber Michel macht einen Schritt zurück und verpasst ihm einen linken Haken in die Leber, der Schmerz ist lähmend, und Dave sinkt auf alle viere in den Sand wie ein verwundetes Tier.

»Gib auf, Anfänger«, sagt Michel.

Aber diesmal stimmt niemand einen Sprechgesang an. Niemand fällt ein.

Die anderen stehen schweigend da, sehen zu.

Dave rappelt sich auf.

Blut tropft ihm aus der Nase in den Sand.

Er sieht Michel an.

Dann sagt Michel: »Rolf.«

Rolf grinst wie ein Wolf, der ein Lämmchen entdeckt hat.

Dave hört Raunen im Kreis der Umstehenden, sieht Willem den Kopf schütteln, Lev zu Boden starren und Ulrich Michel wütend anfunkeln. Aus dem Augenwinkel erkennt er Donovan, der sich nähert und dazustellt.

Cody sagt: »Uncool, Mann.«

»Es reicht«, sagt Ulrich.

»Ich bestimme, wann es reicht«, erwidert Michel.

Er nickt Rolf zu, der einen Schritt vortritt.

Rolf ist der größte im Team und der beste Nahkämpfer. Michel hatte ihn bis zum Schluss für Dave aufgehoben.

Okay, denkt Dave.

Ein letzter Kampf. Du musst nicht gewinnen, nur überleben.

Dave richtet sich auf und hebt die Hände. »Komm her, Großer!«

Rolf kommt.

Aber er tritt nicht mit halber Kraft zu, auch nicht mit dreiviertel.

In dem Tritt steckt alles, was er zu bieten hat.

Der erste Roundhouse-Kick zielt auf Daves Knie, aber es gelingt Dave, etwas von seiner Wucht mit dem Arm abzublocken. Ihm bleibt keine Sekunde, um sich zu fragen, ob der Arm gebrochen ist, denn jetzt zielt Rolf auf eine Stelle weiter oben, auf seinen Kopf, und Dave reißt gerade noch rechtzeitig seinen pochenden Arm hoch.

Er weiß, wo ihn der nächste Tritt treffen wird.

Unten.

Oben.

In der Mitte.

Eine Standardübung, die man auch als »den Weihnachtsbaum anzünden« bezeichnet. Der ganze Baum wird mit Kerzen behängt – unten, oben, in der Mitte, die Beine, der Kopf …

Dave weiß es, aber es ist schon zu spät. Er hebt den Arm, will abwehren, aber Rolf ist zu schnell.

Willem guckt weg.

Ulrich starrt Michel zornig an.

Cody schreit: »Lass das, Alter!«

Dave sieht den Tritt kommen.

Kann nichts tun.

Wird getroffen.

Ein brutaler Roundhouse mit der ganzen Kraft eines hundertdreißig Kilo schweren Mannes, der mit dem anderen Fuß fest auf dem Boden steht und sein ganzes Gewicht in die Bewegung legt.

Rechts in die Rippen.

Als würde man vom Blitz getroffen.

Dave schlägt auf dem Boden auf.

Heftig.

Er bleibt liegen, saugt beim Versuch, Luft zu holen, Sand in die Nasenlöcher. Mit jedem Atemzug lodern Flammen in seinem Brustkorb auf. Er will aufstehen, spürt aber eine Hand, die ihn niederdrückt. Zuerst glaubt er, es sei Rolf, aber dann hört er Simon: »Bleib liegen, ich will dich untersuchen.«

Wie aus der Ferne vernimmt er Ulrichs Stimme: »Soll das halbe Kraft gewesen sein?«

Und Rolf erwidert: »Willst du was von mir?«

»Kann sein.«

»Aufhören.«

Donovan.

»Nicht wegtragen«, sagt Dave zu Simon.

»Aber du kannst nicht laufen.«

»Nicht tragen.«

Ich lasse mich nicht auf einer Trage von hier wegschaffen, denkt Dave. Das würde bedeuten, dass ich verwundet bin, und ich bin nicht verwundet. Als Verwundeter ist man einer von den »anderen« – man gehört nicht mehr zum Team, man ist raus.

»Verdammt, hilf mir auf.«

Simon und Cody stützen ihn, packen ihn unter den Armen und ziehen ihn auf die Beine.

Dave beißt die Zähne zusammen, um nicht laut aufzustöhnen.

»Ich kann alleine laufen.«

Sie lassen ihn los, bleiben aber neben ihm stehen, falls er umkippt. Als er an Rolf vorbeigeht, sagt Dave: »Ich schulde dir was.«

»Jederzeit, Sportsfreund.«

Dave schlurft zum Sanitätszelt.

»Bist du jetzt glücklich?«, fragt Michel Donovan.

Nichts von all dem macht Donovan »glücklich«. Aber Dave Collins soll weder bei dem bevorstehenden Einsatz draufgehen noch schuld daran sein, dass jemand anders dran glauben muss. Deshalb muss Donovan tun, was er tun muss, und nicht, was ihn glücklich macht.

Gerade als er Michel das sagen will, kommt es zum Streit zwischen Lev und Amir.

Sie gehen sich gegenseitig an die Kehle.

Im wahrsten Sinne des Wortes.

Angefangen hatte es, als Dave ging und Amir zu Lev sagte: »Was ist?«

»Was soll sein?«

»Willst du auch?«, fragte Amir. »Zur Abwechslung mal fair kämpfen, *yahoudi?*«

Yahoudi – Jude.

»Spreng dich doch einfach selbst in die Luft, *ars*!«

Ars – arabisch/israelische Umgangssprache für »Drecksack«.

»*Yalla*«, erwidert Amir.

Yalla – dasselbe auf Arabisch und Hebräisch.

»Dann los.«

Amir schlägt zu.

Eine harte rechte Gerade an den Kiefer.

Lev weicht zurück, kommt aber wieder und jetzt kracht's. Levs Krav Maga gegen die Karatetricks, die Amir bei den Qassam-Brigaden gelernt hat, und alles andere, was ihm bei Donovan beigebracht wurde.

Auch hier keine halbe Kraft, sondern volles Rohr, über lange Zeit aufgestaute Gewalt.

Tausend Jahre alter Hass.

Sie wollen sich gerade gegenseitig umbringen, als Ulrich und Willem dazwischengehen. Sie müssen alle verfügbaren Kräfte aufbieten, um die beiden auseinanderzureißen.

Donovan geht zu ihnen.

»Was ist los?«, fragt er. »Kaum steht ihr irgendwo im Sand, glaubt ihr, ihr müsst euch drum streiten. Ist das die Macht der Gewohnheit? Genetische Codierung? Oder macht ihr das einfach aus Prinzip?«

Amir sagt nichts, Lev auch nicht.

»Wenn ihr Idioten im Sandkasten weitermachen wollt, seid ihr herzlich eingeladen«, sagt Donovan. »Aber nicht in meinem Camp. Ist das klar?«

»Ja, Sir.«

»Ja, Sir.«

»Michel.«

»Sir?«

»Geh mit den beiden hier schwimmen«, sagt Donovan. »Die brauchen eine Abkühlung.«

Während Michel mit Lev und Amir abzieht, sagt Ulrich: »Daran bist du selbst schuld, Colonel.«

»Was?«

»Die aufgeladene Stimmung im Camp«, sagt Ulrich, »kommt daher, dass du so mit Collins umspringst. Das ist nicht richtig, die Männer wissen das, und es sät Unfrieden.«

»Willst du mir erzählen, wie ich meinen Job zu machen habe, Ulrich?«

»Anscheinend muss es jemand tun.«

»Hey«, sagt Donovan. »Keiner von euch wollte Collins im Team haben.«

»Wenn er rausfliegt«, sagt Ulrich, »dann nach den Regeln. Fair.«

»Wir ziehen in einen Krieg«, sagt Donovan. »Wenn du ›fair‹ kämpfen willst, musst du dir eine andere Einheit suchen.«

Donovan geht.

Afghanistan hat einen schlechten Nachgeschmack bei Ulrich hinterlassen.

Die deutschen Streitkräfte waren für neun Provinzen verantwortlich und sollten dort brutale Terroristenanführer ausfindig machen, durften sie aber nicht töten.

»Verhältnismäßigkeit« nannten das die Idioten in der Regierung. »Der Einsatz tödlicher Waffen ist verboten, es sei denn, er erfolgt in unmittelbarer Notwehr.«

Hirnrissig.

Die einheimischen Taliban und die al-Qaida kannten die Grundsätze der Deutschen und hüteten sich davor, sie direkt anzugreifen. Stattdessen mussten sich Ulrich und seine Männer mit Sprengfallen, improvisierten Sprengsätzen und kurzen überfallartigen Angriffen herumschlagen, ohne den Feind identifizieren zu können (zumindest nicht so, dass die deutsche Regierung zufrieden gewesen wäre).

Was ist ein Soldat, denkt Ulrich jetzt, wenn nicht die Verkörperung tödlicher Gewalt?

Stattdessen mussten sie riskieren, selbst getötet oder verstümmelt zu werden, während sie mit den Taliban Fangen spielten.

Angewidert brachte Ulrich seine sechsjährige Pflichtzeit hinter sich und verabschiedete sich widerwillig vom KSK.

Wenn er seinen Job nicht machen durfte, hatte es keinen Sinn, ihn zu behalten.

Als Donovan Kontakt zu ihm aufnahm, lautete Ulrichs erste Frage: »Nach welchen Richtlinien wird gehandelt?«

»Töte den Feind«, erwiderte Donovan.

Ulrich unterschrieb.

Jetzt hat er zum ersten Mal Zweifel.

Rolf, der älteste in Donovans Team, gehörte den Selous Scouts an, einer nicht mehr existierenden Militäreinheit eines nicht mehr existierenden Regimes.

Die Selous Scouts waren eine Elite-Einheit. Selbst in einem Land wie Rhodesien, wo jeder mit einer Waffe in der Hand aufwuchs und von klein auf lernte, im Busch zu überleben, bestand nur circa jeder zehnte das Auswahlverfahren.

Wer es geschafft hatte, wurde im Busch ausgesetzt – ohne Lebensmittel, ohne Feldration, und musste fünfundzwanzig Kilometer ins »Basislager« zurücklaufen, das aus ein paar Strohhütten und einem Feuer bestand und gerade groß genug war, um die Löwen abzuschrecken.

In den ersten fünf Tagen gab es überhaupt keine Lebensmittelrationen, danach bekamen sie verdorbenes Fleisch. Trainiert wurde Tag und Nacht. Von den ursprünglich sechzig Rekruten in Rolfs Einheit stiegen zweiundvierzig innerhalb der ersten achtundvierzig Stunden aus.

Der Höhepunkt des ersten siebzehntägigen Trainings war ein hundert Kilometer langer Marsch durch den Busch mit dreißig Kilo Gepäck auf dem Rücken, Rucksäcke voller Steine. Die Ausbilder hatten sie rot markiert, damit niemand heimlich die Steine abladen und am Ende des Marschs durch andere ersetzen konnte.

War das überstanden, bekam man eine Woche frei, durfte Bier trinken und vögeln, dann ging's zurück zum Stützpunkt, wo das *richtige* Training begann. Man wurde in ein Camp gesteckt, das einer Guerilla-Basis glich. Man duschte nicht mehr, rasierte sich nicht mehr, putzte sich nicht mehr die Zähne. Gegessen wurde nur noch afrikanisches Essen, damit die eigene Scheiße wie die der Afrikaner stank.

Gegen Ende des Trainings ging's zum Jagen in den Busch.

Guerillas.

Wochenlang war man unterwegs, lebte von dem, was das Land hergab, jagte und wurde gejagt, tötete und wurde getötet. Im Busch begegnete man sich auf kürzester Distanz – gekämpft wurde mit Handfeuerwaffen und Mann gegen Mann. Mehr als einmal schaltete Rolf Gegner mit dem Messer aus.

Meistens töteten sie die Guerillas – manchmal drehten sie sie um, re-indoktrinierten sie und schickten sie zurück in den Busch, damit sie nun ihre früheren Freunde jagten.

Auch eine Möglichkeit, den Bock zum Gärtner zu machen.

Zum Schluss war's egal.

Die Politiker in Salisbury und London hatten nicht die Eier zu kämpfen, und aus Rhodesien wurde »Simbabwe«. Sie verschleuderten das beste Land der Welt an einen Haufen schwarzer Kommunisten und Gangster.

Und wir sind in alle Winde verstreut. Einige hat es nach Südafrika verschlagen, auch so ein von Schwarzen regierter Saustall, andere sind in Australien oder Neuseeland gelandet.

Wildgänse.

Ronin.

Söldner.

Rolf verließ Rhodesien, bevor die Schwarzen an die Macht kamen. Auf seinen Kopf war eine Belohnung ausgesetzt, kein Wunder bei nachweislich achtundvierzig getöteten Feinden.

Südamerika war das ideale Jagdrevier für ihn.

Kartelle in Kolumbien.

Viehzüchter in Honduras.

Landbesitzer in Chiapas.

Kartelle in Tijuana.

Als Donovan ihn fand, trank er gerade ein Bier in einer Bar in San Diego. Donovan bot ihm sehr viel mehr Geld als die Mexikaner und die Chance, wieder mit Profis – echten Soldaten – zu arbeiten.

Die Euros werden's schon noch lernen, denkt Rolf. Die Muslime vermehren sich wie die Karnickel in Deutschland, Frankreich und Holland. Dauert nicht mehr lange, dann sind in Europa die Weißen in ihren eigenen Ländern in der Unterzahl, so wie wir damals.

Dann werden sie schon sehen.

Besser man bringt sie jetzt um.

Oder weist sie in ihre Schranken.

Jagt sie zurück über die Sanddünen.

Dieser Yank hat schon die richtige Idee, denkt Rolf.

Schade, dass ich ihm den Arsch aufreißen musste.

Simon wickelt den Verband fest um Daves Rippen. »Ohne Röntgenaufnahme kann ich nicht sicher sein, aber ich denke die Rippen sind nicht gebrochen, nur angeknackst.«

Dave versucht aufzustehen, setzt sich aber schnell wieder auf die Pritsche. »Dann kann ich ja gehen.«

»Nein, kannst du nicht«, sagt Simon. »Bei weiterer Belastung, kann immer noch eine Rippe brechen – und dabei die Lunge oder die Milz verletzen. Du kannst auf keinen Fall am Abschlussball teilnehmen.«

»Ich lasse es drauf ankommen. Gib mir nur was gegen die Schmerzen.«

Simon schüttelt den Kopf. »Das darf ich nicht. Durch die

Medikamente werden die Symptome gedämpft, und du verreckst an inneren Blutungen, noch bevor du überhaupt mitbekommst, dass etwas nicht stimmt.«

»Lass das meine Sorge sein.«

»Ich bin für dich verantwortlich«, sagt Simon. »Tut mir leid, aber du bist ausgemustert.«

»Wir sind hier nicht bei der Armee, und du hast mir nichts zu sagen.«

»Doch hab ich«, sagt Simon. »Als Sanitäter dieser Einheit muss ich dich für diensttauglich erklären, und das kommt überhaupt nicht in Frage. Tut mir leid, aber du bist raus, mein Freund.«

Es ist vorbei.

Der Sonnenuntergang sieht aus, als würde Feuer übers Wasser tanzen. Das Team macht sich für den Lauf bereit.

Die Strecke führt über dreißig Kilometer – über den Berg, anschließend am Strand entlang. Alessandro ist der Favorit für diesen ersten Teil, dicht gefolgt von Cody.

Donovan hat die Pistole bereits gehoben, um das Startsignal zu geben, als Dave Collins aus seinem Zelt kommt und sich zu den anderen stellt.

»Nein«, beharrt Simon.

»Ich laufe mit«, sagt Dave.

Gehen tut schon weh. Dave weiß also, wie viel schmerzhafter Laufen sein wird. Aber er weiß auch, wic schmerzhaft es sein wird, wenn er nicht mitläuft.

Er bleibt in der Reihe stehen.

Simon wendet sich an Donovan. »Ich habe ihn für dienstuntauglich erklärt.«

Dave sieht Donovan an.

In seinen Augen sieht Donovan die Jahre, die sie gemeinsam gekämpft haben, die Freundschaft, die Freude und die Trauer.

»Er ist erwachsen, er muss wissen, was er tut«, sagt er.

Simon widerspricht: »Ich möchte ein für alle mal festhalten, dass …«

»Schon kapiert.« Donovan gibt das Startsignal.

Das Team läuft los, im lockeren Trott, sie haushalten mit ihren Kräften, unterhalten sich.

Thema ist Collins.

»Hundert Dollar, dass er den Lauf nicht übersteht«, hört Dave Rolf sagen.

»Das glaub ich auch«, sagt Ulrich.

»Noch mal hundert, dass er im Wasser schlappmacht«, sagt Alessandro, »und wir ihn rausfischen müssen.«

Willem hält dagegen.

Bevor Unterschiede in Tempo und Strategie das Rudel auseinandertreiben, schließen alle Wetten darüber ab, wo Dave zusammenbrechen wird.

Niemand setzt darauf, dass er's schafft.

Lev kommt heran. »Der Baumstamm gibt ihm den Rest.«

Kann sein, denkt Dave, während er das Rudel davonziehen sieht. Aber der kommt später, und jetzt ist jetzt, und er kennt das Geheimnis der Special-Ops, das ihnen ermöglicht, Unerträgliches zu ertragen. Sie sind immer im Moment, etwas anderes existiert für sie nicht.

Links, rechts, links, rechts.

Jake, Diana, Jake, Diana.

Er erreicht den Fuß des Berges.

Es gibt einen alten Bergsteigertrick.

TLL.

Tiefer, länger, langsamer.

Körper absenken, Schrittlänge vergrößern, Schrittempo reduzieren.

Jeder Schritt erschüttert seine angeknacksten Rippen und jagt schmerzhafte Stiche durch seinen Körper, aber er sagt sich: Ist nur Schmerz. Schmerz ist ein Phänomen wie alles andere auch – ein Gefühl wie Hunger oder Einsamkeit. Du hast schon so viel größere Schmerzen durchgestanden, größere, als du je dachtest ertragen zu können, das hier ist nichts dagegen.

Links, rechts, links, rechts.

Jake, Diana, Jake, Diana.

Er rutscht auf Felsgeröll aus und muss sich festhalten, um nicht zu fallen, aber das macht nichts. Nur eins zählt:

Vergeltung

Vergeltung ist oben auf dem Gipfel des Berges.

Ist auf der anderen Seite.

Benutze deinen Zorn als Treibstoff.

Dieser Tank wird niemals leer.

Er schafft es bis zum Gipfel.

Unter sich sieht er das Team in einer langgezogenen Kette. Alessandro vergrößert kontinuierlich seinen Vorsprung, und Cody bleibt ihm auf den Fersen. Der Italiener stammt aus den Alpen und rennt wie eine Bergziege.

Dave holt Luft und beginnt den Abstieg.

Wenn es bergauf weh tat, dann war das nichts im Vergleich zu bergab, er tritt härter auf, läuft schneller, und seine Rippen schreien ihn an, er möge stehen bleiben. Simons Warnung fällt ihm wieder ein, eine Rippe könnte brechen und er innerlich verbluten, ohne es zu merken.

Nicht ausbluten, sondern vollbluten.

Aufrecht sterben.

Gut.

Ein guter Tod.

Dabei bin ich längst innerlich verblutet.

Mir wurde das Herz gebrochen, und ich bin innerlich verblutet.

Links, rechts, links, rechts.

Jake, Diana, Jake, Diana.

Er achtet darauf, wohin er seine Füße setzt. Zu fallen und sich die Rippen endgültig zu brechen, wäre jetzt keine gute Idee. Der erfolgreichen Durchführung dieser Mission nicht unbedingt zuträglich, scherzt er in Gedanken mit sich selbst. Also passt er auf, wohin er seine Füße setzt, weicht Steinen aus, tritt fest auf, auch wenn das noch mehr schmerzt.

Sind ja nur Schmerzen.

Als er unten ankommt, sieht er in der düsteren Dämmerung niemanden mehr.

Schon in Ordnung, denkt er.

Du warst bis hierher auf dich allein gestellt, warum sollte es plötzlich anders sein?

Jetzt läuft er auf flacher Strecke, joggt über den felsigen Weststrand, wo er sich an jedem Stein den Fuß verstauchen oder ausrutschen und auf die Fresse fliegen kann. Der Schmerz ist fast schon eintönig, wie ein alter Freund, der einem zum tausendsten Mal dieselbe Geschichte erzählt. Jetzt ist es weniger ein Stechen als ein permanentes Pochen, und er richtet den Rhythmus seiner Schritte daran aus.

Links, rechts, links, rechts.

Jake, Diana, Jake …

Er fällt.

Er rutscht mit dem linken Fuß auf einem Stein aus, merkt,

dass er fällt, und streckt die Hand aus. Der Schmerz schießt wie Feuer durch ihn hindurch und weckt ihn aus seinem Tagtraum, er umrundet die nördliche Seite der Insel und läuft auf Sand, das ist auf andere Art quälend, weil er tief einsinkt, was ihm das Laufen erschwert, seine Wadenmuskulatur brennt, aber er weiß, dass er sich jetzt wieder auf dem Rückweg befindet. Wie hat sein Vater immer gesagt: »Kurz vor der Scheune.«

Jetzt ist es dunkel.

Schwarz und silbrig glänzt die Welt im Licht des Vollmonds.

Über dem Strand leuchtet ein Film aus Wasser.

Läufer sprechen von einer Wand – man knallt dagegen, durchstößt sie, und dann ist das Laufen leichter. Er lässt sich in den Rhythmus fallen.

Langsam, aber stetig.

Es geht nicht darum, als Wievielter du ins Ziel kommst, es geht darum, dass du ans Ziel kommst, und wenn du ans Ziel kommst, können sie dich nicht vom Einsatz ausschließen, also komm ans Ziel.

Links, rechts, links, rechts.

Jake, Diana, Jake, Diana.

Jake reitet Huckepack und lacht. Noch mal, Daddy, noch mal, hühott, Daddy, hühott. Diana lehnt am Wagen und sieht zu, liebt sie beide, liebt ihn. Ich trage dich, Jake, ich trage dich, mein Sohn, ich wünschte, ich hätte dich vom Himmel heruntertragen können, mit euch beiden auf dem Rücken davonfliegen.

Er hört sich weinen, hofft, dass niemand ihn sieht, aber dann ist es ihm auch egal.

Ich trage dich, Jake.

Michel sieht ihn an.

»Runter mit dem Rucksack, ab ins Wasser.«

Dave begreift kaum, dass er den Lauf hinter sich hat. Er lässt den Rucksack vom Rücken gleiten und fühlt sich leicht, schwerelos, als er ins Wasser watet, es ist kalt auf seiner verschwitzten Haut, und er watet weiter, bis es ihm an die Brust reicht, und dann lässt er sich nach vorne fallen und schwimmt los.

Das Wasser ist schwarz, und der Himmel ist schwarz, und es gibt keinen Horizont.

Zum Boot schwimmen und wieder zurück.

Denk nicht dran, dass du's niemals schaffst.

Ein Zug nach dem anderen.

Links, rechts, links, rechts.

Jake, Diana, Jake, Diana.

Wenn er den rechten Arm hebt, tut es gar nicht so weh, aber links ist es eine Qual. Als würde gleich eine Rippe die Haut durchstoßen.

Links, rechts, links, rechts.

Jake, Diana, Jake, Diana.

Seine Arme wollen aufhören, sie sind so müde, und sie tun so weh, und das Atmen schmerzt. Sein Körper will den Tod, friedlich ertrinken, unter die Wasseroberfläche gleiten und ausruhen, aber er sagt sich, dass in jedem seiner Schwimmzüge Vergeltung liegt. In jeder Beinbewegung.

Willst du Vergeltung, dann mach weiter.

Die Männer kommen jetzt zurück, sie schwimmen auf ihn zu.

»Weiter, Dude!«, ruft ihm Cody aufmunternd zu. »Du darfst erst am Strand zusammenklappen, sonst verdiene ich nichts dran!«

Dave schafft es zum Boot. Schlägt am Seitendeck an.

Donovan sagt: »Komm rauf, Dave. Trink was.«

Er zeigt ihm die Flasche Scotch.

»Leck mich an meinem irischen Arsch!«

Dave stößt sich vom Boot ab und macht kehrt.

Der Unterschied zwischen Schwimmen und Laufen ist einfach – hört man auf zu laufen, fällt man um; hört man auf zu schwimmen, ertrinkt man.

Ein großer Unterschied.

Seine Schultern geben auf.

Geben einfach auf.

Wollen die Arme nicht mehr heben, also geht Dave zum Brustschwimmen über und gönnt ihnen eine Pause.

Das ist langsamer, verhindert aber, dass er untergeht.

Denk nicht an die vier Kilometer, die noch vor dir liegen.

Denk nicht an den Strand.

Nur …

Links, rechts, links, rechts.

Jake, Diana, Jake, Diana.

Die Kälte wird zum Feind. Er spürt, wie sein Körper auskühlt, während die Wassertemperatur immer weiter sinkt, nach der abendlichen Flaute kommt jetzt wieder Wind auf, und Müdigkeit setzt ein.

Kälte tötet den Schwimmer.

Die Muskeln verkrampfen. Man verliert die Orientierung. Der Durchhaltewillen bricht.

Das Wasser verschluckt ihn.

Dave weiß, dass er der Letzte ist, weil er das Tuckern des Außenbordmotors hört, als Donovan mit dem Boot neben ihm aufschließt.

»Steig ein, Dave. Ist keine Schande. Du bist verletzt.«

Dave taucht unter die Oberfläche.

Absichtlich.

Um seine Bewegungsabläufe zu lockern, dem Wind auszuweichen und Donovan einen Schrecken einzujagen.

Er taucht wieder auf und holt Luft.

Ganz weit hinten sieht er die kleinen Wellen.

Zu weit weg.

Du schaffst es nicht.

Steig ins Boot.

Nein, ertrinke.

Nein.

Schwimm, du Arschloch.

Links, rechts, links, rechts.

Jake, Diana, Jake, Diana.

Er hört die Wellen, bevor er sie sieht.

Sie sind mit dem Wind näher gerückt, sind gleichzeitig ein Segen und ein Fluch, ein Versprechen und eine Bedrohung. Wenn er eine richtig erwischt, trägt sie ihn ans Ufer – wenn er sie falsch erwischt, reißt sie ihn unter Wasser und schleift ihn mitsamt seinen angeknacksten Rippen über den felsigen Grund.

Aber wenn du dich nicht an eine Welle hängst, schaffst du's nicht. Es ist zu weit bis ans Ufer, und du hast keine Puste mehr.

Mit letzter Kraft schwimmt er an eine Welle heran. Erst hebt sie ihn, dann lässt sie ihn fallen, aber er hält das Gleichgewicht und wird vom Weißwasser an den Strand getragen.

Angespült.

Er ist nicht bewusstlos.

Liegt aber am Ufer wie ein Schiffswrack.

Ein Skelett.

Nichts ist von ihm übrig.

Der Stamm am Strand sieht aus wie ein umgestürztes Mahnmal zur Erinnerung an einen verlorenen Krieg.

Etwas, das sich nicht mehr ändern lässt.

Oder bewegen.

Dave versucht es.

Er stemmt sich hoch und taumelt auf den Baumstamm zu.

Heb die Beine, sagt er sich.

Er spannt die Wadenmuskeln an, aber der Stamm bewegt sich keinen einzigen Zentimeter.

Eine Feuerwand lodert über die gesamte Brust hinweg.

»Oh Gott!«, schreit er.

Er versucht es noch mal … und noch mal … und noch mal.

Er hat einfach nicht die Kraft.

Dann bricht er zusammen.

Liegt auf dem Stamm und schluchzt.

Er schlägt mit der Faust darauf.

Ich hab euch im Stich gelassen.

Jake.

Diana.

»Was haben Major Collins und der Baumstamm gemeinsam?«, fragt Cody das restliche Team. »Beide rühren sich nicht vom Fleck.«

Verhaltenes Gelächter, während die Männer im Camp stehen und zu der Gestalt runterblicken, die quer auf dem Stamm liegt, die Arme weit ausgestreckt, in silbriges Mondlicht getaucht.

»Eins muss man ihm lassen«, sagt Simon. »Er hat's versucht.«

Die Männer tragen Uniform, Elitesoldaten aus aller Welt.

Simon trägt das sandfarbene Barett der SAS, Michel das grüne des Korps Mariniers. Alessandro trägt das Abzeichen der 9ths Parachute and Wings auf seinem burgunderfarbenen Barett, Rolf die grüne Jacke und das braune Barett mit dem

Fischadler, dem ganzen Stolz der Selous Scouts. Willem sieht in der blauen Jacke der holländischen Marine und der dazugehörigen weißen Schirmmütze vergleichsweise elegant aus, aber Ulrich kann in der grauen Jacke des KSK mit den roten Schulterstücken und dem dunkelroten Barett durchaus mithalten. Codys Barett ist ebenfalls rot, seine Jacke dunkelblau; Donovan trägt die militärgrüne Jacke und das schwarze Barett der Delta Force.

Außerdem haben die Männer ihre Orden angelegt – Bronze Stars, Air Medals, die italienische Tapferkeitsmedaille, das Ehrenkreuz der Bundeswehr, das Georgs-Kreuz der Briten, den L'Ordre National du Mérite, den bronzenen Löwen der Holländer – und das sind nur die, die sie tragen dürfen, die anderen werden an geheimen Orten unter Verschluss aufbewahrt.

Die gesamte jüngere Geschichte – der Golf, der Irak, Afghanistan, der Kongo und Somalia – lässt sich an den Farben ablesen, die diese Männer am Revers tragen.

Nur Lev und Amir sind in Tarnkleidung erschienen – wenn auch sauber und frisch gebügelt. Bei der Sajeret Matkal gibt es keine Uniform, keine besondere Kleidung, das Abzeichen der Einheit ist geheim und wird außerhalb der Bruderschaft nie getragen. Amir hat die schwarze Gesichtsmaske der Al Qassam, mit der sie sich gegenüber Zionisten unkenntlich machten, nicht aufgesetzt. Aber er trägt das grüne Stirnband.

Die Kantine ist so vornehm herausgeputzt wie nur möglich.

Ein weißes Tischtuch liegt auf dem groben Holztisch und neben jedem Teller eine gefaltete Stoffserviette. Kerzen lassen den Tisch erstrahlen, und Flaschen mit Rot- und Weißwein sind gleichmäßig darauf verteilt.

Die erstklassigen Steaks, die auf dem offenen Feuer brutzeln, duften verlockend, und Donovan macht einen vierzig Jahre alten Single Malt auf und schenkt jedem zwei Finger breit ein.

»Gentlemen«, sagt er und hebt sein Glas. »Auf abwesende Freunde.«

Einen Moment lang herrscht Stille.

Es ist der Moment, in dem sie an gefallene Kameraden denken, an deren Witwen und Waisen, an Kreuze, Sterne und Halbmonde, an Grabsteine auf verlassenen Feldern und den hohen Preis der Tapferkeit.

»Auf abwesende Freunde«, erwidern die Männer.

Sie setzen ihre Gläser an und trinken.

Jeder hebt einen Schluck auf und kippt ihn ins Feuer. Die Flammen zischen und knacken – ein fernes Echo vergangener Gefechte.

Dann beginnt die Party. Es wird gelacht und gescherzt, die Männer nehmen sich gegenseitig auf den Arm und lassen die überstandenen Strapazen des Abschlussballs noch einmal Revue passieren. Die Stimmung ist heiter und gelöst, irgendwie aber auch gedämpft.

Sie haben einen Freund am Strand zurückgelassen.

Mit einem Bier in der Hand stellt sich Cody an den Rand des Camps und blickt zum Strand runter.

»Hey! Schaut euch das an.«

Die Männer gehen zu ihm und sehen, worauf Cody zeigt.

Collins ist wieder auf den Beinen, hat die Arme um den Stamm geschlungen, versucht erneut, ihn zu heben.

»Der Hurensohn gibt nicht auf.«

»Der Wille entscheidet«, sagt Ulrich und zitiert damit den Wahlspruch seines Regiments.

Sie stehen da und beobachten Collins, der immer noch versucht, seinen Auftrag auszuführen.

Und daran scheitert.

Und es erneut versucht.

Ulrich geht als Erster. Er verlässt das Camp und steigt den Pfad runter zum Strand. Michel folgt ihm, dann gehen Willem, Alessandro und Simon. Danach Cody, Amir, Rolf und Lev.

Donovan bleibt oben auf dem Felsen und sieht ihnen nach.

Er ist stolzer auf seine Männer als je zuvor.

Dave hängt wieder über dem Stamm.

Er gräbt die Hände in den Sand darunter und versucht, fest zuzupacken.

Der Stamm ist nass, und seine Hände wund, aber es gelingt ihm, ihn anzuheben.

Wie durch ein Wunder bewegt er sich.

Dave sieht Michel zupacken.

Dann Ulrich.

Alessandro, Willem, Simon.

Cody, Rolf.

Lev und Amir.

Alle fassen mit an, heben ihn sich auf die Schultern, tragen ihn die Düne hinauf und setzen ihn ab.

Dave bleibt wie in Schockstarre stehen.

Ulrich sieht ihn an und sagt: »Worauf wartest du? Essen ist fertig.«

Dave folgt seinen Brüdern ins Camp.

✦

Das Treffen findet auf Capri statt.

Aziz ist unter strengsten Sicherheitsvorkehrungen dorthin gereist. Baseyews Leute hatten ihm bis zum Hafen von Sorrento Deckung gegeben, dann setzte er mit der Fähre auf die Insel über. Dort angekommen, wurde er von einem gepanzerten Wagen abgeholt und auf die Westseite der Insel gebracht – nach Anacapri – und über eine steile Bergstraße zu Yusufs Villa chauffiert.

Jetzt sitzt er in einen leichten Leinenanzug gekleidet in der mediterranen Sonne, trinkt Wasser mit Limettensaft und nascht Oliven. Er hat sich einen Bart stehen lassen – aus Respekt vor Yusufs strenger Frömmigkeit.

Yusufs Leibwächter patrouillieren an der hohen Steinmauer, die das Anwesen mit Garten umgibt, russische PP 2000 9mm-Maschinenpistolen über die Schultern gehängt. Baseyews Männer bilden einen zweiten Schutzwall. Hinter der Mauer glitzert das Meer im Sonnenlicht.

Das Treffen ist gefährlich, Aziz weiß das.

Yusuf kann ihn ebenso gut töten wie willkommen heißen, und wenn die Amerikaner auch nur den blassesten Schimmer hätten, worum es hier geht – und den Nerv dazu –, könnten sie den Dschihad mit einem einzigen Drohnenangriff auf Generationen lahmlegen.

Jede erdenkliche Vorsichtsmaßnahme wurde ergriffen – das gesamte Gelände auf elektronische Überwachungsgeräte abgesucht und der Garten mit einer dünnen Plane bedeckt, die das Grundstück auf Satellitenbildern unsichtbar macht.

Aziz steht auf, als Yusuf aus dem Haus tritt.

Einer seiner Leibwächter stützt ihn, aber der alte Mann –

inzwischen muss er weit über achtzig sein, denkt Aziz – tappt mit dem Stock vor sich her und will stolz seine Unabhängigkeit beweisen. Er trägt einen *songkok* aus schwarzem Filz auf dem Kopf, dazu ein weißes *baju melayu*, das traditionelle indonesische Langhemd mit einer dazu passenden Hose.

Seine dunkle Sonnenbrille ist von Ray Ban.

Yusufs Leibwächter platziert ihn sachte auf der anderen Seite des Tisches, Aziz gegenüber. Der Indonesier, ein kleiner brauner Mann mit weißem Haar, sitzt aufrecht, das Rückgrat durchgestreckt.

Aziz küsst Yusuf die Hand. »Scheich Yusuf.«

»Abdullah.«

»Ich danke für die Einladung«, sagt Aziz.

»Bitte«, sagt Yusuf. »Setz dich.«

Aziz setzt sich.

Scheich Yusuf besitzt Erdgasfelder im indonesischen Barisangebirge, die jährlich mehrere Milliarden Dollar Gewinn abwerfen. Aber er kann sich über seinen Reichtum nicht freuen. Man sagt, er habe nicht mehr gelächelt, seit sein ältester und einziger Sohn Mahmud bei einem amerikanischen Drohnenangriff in den Bergen von Waziristan ums Leben kam.

Da Yusuf keinen Erben mehr hat, steckt er sein gesamtes Vermögen in den Kampf gegen die Amerikaner, will möglichst viele von ihnen töten.

Wer auch immer ihm dabei behilflich ist, kommt in den Genuss seiner Großzügigkeit.

Aber er ist ein alter Mann, denkt Aziz, hält stur an überholten Formen des Dschihad fest. Mental ist er noch in den Bergen von Südasien, wo sein Sohn starb, und es fällt ihm schwer, über diesen Tellerrand hinauszublicken.

»Herzlichen Glückwunsch«, sagt Yusuf, »zu deinem großen Sieg.«

Er greift über den Tisch, tastet nach einer Schale und nimmt, wie es im Norden Sumatras Brauch ist, ein Stück gebackenen Fisch mit den Fingern heraus. Aziz folgt seinem Beispiel und erwidert: »Ist schon eine ganze Weile her, Scheich Yusuf. Wir wollen weitermachen.«

Der Fisch schmeckt ausgezeichnet, ebenso wie der in Kokosmilch gegarte Reis. Yusuf nimmt seine Köche aus Sumatra mit, wenn er nach Europa reist. Die Männer essen einige Minuten schweigend, dann sagt Aziz: »Darf ich ganz offen sprechen, Scheich Yusuf?«

Yusuf neigt seinen Kopf zum Zeichen seines Einverständnisses.

»Der Dschihad, wie wir ihn gekannt haben, ist vorbei«, sagt Aziz. »In Afghanistan und in Pakistan läuft es sehr schlecht. Die Amerikaner müssen nicht mehr kämpfen, sie schicken nur noch Drohnen.«

Ein heikles Thema. Yusuf kennt die Macht der amerikanischen Drohnen nur zu gut. Aber der alte Mann sagt nichts, und Aziz fährt fort: »Wir verstecken uns in den Bergen, kommen raus, greifen an, verschwinden wieder. So geht das schon seit der Zeit Alexanders. Aber was hat es uns gebracht? Osama ist tot. So viele unserer Anführer – mögen ihre Seelen im Paradies ruhen – sind tot. Die Zionisten werden mit dem Töten fortfahren, bis kein Palästinenser mehr übrig ist, und die Amerikaner lassen es zu.«

»Worauf willst du hinaus?«

»Wir dürfen nicht mehr an die Vergangenheit denken«, erwidert Aziz, »wir müssen in die Zukunft schauen.«

»Und du bist die Zukunft?«

»Die anderen sind tot«, sagt Aziz. »Und ich lebe.«

»Aber seit deinem großen Sieg hast du nichts mehr geleistet«, sagt Yusuf. »Bloßes Überleben ist noch kein Dschihad.«

»Am ›bloßen Überleben‹, wie du sagst«, erwidert Aziz, »ist so manch anderer in meiner Situation schon gescheitert.«

Hör auf, ermahnt er sich. Du bist hergekommen, um einen Sponsor zu gewinnen – nicht, um dir einen mächtigen Mann zum Feind zu machen.

»Du kannst mich töten«, sagt Aziz, »das weiß ich. Du kannst mich zerquetschen wie eine lästige Fliege. Das weiß ich. Aber ich habe mein Schicksal in deine Hand gelegt, weil ich weiß, dass du ein weiser Mann bist, ein Mann von großer Einsicht, ein Mann, der die Wahrheit erkennt, wenn er sie vor sich sieht. Und ich sage dir dies, Scheich Yusuf – wir werden den Krieg verlieren, wenn wir weiter auf eigenem Gebiet kämpfen. Wir dürfen nicht in Afghanistan, im Hindukusch, in Waziristan und in Gaza kämpfen. Wir müssen nach New York, Los Angeles, Chicago und Washington. Das und nur das wird den Feind weinen lassen, ihn dazu bringen, sich aus unseren Ländern zurückzuziehen. Dort liegt die Zukunft.«

Aziz merkt, dass er unter seinem Hemd schwitzt. Yusuf nimmt einen großen Schluck Mangosaft. Aziz hat seine Zukunft – vielleicht sein Leben – mit seinem kühnen Appell aufs Spiel gesetzt.

Dann fragt Yusuf: »Was willst du?«

»Deine Unterstützung«, erwidert Aziz. Yusuf ist kein Idiot – er weiß, was sie alle von ihm wollen – Geld. »Ich brauche dich.«

»Ich habe etwas anderes gehört«, sagt Yusuf. »Man sagt, von jedem Kilo Opium geht ein Anteil an Abdullah Aziz. Man sagt, die Händler auf den Suks stecken immer ein paar Münzen in ein Glas für Abdullah Aziz. Man sagt, reiche Männer wurden entführt und großzügige Lösegeldsummen an Abdullah Aziz überwiesen. Ist das alles falsch?«

»Nein«, antwortet Aziz aufrichtig. »Aber würde Scheich

Yusuf morgen mit dem Vermögen von Abdullah Aziz aufwachen, würde er sich für einen Bettler halten. Mein ganzes Geld fließt in den Dschihad. Aber es ist nicht genug.«

»Raketenwerfer sind billig.«

»Die nächste Waffe wird es nicht sein.«

»Welche Waffe ist das?«, fragt Yusuf.

»›Ein Geheimnis ist wie eine Taube‹«, sagt Aziz. »›Verlässt sie den Käfig, fliegt sie davon.‹«

»Du hältst die Hand auf und misstraust mir?«, fragt Yusuf. Er hebt den linken Arm, das Signal für den Leibwächter, ihm aus dem Stuhl zu helfen.

»Ich halte die Hand auf«, sagt Aziz schnell, »nicht um zu betteln, sondern um einem Freund ein Angebot zu machen.«

»Und was bietest du mir?« Er bedeutet dem Leibwächter zu warten.

»Vergeltung«, sagt Aziz, nimmt eine Serviette, wischt sich den Mund und steht nun ebenfalls auf. »Ich will deine Ruhe nicht weiter stören, Scheich Yusuf. Dahir kann dir sagen, wie du zu unserem Vorhaben beitragen kannst. Wenn du's tust, weiß ich, dass ich einen Freund habe. Wenn nicht – *ma'as-saalamah.*«

Geh in Frieden.

Er dreht sich um, rechnet halb damit, eine Kugel in den Rücken zu bekommen.

Aber es kommt keine Kugel.

Aziz grinst.

Es fehlt nicht viel, und er wird auf ewige Zeiten abgesichert sein.

✦

Die *Nemesis*, ein 25 000 Tonnen schweres und damit noch relativ »handliches« Frachtschiff unter der Flagge der Cayman Islands, bewegt sich in nördlicher Richtung an der ostafrikanischen Küste entlang.

Die Route ist sehr alt, früher brachten hier die arabischen Händler Gewürze, Gold und Sklaven von den afrikanischen Häfen in den heutigen Jemen. Die arabischen *dhows* segelten im Winter mit den Passatwinden in den Süden, betrieben ihren Handel im Frühjahr und kehrten anschließend unter Ausnutzung der herbstlichen Nordwinde wieder heim.

Jetzt geht die größte Gefahr nicht vom Wind, sondern von den Piraten aus, die in den hiesigen Gewässern Schiffe und deren Ladung entführen und Lösegeld dafür erpressen, und die Besatzung der *Nemesis* hält misstrauisch nach deren Schnellbooten Ausschau.

Die Ladung der *Nemesis* befindet sich unter einer Plane festgezurrt auf dem Achterdeck. Sie ist beeindruckend – knapp zwanzig Meter lang, sechzehn Meter breit und fünfeinhalb Meter hoch.

Laut Ladungsverzeichnis handelt es sich um Rotorblätter für Windräder.

Aber das Ladungsverzeichnis ist gefälscht.

Unter der Plane auf dem Achterdeck verbirgt sich ein MH-60 PAVE Hawk-Helikopter.

Und die Piraten sind gut beraten, sich von der *Nemesis* fernzuhalten, denn unter Deck sitzen die besten Söldner der Welt.

Dave kann es nicht erwarten, das Schiff zu verlassen.

Er ist bereit, »loszuschlagen«.

Er sitzt in seiner engen Kajüte, reinigt zum zigsten Mal die halbautomatische Pistole, die er für den Einsatz ausgewählt hat, eine 45er Heckler & Koch MK23.

Die Waffe ist ideal für den Nahkampf. CQC – *Close Quarters Combat.*

Die MK23 verfügt über ein Magazin mit zwölf Schuss, einen Schalldämpfer und ein LAM – *Laser Aiming Module.*

Geladen hat Dave Munition mit erhöhter Durchschlagsleistung, .45+P-Patronen – stumpfkegelförmige Vollmantelgeschosse mit mehr Druck und Tempo als die standardmäßigen Kaliber-45-Patronen.

Egal, wie viel Khat die Zielperson gekaut hat – die Kugeln werden sie außer Gefecht setzen. Dave kennt sich aus in Geschichte – die .45er Patrone wurde 1899 entworfen, um die unter Drogeneinfluss kämpfenden Guerillas von Philippine Moro aufzuhalten. So viel hat sich nicht geändert, denkt Dave …

Im Stockbett gegenüber arbeitet Cody an seinem CQBR-Karabiner, ein MK16 O SCAR. Das MK16 hat als Ableger des standardmäßigen M4 einen Lauf von nur 25 Zentimetern, ausgesprochen kurz, verglichen mit den 37 Zentimetern seines Vorläufers. Dadurch kombiniert es die Durchschlagskraft eines Karabiners mit der Kompaktheit einer Maschinenpistole, wiegt geladen nur drei Kilo und ist damit ebenfalls perfekt für Auseinandersetzungen auf kurze Distanz.

Jede Waffe wurde sorgfältig entsprechend den Aufgaben ausgewählt, die jeder Einzelne im Rahmen des Einsatzes übernimmt.

Es war eine weite Reise bis hierher.

Die Männer verließen die Insel und trennten sich zunächst, flogen in unterschiedlichen Maschinen, über unterschiedliche

Strecken ins südafrikanische Johannesburg. Dort bestiegen sie unterschiedliche Maschinen nach Maputo in Mosambik, wo die *Nemesis* sie erwartete.

Der Kapitän geht ein teuflisches Risiko ein. Wenn das Schiff aufgehalten und durchsucht wird, was in diesen Gewässern nicht ungewöhnlich wäre, und Waffen an Bord sichergestellt werden, könnte er wegen Piraterie angeklagt werden. In diesem Fall würde das Schiff beschlagnahmt und er ins Gefängnis wandern. Aber angesichts der derzeitigen Wirtschaftslage ist er bereit, das Risiko einzugehen. Das Schiff liegt sonst einfach nur im Hafen und verursacht Anlegegebühren. Wenn er erwischt wird, verliert er sein Schiff an die Behörden. Wenn er den Auftrag ablehnt, verliert er's an die Bank.

Der MH-60 PAVE war schon an Deck, als Dave an Bord kam.

»Wo zum Teufel hast du den Hawk her?«, hatte er Donovan gefragt.

»Keine Sorge«, hatte Donovan erwidert. »Der ist gemietet, nicht gekauft. Sofern wir ihn nicht im Meer versenken oder sonst wie zu Schrott verarbeiten, müssen wir ihn nicht bezahlen. In Qatar war mir jemand noch einen Gefallen schuldig. Glaub mir, genauer willst du's nicht wissen.«

»Haben sie dir auch einen Piloten vermietet?«

»Erinnerst du dich an Bobby Douglas?«

»Vom 160th Special Operations Aviation Regiment?«, hatte Dave gefragt. Wie hätte er Bobby je vergessen können? Der war mit seinem Helikopter in jede noch so brenzlige Situation geflogen. Und hatte die Kiste jedes Mal wieder rausgeholt. Der ehemalige Pilot des SOAR – auch »The Night Stalkers« genannt – hatte Dave und Donovan bei ihrer Suche nach SCUD-Stationen in genau diesem Modell herumgeflogen. Und jetzt wird er es wieder tun, er wird sie wieder rausholen und außerdem hinterher die Klappe halten.

»War beim Hubschrauber inklusive«, hatte Donovan erklärt. »Sie haben ihn aus der Armee entlassen, und jetzt fliegt er arabische Scheichs zu Jagdausflügen in die Wüste.«

Anschließend bezog Dave seine Kajüte – ein Raum mit Stockbetten, den er sich mit Cody, Willem und Ulrich teilte. Das Schiff legte noch in derselben Nacht Richtung Norden ab.

Das Team nutzt die Reise zur Vorbereitung – immer wieder überprüfen sie die Waffen, die Ausrüstung, die Kommunikationssysteme, sich selbst. Dazu gehört auch etwas, das sie »Rock Drill« nennen, ein Verfahren, das Dave schon aus seiner Zeit bei der Delta Force kennt.

Sie sitzen gemeinsam in einem Raum, und jeder beschreibt genau und ausführlich, wie er die eigene Aufgabe versteht. Dadurch wird gewährleistet, dass man nicht nur selbst versteht, was man zu tun hat, sondern auch alle anderen. Die Übung stärkt das Selbstvertrauen, und man kann sich ein letztes Mal vergewissern, dass nichts übersehen wird.

Außerdem gehen sie die »Abschuss«-Eventualitäten durch, entscheiden, wer wessen Aufgabe übernimmt, falls jemand getötet oder verwundet wird.

Persönliche Erfahrung aber hat sie auch gelehrt, dass Clausewitz immer recht behält: »Kein Plan überlebt die erste Feindberührung.«

Oder auch *shit happens,* wie Cody meint.

Sie wissen, dass während des Einsatzes trotz noch so detaillierter Planung und penibler Vorbereitung nicht nur genügend Raum für Improvisation bleibt, sondern diese auch dringend notwendig ist.

Aber das ist kein Problem.

Genau genommen ging es bei dem rigorosen Training, den

Ritualen, dem Abschlussball, um nichts anderes – jeder muss darauf vertrauen können, dass der andere sich professionell verhält – ruhig, cool und effizient.

Und jeder kennt den Ablauf des anderen.

Wie bei Quarterback und Receiver weiß jeder immer genau, was der andere vorhat. Das ist wichtig, wenn alles nach Plan läuft, wird aber entscheidend, sobald etwas schiefgeht. Rennt der QB um sein Leben, muss er wissen, wo sein Receiver steht.

Und hier wird nicht Football gespielt, das hier ist das wahre Leben.

Oder der wahre Tod.

Das Team hat sich akribisch vorbereitet.

Gleich nach ihrem auf den Abschlussball folgenden freien Tag hatten sie mit der zweiten, speziell auf die Operation zugeschnittenen Trainingsphase begonnen.

Zuerst der Sprung.

Donovan hatte aus Kosten- und Sicherheitsgründen einen älteren Sikorsky-Helikopter dafür organisiert – ein Black Hawk hätte ungewollt Aufmerksamkeit erregt, sogar im Mar de Cortés –, und sie waren nachts aus sieben Metern, mit wasserdichten Säcken bepackt, ins offene Meer gesprungen, zu den Schlauchbooten geschwommen, hatten diese aufgepumpt und waren an Bord geklettert. Am schwierigsten fand Dave, gegen den Rotorabwind des Hubschraubers anzukämpfen, aber er gewöhnte sich schon bald daran.

Dann kam das Reinpaddeln – sie hatten es bereits geübt und waren ziemlich gut darin –, anschließend folgten sie der mit Bojen markierten Route, die dem Kanal vor Lamu nachempfunden war – wichen Mangrovensümpfen, Untiefen und

Sandbänken aus, die auf den Satellitenaufnahmen zu sehen waren.

All dies wurde nachts geübt, ohne Licht und in dem Bemühen, möglichst keinen Krach zu machen.

Beim Reinpaddeln kann allerhand schiefgehen.

Sie können sich verirren, von der Landezone abgetrieben oder von einheimischen Fischern entdeckt werden, die sofort Alarm schlagen würden.

Noch schlimmer, die kenianische Navy fährt im Rahmen der Piraterieabwehr mit P-400-Class Patrouillenbooten die Küste auf und ab. Wenn sie Pech haben, befindet sich eins der Boote vor Lamu, und die Beamten entdecken den Helikopter oder die Schlauchboote.

Auf keinen Fall würde das Team auf Soldaten einer verbündeten Nation feuern, demnach würde ihnen nichts anderes übrigbleiben, als sich schmachvoll zu ergeben und für längere Zeit in ein kenianisches Gefängnis zu gehen. Die gesamte Mission wäre gescheitert.

Also übten sie, sich so geduckt wie möglich zu halten – ein Bein auf dem Dollbord, das andere im Wasser –, um die eigene Silhouette zu verkleinern und die verbale Kommunikation auf ein absolutes Minimum zu reduzieren.

Während sie im Wasser trainierten, baute Donovan das Dorf Shela nach. Rote Flaggen auf dem Abhang markierten Straßenecken – ein verwirrendes Labyrinth aus engen Gassen und verschlungenen Wegen. Sie mussten den Weg zu Scheich Alis Anwesen problemlos und schnell finden – außerdem leise und in der Dunkelheit –, durften dabei von den Dorfbewohnern nicht gesehen werden, die möglicherweise auf Veranden und Balkonen saßen, um der Hitze in ihren Häusern zu entkommen.

Dann baute Donovan ein »Glashaus« – eine Attrappe, die Alis Anwesen nachempfunden war.

Der einfache Ständerbau hatte keine »Wände«, sondern war nur aus Latten zusammengesteckt, wobei aber echte Türen in den Rahmen hingen und echte Treppen in die oberen, aus Sperrholz gezimmerten »Stockwerke« führten. Auf dem Balkon standen zwei Betten mit jeweils einer Puppe darin.

Der Nachbau war grob, aber die Größenverhältnisse präzise.

Jeder Bereich erhielt eine eigene Bezeichnung:

Der Hof – Alpha.

Die Unterkünfte der Familie – Bravo.

Die Treppe – Charlie.

Der Balkon – Delta.

Die Küche – Echo.

Die Straße – Foxtrott.

Die Tür in der Mitte führte in den offenen Hof. Die Tür im Hof hinten links zu den Schlafzimmern der Familie. Rechts war die Küche und ebenfalls hinten eine weitere Treppe, die hoch auf den Balkon führte, auf dem die Zielpersonen schlafen würden.

Das Team probte den Einsatz hundert Mal, und mit jedem Mal wurden die Abläufe geschmeidiger, mit jedem Mal schneller.

»Das ist ein grundlegender Unterschied zu dem, was du im Irak, in Afghanistan und anderswo erlebt hast«, erklärte Donovan. »Ihr bekommt keine Unterstützung, weder Panzer noch Beschuss aus der Luft. Und ihr habt keine Zeit – wir können nur rein, das Gelände sichern und tun, was wir tun müssen, wir besitzen keinerlei Legitimation. Hier sind wir die Banditen. Also ...«

Hundertzwanzig Sekunden lagen zwischen dem Betreten und dem Verlassen des Anwesens. Rein, Zielpersonen finden, terminieren, geheimdienstlich Verwertbares mitnehmen und raus.

Innerhalb von zwei Minuten.

»Michel hat die Uhr«, sagte Donovan, »und gibt euch die Zeit durch, aber ich will, dass sie auch in euren Köpfen tickt. Zählt runter. Wenn ihr bei Null seid, seid ihr draußen, egal was sonst passiert.«

Er fixierte Dave und wiederholte: »Egal, was.«

Der Einsatz ist extrem zeitempfindlich. Nicht nur dürfen sie sich nicht lange im Zielgebiet aufhalten, auch der Helikopter muss zu einem ganz bestimmten Zeitpunkt am *extraction point* sein, ohne dort stehen bleiben zu können, wie im Irak oder in Afghanistan. Er kann zwei Durchgänge fliegen – maximal – dann muss er weg, bevor er auf dem kenianischen Radar auftaucht. Lange vor Beginn der Morgendämmerung muss er wieder auf dem Schiff sein, und das Schiff muss wieder Fahrt aufgenommen haben.

Wer nicht rechtzeitig am *extraction point* ankommt, treibt auf dem indischen Ozean und ist ab Sonnenaufgang allem und jedem hilflos ausgeliefert.

Dave weiß, dass er zwei Minuten hat, um einzudringen, die beiden Männer zu töten, die seine Familie auf dem Gewissen haben, und wieder zu verschwinden.

Heute Abend ist es so weit.

Die Zeitplanung richtet sich größtenteils nach dem Wetter. Zieht ein Gewitter auf und sorgt für eine stürmische See, muss der Einsatz abgesagt werden. Starke Winde würden verhindern, dass der Helikopter starten kann.

Das nächste Problem ist der Mondzyklus – bei Vollmond können sie die Mission nicht starten.

Sie würden entdeckt werden, bevor sie auch nur den Strand erreichen.

Und dann die Gezeiten. Das Infiltrieren muss bei Flut stattfinden – sie können nicht gegen die Ebbe anpaddeln und wollen auch nicht an einem zu breiten Strand anlegen.

All diese Faktoren müssen in ein und demselben Moment zusammenkommen.

Und zwar schon bald, bevor sich die Kunden entscheiden weiterzuziehen.

Also ist es diese Nacht so weit.

Zunehmender Sichelmond, Wasser steigend bis zwei Uhr fünf, Wetterprognose gut.

Die Nacht ist schwarz.

Dave sitzt in der Dunkelheit, die nur durch die Lampen im Cockpit durchbrochen wird, während der MH-60 PAVE tief über den indischen Ozean fliegt.

PAVE steht für *Precision Avionics Vectoring Equipment*, dabei handelt es sich um Hightech-Elektronik, die Bobby hilft, nachts zu navigieren. An seinem Flughelm ist ein AN/AVS-6-Nachtsichtgerät befestigt. FLIR(*Forward Looking Infrared*)-Kameras zeigen »Hitze«-Bilder von entgegenkommenden Objekten. Eine Radarwarnanlage und ein Infrarot-Blockierer erlauben der Maschine, sich in der Dunkelheit zu verstecken.

Der MH-60 wurde dafür entworfen, Spezialkräfte nachts in Operationsgebiete einzuschleusen, ohne entdeckt zu werden.

Angetrieben durch zwei GE T700 Turboprop-Motoren, erreicht der MH-60 eine Spitzengeschwindigkeit von 360 Stundenkilometern und dank des externen Treibstofftanks eine maximale Streckenkapazität von mehr als 800 Kilometern. Mit 19,5 Metern Länge wird er in der Regel von einer vierköpfigen Crew bedient – Pilot, Co-Pilot, Flugingenieur und Schütze –, aber heute muss eine abgespeckte Crew reichen.

Einen Schützen brauchen sie nicht, weil der Heli weder die beiden standardmäßigen M240D-Maschinengewehre noch M134G Miniguns an Bord hat.

Der Feind soll nicht aus der Luft angegriffen werden.

Bobby ist sein eigener Flugingenieur.

Und was den Co-Piloten betrifft, so handelt es sich um einen Fall von HPBN.

Hoffentlich passiert Bobby nichts.

Eigentlich könnten auch Cody oder Ulrich den Hawk fliegen – aber keiner versteht so irre viel davon wie Bobby Douglas. Sie werden ihn brauchen, denn der MH-60 Black Hawk ist – wie Dave aus bitterer persönlicher Erfahrung weiß – auch bekannt als »Crash-hawk« oder »Rasenpfeil«. Er stürzt gerne mal ab.

Im Helikopter kauern zehn Männer auf dem Boden, dazu die Ausrüstung und die beiden CRRC – *Combat Rubber Raiding Crafts* – weshalb die Sitze und auch sonst alles Überflüssige rausgenommen wurden.

Trotzdem sitzen die Männer dicht gedrängt. Daves Knie berühren die von Ulrich, und Codys Ausrüstung drückt sich Dave in die Seite. Die Männer sprechen nicht. Es gibt nichts zu sagen, und sie würden einander bei dem dröhnenden Lärm der Rotorblätter ohnehin nicht hören.

Einige schlafen.

Dave dreht sich um und sieht Codys Kopf hinten an der Wand, sein Mund steht offen, er ist eingenickt.

Ulrich genauso.

Alessandro und Lev auch.

Verdammt noch mal, bin ich denn der Einzige, der hier noch wach ist?, fragt sich Dave. Simon hat die Augen geöffnet, ist aber tief in Gedanken versunken. Willem scheint eine Melodie zu summen. Michel überprüft zum vierten Mal seine Sprechfunkanlage. Rolf fingert an seinem Messer herum.

Amir starrt an die Wand.

Dann hört Dave Bobbys Stimme.

»Zehn Minuten.«

Die Ankündigung weckt Ulrich.

Er überprüft noch einmal seine Sprengladungen.

Adhesive Strip Explosives kann man auch fertig kaufen, aber Ulrich vertraut nur der eigenen Herstellung. Er nimmt einen halben Meter Zündschnur, verbindet sie mit zwei Spezialknoten mit einer zweiten und schlingt diese sechs weitere Mal um die erste herum, lässt aber genug Spielraum, so dass sie an der ersten Schnur entlanggleiten kann. Dann schneidet er die überschüssige Schnur ab und verklebt die Enden mit Klebeband. Anschließend schneidet er ein quadratisches, zweieinhalb Zentimeter großes Stück C4 ab und klebt es an einen der Gleitknoten, lässt aber ein Stück Zündschnur frei, so dass es durch die Knoten gleiten kann. Fünf solcher Sprengsätze hat Ulrich für diesen Auftrag gebaut. Jetzt überprüft er jeden einzelnen und verpackt sie anschließend wieder sorgfältig in seinem wasserdichten Beutel. Der Erfolg der Mission hängt unter anderem vom perfekten Funktionieren der Sprengsätze ab.

Willem vergewissert sich ebenfalls, ob seine M1014 12-Gauge, eine amerikanische Variante der Benelli M4 Super 90, fehlerfrei funktioniert. Er hat Brenneke in seine halbautomatische Flinte geladen, aber zusätzlich noch M1030-Munition eingesteckt, falls sie durch verschlossene Türen müssen. Die Munition besteht aus Wachs und dient der Sprengung von Scharnieren – Willem möchte nicht riskieren, Frauen oder Kinder zu töten. Außerdem hat er nichttödliche Gummigeschosse dabei, um gegebenenfalls unbewaffnete Zivilisten in Schach zu halten, sollten diese versuchen, in das Geschehen einzugreifen. Die Flinte hat einen Lauf von nur 47 Zentimetern und einen abnehmbaren Schaft, was sie für Feuergefechte in Ortschaften ideal macht. Auf einer Picatinny-Schiene ist ein Laserzielsucher mit Zielfernrohr angebracht – unnötig bei der Distanz, auf der die Auseinandersetzungen stattfinden werden. Die Waffe eignet sich wunderbar für den Nahkampf und Willem weiß, dass es auf dem Anwesen sehr unschön werden kann.

»Sechs Minuten.«

Bobby zählt ab jetzt die Minuten bis zum Absprung runter.

Dave packt seinen wasserdichten Seesack aus doppelt beschichtetem 420 Denier Polyurethan, in dem er seine über 35 Kilo schwere Ausrüstung verstaut hat. Die Luftkammern sind voll aufgeblasen, so dass er schwimmen wird, bis er ihn in das CRRC gehievt hat. Dort wird er den Sack auspacken und die Luft aus den Kammern lassen.

Mit dem Sack zu schwimmen wird keine leichte Aufgabe sein.

Darin befindet sich nicht nur Daves Helm, sondern auch seine kugelsichere Weste, das SPCS – *Soldier Plate Carrier System* – mit den eingenähten 10x12 Zoll großen Oxidkeramik-Platten, die Kugeln und sonstige stumpfe Gewalteinwirkung ablenken.

Innerhalb des Teams waren die Platten zum Gegenstand von Auseinandersetzungen geworden. Sicherheit versus Mobilität.

»Die *Chicken Plates* allein machen dreißig Pfund aus, die ich nicht brauchen kann«, hatte Rolf argumentiert.

»Das sehe ich genauso«, hatte ihm Alessandro beigepflichtet.

»Und ich kann's nicht gebrauchen, euch Kugeln aus dem Unterleib zu schneiden«, hatte Simon dagegengehalten. »Seid nicht so verdammt egoistisch.«

»Die Turbanträger werden gar nicht zum Zug kommen«, hatte Rolf widersprochen.

»Ihr müsst euch schützen«, hatte Ulrich gesagt.

»Ich zieh ihn vorher raus, Schatz, versprochen.«

Donovan hatte den Konflikt demokratisch gelöst. »Wer Panzerwesten will, packt sie ein«, hatte er verfügt. »Wer ein Arschloch sein will, lässt es bleiben.«

Rolf, Alessandro und Amir entschieden sich gegen die Westen. Alle anderen, einschließlich Dave, packten sie ein.

Also stecken in Daves wasserdichtem Sack jetzt ein vier Kilo schwerer Helm, knapp vierzehn Kilo SPCS und das MK23. Außerdem ein Druckverband, drei Watterollen, eine Kompresse, ein GU Energy Gel, drei Energieriegel und ein feststehendes Messer.

In der oberen Brusttasche hat er seinen »Spickzettel« verstaut, einen kunstoffbeschichteten Lageplan des Dorfs mit einem Grundriss des Anwesens auf der Rückseite, außerdem ebenfalls kunststoffbeschichtete Fotos der beiden Zielpersonen. In einem Kondom hat er dreihundert Dollar in Scheinen einstecken, falls er jemanden schmieren muss, um rauszukommen.

»Fünf Minuten.«

Alessandro spürt denselben Knoten im Magen wie vor einem Abfahrtslauf, seine Kehle ist genauso zugeschnürt, der Adrenalinrausch lässt sein Herz verkrampfen. Dafür lebt er. Bewaffnet mit einer HK MP5 mit EO-Leuchtpunktvisier und BX-Magnifier, ist er auf alles vorbereitet.

Alessandro mag dieses Gefühl.

Amir hält seine Kalaschnikow bereit, betet aber zu Gott, dass er sie nicht brauchen wird. Ihm ist bewusst, dass das Ziel der Mission die Ermordung zweier Muslime ist, er will es nur nicht selbst tun müssen. In seinem Leben hat er bislang nur Zionisten getötet – Juden –, und zwar ausschließlich Soldaten.

Vor dem Sterben hat er keine Angst – egal, was man ihm nachsagt.

So häufig, wie er mit dem Tod geflirtet hat, denkt er jetzt, wird es eines Tages eine Hochzeit geben müssen.

»Vier Minuten.«

Simon hofft, wie immer, dass er die Ausrüstung nicht brauchen wird, die er in sein STOMP – *Special Operations Medical Backpack* – gepackt hat – Verbandsmaterial, Kompressen, Beatmungstubus, Plasma und Morphium – genug, um einen Verwundeten am Leben zu erhalten, bis sie ihn wieder aufs Schiff verfrachtet haben. Hofft, dass er sein Wissen, sein Können und seine Erfahrung nicht brauchen wird. Hofft, dass es ein Spaß wird, Schwimmen gehen in einer Sommernacht am Strand. Trotzdem ist er bereit, Leben zu retten und Leben zu nehmen. Deshalb hat er das STOMP, aber auch eine HK53, eine Maschinenpistole mit zwei Magazinen zu je 25 Schuss dabei. Die HK53 hat er bereits in Nordirland eingesetzt, sie hatte ihm gefallen, und wenn die Sache hier schiefgeht und das Team überstürzt aus dem Dorf fliehen muss, will er wenigstens noch dazwischenfeuern, Verfolger abschrecken und den anderen Zeit verschaffen, die Schlauchboote zu besteigen.

Aber er hofft, dass das nicht passieren wird. Er wünscht sich eine ruhige Nacht.

Am allermeisten aber wünscht er sich in diesem Moment eine Zigarette.

»Drei Minuten.«

Michel wünscht, er wäre beim eigentlichen Überfall dabei, anstatt das Kommando vom Strand aus zu führen. Warten ist schlimmer als kämpfen, und er weiß, dass er möglicherweise innerhalb von Sekunden wichtige Entscheidungen wird fällen müssen. Kommandieren macht ihm nichts aus, das ist nicht das Problem, das Problem ist die Warterei. Die Disziplin aufzubringen, sich so gut es geht rauszuhalten und die Männer ihre Jobs machen zu lassen. Klug genug zu sein, um zu wissen, wann man eingreifen und befehlen muss.

Viel wird es wahrscheinlich nicht zu befehlen geben. Die Mission besteht jetzt größtenteils aus »automatisierten Abläufen« und müsste eigentlich relativ glatt über die Bühne gehen. Sollte es wider Erwarten zu Auseinandersetzungen am Strand kommen, hat er seinen FAMAS Bullpup-Karabiner dabei, der scherzhaft auch *Le Clairon* genannt wird – das Horn.

Er hofft, er wird ihn nicht brauchen.

Rolf hat nichts gegen ein bisschen Blutvergießen.

Das letzte Mal ist schon eine ganze Weile her.

Er hat eine abgesägte Remington 870 mit Schrotmunition Kaliber 12 geladen und außerdem, für alle Fälle, ein paar Hatton Rounds eingesteckt. Mit der Scheiße aus Wachs will er nichts zu tun haben – wer hinter der Tür steht, hat Pech gehabt.

Außerdem sein TOPS-Messer.

Die Flinte für die Arbeit auf kurze Distanz, die Klinge für den unmittelbaren Nahkampf Mann gegen Mann.

Je persönlicher, desto besser.

Einer der Slogans der israelischen Streitkräfte lautet: »Siegen und Mensch bleiben«. Eine gute Philosophie, denkt Lev, aber leichter gesagt als getan. Besonders in der Terrorabwehr. Wenn man Monster bekämpft, wird man leicht selbst eins.

Heute Abend hat er sich mit einem TAR-21 – alias Tavor – einem israelischen Bullpup bewaffnet. Bei einem Bullpup-Sturmgewehr liegen Verschluss und Magazin hinter dem Griffstück in der Schulterstütze, wodurch der Lauf im Verhältnis zu anderen Langwaffen relativ kurz ist, ohne dass die Treffsicherheit leidet. Auch wird die Silhouette des Kämpfers kleiner, was beim Einsatz auf begrenztem Raum von Vorteil ist. Lev hat das Tavor bereits bei hundert Aktionen eingesetzt, die meisten davon in Nächten wie dieser – im Libanon, in Gaza, sogar in Syrien – deshalb macht er sich keine Sorgen.

Sorgen macht er sich nur, weil ausgerechnet der Araber die Vorhut bildet. Das Arschloch könnte ins Dorf vorauslaufen und sie alle in einen Hinterhalt locken. Damit würde er bei seinen Leuten automatisch zum Helden, würde eine Belohung kassieren, und seine alten Dschihadistenfreunde würden ihn wieder in ihren Reihen aufnehmen.

Trau keinem Araber.

Niemals.

Sollte Lev Amir losstürmen sehen, wird er ihm eine Kugel in den Rücken jagen.

»Zwei Minuten«.

Dave nimmt die beschichteten Fotos der beiden Zielpersonen und hält sie sich vors Gesicht. In dem dunkelgrünen Licht des Cockpits kann er sie kaum erkennen, aber ihre Züge haben sich ihm ohnehin längst ins Gedächtnis gebrannt.

Saif und Amriki, denkt er.

Bis gleich.

»Eine Minute.«

Er steckt die Fotos wieder ein und macht sich sprungbereit.

Saif ist müde.

Die Wirkung des Khat ist verklungen, und jetzt fühlt er sich antriebslos, morgen wird wieder ein Tag wie heute und der Tag davor. Heiß, träge und langweilig, versüßt einzig durch das Khat, das er sich vorgenommen hat, erst wieder zu kauen, wenn die Sonne tief am Himmel steht.

Anwar kaut das Zeug jetzt ständig.

Er kann's ihm nicht verdenken. Hier ist es wie im Knast. Das Leben auf der Insel ist unfassbar öde, die Frauen unnahbar, die Hitze unerträglich, die Moskitos ebenso malariaverseucht wie lästig.

Saif fragt sich, wie lange sie noch auf Aziz' Anruf werden warten müssen. Die Aufforderung, loszufahren – irgendwohin, bloß weg von hier – und irgendwas zu machen.

Egal was.

Jetzt geht er runter in die Küche, um den Männern Bescheid zu sagen, dass er sich hinlegt. Die Männer, die Aziz geschickt hat – fünfzehn –, bleiben die ganze Nacht auf und halten Wache. Eine unnötige Vorsichtsmaßnahme, aber Aziz hat darauf bestanden.

Also sitzen sie jetzt mit den Küchenjungen rum, trinken Tee und kauen Khat, geben an mit ihren Heldentaten in Afghanistan, Tschetschenien, Somalia und im Irak. Manchmal »patroullieren« sie durchs Dorf oder reinigen ihre Kalaschnikows oder ihre PP-9-Maschinenpistolen. Die Küchenjungen sind völlig von ihnen hingerissen, aber Saif findet sie hier verschwendet, die erfahrenen Kämpfer könnten sich im Jemen sehr viel nützlicher machen. Und Scheich Ali wird allmählich auch ungeduldig, weil er sie alle ernähren, unterhalten und von seinen Töchtern fernhalten muss.

Jetzt sagt ihnen Saif gute Nacht, steigt die Treppe hinauf und zieht das Moskitonetz von seinem Bett.

Amriki sieht ihn mit großen, zugedröhnten Augen an.

Dave spürt, wie der Helikopter langsamer fliegt und dann in der Luft stehen bleibt.

»Los!«

Michel springt als erster, dann Willem.

Dann Cody.

Dave lässt seinen wasserdichten Sack fallen, fasst sich schützend in den Schritt und springt.

Erwischt man bei einem Sprung ins Wasser aus einer solchen Höhe den falschen Winkel, ist das wie ein Aufprall auf Beton – ein oder zwei Grad reichen schon, und man bricht sich die Knöchel oder sogar das Rückgrat.

Er schlägt hart auf dem Wasser auf.

Einen Augenblick lang taucht er unter, dann kommt er wieder an die Oberfläche, schwimmt zu seinem Sack und geht seitlich am Schlauchboot in Position.

Korrekte Bezeichnung F470 CRRC.

Combat Rubber Raiding Craft.

Die Soldaten nennen die Dinger »Kondome«, obwohl man allgemein auch von »Zodiacs« spricht. Nicht ganz fünf Meter lang, knapp zwei Meter breit, zehn Männer finden darin Platz, die Boote können im Flug abgeworfen und im Wasser mit einer CO_2-Patrone aufgeblasen werden.

Bei dieser Mission kommen zwei zum Einsatz.

Es wäre sinnlos, sich zusammenzudrängen, und außerdem ist es gut, noch ein zweites Boot zu haben, falls eins durch einen Schuss oder einen Ast im Mangrovensumpf beschädigt wird – wobei das Boot aus acht separaten Kammern besteht und wegen eines Lochs nicht gleich untergehen würde.

Die erfahrensten Marinesoldaten übernehmen das Kommando auf den Booten – Michel auf dem einen, Willem auf dem anderen.

Ihr Wort ist hier Gesetz.

Zu Michels Crew gehören Alessandro, Lev, Cody und Dave. Bei Willem sind Rolf, Amir, Ulrich und Simon.

Ein CRRC bei unruhiger See aufzupumpen, während man sich gleichzeitig strampelnd über Wasser halten muss, ist genau so, als wollte man im freien Fall durch einen Himmel aus Wackelpudding einen hyperaktiven Babyelefanten in einen Jutesack stecken.

Zuerst müssen sie zu dem luftleeren Boot schwimmen und es gegen die Strömung festhalten. Jeder Einzelne muss seine zugewiesene Position einnehmen, während Cody und Michel das Boot aufpumpen. Dann gilt es, ausreichend Abstand einzuhalten, damit sich niemand verletzt, wenn sich das Boot mit einem Mal aufbläst – ein Vorgang der dem Entfalten eines Airbags bei einem Autounfall ähnelt –, gleichzeitig aber müssen sie dicht genug dranbleiben, um an Bord klettern zu können.

Sich auf ein schaukelndes, wogendes Gummiboot zu hieven, während gleichzeitig vier weitere Männer dasselbe versuchen, ist Daves Ansicht nach der Inbegriff eines *clusterfuck*. Dazu kommt noch, dass man wasserdichte Säcke mit schwerer Ausrüstung an Bord ziehen muss, dabei aber weniger Lärm machen darf als in einer mongolischen Oper, und zwar ohne dabei zu ertrinken.

»Hat eigentlich jemand die Haie erwähnt?«, fragt Cody.

»Nein«, sagt Dave.

Cody nickt. »Wahrscheinlich besser so.«

Und ergänzt: »Große weiße.«

Was einen zusätzlichen Anreiz liefert, ins Boot zu klettern.

Aber auch dafür haben sie im Mar de Cortés hart trainiert, und heute Abend läuft alles glatt.

Dave wirft seinen Sack an Bord und zieht sich selbst nach. Er und Lev balancieren jeweils auf einer Seite am Bug, Cody und Alessandro seitlich am Heck, während Michel hinten in der Mitte sitzt und mit dem kleinen Steuerruder lenkt.

Cody reicht ihm das Plastikruder mit dem Teleskopschaft, den Dave jetzt ganz herauszieht. Er dreht sich um und sieht Michel auf den Kompass blicken. Er zeigt auf ein Uhr und sagt leise: »*Commence.*«

Dave taucht das Ruder ins Wasser und paddelt. Ein Bein in

den Wellen, das andere über dem Seitenbord, paddelt er im Einklang mit Cody. Links kann er gerade so das andere Boot erkennen, die Silhouetten der vor dem schwarzen Nachthimmel geduckten Männer.

Jetzt setzt die Körpererinnerung aus dem Training ein, und sie fallen in einen lockeren, gleichmäßigen Rhythmus. Idealerweise bewegt man sich zügig, aber nicht hastig vorwärts, um den Strand mit gebündelter Energie zu erreichen.

Er erinnert sich an die alte Delta-Maxime – *Slow is smooth, smooth is fast.*

Michel gibt einen Befehl, und sie gleiten steuerbord in einen schmalen Kanal, kaum einen Kilometer breit, der Lamu von der Insel Manda trennt. Das ist einer der riskantesten Momente der Mission – das kleine Fischerdorf Ras Kitau befindet sich direkt an der Spitze von Manda an der Kanalmündung, und sie müssen es unentdeckt passieren, bevor sie am Strand im Süden von Shela landen können.

Zu allem Überfluss liegt eine Sandbank vor Manda, die den Kanal weiter verengt, und vor der Sandbank treibt eine starke Strömung Richtung Ras Kitau.

Dave sieht Fackeln im Dorf, das jetzt gerade mal knapp zweihundert Meter entfernt liegt, dann hört er Michel zweimal seitlich an die Bootswand klopfen.

Schneller paddeln.

Er senkt die Schulter und zieht das Paddel kraftvoll durchs Wasser. Jetzt spürt er die Strömung unter sich, die das Boot dem Fischerdorf entgegentreibt. Wenn sie von nur einem einzigen Dorfbewohner gesehen werden und dieser Alarm schlägt, ist die Mission beendet, bevor sie überhaupt richtig begonnen hat.

Dave paddelt immer energischer, spürt auch Cody hinter sich arbeiten. Auf der anderen Seite des Boots taucht Lev sein

Paddel ins Wasser, beugt sich vor, und dann merkt Dave, dass die Strömung sie entlässt, wie eine Faust ihren Griff lockert.

Lev sieht ihn an und grinst.

Einen Kilometer vom Landepunkt entfernt können ihnen immer noch treibende Mangrovenbaumstämme, *dhows* oder kleine Fischerboote zum Verhängnis werden.

Aber sie haben weiterhin Glück.

Ein paar Minuten später hört Dave das Plätschern kleiner Wellen und sieht den Strand, der weiß leuchtet, auch wenn der Mond nur trübe scheint. Michel gibt den Befehl, sie gleiten aus dem Boot und ziehen es auf den Sand. Dave sieht die zweite Crew links von sich ebenso verfahren.

Phase eins geschafft.

Sie schlagen ihren LUP am Strand auf.

Der LUP – *Lying-Up Point* – ein Begriff aus der Terminologie des SAS und Simon zuliebe innerhalb des Teams so genannt, ist ihr vorübergehendes Basislager, die Einsatzzentrale, ein Versteck oder – im schlimmsten Fall – der Ort, an dem sie's bis zum Schluss ausfechten.

Als C/C – *Communications and Command* – baut Michel rasch seinen BMATT – *Briefcase Mission Advanced Tactical Terminal* – zusammen – ein Drei-Kanal-Kommunikationssystem, das geheimdienstliche Informationen an das Schiff übermittelt und ihm erlaubt, mit dem Team zu kommunizieren.

Simon platziert sich ebenfalls hier.

Er wird mit Michel am Strand bleiben und den anderen Deckung geben, falls beim Rückzug etwas schieflaufen sollte.

Wie die anderen benutzt auch Dave jetzt sein Ruder, um eine Kuhle in den Sand zu graben, gerade tief genug, so dass er sich hineinlegen und verbergen kann. Dann zieht er seine Weste und seinen schusssicheren Helm an.

Die Helme, die 9mm-Geschosse abhalten können, sind mit Vier-Röhren-NVGs-Nachtsichtgeräten ausgestattet, die 120-Grad-Sicht erlauben, was entscheidend ist, wenn es auf dem Anwesen gilt, um Ecken herumzukommen. So können sie sehen, während der Feind blind bleibt. Außerdem ist an jedem Helm auch ein Infrarotstroboskop angebracht, um einem Helikopter oder den Teamkameraden Signale zu senden – an die 65 000 Dollar kostet so was, aber ohne sind die Männer blind.

Und taub.

In jeden Helm ist ein kleines Funkgerät mit zwei Ohrstöpseln integriert. Über das rechte Ohr ist der Träger mit dem *Troop Net* verbunden, der Frequenz, über die das Team untereinander kommuniziert. Auf dem linken Ohr empfängt er das *Command Net*, also Donovan auf dem Schiff. Ein Bügelmikro an der rechten Wange erlaubt dem Betreffenden zu antworten.

Dave setzt das Nachtsichtgerät auf, jetzt ist die Welt nicht mehr schwarz, sondern grün.

Mit den Zähnen reißt er das Energy Gel auf und lutscht es aus der Packung. Dann holt er seine MK aus dem wasserdichten Sack und prüft noch einmal das Magazin. Wie von Simon strengstens verordnet, hängt er sich zwei Ampullen Morphium um den Hals.

»Ich will nicht erst suchen müssen, wenn ich es brauche«, hatte Simon erklärt. »Ich will wissen, dass ihr's griffbereit um den Hals hängen habt.«

Jetzt steckt sich Dave die beiden Knöpfe in die Ohren und hört Michel auf dem linken, wie er Donovan über das Command Net Bericht erstattet: »Landepunkt erreicht, LUP errichtet.«

Sonst nichts, kein Gequatsche. Jeder hat damit zu tun, seine Waffen zusammenzubauen, die Magazine zu überprüfen, sich noch schnell Energie oder Wasser zuzuführen. Dave zieht seinen kunststoffbeschichteten »Spickzettel« aus der Tasche, betrachtet noch einmal die Karte des Dorfs und den Grundriss des Anwesens.

Dann sieht er, dass Amir einen weißen *kanzu*, das knöchellange Gewand der Swahili, über seine Weste zieht und anschließend eine kleine, kunstvoll bestickte Schädelkappe aufsetzt. Dann steigt er in Sandalen aus altem Reifengummi.

Jetzt hört er Michel über Funk: »Vorhut, los.«

Amir geht voran.

Alessandro gibt ihm zehn Meter Vorsprung und folgt dann.

Dave macht sich zum »Aufsatteln« bereit.

Sie haben so gut es ging für den Auftrag trainiert. Besser kann man sich nicht vorbereiten.

Die nackte Wahrheit aber ist: Keiner von ihnen hat je persönlich einen Blick auf das Gelände geworfen, und sie können nicht sicher sein, was sie erwartet. Vielleicht sind dort nur die beiden Zielpersonen und Alis Hausstand, möglicherweise aber auch eine ganze Zelle von Aziz' Männern – erfahrene Mudschahedin.

Oder Aziz selbst.

Dave setzt sich in Bewegung.

Die Dünen gehen in ungepflasterte Dorfstraßen über.

Die schmalen Wege führen zwischen zweistöckigen, weiß verputzten Steinhäusern hindurch. Selbst um drei Uhr morgens ist die Äquatorhitze noch drückend, und Dave merkt, wie sich unter seinem T-Shirt Schweiß sammelt.

Das Team geht zügig, aber sie rennen nicht.

Rennen ist dumm – man ist außer Atem, wenn man das Ziel erreicht.

Auch das ist eine alte Maxime: »Renn nicht in den Tod.«

Also geht Dave, den Kopf ständig in Bewegung, sucht er sein rechtes Blickfeld nach den geringsten Anzeichen von Aktivität ab. Neben ihm macht Cody auf der linken Seite dasselbe, und jeder verlässt sich total auf die Wachsamkeit des anderen.

Die Straße führt bergauf, knickt rechts ab und wird noch schmaler, bevor sie zunächst wieder nach links und anschließend noch einmal nach rechts abbiegt. Es ist ein Labyrinth, aber ein vertrautes. Donovans Nachbau war präzise, und das Team bewegt sich mit geübter Leichtigkeit durch die verworrenen engen Straßen. Dave streicht mit dem Ärmel an einer Hauswand entlang. Angeschwemmte alte Muschelschalen knirschen im Sand unter seinen Stiefeln, und er fürchtet, dass sie zu viel Krach machen.

In einem Haus weint ein Baby.

Aus einem Radio kommt arabische Musik.

Amir hört sie und es gefällt ihm nicht.

Jemand ist wach.

Er hebt die rechte, flache Hand.

Das Signal stehenzubleiben.

Er lauscht.

Achtet auf Schritte, eine Stimme, eine Frage, eine Forderung.

Außer dem Radio und dem hungrig schreienden Säugling ist alles still.

Dann tritt eine junge Frau, das weinende Kind sanft in ihren Armen wiegend, aus einer Tür auf die Straße. Sie trägt einen schwarzen Buibui, ein Tuch, um den Kopf, und Amir kann nicht mehr sehen als ihre Augen und die Henna-Tätowierungen auf ihren Händen.

Er versteckt das Gewehr hinter dem Rücken und sagt: »*Habari ya jioni, mdogo.*«

Guten Abend, kleine Schwester.

Der Swahili-Dialekt, der an dieser Küste gesprochen wird, ist dem Arabischen sehr ähnlich, daher war es Amir nicht schwergefallen, ihn sich anzueignen.

»*Habari ya jioni*«, erwidert sie verunsichert.

Das Dorf ist klein, und sie kennt den Mann nicht.

Alessandro kauert zehn Meter hinter ihm und hat wenige Sekunden Zeit, um eine Entscheidung zu treffen. Wenn die Frau schreit, ins Haus geht und ihren Mann weckt, endet der Einsatz möglicherweise mit einer Katastrophe. Die Dorfbewohner schlagen Alarm, rennen hinaus auf die engen Straßen, Chaos macht sich breit.

Collins hatte gesagt, keine zivilen Opfer – er würde niemals auf eine Frau schießen, schon gar nicht, wenn sie ein *bambino* im Arm trägt –, aber er würde sie abdrängen, packen und ihr die Hände fesseln müssen. Was würde er dann bloß mit dem Baby tun?

Aber wenn sie schreit …

»Was hält uns auf?«, fragt sich Dave.

Die Uhr tickt.

»Was ist?«, fragt er in sein Mikro.

»Amir spricht mit einem BMO«, flüstert Alessandro.

Black Moving Object.

Eine Frau mit *Burka.*

Lev hört Alessandros Antwort.

Amir spricht mit einer Frau aus dem Dorf.

Und was sagt er?, fragt er sich.

»Schläft das Baby nicht?«, fragt Amir auf Swahili.

»Der Junge ist krank«, erwidert sie.

»Hoffentlich keine Malaria?«, sagt Amir und verzieht besorgt das Gesicht.

»Nein«, erwidert sie. »Nur ein Schnupfen.«

»Gelobt sei Allah.«

»Gelobt sei Allah.«

Sie drückt das Baby fester an ihre Brust. »*Lala salama.*«

Schlaf gut.

»*Lala salama*«, erwidert Amir.

Die Frau geht ins Haus zurück.

Die Kolonne setzt sich erneut in Bewegung.

Dave betrachtet das Minarett der Moschee und weiß, dass sich Alis Anwesen direkt daneben befindet.

Noch dreißig Sekunden, dann sind sie da.

Amir sieht den Mann auf der Straße nur einen Augenblick, bevor dieser ihn entdeckt. Der Mann zuckt kurz zusammen, packt seine Kalaschnikow. Bevor Amir feuert, sieht er den kleinen roten Punkt auf dem weißen Gewand des Mannes, dann explodiert es, Blut spritzt, und der Mann sackt zu Boden.

Alessandro lässt seine MP5 sinken und gibt über Funk durch: »Vorhut. Schusswechsel.«

Der Mann ist nicht tot.

Er windet sich stöhnend am Boden, presst sich die Eingeweide in den Bauch. Alessandro beugt sich über ihn und schießt ihm zwei Mal in den Kopf.

Donovan sitzt auf dem Schiff und flucht. Weniger als zwei Minuten seit Missionsbeginn, und schon wird geschossen.

Er wollte keine Feuergefechte, er wollte eine Hinrichtung.

Dave kauert über der Leiche und blickt dem Mann ins Gesicht.

Es ist weder Saif noch Amriki.

Aber der Mann ist Araber, kein Swahili, und das ist ein Problem, denn es bedeutet, dass er nicht zu Alis Männern gehört.

Er ist Mudschahed.

Aziz hat Männer auf der Insel stationiert.

Verflucht, denkt Dave, das könnte enden wie in Mogadischu. Möglicherweise laufen wir direkt in die Scheiße rein.

Kein Plan überlebt die erste Feindberührung.

So war das nicht geplant, denkt Dave. Er spricht leise in sein Mikro: »Verzögerung. EKIA ist Mudschahed. Eventuell Verstärkung vor Ort. Bitte um Anweisung.«

Alle wissen, was das bedeutet. Möglicherweise befindet sich eine unbekannte Anzahl ausgebildeter und kampferfahrener Soldaten auf dem Anwesen. Wenn sie den Einsatz abbrechen wollten, dann jetzt. Kehrt machen, zurück zum Strand, in die Boote und die Mission abblasen.

Dave will das nicht. Er will es auf keinen Fall, aber die Entscheidung hat nicht er zu treffen.

Sondern Donovan.

Das ist der Deal.

Dave wartet.

Befehlshaber befehlen.

Das ist ihr Job und war immer schon ihr Job gewesen, und Donovan weiß das.

Wenn Leute unbekümmert von der »Einsamkeit des Befehlenden« sprechen, haben sie keine Ahnung, was es wirklich bedeutet, es sei denn, sie waren selbst schon mal in einer solchen Situation.

Man wägt die Risiken gegen den Nutzen ab und fällt eine Entscheidung. Manchmal kommt man zu dem Schluss, dass die Risiken im Verhältnis zum Nutzen zu groß sind, und man ordnet den Rückzug an. In anderen Fällen trifft man eine Entscheidung in dem Wissen, dass man tapfere Männer möglicherweise in den Tod schickt.

Aber auch das gehört zu dem Deal, den sie eingegangen sind.

Donovan kennt seine Männer, er weiß, was sie wollen.

Sie wollen ihren Job erledigen.

»SDW«, hört Dave Donovan über Funk.

Scheiß drauf, weiter.

Der Einsatz wird fortgesetzt.

Cody grinst und zeigt Dave seinen nach oben gestreckten Daumen.

Michel und Simon heben Gefechtsstellungen aus – in einem Winkel von fünfundvierzig Grad zum Weg, der aus dem Dorf hinausführt. Special-Ops kommen möglichst über denselben Weg raus, über den sie auch reingekommen sind. Das spart Zeit bei der Vorbereitung und verhindert unnötige Verwirrung.

Steht das Team während des Rückzugs unter Beschuss, wovon jetzt auszugehen ist, können Michel und Simon Feuerschutz geben, ohne die eigenen Leute zu treffen.

Zum fünften Mal überprüft Simon seine Sanitätertasche.

Dave betrachtet das Haus durch sein Nachtsichtgerät und sieht keine Wachen an der Tür.

Keine Wachen an den Mauern.

Im Haus ist es still.

Durch die Fenster der Familienräume dringt trübes Licht. Ebenso aus der Küche auf der anderen Seite des Anwesens. Falls die Mudschahedin wissen, dass sie kommen, dann haben sie sich drinnen verschanzt und erwarten sie an der Tür.

»Der tödliche Trichter.«

An Türen werden mehr Männer getötet als irgendwo sonst.

Trotzdem gehen sie durch die Tür.

Weil es zu ihrem Job gehört.

Und auch du gehst jetzt durch die gottverdammte Tür.

Mach sie zum tödlichen Trichter für die auf der anderen Seite.

Amir und Alessandro pressen sich auf jeder Seite der Flügeltür an die Wand und warten darauf, dass Rolf und Lev den Strom abstellen.

Die Dunkelheit ist unser größter Verbündeter, weiß Dave. Im Irak und in Afghanistan haben uns die Nächte gehört, wir haben uns den Vorteil der Aufständischen zu eigen gemacht. Die Mudschahedin fürchteten sich vor nächtlichen Gefechten, und zwar aus gutem Grund – sie konnten uns nicht sehen, aber wir sie.

Der Tod kam aus der Dunkelheit.

Der schlimmste Alptraum.

Dave hört einen dumpfen Knall, als der Generator plötzlich verstummt. Im Haus gehen die Lichter aus.

Ulrich kauert sich vor die Tür. Er wirft die Zündschnur über den Türgriff und befestigt den Sprengsatz so, dass das

C4 fest anliegt. Dann bringt er ein DMI-Firing-System an, das in drei Sekunden hochgehen soll, und zieht sich rasch zurück.

Dave zählt bis drei.

Eine Explosion, die Tür schwingt auf.

✦

In Daves Kopf beginnt die Uhr zu ticken.

Zwei Minuten.

Die Tür geht auf, und Willem wirft eine Blendgranate hinein.

Durch seinen Ohrstöpsel hört Dave Ulrichs Kommando: »Los!«

Alessandro und Rolf platzen durch die Tür.

»Alpha, sauber!«, brüllt Alessandro. Er wirft ein grünes Knicklicht, um anzuzeigen, dass sich im Hof keine Tangos befinden.

»Oscar Mike«, sagt Dave – *On the Move*. Womit er den anderen mitteilt, dass er sich »in Bewegung« setzt und reingeht.

Cody folgt ihm.

Vorbei an Alessandro und Rolf zur Treppe.

Durch Bravo Richtung Charlie.

Auf halbem Weg durch den Hof sieht er einen Mann aus der Tür treten, die zu den Zimmern der Familie führt.

Dave darf nicht nachdenken, darf nicht zögern.

Das ist nicht sein Job.

Er bewegt sich weiter auf die Treppe zu. Als die Kugeln über seinen Kopf hinweg die Wand treffen, hat er den Absatz erreicht. Er geht in Deckung, presst sich an die Wand.

Cody kommt hinter ihm her, kauert sich nieder, und schickt eine Salve über die Treppe nach oben.

»Los.«

Dave bewegt sich, nimmt zwei Stufen auf einmal.

Er kommt oben an und sieht einen Mudschahed.

Er zielt mit seiner Kalaschnikow, versucht ihn in der Dunkelheit auszumachen. Mit einer geschmeidigen Bewegung hebt Dave seine MK23, markiert den Brustkorb des Tangos mit dem Laser und drückt zwei Mal ab. Blut spritzt über die Wand.

»Charlie. Tango ausgeschaltet«, sagt Dave. »EKIA.«

»Oscar Mike«, meldet Cody, als er sich an Dave vorbeischiebt.

Weiter.

Dave bleibt kurz über der Leiche stehen.

Es ist nicht Saif.

Auch nicht Amriki.

Dave schießt dem Tango zur Sicherheit noch zwei Mal in den Kopf und geht weiter die Treppe hinauf.

Willem richtet seine Flinte auf Scheich Ali, der in der Tür zwischen Hof und Wohnquartier steht.

»*Starehevu*«, sagt Willem. »Ruhig.«

Der Scheich, der ganz offensichtlich auf Khat ist, steht völlig verdattert in seinem verknitterten *kanzu* da. Auf der Treppe hinter ihm steht eine Frau. Ali hebt die Hände, aber Willem sieht dessen Blick über seine Schulter zur Küchentür wandern.

Zwei Mudschahedin kommen angerannt, ebenfalls auf Khat, sie schießen.

Für eine Remington 870 Kaliber 12 mit verkürztem Lauf gibt es keinen Schalldämpfer. Sie *dröhnt*.

Rolf schießt aus der Hüfte und pumpt eine Ladung Schrot in den ersten Mudschahed. Alessandro erledigt den zweiten mit seiner MP5.

Die Küchentür schlägt zu.

Willem drängt Ali zur Treppe zurück und knallt die Tür zu.

Über Funk hört Michel Kalaschnikow-Feuer.

»Bitte melden«, sagt er.

»Person in Alpha«, erwidert Willem. »Tangos in Echo.«

»Wie viele?«

»*Geen idee*«, erwidert Willem. Er weiß es nicht – er weiß nur, dass es jetzt zwei weniger sind. »Zwei EKIA.«

»Verwundete?«, fragt Simon.

»Negativ.«

Noch, denkt Willem. Aber er hört Schritte aus den Familienräumen die Treppe herunterpoltern, Frauen schreien auf der anderen Seite der Tür. Kinder weinen. Es macht ihn wütend. Warum kümmern sich diese Männer nicht zuerst um die Sicherheit der Frauen und Kinder?

Komm schon, Collins.

Beeil dich.

Cody erstarrt, dann sieht Dave, weshalb.

Oben auf der Treppe hat ein Mudschahed einem höchstens dreizehnjährigen Jungen den Unterarm um den Hals gelegt und schiebt ihn vor sich her wie ein Schild. Mit der anderen Hand richtet er eine GSh-18 auf Cody.

Dave sieht dem Mann in die Augen, sie glänzen grün im Licht des Nachtsichtgeräts.

»Saif?«, fragt Dave.

Saif wendet ihm irritiert den Kopf zu.

Dave blickt dem Mann ins Gesicht, der seine Familie getötet hat.

Er schießt ihm zweimal zwischen die Augen.

Die Pistole fällt Saif aus der Hand, seine Knie knicken ein, und er stürzt mit dem Gesicht voran die Treppe hinunter – er ist tot, bevor er aufschlägt.

Cody packt den Jungen und wirft ihn zu Boden. »Bleib da liegen, bleib liegen.«

Der Junge weint.

Dann sieht Cody Dave an. »Das war verdammt knapp.«

»Oscar Mike«, sagt Dave. Er bewegt sich an Cody vorbei auf den Balkon zu.

Nummer eins ausgeschaltet.

Lev und Amir können draußen nur beobachten und lauschen.

Jetzt sind alle wach und alarmiert. Amir hört, wie in den dunklen Häusern nach Taschenlampen und Kerzen gesucht wird. Stimmen werden laut. Es ist nur eine Frage der Zeit, bis die Bewohner rauskommen, und dann wird's problematisch.

Lev macht sich Sorgen. Wenn sie die Straße blockieren und nicht ausweichen, dürfte es schwierig werden, »Mensch zu bleiben«. Wir kommen hier nur raus, wenn wir wild um uns schießen. Sonst werden wir gefangen genommen. Oder vom Mob in Stücke gerissen. Na toll, denkt er. Ich sitze auf feindlichem Gebiet, während mir ein palästinensisches Arschloch Feuerschutz gibt, und die Welt zusammenstürzt.

Er sieht auf die Uhr. Noch 75 von 120. Immerhin gab es kein weiteres feindliches Feuer. Dann hört er Glas splittern. Lev schiebt sich an der Mauer entlang und sieht einen Mann durchs Fenster klettern. Er legt seine Tavor an und feuert.

Der Mann sackt auf dem Fensterrahmen zusammen.

»Foxtrott«, gibt Lev über Funk durch. »Schusswechsel draußen. Tango kampfunfähig, vermutlich KIA.«

Kugeln durchschlagen die Tür zum Wohnquartier.

Alis Männer, denkt Ulrich.

Sie wollen das Haus verteidigen, aber nicht durch die Tür kommen.

Gut, denkt er. Dann bleibt, wo ihr seid.

Die schwere Holztür nimmt den Geschossen einiges von ihrer Wucht, und sie schwirren wild durch den Hof.

Rolf richtet seine Flinte auf die Tür.

Ulrich signalisiert »Kopf ab«.

Negativ. Feuer einstellen.

Rolf lässt die Waffe sinken.

69 Sekunden, denkt Ulrich.

Könnte sehr hässlich werden, denkt Willem.

Wenn wir hier nicht bald sauber rauskommen, wird's eine Belagerung.

Dann müssen wir aufs Dach und 360 Grad in den Blick bekommen.

Eine verteidigungsfähige Position einnehmen und vielleicht, aber auch nur vielleicht, kann uns dann der Helikopter holen.

Aber er hofft, dass das nicht nötig sein wird.

64 Sekunden noch.

»Wenn sie aufs Dach klettern«, erklärt Bobby Donovan, »kann ich sie holen.«

»Woher wissen wir, dass die Mudschahedin keinen Raketenwerfer haben?«, fragt Donovan.

»Wissen wir nicht«, grinst Bobby.

Er zuckt mit den Schultern, als wollte er sagen, das Risiko geh ich ein.

Hat mir gerade noch gefehlt, denkt Donovan, ein zweites Mogadischu. Bobbys Heli wird abgeschossen und kracht auf das Anwesen oder besser noch ins Dorf.

Internationaler Zwischenfall.

CNN.

»Das geht nicht«, sagt Donovan. Er kann ihn nicht in kenianischen Luftraum fliegen lassen. Die kenianische Air Force hat einen Stützpunkt in Mombasa nicht weit die Küste runter, da stehen russische Mi-28-Kampfhubschrauber. Und in Nairobi warten F-5-Jets, die sie gebraucht von Jordanien gekauft haben.

»Andererseits«, grinst Bobby. »Kannst du mich auch nicht aufhalten.«

Die Küchentür geht auf, und eine sowjetische *limonka* – ein »Zitrönchen« klappert über den Steinfußboden.

»Granate!«, brüllt Alessandro.

Die Männer pressen sich flach auf den Boden, sie explodiert, und scharfe Metallsplitter spritzen über den Hof.

Dahinter kommen Mudschahedin durch die Tür gesprengt.

Ulrich, der flach auf dem Boden liegt, schaltet den ersten mit seiner HK MP7 aus, aber dann ist der zweite schon über ihm.

Er springt auf die Füße, knallt ihm den Kolben seitlich an den Kopf, zertrümmert ihm den Schädel.

Rolf führt sein Messer von unten nach oben, rammt es einem Mudschahed in den Bauch und zieht die massive Klinge einmal quer nach rechts, schlitzt ihn auf. Er stößt den Mann zu Boden, stützt sich mit einem Fuß auf seiner Brust ab und zieht das Messer raus.

Die anderen Mudschahedin weichen in die Küche aus.

Ulrich spürt etwas Heißes, Klebriges an seiner Schulter und sieht Blut. Ein Granatsplitter oder eine Kugel, keine Zeit, sich zu vergewissern.

Rolf lädt Hatton Rounds in seine Flinte.

»Wir gehen rein und holen sie raus«, sagt Rolf.

»Keine Zeit«, sagt Ulrich.

50 Sekunden.

Immer die Mission im Fokus behalten.

Möglichst einfach und sicher.

Beeil dich, Collins.

Anwar al-Amriki kniet im Bett.

Er ist nackt, dünn und bleich, er starrt den Soldaten, der mit einem Gewehr im Anschlag und dem Finger am Abzug auf ihn zukommt, durch das Moskitonetz an. Tränen laufen ihm übers Gesicht.

Dave zielt mit seiner MK zwischen Anwars Augen.

Ein Amerikaner, der seine eigenen Leute auf dem Gewissen hat.

Anwar wirft die Arme in die Luft.

»Nicht schießen!«, schreit er. »Ich bin Amerikaner!«

Anscheinend will er nicht mit seinem *rafiqui* sterben, denkt Dave und geht weiter auf ihn zu.

»Bitte! Ich bin Amerikaner.«

»Ist Aziz hier?«, fragt Dave.

»Nein! Ich schwöre! Ich hab ihn nie gesehen.«

»Nenn mir den Namen.«

»Was …?«

Amrikis Hände zittern, aber er hält sie weiter über den Kopf.

Die Zeit läuft uns davon, denkt Dave.

Noch 50 Sekunden – höchstens.

»Der Name«, sagt er. »Wer gibt dir deine Aufträge?«

»Ich kenne seinen richtigen Namen nicht«, sagt Amriki. »Wir nennen ihn den Tschetschenen.«

»Wo ist er?«

»Das weiß ich nicht. Ich schwör's.«

Dave feuert zweimal.

»Zielperson zwei: EKIA.«

»Gut«, sagt Willem. »Raus hier.«

Ulrich spricht in sein Mikro. »Rückzug unter Beschuss.«

»Verwundete?«, fragt Simon über Funk.

»Negativ«, erwidert Ulrich.

Donovan vernimmt es mit großer Erleichterung.

Beide Zielpersonen ausgeschaltet, keine Verwundeten. Ein besseres Resultat, als wir möglicherweise verdient haben, denkt er, wobei wir natürlich noch lange nicht draußen und sauber sind.

»41 bis Exfil«, sagt er über Funk. »Dann fünf.«

41 Sekunden, um das Anwesen zu verlassen, fünf Minuten für den Weg zurück zu den Booten.

»Roger«, sagt Michel.

Der stellvertretende Offizier der *Nemesis* tritt ein.

»Colonel Donovan?«

»Was?«

»Der Captain will Sie sprechen.«

»Jetzt nicht.«

»Doch. Sofort, bitte.«

Dave schnappt sich den Laptop auf Anwars Bett, Cody sammelt CDs, DVDs und die Handys der beiden Männer ein.

Für mehr bleibt keine Zeit, sie poltern die Treppe runter. In Daves Kopf tickt die Uhr. 21 – sie sind fünf Sekunden hinter der Zeit, und es sieht so aus, als müssten sie sich den Weg freischießen.

»Zeit zu verschwinden«, sagt Ulrich. »Beschuss auf 360 Grad.«

Aus allen Richtungen.

»Wir müssen sie hinhalten«, sagt Ulrich. »Ich brauche fünf Sekunden, dann bekommen sie was, worüber sie nachdenken können.«

Er robbt zur Küchentür und befestigt einen Sprengsatz. Robbt zurück und sagt: »Wenn sie rauskommen – wumm.«

Das Team macht sich bereit für den Rückzug, sie gehen in derselben Reihenfolge raus, wie sie reingekommen sind.

Amir und Alessandro bilden die Spitze.

Dann kommen Ulrich und Willem.

Cody und Dave.

Vorbei an Lev, der hinten sichert.

Von links kommen Salven durch das kaputte Küchenfenster, aber Lev wirbelt herum und erwidert.

»Beeilung«, ruft er und weist dem Team die Tür.

Fünf von Aziz' Männern bleiben in der Küche.

Sie hören die Schritte der zurückweichenden Feinde und dann Stille. Sie wollen sich in den Hof hinauswagen und die Angreifer verfolgen.

Ali, ein Pakistani, ist der erste an der Tür.

Als er sie öffnet, werden ihm die Arme abgerissen.

Angeführt von Amir und Alessandro bewegt sich das Team im Laufschritt durch die schmalen Straßen.

Menschen lehnen sich aus den Fenstern, treten in die Hauseingänge zurück. Einige wenige Tapfere wagen sich auf die Straße hinaus.

Amir wiederholt immer wieder auf Swahili: »*Imshi* – weitergehen. Geht in die Häuser. Wir wollen euch nicht verletzen. *Imshi.*«

Einige tun es.

Andere rühren sich nicht von der Stelle und schreien. Gleich werfen sie mit Steinen, denkt Dave. Und dann ziehen die Mutigeren ihre *pangas*, die hier verbreitete Machete, und holen aus.

Dann geht's richtig rund.

Dave setzt einen Fuß vor den anderen. Immer weiter, denkt er. Wenn du stehen bleibst, kesseln sie dich ein. Bleibst du in Bewegung, lassen sie dich durch.

Plötzlich weichen die Menschen zurück in ihre Häuser, Dave hört Gewehrkugeln zischen und in Mauerwerk und Türen einschlagen.

Die überlebenden Mudschahedin haben die Verfolgung aufgenommen.

Rolf dreht sich um und feuert.

Donovan betritt die Brücke der *Nemesis*.

Der besorgte Kapitän zeigt auf den Radarschirm.

»Was ist das?«, fragt Donovan.

»Ein kenianisches Patrouillenboot«, erwidert der Kapitän, »hat Kurs auf uns genommen. Ich drehe ab.«

Gleich kommt der Helikopter, denkt Donovan. Wenn das Schiff abdreht und wegfährt, findet er es vielleicht nie wieder.

»Den Teufel werden Sie«, sagt er.

Ein älterer Mudschahed namens Khalid steigt über die Treppe auf das Dach des Anwesens.

Die Angreifer zu verfolgen bringt nichts.

Seine Erfahrung im Kosovo hat ihn gelehrt, dass man im Häuserkampf am besten eine erhöhte Gefechtsposition sucht. Er legt sich auf das Flachdach und späht durch das Nachtzielfernrohr seines Gewehrs.

Michel sieht sie über die Sanddünen kommen.

Zuerst Amir und Alessandro.

Dann Ulrich und Willem.

Collins und Cody.

Er hört das Feuer, erkennt Rolfs Flinte und Levs Bullpup.

»Kommt«, sagt Michel über Funk. »Wir übernehmen die Deckung.«

»Roger«, erwidert Lev.

Auch Simon sieht sie kommen.

Aufmerksam achtet er auf jede Bewegung, die Haltung jedes einzelnen.

Anscheinend sind alle unversehrt.

Er nimmt die Straße ins Visier.

Lev überlässt Michel und Simon liebend gerne den Feuerschutz.

Die Mudschahedin sind gut.

Arabische Soldaten galten seit dem Sechstagekrieg als Witzfiguren, tatsächlich sind sie aber mit der Zeit richtig gut geworden. Jetzt verteilen sich die Mudschahedin abseits der schmalen Straße und feuern kurze, effiziente Salven ab, bewegen sich vorsichtig voran, geben sich gegenseitig Feuerschutz.

Rotes Mündungsfeuer blitzt durch die Nacht.

Wäre es nicht so dunkel, denkt Lev, würden wir ernsthaft in Schwierigkeiten stecken.

Jetzt sieht er den LUP.

Rolf auch.

Er gibt noch einen Schuss ab, dann legt er die Düne zwischen sich und seine Verfolger.

Ein Bier würde jetzt verdammt gut schmecken.

Donovan zieht seine .45er und hält sie dem Kapitän hinters Ohr.

»Wir halten Kurs.«

»Wenn uns das Patrouillenboot ...«

»Wir halten Kurs«, sagt Donovan.

Dave erreicht seine Kuhle und wirft sich rein.

Er holt ein paar Mal tief Luft, dann stopft er die Sachen, die er im Haus eingesammelt hat, in seinen wasserdichten Sack.

Danach legt er die MK23 an und wartet auf Michels Befehl.

Kann keine Sekunde mehr dauern, Rolf kommt schon über die Düne.

Khalid hat den *kafir* – den Ungläubigen – am Strand im Visier.

Sein russisches Dragunow-Scharfschützengewehr verschießt die neuen 7N14-Patronen, spitze Geschosse mit einem Kern aus gehärtetem Stahl, die es auf 831 Meter pro Sekunde bringen.

Das PSO-1-Zielfernrohr mit Reflexvisier und passivem Infrarot-Filter ist mit einer zusätzlichen festen Kimme-und-Korn-Visierung ausgestattet, eine batteriebetriebene Beleuchtung des Absehens ermöglicht Präzision auch bei schlechten Lichtverhältnissen, außerdem verfügt es über ein BDC – *Bullet Drop Compensation Feature.*

Kahlid stellt das BDC ein.

Zufrieden legt er den Finger an den Abzug.

Während der kurzen Feuerflaute, in der sich die Mudschahedin auf den Angriff am Strand vorbereiten, improvisieren Michel und Willem über Funk einen neuen Plan.

Der Rückzug übers Wasser wird unter Beschuss stattfinden, weshalb sie sich gegenseitig Feuerschutz geben müssen. Willems Crew geht zuerst, Michels feuert. Sobald sie im Boot sitzen, übernehmen Willems Leute, während Michels in das andere Boot steigen und aufs Wasser gehen.

Nicht gerade ideal, aber anders geht's nicht.

Michel gibt die neuen Befehle durch.

Dave ist froh, als er hört, dass er als einer der Letzten vom Strand geht.

Ich hab uns hierhergebracht, denkt er. Das ist nur richtig so.

Dann sieht er, dass Rolf stehen bleibt.

Taumelt.

Stürzt.

Simon rast über den Sand zu dem Verwundeten, ruft über Funk: »*Wounded Eagle, wounded Eagle.*«

Dave ist direkt hinter ihm – Rolf ist groß, und Simon wird ihn nicht alleine tragen können.

Simon kauert sich neben Rolf und reißt sein Hemd auf.

Die Austrittswunde sieht schlimm aus.

Die Kugel hat ihn im Rücken getroffen und die Bauchdecke durchschlagen. Rolf ringt bereits nach Luft, Blut steigt ihm in die Brust. Er verblutet.

Verdammte Scheiße, denkt Simon. Warum hat er keine Weste getragen?

»Schon gut, mein Freund«, flüstert er. »Ich hol dich hier raus.«

Rolf sieht ihn nur an. Wegen der Schmerzen kann er nicht sprechen. Simon bricht eine Morphium-Ampulle auf und kippt sie Rolf in den Rachen.

Dave nähert sich von der anderen Seite.

»Verzieh dich in deine Kuhle«, fährt Simon ihn an. »Ich will mich nicht um zwei kümmern müssen.«

»Du kannst mich mal.«

Dave hat sich bewusst zwischen den Sanitäter und die Schusslinie gesetzt.

Khalid sieht das.

Bewundernswert, denkt er.

Bewundernswert, trotzdem dämlich.

Er zielt auf den mutigen *kafir*.

Ulrich weiß, dass nur ein Scharfschütze vom Dach von Alis Haus den Schuss abgegeben haben kann.

Er setzt ein AG-C/EGLM unter den Lauf seines HK416 direkt vors Magazin. Dann lädt er eine 40mm-Granate, setzt die Geschossbahn hoch an und drückt ab.

Die Entfernung ist groß, aber einen Versuch ist es wert.

Khalid legt den Finger an den Abzug.

Er kann ihn gar nicht verfehlen.

Dann hört er das Zischen eines Luftvakuums.

Die Welt um ihn herum explodiert, und er wird vom Dach gefegt.

Das kleinkalibrige Feuer verdichtet sich.

Die Mudschahedin sind keine Idioten – sie werden nicht auf den offenen Strand mitten ins feindliche Feuer rennen, sie halten sich lieber relativ geschützt hinter den Dünen und schießen auf die im flachen Sand ungedeckten Männer. Sie haben sich im Abstand von jeweils circa zehn Metern verteilt, und Ulrich zählt die Mündungsfeuer.

Neun Schützen, zweifellos bäuchlings im Dünengras versteckt.

Das ist schlecht.

Gut ist, dass die Mudschahedin keine Mündungsfeuerdämpfer haben und dadurch ihre Positionen verraten. Und Nachtsichtgeräte scheinen sie auch keine zu benutzen, weshalb sie nicht gezielt auf uns schießen können.

Solange wir die Köpfe unten halten.

Aber wir müssen aufstehen, um zu den Booten zu gelangen.

Das ist erst das nächste Problem.

Jetzt gilt es erst mal, Rolf wegzubringen.

Michel meldet sich über Funk. »Such das Mündungsfeuer, das dir am nächsten ist, auf zwölf Uhr«, sagt er, »dann los. Collins, kannst du Rolf rausbringen?«

»Er ist zu schwer.«

»Ich komme«, sagt Cody.

Ulrich feuert auf die gegnerische Front, während Cody aufspringt, über den Strand rennt und neben Simon abtaucht.

Der Sanitäter schneidet gerade ein Loch in Rolfs Hemd und legt die Wunde frei.

Rolfs Darm ist herausgequollen, vorsichtig nimmt Simon das Organ und legt es auf die Wunde. Dann presst er ihm eine Mullbinde auf den Bauch.

»Heb ihn an«, sagt Simon.

Cody greift unter Rolfs Rücken und hebt ihn so vorsichtig er kann, während Simon unter ihn greift, den Verband um seinen Rücken führt, hochzieht und festbindet.

Er presst sachte die Hand auf die Wunde.

»Wir müssen ihn hier rausholen«, sagt Cody.

Cody sieht den Sanitäter an und beide wissen, was dieser Blick bedeutet – Rolf wird so oder so sterben.

»Los«, befiehlt Simon. »Ich bleibe bei ihm.«

»Vergiss es«, sagt Cody.

Direkt über ihren Köpfen geht eine Feuersalve nieder.

Dave schießt auf das Mündungsfeuer, dreht sich zu Simon um und sagt: »Entweder wir gehen alle oder keiner.«

»Kommt schon.«

Dave und Cody greifen Rolf unter die Arme und ziehen, während Simon die Hand auf die Wunde presst. Auf Knien ziehen sie ihn zum LUP.

Simon spricht in sein Mikro: »Kann der Heli zum LUP kommen?«

Cody tastet nach dem Puls an der Halsschlagader.

»Simon?«

»Was?«

»Er hat ausgecheckt.«

»Verfluchte Scheiße!«

Willem ist geduldig.

Er hat seine Flinte gegen Ulrichs HK416 getauscht und liegt jetzt ausgestreckt im Sand, wartet darauf, dass sich Mündungsfeuer zeigt. Wenn er welches sieht, feuert er und verändert rollend seine Position, dann wartet er wieder, schießt und rollt.

Nur noch sieben Mündungsfeuer.

Er arbeitet daran, dass es sechs werden, als sich Michel meldet. »Crew bereit machen zum Rückzug.«

»Was ist mit Rolf?«

»Der bleibt«, schaltet sich Donovan ein.

»Inakzeptabel.«

»Nichts mehr zu machen«, beharrt Donovan.

»Ich will aber was machen«, sagt Willem.

Die anderen melden sich ebenfalls über Funk. Niemand will Rolf zurücklassen.

»Dann macht«, sagt Donovan. »Der Heli ist in der Luft.«

Physiker verfassen wissenschaftliche Abhandlungen über das Verhältnis zwischen Zeit und Raum, dabei kennen sich Soldaten bestens damit aus.

Sie wissen, dass man Zeit braucht, um Raum zu gewinnen, und Raum, um Zeit zu gewinnen.

Jetzt brauchen sie Zeit und Raum, um Rolfs Leichnam zum Boot zu schaffen.

Ohne Deckung.

Unter Beschuss.

Geschützt einzig von der Dunkelheit.

Die Mudschahedin halten sich jetzt zurück, wollen ihre Positionen nicht verraten, indem sie feuern. Aber sobald wir uns in Bewegung setzen, denkt Dave, schießen sie, und sie wissen, dass wir uns in Bewegung setzen müssen. Sie wissen nicht, dass wir einen Mann tragen, aber wahrscheinlich bekommen sie auch das relativ schnell mit.

Die Zeit schreitet gnadenlos voran. Der Helikopter fliegt ihnen entgegen und zweifelsohne wird sich inzwischen im Dorf jemand ans Telefon gehängt haben. Wahrscheinlich ist die kenianische Armee schon unterwegs, die Air Force steht in den Startlöchern.

Wir müssen raus.

»Wie lange wird es dauern?«, fragt Dave.

»30 bis 45 Sekunden«, erwidert Cody. Traurigerweise ist er Experte im Evakuieren von Leichen.

»Wir müssen die Arschlöcher zurückdrängen«, sagt Ulrich.

Wir dürfen die Crew nicht auseinanderreißen, denkt Dave. Willem, Ulrich, Amir und Simon müssen Rolf zum Boot tragen. Und es wird nicht leicht werden, mit 130 Kilo totem Gewicht aufs offene Meer rauszupaddeln.

Wenn sie's überhaupt bis zum Boot schaffen – die Mudschahedin werden sie aus ihrer geschützten Stellung heraus niedermähen, sobald sie aufstehen.

Also müssen wir sie zuerst aus ihren Stellungen holen.

Dafür kommen Michel, Cody, Alessandro, Lev und ich selbst in Frage.

Meine Wahl fällt auf mich.

»Bereitmachen für den Abtransport«, sagt Dave über Funk, reißt plötzlich das Kommando an sich. »Meine Crew: auf das Mündungsfeuer zielen.«

»Was hast du vor?«, fragt Michel.

»Haltet euch bereit«, erwidert Dave.

Er greift rüber, nimmt Simons HK53 und geht los.

Die Lektion hat er vor langer Zeit gelernt.

Lässt sich die Stellung nicht halten, muss man angreifen.

Niemand weiß genau, warum sich Männer für andere ins Feuer werfen.

Ihr Leben für etwas Höheres riskieren.

Manche behaupten, es sei dem *esprit de corps* geschuldet, der Solidarität innerhalb einer Einheit, der Bruderschaft unter den Kriegern. Andere behaupten, es sei eingeimpft, antrainiert, Teil der Kultur.

Mag sein.

Vielleicht ist es aber auch etwas im Herzen, im Blut, ein angeborener Edelmut, der den meisten Menschen abgeht.

Was auch immer es sein mag, Dave Collins steht auf und rennt über den Sand.

Er feuert aus der Hüfte, lässt höllische Salven niedergehen.

Und weiß dabei ganz genau, wie ineffektiv das ist – Rambo-Mist – aber er will sich selbst zum unübersehbaren Ziel machen.

»Los«, befiehlt Willem.

Die restliche Crew packt Rolf und rennt mit ihm über den Strand zum Boot, während die Mudschahedin auf Collins feuern.

Aber nur wenige Sekunden lang.

Denn zwei der besten, hochqualifiziertesten Scharfschützen der Welt nehmen jetzt ihre Mündungsfeuer ins Visier.

Licht aus.

Dave lässt sich in den Sand fallen.

Ein bisschen überrascht darüber, dass er noch lebt.

Was er hauptsächlich der Weste zu verdanken hat – er spürt die Quetschungen an den Rippen, wo die Kugeln der Mudschahedin auf die Keramikplatten getroffen sind.

Auch der Helm hat zwei Dellen.

Jetzt ist es still, abgesehen vom Stöhnen eines verwundeten Mudschahed hinter den Dünen. Dave dreht den Kopf und sieht Willems Boot in die leichte Brandung stechen.

Dann schiebt sich Cody neben ihn. »Dude, wir müssen weiter.«

Sie schlängeln sich zum LUP.

»Das ist Piraterie«, sagt der Kapitän.

»Sobald meine Männer sicher an Bord sind, verhafte ich mich selbst«, sagt Donovan. Er beugt sich vor und blickt auf den Radarschirm.

Sie steuern direkt auf das Patrouillenboot zu.

Vielleicht noch 20 Minuten.

Der diensthabende Offizier auf dem Luftstützpunkt in Mombasa erhält einen hysterischen Anruf aus Lamu. Ein Haus wurde in die Luft gesprengt. Menschen sind tot. Die Täter fliehen in Schlauchbooten.

Klingt in seinen Ohren völlig irre, aber er schickt für alle Fälle zwei Helikopter hin.

Fünfzehn Minuten bis zum *Extraction Point*.

Dave taucht sein Paddel ins Wasser und paddelt, bis er das tiefe Dröhnen der Rotorblätter herannahen hört.

Kurz nach dem Start auf der *Nemesis* hat Bobby sämtliche Lichter ausgeschaltet.

Auch alle Anzeigen im Cockpit. Er fliegt blind. Schon okay, denkt er, während er tief über den indischen Ozean hinweggleitet, schließlich bin ich *Night Stalker*.

Er aktiviert den Infrarot-Radar-Blockierer, ein wichtiges Element des ASE – *Aircraft Survivability Equipment* –, das den Helikopter in einer dunklen Blase verschwinden lässt. Dann schaltet er das AN/ARS-6 ein – ein *Personnel Location System*, das über eine bestimmte Frequenz mit den Teams verbunden ist, die sich jetzt allmählich dem *Extraction Point* nähern müssten.

Kein Signal.

Kommt schon, denkt Bobby, schaltet eure Transmitter ein.

Michel greift sich an den Helm und aktiviert sein PLS, dann hält er plötzlich inne.

Die Rotorblätter klingen komisch.

Jeder Special-Op der westlichen Welt kennt den Klang eines Black Hawk – und das ist keiner.

»Runter«, sagt Michel über Funk. »Runter.«

Dave beugt sich so tief wie möglich über die Seitenwand.

Bleibt vollkommen bewegungslos.

Der Helikopter kann nur aus Kenia kommen.

Seltsam, denkt er, auf der anderen Seite zu stehen – sich vor einem Helikopter zu verstecken. Er staunt, wie unsagbar hilflos man sich fühlt. Geht es den Mudschahedin genauso? Kauern sie sich auch zusammen, hoffen sie, warten sie auf den erlösenden Klang eines Maschinengewehrs oder einer Rakete?

Er kann jetzt nur stillhalten und hoffen, dass der Hubschrauber weiterfliegt und nicht wieder zurückkommt.

Bobby blickt auf den Radarschirm und kapiert.

Ein Punkt blinkt auf den EP zu.

Die Teams verstecken sich unter dem »feindlichen« Helikopter. Sie können ihre Transmitter nicht einschalten.

Und ich fliege direkt drauf zu.

Na schön, denkt er. Er erinnert sich an den Leitspruch seiner alten Einheit – »*Night Stalker* geben nicht auf.«

Er geht noch tiefer und beschleunigt.

Dave hört das Geräusch der Rotorblätter wieder leiser werden.

Gott sei Dank.

Michel wartet, bis der Helikopter circa tausend Meter entfernt ist, dann schaltet er sein EPS ein.

Ein Infrarotlicht leuchtet jetzt auf seinem Helm.

Bobby empfängt das Signal.

Wenige Sekunden später sieht er das Licht und fliegt direkt darauf zu.

Er verlangsamt und bleibt in der Luft stehen, als er die beiden Teams in den Booten unter sich entdeckt. Es gibt nicht nur gute Nachrichten – er sieht auch einen Toten.

Er legt einen Kippschalter um, aktiviert SPIES.

Special Patrol Insertion and Extraction System.

Ein Seil wird aus dem Bauch des Helikopters heruntergelassen.

An dem Seil sind acht Haken befestigt, und jeder der Männer in den Booten kann sich mit Hilfe einer entsprechenden Öse an das Seil hängen.

Sie müssen sich beeilen.

Bobby blickt auf seinen Radarschirm und sieht, dass der feindliche Helikopter kehrtmacht und wieder auf sie zukommt. Aus der entgegengesetzten Richtung blinken zwei weitere Punkte heran, allerdings sehr viel schneller.

Jets.

Macht schon, Jungs.

Rolfs leblosen Körper im schaukelnden Schlauchboot an einem Seil zu befestigen ist mühsam, aber sie schaffen es.

Dann haken sich Ulrich, Amir und Simon ein. Willem ist

der Letzte – er lässt die Luft aus dem Boot und hängt sich ebenfalls an das Seil.

Dann werden sie von einer automatischen Winde in den Helikopter gezogen.

Das Geräusch ist leise, aber Dave hört es.

Herannahende Rotorblätter.

Der kenianische Helikopter kehrt zurück.

Das Seil kommt wieder runter.

Alessandro hakt sich ein, dann Lev, Cody.

Dave schultert seinen wasserdichten Sack und hakt sich ein, während Michel die Luft aus dem Boot lässt. Dann macht auch er sich ganz unten fest, und sie werden hochgezogen.

Die Rotorblätter werden immer lauter, und Dave weiß, dass das Team so gut wie hilflos ist, solange der Helikopter in der Luft steht und sie noch am Seil hängen. Wenn sie der kenianische Helikopter jetzt erreicht, kann er sie wie einen Drachen vom Himmel holen.

Kaum sind sie drin, wendet Bobby und rast los.

Der Kapitän schwitzt.

Donovan kann's ihm nicht verdenken – er hat den Lauf einer Pistole am Schädel, und ein Patrouillenboot ist auf Abfangkurs zu ihm unterwegs.

Da würde ich auch schwitzen, denkt Donovan, wenn mir Gott das Hirn eines Esels geschenkt hätte.

Zum Glück hat er das aber nicht.

Trotzdem ist er erleichtert, als sich Bobby über Funk meldet.

»Passagiere an Bord, kommen zurück.«

Gott sei Dank, denkt Donovan.

Dann hört er Michels Bericht.

»*Eagle down.*«

»Wer?«, fragt Donovan.

Die Frage hat er immer schon gehasst, weil es keine gute Antwort darauf gibt. Bevor Michel antworten kann, sagt Bobby. »Wir werden verfolgt. Aus der Luft. Ein Helikopter, zwei Jets. Versuchen auszuweichen.«

Der PAVE Hawk erreicht eine maximale Gewindigkeit von knapp 300 Stundenkilometern und Bobby holt alles raus.

Wegen des kenianischen Helikopters macht er sich keine großen Sorgen – den kann er locker abhängen –, aber die Jets sind eine ganz andere Nummer. Der Infrarot-Radar-Blockierer ist gut, aber auf kurze Distanz kann auch er nicht verhindern, dass sie entdeckt werden, und die Jets nähern sich rasant.

Major Kenneth Mazrui, KAF, sieht den blinkenden Punkt auf dem AN/APQ 159-Radar seines Northrop F-5 Tiger II Kampfjets.

Anscheinend handelt es sich um eine langsame Maschine, die sich in östlicher Richtung von der Küste wegbewegt, was mit den Berichten aus Lamu übereinstimmt.

Mazrui funkt das unbekannte Fluggerät an.

»Bitte melden, bitte melden. Identifizieren Sie sich.«

Dave hört den Funkspruch.

»Bitte melden, bitte melden. Identifizieren Sie sich.«

Wenn sie antworten, werden sie zur Landung gezwungen. Tun sie's nicht, können sie abgeschossen werden.

Niemand sagt etwas.

Es ist Bobbys Entscheidung.

Und Bobby antwortet nicht.

»Bitte melden«, wiederholt Mazrui. »Bitte melden, sonst bin ich gezwungen, das Feuer zu eröffnen.«

Bobby hat in seinem Leben schon das ein oder andere Mal gepokert, aber hier lässt sich unmöglich feststellen, ob der kenianische Pilot blufft.

Man kann ihm nicht in die Augen sehen. Kann ihm nicht in die Karten gucken.

Na gut, scheiße, denkt Bobby. Er hat sowieso alle Karten in der Hand.

Wollen wir hoffen, dass er's nicht weiß.

Bobby schweigt weiter.

Night Stalker geben nicht auf.

»*Fox three close.*«

Bobby kennt den NATO-Code.

Der Pilot ist kurz davor, eine Rakete zu zünden, die sich auf die nächste Wärmequelle ausrichtet.

Einmal gezündet, kann sie nicht mehr zurückgeholt werden.

Und die nächste Wärmequelle, das weiß Bobby, bin ich.

Mazrui macht eine AIM-120 AMRAAM – *Advanced Medium Range Air-to-Air Missile* – startklar, eine radargelenkte Luft-Luft-Lenkwaffe, und stellt auf *Home On Jam*-Betriebsmodus. Damit fliegt die Rakete das Störsignal des feindlichen Fluggeräts an.

»*Fox three close*«, wiederholt er.

Dann feuert er.

Bobby wirft Düppel ab – Radartäuschkörper – metallhaltige Streupartikel, die eine Wolke bilden.

»Funktioniert das mit den Täuschkörpern?«, fragt Cody.

»Keine Ahnung«, sagt Bobby. »Hab's noch nie ausprobiert.«

Cody denkt einen Augenblick darüber nach. Dann sagt er: »Cool.«

»In einer Sekunde wissen wir mehr.«

»Wieso?«

»Wenn's nicht funktioniert«, sagt Bobby, »gehen wir hoch.«

Dave hört die Explosion.

Nur einige hundert Meter hinter sich.

Der Nachthimmel leuchtet.

Ist voller brennender metallhaltiger Streupartikel.

Der Helikopter landet an Deck der *Nemesis*.

Donovan duckt sich unter den Rotorblättern. Er sieht den toten Rolf und zuckt zusammen. Dann sagt er zum Rest: »Geht rein und unter Deck. Schnell.«

»Was ist los?«, fragt Dave.

»Ein Patrouillenboot«, sagt Donovan. »Mit Affenzahn hierher unterwegs.«

Kenianische Patrouillenboote Typ P400 sind mit französischen 20mm Modèle F2 Maschinenkanonen ausgestattet und das ist mehr als genug Feuerkraft, um die *Nemesis* aus dem Wasser zu heben. Darüber hinaus hat eine sechzehnköpfige Besatzung darauf Platz, vermutlich allesamt mit Maschinenpistolen bewaffnet. Wenn die Kenianer an Bord kommen wollen, kommen sie an Bord.

Aber die Zeit reicht nicht, um unter Deck zu verschwinden.

Die Männer steigen gerade aus dem Helikopter, als sie der Strahl eines Suchscheinwerfers trifft und über Lautsprecher eine Stimme ertönt.

»Motor aus! Wir kommen an Bord!«

Michel fängt an zu lachen.

Dave fragt sich, ob er sie noch alle hat.

Dann sieht er, warum.

Da liegt kein kenianisches Schnellboot, sondern ein somalisches.

Piraten.

Die ein Schiff mit neun der weltweit besten Soldaten überfallen wollen.

Michel schnappt sich ein Megaphon und brüllt:

»*Va te faire foutre*!«

Fickt euch.

Dave sitzt unter Deck in Donovans beengter Kajüte.

Letzterer gießt zwei Gläser Scotch ein, und sie trinken.

»Tut mir leid wegen Rolf«, sagt Dave.

Donovan zuckt mit den Schultern. »Für ihn gilt dasselbe, wie für alle anderen auch – er ist das Risiko freiwillig eingegangen.«

»Hatte er Familie?«

»Eine Exfrau in Johannesburg und einen Sohn, den er selten gesehen hat«, sagt Donovan. »Das Übliche. Aber wir schicken ihnen sein Geld.«

Sie bleiben eine Weile schweigend sitzen.

Dann fragt Donovan: »War es das wert? War's so, wie du's dir vorgestellt hast? Deine Vergeltung?«

»Ich höre nicht auf«, erwidert Dave. »Falls du darauf hinauswillst.«

Bei Sonnenaufgang tragen sie Rolfs Leichnam zum Heck.

Simon hatte Rolfs alte rhodesische Flagge zwischen seinen Habseligkeiten entdeckt und ihn darin eingewickelt. Darunter steckt er in seinem Tarnanzug, mitsamt dem Barett der Selous Scouts und seinen Abzeichen. Sein TOPS-Messer klemmt zwischen den vor der Brust verschränkten Händen.

Das Team – alle in ihren besten Uniformen, sofern sie sie zusammenbekommen haben – steht stramm.

»Gott weiß, dass ich kein Geistlicher bin«, sagt Donovan, »und in Momenten wie diesem gibt es auch nicht viel zu sagen. Er ist den Soldatentod gestorben und ich denke, wir alle würden diesen einem Ende im Altersheim vorziehen. Aber wir alle haben auch zu viele Freunde begraben und werden weitere begraben müssen. Rolf hat eine bessere Beisetzung verdient als diese, aber wir haben keine andere Möglichkeit, und ich vermute, ihm selbst hätte es am allerwenigsten ausgemacht. Rolf war staatenlos – wir waren seine Heimat, und ich hoffe, jetzt findet er eine bessere.«

Donovan nickt.

Während die anderen salutieren, heben Ulrich und Willem das Sperrholzbrett mit dem toten Rolf an, lassen ihn in den Ozean gleiten.

Dave staunt darüber, dass Cody Horn blasen kann, aber er kann es.

Wunderschön.

Er spielt »Taps«, das Trauerstück.

Der vertraute, schwermütige Refrain übertönt das Brummen der Schiffsmotoren. Der letzte Ton bleibt in der Luft hängen, als wollte er nicht loslassen.

»Weg-*treten*!«

Die Männer lassen die salutierenden Hände sinken.

»Und jetzt«, sagt Donovan, »betrinken wir uns.«

Dave bleibt noch am Heck stehen, während die restliche Crew nach unten geht. Er blickt hinaus aufs Wasser und denkt über Donovans Frage nach.

War es das wert? War's so, wie du's dir vorgestellt hast?

Deine Vergeltung?

Er weiß es nicht.

Weil es noch nicht vorbei ist.

Vorbei ist es erst, wenn er Aziz getötet hat.

✦

Aziz steigt in die Brüsseler Metro.

So hat er sich nicht mehr gefühlt seit den entsetzlichen Tagen und Nächten in Al-Jafr, wo er ständig damit rechnen musste, dass die Mukhabarat kommen und ihn wieder foltern.

Angst.

Ein Knoten in seinem Magen, der nicht verschwinden will.

Saif ist tot. Sein Kamerad, sein Freund, der Mann, der ihn in Al-Jafr am Leben erhielt. Der Amerikaner Anwar auch. Außerdem elf seiner besten Soldaten, einfach so niedergemäht.

Das müssen die Amerikaner gewesen sein, denkt er, während der Zug seinem nächsten Halt entgegenrumpelt. Nur die Amerikaner wären zu einer solchen Aktion in der Lage, aber sie halten sich bedeckt. Es steht nichts in den Zeitungen, keine Meldung im Radio oder im Fernsehen.

Normalerweise geben die Amerikaner mit ihren Morden doch an.

»Führungskräfte der al-Qaida getötet.«

»Anführer der Taliban tot.«

Aber diesmal nicht.

Warum nicht?

Weil – und das begreift er nun mit einer Klarheit, von der ihm ganz übel wird – sie dasselbe Spiel spielen wie du auch.

Das hier ist was anderes, als Osama in Pakistan abzuknallen. Das ist ein Vorfall auf kenianischem Boden, und Kenia ist mit Amerika verbündet – natürlich vertuschen die das.

Aber getan haben sie's trotzdem, und das ist das Erschreckende.

Wenn sie's in Kenia getan haben, dann tun sie's auch in …

Der Zug hält im Gare du Midi, und Aziz steigt aus. Über den Brüsseler Hauptbahnhof kann er die Stadt notfalls schnell verlassen, und derzeit wohnt er im Herzen von Cureghem, dem marokkanischen Viertel.

Er verlässt den Bahnhof und biegt links in die Rue Bara.

Ob sie Zeit hatten, Saif Fragen zu stellen, bevor sie ihn abgeknallt haben? Aber Saif hätte ihnen nichts erzählt. Nur Anwar – so gottesfürchtig er auch gewesen sein mag, unter Androhung von Gewalt wäre er vielleicht eingeknickt.

Bestimmt sogar.

Jedenfalls, denkt Aziz, kann er ihnen nicht viel verraten haben.

Trotzdem …

Er biegt jetzt rechts in die Rue de l'Instruction, dann links in den Clos Mudra. Als er die Nummer 11 findet, eine schäbige Pension, vergewissert er sich erst einmal, ob das Haus unter Beobachtung steht.

Schließlich nimmt er seinen Mut zusammen und klingelt.

Ein junger Mann in einem schmutzigen, ärmellosen T-Shirt kommt an die Tür, erkennt ihn und lässt ihn rein. Erst in dem schmalen Hausflur sieht Aziz, dass der Mann eine Kalaschnikow hinter dem Rücken versteckt.

»Ist mir eine Ehre«, sagt der Mann.

Aziz nickt nur, und der Mann führt ihn durch den Flur in ein Hinterzimmer.

Dahir und Baseyew sind schon da. Sie sitzen auf alten Rohrstühlen und trinken Tee, wirken betreten und in dem heruntergekommenen Zimmer auch irgendwie deplatziert. Sie balancieren ihre Tassen und Untertassen auf dem Schoß. Als Aziz eintritt, stellen beide ihre Getränke auf dem Boden ab und stehen auf.

»Tut mir leid wegen Saif«, sagt Dahir und küsst Aziz auf beide Wangen.

»Er ist im Paradies«, erwidert Aziz.

»Allerdings.«

»Setzt euch«, sagt Aziz und nimmt sich selbst ebenfalls einen Stuhl. Er möchte dieses Treffen so schnell wie möglich hinter sich bringen. Nicht nur ist das Zimmer unangenehm, das Treffen selbst ist höchst riskant.

Die Männer in diesem Raum sind so etwas wie der Vorstand von Aziz' Netzwerk und sollten sich eigentlich – außer in einer echten Krisensituation – niemals zur selben Zeit am selben Ort aufhalten. Ein solches Treffen hätte er niemals im Jemen, in Pakistan, in Somalia oder im Sudan anberaumt – nirgends, wo die Amerikaner es wagen würden, einen Drohnenangriff zu starten.

Aber wegen einer Polizeirazzia hier im Brüsseler Cureghem-Viertel, das unter den Ordnungshütern als Tabuzone gilt und häufig Schauplatz erbitterter Unruhen ist, macht sich Aziz jetzt keine Sorgen. Beunruhigender findet er die Möglichkeit, dass ein amerikanisches Spezialkräftekommando eingreifen könnte. Wenn sie's in Kenia getan haben, warum dann nicht auch in Belgien? Im Zentrum der europäischen Union? Wahrscheinlich ist es nicht – das Leben von »Weißen« ist ihnen mehr wert als das von »braunen« oder »schwarzen« Menschen. Trotzdem, nicht mal nach dem erfolgreichen Anschlag auf Flug 211 hatte er sich mit Hassan Dahir und Shamil Baseyew zusammengesetzt, nicht mal um bei einem Glas Tee zu feiern.

»Wer war für den Überfall auf Lamu verantwortlich?«, fragt Aziz. »Die Delta Force? Navy Seals?«

Aziz' Bemühungen, einen Mann bei der Delta Force oder bei den Seals einzuschleusen, hatten sich bislang als fruchtlos erwiesen, aber er hat durchaus ein paar Männer beim amerikanischen Militär. Und ein paar dem amerikanischen Lebensstil zugeneigte Sympathisanten leben in Städten mit Special-Forces-Stützpunkten. Sie halten Augen und Ohren in den dort angesagten Bars und Restaurants offen, belauschen die Ehefrauen und Familien der Soldaten, spionieren sogar die von Special-Ops bevorzugten Friseurgeschäfte aus, so dass sie zumindest ungefähr wissen, wann die verschiedenen Einheiten kommen und gehen. An den Stützpunkten im Irak und in Afghanistan wimmelt es natürlich nur so von Aziz' Agenten –

Köche, Hausmeister, Übersetzer werden alle großzügig entlohnt.

»Wir haben bislang nichts gehört«, sagt Dahir. »Aber wir machen uns Sorgen um dich, *mu'alim*. Vielleicht haben es die Amerikaner als Nächstes auf dich abgesehen.«

Natürlich haben sie's auf mich abgesehen, denkt Aziz. Und der Zeitpunkt könnte nicht unpassender sein – ausgerechnet jetzt, wo er Yusuf und seine Milliarden für sich gewinnen will. Wir müssen uns beeilen und die Waffe für den nächsten Anschlag beschaffen.

Botulinumtoxin (BoNT) ist das tödlichste bekannte Gift. Es löst eine Infektion aus, die mit der Lähmung der Gesichtsnerven beginnt, sich rasch bis in alle Gliedmaßen ausbreitet und anschließend auf die Atmung übergreift, am Ende kommt es zum Atemstillstand.

Neunzig Nanogram BoNT genügen, um eine hundert Kilo schwere Person zu töten. Vier Kilo Botulinumtoxin – gleichmäßig verteilt – reichen aus, um die gesamte Weltbevölkerung auszulöschen.

Aziz will nicht mal annähernd vier Kilo kaufen.

Nur genug, um es in die U-Bahn-Systeme von New York City, Boston, Chicago, Los Angeles und Washington DC zu pumpen.

Aziz weiß, dass die Amerikaner mit einem weiteren Raketenangriff rechnen.

Oder einer Bombe.

Vielleicht auch einer Flugzeugentführung.

Aber der öffentliche Nahverkehr ist unbewacht, einem Angriff wie diesem, bei dem viele Tausende ums Leben kommen werden, schutzlos ausgeliefert. Die Wirtschaft wird gelähmt, die Gesellschaft demoralisiert. Man muss sich nur mal überlegen, welches Chaos Omu Shinrikyo mit einer kleinen Menge Sarin in der U-Bahn von Tokio verursacht hat. Und dabei starben damals nur dreizehn Menschen.

Im Vergleich zu dem bevorstehenden Anschlag wird der auf Flug 211 wie ein Akt der Barmherzigkeit wirken.

Amerika, das über die größten Waffen der Welt verfügt, wird der kleinsten zum Opfer fallen.

Einem Bakterium.

Das ist so herrlich gerecht.

Aber zuerst müssen wir das Gift beschaffen.

Damals, in den Achtzigerjahren, rissen sich deutsche Unternehmen darum, Botulinumtoxin an Saddam Hussein zu liefern. Nicht weniger als dreizehn von Husseins berüchtigten SCUDS waren mit BoNT befüllt. Bis 1995 hatten die Irakis 19000 Liter BoNT produziert, 10000 davon in Raketensprengköpfe eingebaut.

Aber Saddam hatte nicht den Mumm, das Zeug einzusetzen, denkt Aziz jetzt, angeblich wurde das Programm wieder eingestellt.

Schade.

Bei ihrer Kampagne gegen »Massenvernichtungswaffen« müssen die Amerikaner etwas von dem irakischen BoNT mitgenommen haben. Und die Jordanier ... Aziz weiß sicher, dass der Muchabarat in Al-Jafr mit BoNT an lebenden Gefangenen experimentiert hat.

Er hat die Resultate gesehen.

Die Wachen machten sich über ihn lustig, als sie ihn an den Zellen der Männer vorbeischleiften, denen sie Spuren des Giftes injiziert hatten. Ihre Gesichter waren grotesk gelähmt, ihre Gliedmaßen schlaff, ihre Atmung glich dem Keuchen von Sterbenden.

»Willst du enden wie der da?«, hatten die Wachen ihn gefragt. »Können wir arrangieren.«

Nein, denkt Aziz.

Ich kann das arrangieren.

»Beschafft mir das Gift«, sagt Aziz jetzt. »So schnell wie möglich, egal was es kostet.«

✦

Dana Wendelin sitzt im United States Naval Observatory und kassiert einen Anschiss vom Vizepräsidenten der Vereinigten Staaten.

Wendelin kennt Vizepräsident John Leighton seit seiner Zeit als Vorsitzender des Senate Select Committee on Intelligence. Er hatte ihn häufig gebrieft und ihm nachrichtendienstliche Informationen zukommen lassen, um die Finanzierung durch das Committee zu sichern. In den Pubs von Georgetown hatten sie das ein oder andere Bierchen getrunken, Football geguckt und sogar ein oder zwei Spiele der Washington Nationals zusammen durchgestanden, damals, als das Team noch so erbärmlich spielte.

»Ich dulde das nicht!«, brüllt Leighton. »Ich dulde das nicht! Der Präsident ist außer sich, die Kenianer schreien Zeter und Mordio ...«

Er ist rot im Gesicht, Adern treten auf seiner Stirn hervor, und Wendelin fürchtet fast, er könne den Schlaganfall erleiden, den ihm so viele aus engsten Regierungskreisen schon lange prophezeien.

Steaks, Scotch und Zorn sind eine tödliche Mischung.

Aber Wendelin kriegt die volle Ladung ab. Verfluchte Scheiße aber auch – ein Massaker an Islamisten draußen an der kenianischen Küste. Und unter den Opfern Philip Makem, ein abtrünniger Amerikaner.

»Die beiden Zielpersonen«, sagt Wendelin ruhig, »gehörten allem Anschein nach zum Kreis um Aziz, möglicherweise waren sie für den Anschlag auf Flug 211 verantwortlich.«

»Es hat nie einen Anschlag auf Flug 211 gegeben«, sagt Leighton.

»Glauben wir unsere Märchen jetzt schon selbst?«, fragt Wendelin. »Das ist der sichere Weg in den Wahnsinn.«

»Und eine Privatarmee, die auf ausländischem Boden Massaker verübt, ist es nicht?!«

»Doch«, räumt Wendelin ein. »Und zwar weil wir selbst Jagd auf Aziz machen sollten, anstatt diesen Job Collins und seiner Söldnertruppe zu überlassen.«

Leighton schüttelt den Kopf und setzt sich. »Wir sollten Frieden schließen.«

»Wovon zum Teufel reden Sie?«

»Wir befinden uns seit zwölf Jahren im Krieg«, sagt Leighton. »Wir haben Bin Laden getötet, den Kern der al-Qaida erheblich dezimiert, die wichtigsten Führer der Taliban getötet. Irgendwann muss das alles ein Ende haben.«

»Aber so weit sind wir noch nicht.«

»Was sollen wir machen?«, fragt Leighton. »Immer weiter töten, die Gefangenen auf ewig einsperren? Wann erklären wir unseren Sieg, Dana?«

»Wenn wir gewonnen haben.«

»Und wann wird das sein?«, fragt Leighton. »Wenn der letzte Terrorist getötet wurde? Dazu wird es nicht kommen. Weil wir uns jedes Mal, wenn eine Drohnenrakete trifft und einen Zivilisten tötet, neue Feinde machen. Führen wir jetzt also bis in alle Ewigkeit Krieg?«

»Diese Leute sind das leibhaftige Böse«, hält Wendelin dagegen.

»Da gebe ich Ihnen recht«, sagt Leighton. »Aber sogar ein

Mafiaboss weiß, dass man sich früher oder später mit den Menschen, die man hasst, an einen Tisch setzen muss.«

»Wollen Sie sich mit Aziz an einen Tisch setzen, John?«, fragt Wendelin. »Ich nicht. Erzählen Sie der Öffentlichkeit, was Sie wollen, ich stehe hinter Ihnen, aber wir beide wissen, was mit Flug 211 wirklich geschehen ist, wer für den Absturz verantwortlich war, und wir sollten – entschuldigen Sie den Ausdruck – Himmel und Hölle in Bewegung setzen, um für Gerechtigkeit zu sorgen.«

»Mag sein«, sagt Leighton, »aber wir dürfen diese Aufgabe keinem ehemaligen Soldaten wie Collins überlassen, das ist Selbstjustiz.«

»Selbstjustiz?«

»Wie nennen Sie es sonst, wenn ein Mann auf eigene Faust für Gerechtigkeit sorgt?«

»Ich nenne das einen Mann, dessen Regierung sich weigert, es für ihn zu tun«, erwidert Wendelin. »Wir stehen hier auf der falschen Seite, John.«

Leighton tritt an ein großes Erkerfenster, blickt einige Sekunden lang hinaus, dann dreht er sich um und sagt: »In ein paar Monaten, vielleicht schon in ein paar Wochen, stehen äußerst wichtige Friedensgespräche mit den Taliban an. Wir dürfen uns nichts erlauben, was die Araber erzürnt und den positiven Ausgang der Gespräche gefährdet. Suchen Sie Collins und halten Sie ihn auf.«

»Was ist mit Aziz?«

»Mit wem?«

»Wir sind alte Freunde«, sagt Wendelin. »Wenn es in diesem Land zu einem weiteren Anschlag kommt und Aziz dafür verantwortlich ist, dann werde ich offiziell vergessen haben, dass Sie das jemals gesagt haben. Aber in Wahrheit werden Sie und ich uns daran erinnern. Und die Erinnerung werden wir mit ins Grab nehmen müssen. Guten Tag, John.«

Wendelin steht auf.
»Wo wollen Sie hin?«
»Collins suchen.«
Wo auch immer er steckt.

✦

Dave überquert den Marienplatz.

Das neue Rathaus und die Türme der Frauenkirche ragen hoch über ihm auf.

Nach dem Einsatz auf Lamu waren sie nicht zum Stützpunkt in Costa Rica zurückgekehrt, sondern hatten sich gleich in alle Winde zerstreut. Ein paar Männer waren nach Hause gefahren, andere in den Urlaub; ein harter Kern – Donovan, Ulrich und Dave – waren nach Deutschland gefahren, um die nächste Phase der Operation vorzubereiten.

Sie halten sich in unterschiedlichen Städten auf und fahren jeden zweiten Tag woanders hin, wechseln immer wieder die Identität, bezahlen grundsätzlich bar, benutzen Handys möglichst nur einmal, höchstens zweimal, dann werfen sie sie weg.

Jetzt sind wir die Terroristen, denkt Dave.

Wir leben wie sie.

Er überlegt, ob er in die Kirche gehen und beten soll.

Aber beten zu wem und wofür?, fragt er sich.

Zu einem Gott, an den ich nicht mehr glaube? Soll ich um Vergeltung bitten?

Lieber Gott, bitte lass mich Menschen töten. Im Namen Jesu, Amen.

Er hat Zweifel, ob Jesus sein Anliegen gutheißen würde.

Schon okay, Dave ist eher ein alttestamentarischer Typ. Der Gott im Alten Testament würde ihn verstehen. Eigentlich ist es immer wieder dasselbe. Will man die Ursprünge des Terrors verstehen, muss man nur das Alte Testament lesen.

Du könntest für Diana und Jake beten, denkt er. Aber brauchen unschuldige Seelen Gebete? Wenn es einen Himmel gibt, dann sind sie dort. Wenn nicht …

Dann bete für dich selbst. Deine Seele ist wohl kaum unschuldig. Du hast unzählige Menschen ins Jenseits befördert, und jetzt planst du, noch ein paar mehr um die Ecke zu bringen. Was willst du im Beichtstuhl sagen?

Vergib mir, Vater, denn ich habe gesündigt. Seit meiner letzten Beichte sind siebenundzwanzig Jahre vergangen, und ich habe getötet, mehr oder weniger, ungefähr … Der Herr hat dir deine Sünden vergeben, geh hin in Frieden … Äh, genau genommen, Vater …

Er geht nicht in die Kirche.

Stattdessen stellt er sich zu der Gruppe von Touristen, die auf den Beginn des Glockenspiels warten. Darauf, dass die Glocken läuten und die bunt bemalten Schnitzfiguren, die Herolde, Narren und Fanfarenbläser herauskommen und unter der großen Uhr »tanzen«.

Jake hätte Spaß dran gehabt, denkt er.

Und Diana hätte Spaß gehabt, weil Jake Spaß gehabt hätte.

Und ich hätte …

Er spürt eine Hand auf seiner Schulter.

Er dreht sich um, Ulrich steht vor ihm.

Dave, Ulrich und Donovan sitzen im Charles Hotel und fahren den Computer hoch. Miriam erscheint auf dem Bildschirm. »Das Material aus Lamu war Gold wert.«

»Was hat es uns gebracht?«, fragt Dave.

Ein Foto erscheint auf dem Bildschirm.

»›Der Tschetschene‹«, sagt Miriam, »ist Shamil Baseyew. Er war Kopf der Yarmuk Jamaat, einer islamistischen Terrororganisation im nördlichen Kaukasus, die eine unabhängige islamische Republik auf Grundlage der Scharia fordert.«

Baseyew war maßgeblich an der Planung und Durchführung von über hundertvierzig Anschlägen auf Polizeiwachen, Regierungs- und andere öffentliche Gebäude beteiligt, bis ihn die Russen endlich festnehmen konnten, erklärt Miriam. Wahrscheinlich hat er Aziz später irgendwann im Irak kennengelernt und ist zu dessen Junior-Partner aufgestiegen.

»Baseyew«, sagt Miriam, »ist Drogenschmuggler, Waffenhändler und Erpresser, innerhalb von Aziz' Netzwerk ist er für die Beschaffung von Waffen zuständig. Wahrscheinlich hat er die Mistralrakete besorgt, mit der Flug 211 abgeschossen wurde, möglicherweise hat er sie afghanischen Opiumhändlern abgekauft. Die Russen wollen ihn dringend haben, Dave – wenn du willst, kannst du seine Eliminierung ihnen überlassen.«

»Will ich nicht«, sagt Dave.

»Hab ich mir gedacht«, erwidert Miriam. »Baseyew ist keine einfache Zielperson. Er hat drei Jahre beim GRU Speznas gedient.«

Das russische Äquivalent zur Delta Force und den Seals.

»Baseyew reist mit seinen eigenen Yarmuk«, sagt Miriam, »allesamt Veteranen des Speznas. Ihn zu erwischen wird nicht leicht.«

Donovan fragt: »Wie sieht's mit den Geldgebern aus?«

»Auf Saifs Festplatte«, sagt sie, »befanden sich gleich eine ganze Reihe von E-Mails an diesen Mann.«

Ein weiteres Foto taucht auf dem Bildschirm auf. Der Mann

ist klein, braune Haut, nicht mehr ganz jung. Seine Wangen wirken dicklich, und er trägt einen kleinen schwarzen Kinnbart.

»Wir suchen Hassan Dahir schon seit Jahren«, sagt sie. »Wir wussten, dass er im Dschihad aktiv ist, aber nicht, mit wem. Anscheinend kümmert er sich um Aziz' Finanzen, wenn du so willst. Er ist Sprössling einer typischen saudischen Ölfamilie. Hat in Cambridge seinen Bachelor gemacht, anschließend seinen Master of Business Administration an der Wharton School. Über Finanzen weiß er alles, was man wissen muss.«

Dahir ist dreiundvierzig Jahre alt, erklärt Miriam weiter, verheiratet, drei Kinder – zwei Töchter und einen Sohn. Die Familie lebt in Riad, aber Dahir ist ständig unterwegs, hauptsächlich in Europa. Er wird fast immer von einer Gruppe privater Sicherheitskräfte begleitet – teilweise kommt Aziz' Netzwerk dafür auf, teilweise werden sie aus persönlichen Mitteln bezahlt. Auch mit ihm wird es extrem schwierig – erstens ihn ausfindig zu machen, zweitens ihn zu eliminieren.«

»Außerdem wissen sie jetzt, dass wir kommen«, setzt Donovan hinzu.

Sie wissen, dass jemand kommt, denkt Dave. Aber nicht, wer.

Aziz' Leute sollten sich jetzt am besten in irgendeinem Loch verkriechen und einen Deckel drüberziehen, aber bei einer solchen Organisation ist das nicht möglich. Sie ist wie ein Hai – sie muss schwimmen, immer weitermachen. Wenn jemand mitbekommt, dass die Führung nach dem Überfall auf Lamu in Bedrängnis geraten ist, wird sie von der Konkurrenz – den Haqqanis, den Hekmatyars – in die Wüste gejagt.

Dann wissen wir jetzt also, mit wem wir's zu tun haben, aber wir wissen nicht, wo sie sich aufhalten.

Wenn wir nicht zu ihnen gehen können, müssen wir dafür sorgen, dass sie zu uns kommen.

Manchmal geht man auf die Jagd, manchmal stellt man Fallen.

Für eine Falle braucht man einen Köder.

»Was wollen sie?«, fragt Dave Miriam. »Was brauchen sie?«

Ein neues Foto erscheint auf dem Bildschirm. Sieht nach einer Kleinstadt in den Alpen aus. »Zuletzt wurde Dahir in Thun, in der Schweiz gesehen. Dort hat er diesen Mann auf einer Skihütte getroffen.«

Ein Foto von einem blonden Mann, dem Augenschein nach Mitte vierzig.

»Dr. Hans Steiner ist Biochemiker im Schalker-Labor in Thun,« erklärt Miriam. »Dort wird Botox hergestellt.«

»Und Botox wird aus Botulinumtoxin gewonnen«, sagt Dave.

»Haben wir das nicht im Irak gesucht?«, fragt Donovan.

»Damals ist eine ganze Menge davon verschwunden. Das ist jetzt irgendwo da draußen«, sagt Dave.

Oh Gott. Aziz plant einen Anschlag – mit der giftigsten biochemischen Substanz überhaupt.

»Wissen wir, ob's zum Geschäftsabschluss mit Steiner kam?«

»Anscheinend hat er einen Rückzieher gemacht.«

»Wie kommen wir an sie ran?«, fragt Dave.

»Es gibt einen libanesischen Waffenhändler, mit dem ich in Verhandlungen stehe«, erwidert Miriam. »George Malouf. Der macht mit jedem Geschäfte. Während des ersten Golfkriegs hat er den Iranern Panzer vermittelt und ein Vermögen damit verdient, anschließend hat er panzerbrechende Granaten an die Irakis vertickt.«

»Würde er auch Biotoxine vermitteln?«

»George würde die Pest vermitteln, wenn sich damit genug Geld verdienen ließe«, erwidert Miriam. »Soll ich ihn ansprechen?«

✦

»Was werfen Sie mir vor?«, fragt Williams.

Wendelin sieht ihn über den Tisch hinweg an. Sie sitzen im Büro des stellvertretenden Bezirksstaatsanwalts des New Yorker Eastern District.

»Nichts«, sagt Wendelin. »Ich setze Sie nur darüber in Kenntnis, dass wir dem Bezirksstaatsanwalt dringend raten werden, gegen Ihre Firma wegen Verdachts der Geldwäsche im Dienst terroristischer Organisationen zu ermitteln.«

Williams lacht. »Dave Collins ist Terrorist?«

»Wir haben Grund zu der Annahme, dass Collins als Anführer einer militanten anti-muslimischen Gruppe agiert«, sagt Wendelin, »und möglicherweise für den Mord an zwei amerikanischen Staatsbürgern verantwortlich ist. Damit gilt er als Terrorist. Wenn Sie in seinem Auftrag Geld waschen, gilt dasselbe für Sie. Unter Umständen waren auch Sie in die Morde verwickelt. Wenn die französischen oder kenianischen Behörden Ihre Auslieferung verlangen, zeigen wir uns kooperationsbereit.«

»Dann viel Spaß beim Versuch, mir diesen Blödsinn nachzuweisen«, sagt Williams.

»Wie viele Investoren«, fragt Wendelin, »werden ihr Geld einem Mann anvertrauen, dessen Bild auf der Titelseite des *Wall Street Journal* unter der Überschrift ›Terroristen-Banker‹ erschienen ist. Kann schon sein, dass Sie freigesprochen werden, aber bis es so weit kommt, ist Ihr Ruf ruiniert, Ihre Firma pleite und dank der Anwaltskosten sind Sie auch privat völlig bankrott …«

»Verdammt noch mal, ihr seid doch *meine* Regierung.«

»… es sei denn«, sagt Wendelin, »Sie geben uns Collins' Kontodaten und treten als Zeuge auf, nicht als Angeklagter.«

»Ich habe für dieses Land gekämpft«, sagt Williams. »Genauso wie Collins.«

»Das ist mir bewusst.«

»Ich habe Familie«, sagt Williams, »schulpflichtige Kinder …«

»Auch das ist mir bewusst.«

Williams steht auf. »Dave Collins hat mir das Leben gerettet!«

»Dann können Sie sich jetzt ja vielleicht revanchieren«, sagt Wendelin. »Wenn Collins so weitermacht, geht er dabei drauf.«

»Und was ist die Alternative?«, fragt Williams. »Dass ihr ihn für den Rest seines Lebens in den Knast steckt?«

»Denken Sie über mein Angebot nach«, sagt Wendelin. »Aber lassen Sie sich nicht zu viel Zeit. Wenn ich Collins ohne Ihre Hilfe zu fassen kriege, ist der Zug abgefahren. Und Sie wollen doch nicht alleine auf dem Bahnsteig zurückbleiben, oder?«

Williams steht auf und geht.

Das Letzte, was ihm in die Augen fällt, ist die amerikanische Flagge.

✦

Sie treffen sich in einem Straßencafé in Madrid.

Georges Malouf reist nicht an kalte Orte.

Malouf gehört zu der Sorte Multimillionär, die aussieht, als könnte sie sich nicht das Schwarze unterm Fingernagel leisten. Er trägt eine ausgeleierte graue Sportjacke, die mindestens fünfzehn Jahre alt ist, dazu eine dunkelgrüne Cordhose und ausgetretene braune Schuhe. Auf dem kahlen Schädel sitzt ein verblichener grauer Fedora, und sein Gesicht ziert ein altmodischer, ebenfalls grauer, aber tabakgelb verfleckter Oberlippenbart.

Er bestellt eine Portion dünn geschnittenen Serranoschinken, Zamorano-Käse, gefüllte Oliven und dazu ein Glas Amontillado Sherry.

»Ich trinke jeden Tag einen Amontillado«, sagt er. »Gut fürs Herz.«

Er hebt sein Glas.

Dave erwidert mit seinem Brandy, Amir mit Wasser.

»Miriam sagt, Sie haben etwas Interessantes für mich«, sagt Malouf und kaut seinen Schinken.

»Vorausgesetzt, Sie interessieren sich fürs Geldverdienen«, sagt Amir.

»Wer interessiert sich nicht dafür?«, sagt Malouf. »Alle tun das. Aber vielleicht könnten Sie's etwas genauer ausführen.«

»BoNT«, sagt Dave.

Malouf nimmt einen Schluck Sherry. »Entschuldigen Sie meine Ausdrucksweise, aber das ist Bullshit. Wissen Sie, wie oft ich das schon gehört habe? War nie was dran.«

»Diesmal schon«, sagt Amir.

»Nur mal so zum Spaß«, sagt Malouf schulterzuckend. »Wie viel haben Sie?«

»Ein halbes Kilo«, sagt Dave.

»Und woher?« Malouf steckt sich eine Olive in den Mund. Er gibt sich gelassen, aber Dave sieht die Anspannung in seinem Blick.

»Geht Sie nichts an«, erwidert Amir.

»Wenn ich nicht weiß, woher das Produkt kommt«, sagt Malouf, »nehme ich es nicht ins Sortiment. Nur so wird man in meiner Branche über siebzig Jahre alt.«

»Ich war im Irak«, sagt Dave. »Special Forces. Wir haben Saddams Labore geräumt. Ich hab die Gelegenheit beim Schopf gepackt.«

»Im Irak? Das ist Jahre her«, sagt Malouf. »Warum kommen Sie erst jetzt?«

»Jetzt bin ich nicht mehr im aktiven Dienst«, sagt Dave.

Malouf nimmt einen Bissen Käse und schiebt sein Kinn Richtung Amir. »Und wer ist der junge Mann?«

»Wir haben uns in Bagdad kennengelernt«, sagt Dave. »Für Geschäfte in Nahost braucht man einen Araber.«

»Oder einen Libanesen«, sagt Malouf. »Ich müsste die Ware natürlich erst mal sehen.«

»Nein«, sagt Dave.

»Nein?«

»Der Käufer sieht die Ware, wenn er das Geld mitbringt«, sagt Dave.

»Sie vertrauen mir nicht«, sagt Malouf traurig.

»Nur so wird man in meiner Branche über vierzig«, erwidert Dave.

»Dann kommen wir nicht ins Geschäft«, sagt Malouf.

»Dann eben nicht«, sagt Dave. Er steht auf und gibt dem Kellner ein Zeichen, dass er bezahlen möchte.

»Setzen Sie sich«, sagt Malouf. »Hat Ihr Araber Ihnen nicht beigebracht, dass man im Nahen Osten handelt? Aus

›nein‹ wird ›vielleicht‹, aus ›vielleicht‹ wird ›ja‹. Deshalb steckt ihr Amerikaner ständig in Schwierigkeiten. Ihr seht immer alles nur schwarz-weiß.«

Dave setzt sich wieder.

»Wenn ich eine Ware vertreiben soll, ohne sie gesehen zu haben«, sagt Malouf, »muss ich eine höhere Provision verlangen.«

»Die können Sie dem Käufer berechnen«, sagt Dave.

»Mein lieber Junge«, sagt Malouf. »Ich berechne sie dem Käufer und dem Verkäufer.«

»Wieviel?«

»Zwölf Prozent.«

»Anscheinend verwechseln Sie mich mit Ihrem schwachsinnigen Vetter«, sagt Dave. »Mit dem Idioten, der bei Familienfesten immer in der Ecke sitzt und die Katze streichelt.«

»Allmählich laufen Sie warm«, sagt Malouf. »Na schön, zehneinhalb.«

»Fünf.«

»Für fünf können Sie's auf dem Suk verscherbeln, an einem Stand mit Raubpressungen und gefälschten Nikes«, sagt Malouf. »So kommt man nicht zu George Malouf. Gehen Sie – wenn Sie so knapp bei Kasse sind, lade ich Sie zum Essen ein. Ich wünschte nur, Miriam hätte mir gleich gesagt, dass Sie's nicht ernst meinen.«

»Einen schönen Tag noch, Mr Malouf.«

»Neun.«

»Acht.«

»Sagen wir achteinhalb«, sagt Malouf, »und bleiben noch ein bisschen hier sitzen und schauen uns die Ärsche der Frauen an. Was einem alten Mann so Spaß macht.«

»Einverstanden.«

»Einer der Gründe, weshalb mir Spanien gut gefällt: Die

Frauen tragen hier immer noch Kleider«, sagt Malouf. »Sind Sie wählerisch, was den Käufer betrifft?«

»Nein«, sagt Dave.

Malouf sieht Amir an.

»Keine Juden«, sagt Amir.

»Mein lieber Junge«, erwidert Malouf. »Wenn Sie glauben, dass Saddams Vermächtnis nicht zumindest teilweise auch in Tel Aviv gelandet ist, dann kennen Sie den Schin Bet aber schlecht. Also schön, wie kontaktiere ich Sie?«

»Über Miriam.«

»Über Miriam«, wiederholt Malouf. Er nimmt sich einen Augenblick Zeit, um eine schwarzhaarige Frau zu bewundern, die an seinem Tisch vorbeigeht, dann seufzt er. »Gehen Sie nur. Lassen Sie einen alten Mann in Ruhe die Sonne genießen und in Erinnerungen schwelgen!«

Dave und Amir stehen auf.

Von der anderen Straßenseite aus sieht Dave ihn dort sitzen, das Gesicht der Sonne zugeneigt, als hätte er nicht gerade einen Deal abgeschlossen, der tausende von Menschen das Leben kosten könnte.

✦

Aziz beobachtet die Jungen im Jardin du Luxembourg, die ihre Spielzeugboote über den großen Teich vor dem Schloss schicken.

Eine leichte Brise schiebt sie übers Wasser, die bunten Segel erinnern an die Wimpel angreifender Kavallerie. Andere – mit hochkonzentrierten Gesichtern, wie nur spielende Kinder sie haben – navigieren ihre Boote mit Stöcken.

Ein Boot stößt an den Brunnenrand, bleibt in der künstlichen Strömung hängen, bis es vom spritzenden Wasser befreit wird.

Wenn Aziz in Paris ist, kommt er immer hierher.

Er sieht den Jungen gerne beim Spielen zu, ihre Aufmerksamkeit gilt ihren Booten, den imaginären Seereisen und der Angst, dass ihre Mutter, der Großvater oder die Kinderfrau rufen, bevor alle Abenteuer bestanden sind.

Heute aber fühlt er sich auf dem großen offenen Platz schutzlos ausgeliefert. Als würde er beobachtet, als könnte jeder Passant zum Attentäter gegen ihn werden. Er stellt sich vor, wie die Kugel ihn ins Rückgrat, den Magen oder das Gesicht trifft.

Es macht ihn wütend.

Er reißt sich vom Teich los und widmet sich wieder seinen Geschäften. Er geht über den Kiesweg durch den Apfelgarten und denkt an Baseyews letzte Nachricht.

Malouf ist ein Schwein, denkt Aziz, aber ein nützliches Schwein.

Ein alter Lustgreis, der ständig Possen reißt, aber keinesfalls ein Idiot.

»Können wir das Risiko eingehen?«, hatte Baseyew gefragt.

Können wir das Risiko *nicht* eingehen?, fragt sich Aziz jetzt. Wenn wir nach Lamu nicht zurückschlagen, und zwar bald, wird man uns das als Schwäche auslegen. Die Schutzgeldzahlungen werden zurückgehalten, Sponsoren lassen sich am Telefon verleugnen, und die Drogenhändler werden sich bei der Konkurrenz umsehen.

Trotzdem möglich, dass wir den Hals in die Schlinge stecken.

Saif war ein herber Verlust, aber ein verkraftbarer. Der junge Amerikaner war unwichtig. Aber Dahir und Baseyew – sie sind viel zu wichtig, als dass er sich leisten könnte, sie zu verlieren. Entscheidende Rädchen in der Maschine. Nein, er wird sie anweisen, Maloufs Einladung abzulehnen und sich anderswo nach dem BoNT umsehen. Er hat sich entschieden, er geht am Marionettentheater vorbei. So gerne er stehenbleiben würde, er hat keine Zeit.

Er verlässt den Park und betritt die Rue d'Assas.

Die weiße Limousine hat getönte Scheiben. Sie hält an der Ecke, die hintere Tür geht auf, und Aziz steigt ein.

Yusufs Leibwächter durchsuchen ihn auf Waffen und Verkabelung und finden weder das eine noch das andere.

»Ich habe Schlechtes gehört«, sagt Yusuf ohne weitere Einleitung.

Zweifellos wurde ihm von den Haqqanis und Hekmatyars schadenfroh und mit Krokodilstränen in den Augen zugeflüstert, was sich auf Lamu ereignet hat, denkt Aziz. Seine Rivalen würden nichts lieber tun, als ihn aus Yusufs Gunst zu vertreiben. Weil sie selbst auf sein Geld scharf sind.

»Wir haben einen kleinen Rückschlag erlitten«, sagt Aziz.

»Ich habe gehört, du bist jetzt auf der Flucht«, sagt Yusuf. »Du läufst vor den Amerikanern davon. Versteckst dich.«

In seiner Stimme liegt Abscheu.

»Aber ich bin doch hier, Scheich Yusuf.« Aziz weiß, dass er die Schlacht mit Abwehr allein nicht gewinnen wird, also geht er in die Offensive. »Meine Leute haben mit einer Überweisung gerechnet, aber sie kam nicht.«

»Ich habe sie nicht abgeschickt.«

»Darf ich fragen, warum?«

»Nur ein Idiot wirft gutes Geld schlechtem hinterher«, erwidert Yusuf.

»Das ist schade«, sagt Aziz. »Wir hatten einiges vor mit dem Geld.«

»Was zum Beispiel?«

»Das spielt jetzt keine Rolle.«

»Ich will es wissen.«

»Die Amerikaner haben nach dem Anschlag auf Flug 211 laut geheult«, sagt Aziz. »Aber das nächste Attentat wird ein Wirbelwind im Vergleich zu dem zarten Lüftchen des letzten. Wir lassen Trauer in jedes Haus einziehen. Wir bringen ihnen unermessliche Schmach.«

»Wie?«

Aziz erzählt von dem BoNT. Er hört Yusuf flacher atmen, spürt die Erregung des alten Mannes, seine Blutgier. Also schließt er: »Du hast die Bankverbindung. Wenn du überweist, sehr schön. Wenn nicht, dann *al salam alykoum*, es war mir eine Ehre. Lass mich hier bitte raus.«

Der Wagen hält.

Yusuf legt seine Hand auf die von Aziz. »Ich bin ein blinder alter Mann.«

»›Nicht die Augen erblinden‹«, zitiert Aziz den Koran, »›sondern das Herz.‹«

Er steigt aus dem Wagen.

Von einem in einem Kellerlokal versteckten Telefon aus schickt Aziz Baseyew die Nachricht.

Mach ein Treffen aus.

✦

Dana Wendelin fährt durch das Ghetto von Anacostia im Südosten von Washington DC und hält vor JBAB – Joint Base Anacostia-Bolling. Der frühere Air-Force Stützpunkt ist heute außerdem Sitz des DIAC – Defense Intelligence Analysis Center.

Er weist sich gegenüber dem Air-Force-Sicherheitsbeamten am Tor aus und rollt auf den ihm zugewiesenen Parkplatz. In der Lobby des DIAC hält er einen Augenblick vor der Tafel zum Gedenken an die einundzwanzig in Ausübung ihrer Dienstpflicht getöteten DIA-Mitarbeiter. In jüngerer Vergangenheit sind die sieben Namen der am 11. September im Pentagon gestorbenen dazugekommen.

Major Robert Perry wurde in einem jordanischen Flüchtlingslager von einem palästinensischen Schützen erschossen.

Judith Goldenberg in einem Kairoer Hotel erstochen.

Celeste Brown, Vivian Clark, Dorothy Curtiss, Joan Pray, Doris Watkins kamen 1975 bei einem Flugzeugabsturz ums Leben, als sie Waisenkinder aus Saigon herausholen wollten.

Wendelin geht in sein Büro in den fünften Stock, vorbei an den Kabinen der Analysten und Sekretärinnen. Dank des Panoramafensters hat er einen ausgezeichneten Blick sowohl auf das Potomac Airfield wie auf den Anacostia River. Er liest seine Mitteilungen, schreibt ein paar E-Mails, telefoniert, verlässt die DIAC-Büros und geht zu einem unscheinbaren Gebäude dahinter – einem ehemaligen Lagerschuppen – auf der Airbase.

Auf einem Schild an der Wand neben der Tür steht: »Documentation Coordination and Disposal« – eine Bezeichnung, die keinerlei Neugier aufkommen lässt. Vordergründig haben die Mitarbeiter des DCD die Aufgabe, hunderttausende von digitalisierten Dokumenten zu sortieren und in Akten einzuordnen, die entweder aufbewahrt oder vernichtet werden.

Wendelin zieht seinen Ausweis über den Sensor, und die Tür öffnet sich.

Im Inneren stehen einige schlichte Schreibtische, ein paar Stühle, eine Kaffeemaschine und eine Reihe von Computern. Die Stühle sind von vier zivilen Mitarbeitern der DIA besetzt –

zwei Veteranen, ein junger Mann, offensichtlich ein ausgewiesener Computerfreak, und eine junge Frau, die Wendelin nur als »Cheryl« kennt.

Dies ist die inoffizielle, praktisch gar nicht existente Einheit, die intern als AWG bezeichnet wird – *Aziz Working Group*. Außerhalb dieses Raums weiß niemand, dass es sie gibt – weder Wendelins Chef bei der DIA noch der Vizepräsident, noch die CIA.

Wendelin schenkt sich einen Kaffee ein – er schmeckt scheußlich – und zieht sich einen Stuhl heran.

»Habt ihr was für mich?«

Cheryl hat krauses rotes Haar und ist angezogen wie eine Doktorandin im Fachbereich Geschichte an irgendeiner Durchschnittsuniversität – weiter Pulli und Jeans. Wendelin hat sie von der University of Northern Illinois geholt, nachdem er ihre Dissertation über »Marineaufklärung im Krieg von 1812« gelesen hatte. Die eigentlichen Forschungsergebnisse waren wertlos, aber die wissenschaftliche Methode war genial.

»Tatsächlich«, sagt Cheryl und schiebt sich die Brille höher auf die Nase, »haben wir sogar was. Sehen Sie sich das an. Danny?«

Danny, der Freak, zieht einen Videoclip auf den Bildschirm.

»Wir haben uns gedacht, dass Aziz' Leute wahrscheinlich in Europa geblieben sind, weil sie an den Grenzen dort keine Pässe vorweisen müssen«, sagt Cheryl. »Wir wissen, dass sie nicht fliegen, das bedeutet, sie benutzen Autos oder Züge. Bei der Suche nach Autos kam nichts Verwertbares heraus, also haben wir uns von allen europäischen Bahnhöfen, sofern vorhanden, das Material aus den Überwachungskameras schicken lassen. Tausende von Stunden, dann endlich haben wir das hier gefunden.«

»Was sehe ich da?«, fragt Wendelin.

»Die Aufzeichnungen der Überwachungskameras aus Barcelona-França«, erwidert Cheryl. »Halt mal an, bitte. Sehen Sie den Mann da, der aus der Tür kommt?«

Wendelin setzt seine Lesebrille auf und betrachtet das körnige Bild eines Mannes im Nadelstreifenanzug mit Aktentasche.

»Verdammt, ist das Dahir?«

»Kannst du's einblenden, bitte.«

Ein altes Foto von Dahir, aufgenommen vom Muchabarat, taucht transparent über dem Bahnhofsbild auf. Der Mann ist gealtert, aber die Gesichtszüge sind identisch.

»Das nächste bitte, Danny.«

Ein weiteres Standbild vom Bahnhof. Eine Gruppe von drei Männern, eindeutig orientalischer Herkunft, folgen Dahir.

»Das sind Leibwächter«, sagt Wendelin.

»Auch das spricht für Züge«, sagt Cheryl. »Man kann Waffen mitnehmen.«

Verständlich, denkt Wendelin.

Aber was will Aziz' Finanzchef in Barcelona?

✦

Dave und Amir sitzen an der Bar des Gran Hotel La Florida.

Gestern hatte Georges Malouf Dave in einem Hotelzimmer in Madrid angerufen. »Barcelona. Hotel La Florida. Kennen Sie das?«

»Nein.«

»Morgen. Fünfzehn Uhr. An der Bar. Die potentiellen Käufer werden Sie dort ansprechen.«

Überall schwarze Polstermöbel. Milchglas hinter den Flaschen. Ein kreisrundes Gemälde von einem alten Saxofon. Ein Bild von Elvis, vor der Zeit in Las Vegas.

Dave trinkt ein spanisches Bier, ein Mahou.

Es schlägt drei Uhr.

Dann halb vier.

Dann vier.

»Die kommen nicht«, sagt Amir.

Dave denkt, dass er recht hat, aber er fragt sich, warum. Ist das ein Test? Oder haben sie Schiss bekommen?

Halb fünf.

Der Kellner kommt und reicht Dave einen Zettel.

»Sie werden gebeten, unter dieser Nummer anzurufen.«

Dave geht nach draußen und nimmt das Handy, das sie am Mittag gekauft haben.

An der Ecke sieht er Lev, Ulrich in einem Café gegenüber. Dave wählt die Nummer und hört: »Hallo.«

»Wollen wir Geschäfte machen oder Spielchen spielen?«, blafft Dave.

»Wie meinen Sie das?« Die Stimme klingt osteuropäisch, möglicherweise russisch.

»Sie haben uns jetzt lange genug beobachtet«, sagt Dave. »Sie wissen, dass wir nicht verfolgt wurden, Sie wissen, dass wir alleine sind. Also kommen wir jetzt zum Geschäft, oder soll ich mir einen anderen Käufer suchen? So schwierig wird das nicht sein, oder?«

»Immer langsam.«

»Mir reicht's«, sagt Dave. »Auf Wiederhören.«

Er legt auf.

Gewagt, denkt er.

Wenn sie endgültig verschwinden? Dann findest du sie nie wieder.

Zehn Sekunden vergehen, dann klingelt sein Handy.

»Wir setzen uns zusammen«, sagt die Stimme. »Gehen Sie …«

»Nein«, sagt Dave. »Ich rufe *Sie* an. Und ich möchte mit jemandem sprechen, der entscheidungsbefugt ist, nicht mit Handlangern. Dreißig Minuten vorher gebe ich einen Ort und eine Zeit durch. Wenn Sie da sind, können wir uns unterhalten. Wenn nicht, dann *do swidanja.*«

Er legt wieder auf.

Baseyew hört die Stille und legt ebenfalls auf. Dann betrachtet er die Fotos, die sie von dem Amerikaner und seinem arabischen Kollegen an der Bar gemacht haben. »Der Wichser traut sich was, das muss ich ihm lassen«, sagt er zu Dahir.

»Aber ist es dieser Collins?«, fragt Dahir.

»Das haben uns unsere Quellen versichert.«

Er hat sie gefunden, das ist das Beeindruckende daran. Er muss sie beobachtet und gewusst haben, dass sie die Bar ihrerseits überwachen lassen. Dann hat er sie zurückverfolgt und sein Angebot gemacht.

»Aber können wir ihm glauben?«, fragt Dahir.

Die Geschichte wirkt auf den ersten Blick völlig abgefahren. Ein Mann lässt sich von trauernden Angehörigen Millionen von Dollar überweisen, um seine Vergeltungsmission zu finanzieren. Kaum zu glauben. Aber die Quelle ist zuverlässig.

»Kann sich auch um eine Fehlinformation handeln«, sagt Dahir, »um uns von dem BoNT fernzuhalten.«

»Kann auch eine Falle sein«, sagt Baseyew.

»Willst *du* Aziz erklären, dass wir kein BoNT bekommen haben?«, fragt Dahir. »Weil wir zu viel Schiss hatten?«

»Wir können die Geschichte prüfen«, sagt Baseyew.

Dahir nickt.

Mach das.

Sofort.

Kirk Williams geht runter zum East River.

Er greift in seine Jackentasche, nimmt sein *Purple Heart* und sein Verdienstkreuz für herausragende Leistungen und wirft beides ins Wasser.

Dann telefoniert er.

Nachdem er aufgelegt hat, blickt er auf den Fluss und weint.

✦

Miriam trinkt Tee in einem Straßencafé in der Columbus Avenue.

Vor wenigen Jahren gab es in New York nur sehr wenige solcher Lokale, jetzt sieht es hier aus wie auf dem Boulevard Montparnasse.

Künftige Klienten trifft sie grundsätzlich in der Öffentlichkeit, niemals zu Hause. Nichts spricht dafür, dass diese erfahren müssten, wo sie wohnt, und sehr viel spricht dagegen. Ihre Wohnung ist ihr Zufluchtsort, Hort empfindlicher Informationen, und sie möchte weder das eine noch das andere gefährden.

Die Haare hat sie zu einem altmodischen Knoten hochgesteckt, der an den meisten Frauen exzentrisch wirken würde, bei ihr aber umwerfend aussieht. Ihre schwarze Seidenbluse passt perfekt zur grauen Hose. Außerdem trägt sie die Accessoires einer Frau in Manhattan, die etwas auf sich hält – eine Perlenkette und eine kleine Handtasche mit Lippenstift, Maskara und eine Kaliber-380-Ruger LCP mit Lasersyte Side Mount.

Der künftige Klient ist Funktionär einer amerikanischen Ölfirma, die Informationen über die Boko-Haram-Terroristen in Nigeria benötigt. Miriam gibt ihm die Eckdaten, dann fragt sie: »Wer sind Sie wirklich?«

Palmer zuckt kurz zusammen.

»Das habe ich Ihnen gesagt.«

»Sie haben mir Blödsinn erzählt«, sagt Miriam ruhig. »Sie wissen, dass ich mit Informationen handele. Eigentlich müsste Ihnen klar sein, dass ich einen Agenten auf tausend Meter Entfernung erkenne. Aber wenn Sie wollen, können wir das Spiel spielen. CIA, DIA, NSA … Homeland Security. Ich tippe auf DIA. Wie bin ich da wohl drauf gekommen?«

Palmer antwortet nicht.

»Was will Dana?«, fragt Miriam. »Und warum kommt er nicht selbst? Sagen Sie ihm ruhig, dass ich ein kleines bisschen beleidigt bin.«

»Dave Collins«, sagt Palmer.

Wendelin hatte so eine Ahnung. Von irgendwoher musste Collins seine Informationen schließlich beziehen, und Miriam kennt er noch aus seiner Zeit bei der Delta Force im Irak.

»Über meine Klienten spreche ich nicht«, sagt Miriam.

»Dann stehen Sie also in Kontakt mit Collins.«

»Das hab ich nicht gesagt«, erwidert Miriam. »Ich habe gesagt, dass ich Ihnen nicht verraten werde, ob es so ist oder nicht.«

»Collins ist zu weit gegangen. Er hat die Grenze überschritten.«

»Haben wir jetzt schon ›Grenzen‹?«, schmunzelt Miriam.

»Seit wann das? Hat Dana Ihnen aufgetragen, sich so auszudrücken? Und war er wenigstens anständig genug, dabei rot zu werden?«

»Collins macht sich strafbar«, erwidert Palmer. »Ebenso wie jeder, der ihm hilft.«

»Und jetzt kommt die Drohung«, sagt Miriam. »Also ehrlich, glauben Sie, Sie haben es mit Kindern zu tun? Womit droht mir Dana? Gerichtsverfahren? Will er mich auf eine geheime Insel verschleppen?«

»So was in der Art.«

»Hören Sie, wer auch immer Sie sind«, sagt Miriam. »Ich weiß, wo sich diese geheime Insel befindet. Ich habe Fotos, Zeugen. Wenn ich ›verschwinde‹, kann Dana auf den Titelseiten der *New York Times*, der *Washington Post* und des *Guardian* nachlesen, welche Grenzen *er* überschritten hat.«

Dazu fällt Palmer nichts ein.

»Sie dürfen die Rechnung übernehmen«, sagt Miriam und steht auf. »Außerdem dürfen Sie Dana sagen, dass er den falschen Mann jagt. Sagen Sie ihm, dass der Dana Wendelin, den ich gekannt habe, Abdullah Aziz auf den Fersen wäre.«

Sie geht.

Miriam ist viel zu erfahren, um nach einem Treffen direkt nach Hause zu gehen, besonders nach einem so unerfreulichen. Sie macht in einem Buchladen Station, dann in einer Boutique, und anschließend kauft sie noch ein paar Lebensmittel ein.

Aber sie ist aufgewühlt genug, um einen Fehler zu machen.

Sie übersieht den Verfolger, der sich ihr vor dem Café an die Fersen heftet und ihr auf ihrem äußerst umständlichen Weg bis nach Hause folgt.

✦

»Das Problem ist größer«, sagt Ulrich. »Können wir sie wirklich in Spanien ausschalten? Und kommen wir danach selbst raus?«

Das Team hat sich in einem Hotelzimmer abseits der Ramblas zusammengefunden.

»Triff dich mit ihnen«, sagt Lev. »Mach einen Deal aus, verabrede die Übergabe des Gifts. Wenn sie damit verschwinden wollen, fahren wir mit einem Motorrad an ihr Fahrzeug ran und befestigen eine Magnetbombe. Hat im Iran auch funktioniert.«

»Nein«, sagt Dave.

»Wegen der Passanten?«, fragt Lev.

»Es gibt andere Möglichkeiten«, sagt Dave.

»Welche zum Beispiel?«, fragt Donovan.

»Wir schlagen gleich im Zimmer zu«, erwidert Dave. »Sie kommen rein, setzen sich, ich erschieße sie und verschwinde.«

»Hältst du dich jetzt für Al Pacino, oder was?«, fragt Donovan. »Wollen wir hier *Der Pate* drehen? Als Erstes werden sie dich auf Waffen filzen, dann das Zimmer.«

»Dann eben mit bloßen Händen«, schlägt Dave vor.

»Dahir vielleicht«, sagt Ulrich. »Aber Baseyew war beim Speznas. Ich will dir nicht zu nahe treten, aber dafür bist du nicht gut genug. Nein, wir versuchen es mit Scharfschützen.«

Sie brauchen einen Treffpunkt, in dessen Nähe die beiden Scharfschützen – Willem und Alessandro – verdeckt Stellung beziehen und die beiden Zielpersonen ins Visier nehmen können. Dann müssen sie über Infiltration und Exfiltration nachdenken – einen schnellen Fluchtweg finden –, außerdem die Straße sichern, um ein mögliches Eingreifen von Dahirs oder Baseyews Leuten auszuschließen.

Die Anforderungen schränken das Spektrum an Möglichkeiten ein.

Endlich finden sie was – das Hotel Majestic auf dem Passeig de Gràcia, einer Boulevardstraße mit teuren Geschäften, Galerien und Restaurants. Das Hotel hat Suiten mit Terrassen zur Straße hin. Auf dem Passeig de Gràcia fließt der Verkehr in zwei Richtungen, ein Grünstreifen mit Bäumen und kleinen Cafés trennt beide voneinander. Außerdem gibt es eine Metrostation in unmittelbarer Nähe des Hotels mit Anschluss an die Linea tres.

»Ich hab da schon mal übernachtet«, sagt Alessandro. »Ist ein gutes Hotel. Zimmerservice rund um die Uhr.«

Willem hält das Foto mit dem Zeigefinger fest und zeichnet ein Dreieck mit Fadenkreuz auf eines der Dächer gegenüber.

Das Versteck.

»Wenn du eine Suite auf dieser Seite des Hotels bekommst«, sagt Willem. »Kann ich von hier aus schießen.«

»Und der Zugang zum Dach?«, fragt Donovan.

Ein schneller Blick auf den Computer verrät, dass sich das anvisierte Versteck in einem Apartmenthaus befindet.

»Dürfte kein Problem sein«, sagt Alessandro.

»Und wenn ich sie nicht auf die Terasse rausbekomme?«, fragt Dave. »Kannst du in den Raum schießen.«

»Aus diesem Winkel?«, fragt Willem. »Ich kann's nicht garantieren.«

»Dann werde ich sie auf die Terasse bringen«, sagt Dave.

Willem und Alessandro sind die Scharfschützen, Dave und Amir setzen sich mit den Zielpersonen in das Hotelzimmer. Michel wartet in der Hotellobby, Lev und Ulrich sichern die Straße.

Sobald die Zielpersonen ausgeschaltet sind, verlassen Dave und Amir das Hotel und steigen zu Simon in den Wagen. Willem und Alessandro werden von Cody unten vor dem Haus abgeholt.

Ulrich und Lev verschwinden in die Metro.

Donovan, der den Einsatz aus einem dritten Wagen heraus leitet, wird Michel zwei Straßenecken weiter abholen.

Kaum steht der Plan, beginnen sie mit den Vorübungen, gehen den Ablauf ein Dutzend Mal durch. Es ist nicht die Art von Vorbereitung, die sie gewohnt sind – keine Attrappen, keine Simulation, kein Ausdauertraining – aber es ist das Beste, was sie unter den gegebenen Umständen tun können.

Sie gehen die Eventualitäten durch – stellen »Was wäre wenn«-Fragen. Was wäre, wenn es Collins nicht gelingt, die Zielpersonen auf die Terasse zu führen? Was wäre, wenn die Zielpersonen mit eigenen Scharfschützen anrücken? Was wäre, wenn die spanische Polizei eingreift? Was wäre, wenn ... Sie alle wissen, dass sie unmöglich jede einzelne Möglichkeit vorhersehen können, aber es ist trotzdem gut, möglichst viele Szenarien durchzugehen.

Die Besprechung wird unterbrochen, damit jeder sein Equipment vorbereiten und sich ausruhen kann. Müde Männer treffen schlechte Entscheidungen.

Dave kann nicht schlafen.

Morgen wird er zwei Männern begegnen, die den Mord an seiner Familie organisiert und finanziert haben. Er wird mit ihnen im selben Zimmer sitzen, mit ihnen sprechen, mit ihnen verhandeln, sie in die Falle locken und warten, bis ein anderer abdrückt.

Es ist die richtige Entscheidung – Willem ist ihm als Schütze weit überlegen.

Dahir und Baseyew werden sterben.

Nicht direkt durch dich, sagt sich Dave, aber du darfst dabei immerhin eine Rolle spielen.

Im wahrsten Sinne des Wortes.

Kann ich diese Rolle spielen, fragt er sich? Kann ich die Nummer durchziehen? Oder wird etwas an meinem Blick, meiner Stimme meine Wut, meinen Zorn und mein brennendes Bedürfnis nach Vergeltung verraten?

Er denkt an Diana.

Was würde sie von all dem halten? Würde sie wollen, dass ich weitermache, oder würde sie mich bitten, loszulassen, mein Leben zu leben?

Ein Leben ohne dich gibt es nicht, denkt er.

Und was würdest du Jake sagen, wenn er dich fragen würde, was du hier machst? Würdest du ihm erklären, dass es um Gerechtigkeit geht? Oder um Rache? Und wie würdest du den Unterschied erklären, wenn es überhaupt einen gibt?

Er kennt die Antworten nicht.

Er weiß nur, dass er sie vermisst, dass der Schmerz in seinem Herzen noch kein bisschen nachgelassen hat, auch nicht seit dem Mord an den Todesschützen. Die Wahrheit ist: Er fühlt immer weniger.

Früher warst du ein Killer, denkt er jetzt.

Dann hast du das alles hinter dir gelassen, oder zumindest hast du das geglaubt.

Jetzt bist du wieder ein Killer.

Ein Leben, das dir vertraut ist.

Nicht das Leben, das du dir gewünscht hast, aber jetzt ist es dein Leben.

Als die Sonne aufgeht, liegt er immer noch wach.

Auch Abdullah Aziz liegt wach.

In Paris kommt mit dem Morgengrauen auch der Lärm der Müllllaster und Straßenfeger, und Aziz liegt auf dem Bett und lauscht, während er die Fotos des Amerikaners aus der Bar betrachtet.

Der enttäuschte ehemalige Special-Op, der bereit ist, Gift zu verkaufen und sein eigenes Volk zu gefährden.

Ist er das wirklich?

Oder handelt es sich um eine Falle? Egal, das Risiko ist es wert. Der Kauf des BoNT wird Scheich Yusuf zufriedenstellen und auf Kurs halten. Und sie haben getan, was sie tun konnten. Bald wissen sie mehr, denkt er.

Die Konten sind gesperrt.

Alle Nummernkonten, die Williams für Dave eingerichtet hat, sind gesperrt, und er kommt nicht dran.

Und Williams reagiert nicht auf seine Anrufe.

Sie haben ihn, denkt Dave.

Wendelin hat ihn.

Und jetzt ist für den nächsten Einsatz kein Geld mehr da. Dave kann seine Leute nicht bezahlen.

Wendelin ist müde.

Das ist nichts Neues, er arbeitet immer bis spät in die Nacht, und auch heute wird's wieder eine Sechsunddreißig-Stunden-Schicht werden. Eine lange Nacht, in der er darauf wartet, dass das Telefon klingelt, eine Nachricht auf dem Computer erscheint.

Aber das ist er gewohnt, er ist es gewohnt zu warten.

Er trinkt kalten Kaffee, kaut Säureblocker für den Magen … Das bringt der Job nun mal mit sich.

Er kommt Collins immer näher. Wobei ihn der Anruf von Williams, um ehrlich zu sein, ein bisschen traurig gemacht hat. Williams ist ein guter Mann, denkt Wendelin, und Collins auch. Und jetzt hast du's so weit gebracht, dass ein guter Mann den anderen verrät.

Aber Collins hat jetzt keine finanziellen Mittel mehr, und Geld ist das A und O der Kriegführung. Wenn Palmer Miriam Birnam in die Zange nimmt, fehlen Collins auch die notwendigen geheimdienstlichen Informationen. Ohne Mittel, ohne Informationen, geht seine kleine Armee zugrunde.

Aber noch ist Collins nicht wieder auf dem Radar aufgetaucht.

Und immer noch gefährlich.

In der Zwischenzeit hat die AWG Dahirs Spur verloren. Vielleicht ist er in Barcelona, vielleicht aber auch schon weitergefahren. Die junge Frau – wie heißt sie noch … Cheryl – hat herausgefunden, dass Dahir Diabetiker ist. Sie hat eine Liste aller Apotheken erstellt, die sich im Umkreis größerer Hotels befinden. Dann hat Wendelin eine Kontaktperson beim Centro Nacional de Inteligencia angerufen und das alte Agentenspiel gespielt, von wegen »gibst du mir, geb ich dir«, hat darum gebeten, die Aufzeichnungen der vergangenen beiden Tage einsehen zu dürfen, um zu prüfen, ob einem Hotelgast ein Insulin-Rezept ausgestellt wurde. Im Gegenzug gab er einen Hinweis auf den Aufenthaltsort eines lange gesuchten baskischen Separatisten und ETA-Aktivisten.

Ist nur eine Vermutung, aber die einzige, die sie haben, und jetzt wartet er auf das Ergebnis.

Das Telefon klingelt.

Cheryl.

»In einer Apotheke zwei Straßenecken vom Hotel Claris entfernt, wurde gerade ein Insulin-Rezept eingelöst«, sagt sie mit müder aber aufgeregter Stimme. »Kommt aber noch besser – es wurde darum gebeten, das Insulin aufs Zimmer zu liefern.«

»Na schön«, sagt Wendelin, »dann liefern wir.«

Wer den Hund nicht findet, denkt er, muss dem Knochen folgen.

Dahir steht auf Collins' Liste der Zielpersonen, er muss drauf stehen.

Und vielleicht führt sie der Knochen ja zu Collins.

»Man nennt uns nicht umsonst Söldner«, erklärt Simon, »wir bieten unsere Dienste gegen Bezahlung an, gegen einen Sold, wir wollen Geld verdienen.«

Das Team hat sich in Donovans Zimmer versammelt. Er hat ihnen gerade von den gesperrten Konten erzählt und erklärt: »Die künftige ehemalige Mrs Donovan wird ziemlich gereizt reagieren, aber ich bin bereit, den nächsten Einsatz zu finanzieren und auf mein Geld zu verzichten.«

»Ich hab Familie«, sagt Willem jetzt. »Ich kann's nicht riskieren, dass mir was passiert und sie vielleicht nicht versorgt sind.«

»Ich kämpfe für Geld«, sagt Alessandro.

Dave hat's kapiert.

Sie sind einen Deal eingegangen, und jetzt kann er seinen Teil nicht beisteuern.

»Nichts für ungut«, sagt er.

»Was wirst du machen?«, fragt ihn Michel.

»Ich mache weiter.«

»Wie?«

»Keine Ahnung«, sagt Dave. »Ich weiß nur, dass ich weitermache.«

Ich treffe mich mit ihnen in einem Raum, töte sie mit einer Pistole, einem Messer, mit bloßen Händen, wenn es sein muss. Anschließend suche ich Aziz.

»Mir fällt dazu nur eins ein«, sagt Ulrich.

Er hält kurz inne, bis er sicher ist, dass ihm alle zuhören.

»Rolf.«

Im Raum wird es still.

»Die haben einen von uns umgebracht«, fährt Ulrich fort, »ich nehme so was sehr persönlich. Ich weiß nicht, wie's euch geht, aber ich will nicht, dass die ungeschoren davonkommen.«

»Du konntest Rolf nicht mal leiden«, sagt Simon.

»Das ist richtig, aber irrelevant«, sagt Ulrich. »Er war einer von uns. Ein Bruder. Wenn Donovan den Einsatz finanziert, bin ich dabei, mit oder ohne Bezahlung.«

»Dito«, sagt Cody.

»Ich auch«, sagt Michel.

»Und ich«, sagt Lev.

Amir nickt.

Alessandro sagt: »Wie viele Autos kann man schon fahren?«

»Also dann, für Rolf«, sagt Willem.

Simon zuckt mit den Schultern. »Was soll's?«

Es ist beschlossen.

Der Einsatz läuft.

✦

Miriam löst den Haarknoten unter der dampfend heißen Dusche.

Das Wasser fühlt sich auf ihrem Nacken wunderbar an, es prasselt auf sie herunter und nimmt etwas von der Anspannung. Jetzt fällt es ihr leichter, sich zu entscheiden – am nächsten Morgen wird sie früh mit dem Zug nach Connecticut fahren. Da gibt es eine kleine Frühstückspension in Fußnähe zum Wasser. Ein paar Spaziergänge am Strand werden ihr gut tun, mal einen Tag oder so abschalten, die Füße hochlegen und einen albernen Krimi lesen.

Die Badezimmertür geht auf, sie spürt es mehr, als dass sie es hört. Miriam greift durch den Duschvorhang nach der Ruger, aber der Mann hat bereits eine Pistole auf sie gerichtet.

»Nein, nein, nein«, sagt er.

Dave schüttelt den Kopf, womit er sagen will, dass er sonst nichts braucht.

»Na schön«, erwidert der Mann am Empfang und überreicht ihm den Umschlag mit der Schlüsselkarte zum Penthouse *Passeig de Gràcia*.

Dave und Amir fahren mit dem Fahrstuhl in den fünften Stock und folgen dem langen Gang zur Suite. Wie es sich für die Preislage gehört, ist sie riesengroß, ausgestattet mit edler Vliestapete, sperrigen Polstermöbeln, einem Sofa und allen möglichen anderen Annehmlichkeiten. Eine Schiebetür führt auf die geräumige Terasse mit Stühlen, einem Sofa und einem Tisch.

Dave nimmt die Sig Sauer und eine Rolle Klebeband aus

der Aktentasche und befestigt die Pistole unter einem der Stühle.

Dann telefoniert er.

»Hotel Majestic«, sagt er. »Penthouse *Passeig de Gràcia.* Wir sind zu zweit, ich erwarte nicht mehr als zwei Personen.«

Dann legt er auf.

Außer zu warten gibt es jetzt nichts zu tun. Werden sie kommen? Oder fällt die Operation einfach ins Wasser?

Amir nimmt die Fernbedienung und zappt sich durch die Kanäle.

»Ich glaube kaum, dass die hier Al Jazeera empfangen«, sagt Dave.

»Sehr witzig«, erwidert Amir.

Als Fernseh-Techniker der Firma Easi-Sat verkleidet betreten Willem und Alessandro das Wohngebäude gegenüber dem Hotel Majestic.

Sie haben keinen Termin, deshalb will der Pförtner sie nicht reinlassen.

Alessandro zuckt mit den Schultern. »Mir egal. Wir können auch in sechs Wochen wiederkommen, aber dann dürfen Sie den Bewohnern erklären, warum sie das nächste Barça-Spiel nicht gucken können.«

Mit Easi-Sat kann man Sky Sports, TNT, italienisches, französisches und russisches Fernsehen empfangen, alles zum Schnäppchenpreis. Und auf Sky werden die Fußballspiele übertragen.

Der Pförtner lässt sie rein.

Sie schleppen ihre Ausrüstung in den Fahrstuhl und aufs Dach. Alessandro nimmt ein Leupold Mark 4 aus dem Hartschalenkoffer, ein 12-40x60 Spektiv. Das Beobachtungsfernrohr ist 31,5 Zentimeter lang und wiegt nur 1045 Gramm, deshalb braucht Alessandro kein Stativ. Anschließend packt er ein MacBook Pro aus, baut es neben dem Zielfernrohr auf und hat damit den WiFi-Anschluss im Haus schnell geknackt.

Willem öffnet einen röhrenförmigen Behälter, nimmt die Einzelteile seines AWSM-.338 Lapua Magnum-Scharfschützengewehrs heraus und setzt sie zusammen. Das letzte Stück ist ein Military MK II Zielfernrohr von Schmidt & Bender mit BDC – *Bullet Drop Compensator* – und Cosine Indicator.

Die geladenen VLD(*Very Low Drag*)-Torpedoheckgeschosse sind weniger anfällig für Abweichungen, was bei einer Entfernung von knapp zweihundert Metern entscheidend sein kann. Durch das »Torpedoheck« wird der Strömungswiderstandskoeffizient gesenkt und damit der Geschwindigkeitsverlust, was eine flachere Flugbahn zur Folge hat. Die Hohlspitzform hat den Vorteil, dass sich der Schwerpunkt des Geschosses zum Geschossboden verlagert und so die ballistischen Eigenschaften verbessert.

Jede Kugel, auch eine mit einem hohen ballistischen Koeffizienten, weicht nach unten ab, weshalb das Ziel entsprechend anvisiert werden muss.

Die kompliziertere Frage ist die nach dem sogenannten Abschusswinkel, denn der beträgt vom Abschusspunkt aus betrachtet 45 Grad. Aufsatzwinkel bzw. Anfangsgeschwindigkeit müssen exakt im Verhältnis zum Horizont verringert werden. Daher der Cosine Indicator am Zielfernrohr.

Aber Willem wird sich nicht ausschließlich auf das relativ neu entwickelte Gerät verlassen. Alessandro wird nachmessen und die Angaben durch den Rechner schicken.

Jetzt robben beide am Rand des Gebäudes entlang und ziehen eine dünne schwarze Plane – in der Farbe der Dachpappe – über sich, dann nehmen sie Dave Collins ins Visier.

Dave tritt auf die Terrasse hinaus und zwingt sich, nicht auf das Dach gegenüber zu schauen. Er weiß, dass die Scharfschützen in Stellung gegangen sind und ihn anvisieren, um die notwendigen Berechnungen anzustellen.

Also steht er da und betrachtet die elegante Einkaufsstraße unten.

Alles da – Chanel, Yves St. Laurent, Hermès.

Das Team hat sich den späten Vormittag ausgesucht, an dem viele Einkaufsbummler auf dem Boulevard unterwegs sind. Je mehr Leute, desto besser – je mehr Chaos, umso mehr Deckung; äußerst unwahrscheinlich, dass die Polizei auf Bürger schießt, die teure Anwälte und Freunde in Regierungsministerien haben.

Die betuchten, ausgezeichnet gekleideten Passanten sind also ein Pluspunkt. Dave selbst ist in seinem schwarzen Armanianzug mit dem offenen weißen Hemd ebenfalls ungewohnt stylisch gekleidet. Dazu trägt er schwarze Schuhe von Bruno Magli und denkt, wenn Diana ihn mit den 450 Dollar teuren Schuhen sehen könnte, würde sie seinen Ausweis und Fingerabdrücke von ihm verlangen.

Alessandro hatte darauf bestanden, dass er sich seiner Rolle entsprechend kleidet.

»Internationale Waffenhändler sind Leute mit Geld«, hatte er gesagt.

Amir trägt ein zweireihiges graues Sakko, dazu Designerjeans und Slipper ohne Socken. Er sitzt auf dem Sofa und guckt Fußball.

Dave blickt erneut auf den Boulevard und sieht Lev an einem Tisch in einem Café auf dem Grünstreifen, er trinkt einen Espresso und liest Zeitung. Ulrich kann er nicht sehen, aber er weiß, dass er sich auf der Straße aufhält, ebenso wie Michel in der Lobby.

Weder Dave noch Amir tragen Ohrstöpsel, sie sind also »taub« – nicht ans Netz angeschlossen. Die anderen Teammitglieder können miteinander sprechen, aber die beiden können diese weder hören noch mit ihnen reden. Dave weiß trotzdem, dass alle auf Position sind.

Dann fährt eine Limousine vor dem Hotel vor.

Ein Page eilt herbei, hält die Tür auf.

Hassan Dahir steigt aus.

»Ich habe Sicht auf Zielperson eins«, sagt Lev in sein Mikro. »Plus ein MAM.«

Military Aged Male – ein Mann im wehrfähigen Alter.

Lev hat eine Subcompact Glock 27 Kaliber 40 unter dem über die Hose hängenden Jeanshemd versteckt, sowie ein DU-STAR Model 1 Kampfmesser an den Fußknöchel geschnallt. Eine Leinentasche steht vor seinen Füßen. Die Glock hat keinen Schalldämpfer – wenn die Sache hier schiefläuft, will er so viel Krach wie möglich machen, um die Zivilisten zu vertreiben.

Er sieht Dahir das Hotel betreten, dicht gefolgt von einem Mann, der auf der anderen Seite des Wagens ausgestiegen ist.

Baseyew ist es nicht, sondern ein Leibwächter.

Lev hält nach dem Rest von Dahirs Sicherheitsleuten Ausschau. Irgendwo hier draußen werden sie sein, mindestens zwei weitere. Wobei es nicht unbedingt Araber sein müssen – zu Aziz' Netzwerk zählen auch Bosnier, Tschetschenen, ein paar Europäer und Amerikaner.

Wenn sie sehr gut sind, werde ich sie nicht entdecken. Wenn sie nur ziemlich gut sind, schon. Wenn sie schlechter sind als ziemlich gut, sind sie gar nicht hier. Gehört der große Mann in dem marineblauen Blazer dazu, der so interessiert das Hermès-Schaufenster betrachtet? Beobachtet er das Geschehen in der spiegelnden Scheibe? Oder der korpulente dunkelhäutige Mann am Kiosk?

Dann fährt ein weiterer Wagen vor, und Baseyew steigt aus. Zwei Männer sind bei ihm.

»Sicht auf Zielperson zwei«, sagt Lev. »Plus zwei MAM.«

Von seinem Polstersessel in der Lobby aus beboachtet Michel, wie Dahir und seine Leibwächter das Hotel betreten, vorbei an den vier weißen Säulen mit Sockeln aus rotem Marmor, und wie sie sich umsehen.

Der Leibwächter ist schwarz – mindestens zwei Meter groß, an die hundertfünfzig Kilo schwer. Wahrscheinlich Sudanese, denkt Michel angewidert – ein Sklave oder der Sohn von Sklaven.

Michel sieht Unmut in Dahirs Augen aufblitzen. Es ist die Gereiztheit eines Mannes, der es nicht gewohnt ist, irgendwo als Erster einzutreffen. Er blafft seinen Leibwächter an, und der zückt sein Handy.

Michel trägt ein langes afrikanisches Gewand aus grellbunt gemusterter Baumwolle. Er sieht aus wie ein Adliger, was so ziemlich die einzige Sorte Schwarzer ist, die in der Lobby des Majestic toleriert wird, ohne viel Aufsehen zu erregen. Das lange Gewand erfüllt allerdings noch einen weiteren Zweck – Michel versteckt darunter seinen FAMAS G2 Bullpup-Karabiner.

Baseyew tritt durch die Tür.

Zwei Männer sind bei ihm, beide weiß, ihre Funktion eindeutig an der Breite ihrer Schultern und den Auswölbungen ihrer Sakkos erkennbar.

Sie treten zu Dahir und seinem Begleiter und gehen gemeinsam mit ihnen auf die Fahrstühle zu.

Michel unterdrückt ein Gähnen, steht auf und geht zum Haustelefon.

Als sich Collins meldet, sagt Michel: »Deine Gäste sind unterwegs. Plus drei.«

»Es geht los«, sagt Dave zu Amir.

Aber das »plus drei« macht die Sache kompliziert.

»0,707«, sagt Alessandro und sieht auf seinen Laptop.

»0,707 bestätigt«, erwidert Willem und visiert die Terasse an. Der Cosine Indicator gibt denselben Wert an, deshalb verlässt er sich auf die Daten. Andererseits würde er auf so kurze Distanz vermutlich auch ohne Zielfernrohr treffen.

Die Entfernung ist ein Vorteil, der allerdings auf Kosten der ballistischen Überlegenheit geht – Scharfschützen versuchen möglichst innerhalb der effektiven Reichweite ihrer eigenen Waffen zu operieren, aber außerhalb der effektiven Reichweite des feindlichen Feuers. Doch das geht schon in Ordnung – Aziz' Männer werden höchstwahrscheinlich nur Handfeuerwaffen oder Maschinenpistolen dabeihaben, die auf diese Entfernung chancenlos sind. Trotzdem würde Willem ihnen lieber keine Gelegenheit geben, es auszuprobieren.

Er geht noch einmal den Gefechtsablauf durch – Dahir, Zielperson eins, zuerst; dann Baseyew, Zielperson zwei. Er fragt Alessandro: »Kannst du mir bei den ungeladenen Gästen behilflich sein?«

Alessandro nimmt ein Beretta M501-Scharfschützengewehr aus dem Koffer, 7.62x51mm NATO-Patronen, Laufbeschwerer und Zielfernrohr von Zeiss.

Ja, er kann.

Ulrich hat kein gutes Gefühl.

Als höchst rationaler Mensch glaubt er an Mathematik, Chemie und Physik, doch bittere Erlebnisse haben ihn gelehrt, dass man intuitive Eingebungen nicht abtun darf, denn immerhin sind sie eine Mischung aus angeborener Intelligenz und Erfahrung.

Als er an der Ecke Passeig de Gràcia und Carrer Valencia steht, südöstlich des Hoteleingangs, trägt er eine leichte, kurze Lederjacke, die sein HK416c mit einschiebbarer Schulterstütze verbirgt. Schwarze Jeans, Nikes und eine Sporttasche runden den Look ab – ein wohlhabender Tourist im Urlaub.

Etwas stimmt hier nicht.

Die Zielpersonen sind eingetroffen – allerdings nur von wenigen Sicherheitskräften begleitet. Ist es das, was dir Sorgen macht?, fragt er sich. Zweifelsohne befinden sich weitere Leibwächter irgendwo unter den Passanten.

Aber er entdeckt sie nicht.

Das ist es also, aber das ist es nicht.

Da ist noch was anderes.

Aber was?

Sie steht dort nackt und zitternd.

Das Wasser rinnt ihr über den Körper und bildet eine Pfütze zu ihren Füßen.

Der Mann – in schwarzem Pullover und schwarzer Hose – ist Profi, er steht einfach nur in der Tür, nah genug, um sicher zu treffen, aber zu weit entfernt, als dass sie ihn mit einem Schritt erreichen könnte.

Mit der Linken hält er ein Handy hoch und zeigt ihr ein Foto.

Dave Collins in einer Hotelbar.

»Kennen Sie diesen Mann?«, fragt er. Er spricht mit osteuropäischem Akzent. Russisch ist das nicht, denkt sie, klingt aber ähnlich.

»Kennen Sie diesen Mann?«, wiederholt er.

Auf die Frage gibt es keine gute Antwort. Das Beste, was sie machen kann, ist, das Gespräch in die Länge zu ziehen. Mehr Informationen zu bekommen. Herauszufinden, was er weiß.

Also sagt sie: »Keine Ahnung.«

»Ist das Dave Collins?«

Simon sitzt auf dem Fahrersitz des schwarzen BMW M6 Coupé. Das Lenkrad befindet sich auf der falschen Seite, aber natürlich macht ihm das nichts aus. Er ist häufig auf dem Kontinent gefahren, im Urlaub und bei der Arbeit.

Das STOMP-Kit liegt auf dem Rücksitz, aber wie immer hofft Simon, dass alles gut geht, alles nach Plan läuft.

Umsonst arbeiten ist ein Widerspruch in sich.

Cody ist begeistert.

Ein Porsche Panamera 4S.

Okay, ein Viertürer – ein Opa-Porsche –, aber immerhin mit Achtzylinder-V-Motor mit 400 PS, 6500 rpm und einem maximalen Drehmoment von 500 Nm.

Von Null auf hundert in fünf Sekunden.

282 Stundenkilometer Höchstgeschwindigkeit.

Müsste reichen.

Und das Ganze in todschickem Metallicblau.

Donovan wollte irgendeine langweilige Farbe, aber Cody hatte zu Bedenken gegeben, dass ein echter Angeberschlitten viel besser mit der reichen Umgebung verschmilzt. Immerhin ist das hier Barcelona, Alter – die Stadt an der ultra-hippen Goldküste Kataloniens.

Wo das Geld nicht die Welt regiert, sondern ganz gelassen chillen geht.

Cody freut sich außerdem, weil er vielleicht endlich mal Gelegenheit bekommt, sich sein VTT (*Vehicular Tactical Training*) zunutze zu machen. Absolut abgefahrener Riesenspaß – um orangefarbene Verkehrshütchen schlittern und sich von Fahrlehrern fröhlich über nachgebaute Straßen jagen lassen. *Escape And Evade*, nur mit Autos – besser geht's nicht. Und dann auch noch dafür bezahlt werden. Cody hat beim VTT ausgezeichnet abgeschnitten und einen der Lehrer zu der Bemerkung veranlasst: »Cody scheint keinerlei Angst zu kennen, der Kandidat hat seine VTT-Prüfung bestanden, wird aber niemals und unter gar keinen Umständen meine Tochter ausführen.«

Dude.

Sein STOMP-Kit liegt auf dem Rücksitz unter einer Jacke versteckt, die Sig Sauer unter einer spanischen Ausgabe des *Surfer*. Er hofft, dass er nichts davon brauchen wird.

Aber er ist ziemlich sicher, dass er fahrtechnisch auf seine Kosten kommt.

PFA – *Pretty Fucking Awesome*.

Donovan sitzt am Steuer eines alten Transporters, der fünf Ecken vom Einsatzort entfernt am Straßenrand parkt, und lauscht dem spärlichen Funkverkehr.

Er hat das Team angewiesen, die Kommunikation auf das Nötigste zu beschränken.

Kein Gequatsche – kurze und präzise Durchsagen.

Also gibt es nicht viel zu hören.

Zielpersonen vor Ort.
Alpha Team im Raum.
Bravo auf dem Dach.
Charlie eins und zwei auf der Straße.
Delta in der Lobby.
Echo eins, zwei und drei in den Fahrzeugen.
Zielpersonen im Fahrstuhl.
Alpha bereit.

»Ich kenne keinen Dave Collins«, sagt Miriam.

»Tut mir leid«, sagt der Mann. »Dann muss ich Ihnen jetzt weh tun.«

Und das mit einem Blick, der verrät, dass es ihm ganz und gar nicht leid tut.

Es klingelt.

Ein gedämpfter, zarter Ton, als sollten die empfindlichen Sinne der wohlhabenden Gäste geschont werden.

Dave geht zur Tür.

Hinter Dahir und Baseyew stehen drei Leibwächter.

Der Saudi trägt einen Anzug, der wahrscheinlich mehr gekostet hat, als Dave monatlich für sein Haus hinblättert. Konservatives Grau, ein Dreiteiler, weißes Hemd, dazu eine rosa Krawatte mit Windsorknoten. Das Haar, gerade mal im Ansatz graumeliert, trägt er kurzgeschnitten, ebenso den Kinnbart.

Baseyew bleibt seinen osteuropäischen Wurzeln treu – schwarze Lederjacke, Jeans, schwarze Bikerstiefel. Das Haar eher lang und zurückgekämmt. Dazu ein Zweitagebart.

»Ich habe gesagt, nur zwei«, sagt Dave.

»Wollen Sie ins Geschäft kommen oder nicht?«, fragt Dahir.

Und wie ich mit euch ins Geschäft kommen will, denkt Dave. Aber wenn ich zu schnell nachgebe, werdet ihr misstrauisch. »Sie verstoßen gleich gegen die erste Abmachung«, sagt er. »Das verspricht nichts Gutes für alles Weitere.«

Er macht Anstalten, die Tür zu schließen.

»Malouf hat sich für uns verbürgt«, sagt Dahir rasch.

»Ich kannte mal einen Mann, der einem Libanesen vertraut hat«, sagt Amir. »Seine Beerdigung war wunderschön.«

Dahir schmunzelt anerkennend. Dann sagt er auf Arabisch: »›Der Gläubige setzt sein Vertrauen allein in Allah.‹«

»Eben.«

»Ihnen ist sicher bewusst«, sagt Dave, »dass wir die Ware nicht bei uns haben.«

»Ich habe Sie nicht für Idioten gehalten«, erwidert Dahir, »und wir haben es gewiss nicht auf einen Diebstahl abgesehen. Wir möchten etwas kaufen, das Sie zum Verkauf anbieten.«

Dave lässt sie rein.

Die beiden Weißen machen sich unverzüglich an die Arbeit. Sie ignorieren Amir, suchen nach Kameras und Mikros. Einer geht mit einem elektronischen Detektor durchs Zimmer.

Der schwarze Leibwächter tritt an Dave heran, sagt etwas auf Arabisch.

»Er möchte Sie abtasten«, erklärt Dahir.

»Nein.«

»Sein Name ist Marial«, erklärt Dahir. »Seine Familie steht seit drei Generationen in meinen Diensten. Sollte mir etwas zustoßen, verlieren seine Frau, seine Kinder, seine Eltern, seine Brüder und seine Schwestern … seine Cousins und Cousinen allesamt ihr Leben. Aus reiner Nächstenliebe – würden Sie ihm bitte gestatten, Sie abzutasten.«

Dave hebt die Arme, und Marial tastet ihn gründlich ab. Er findet nichts, stellt sich vor Amir, der ebenfalls die Arme zur Leibesvisitation hebt. Einer der Weißen geht auf die Knie und sucht unter den Möbeln. Es dauert nicht lange, bis er die Sig Sauer findet.

Dahir sieht Dave an und reibt einen Zeigefinger über den anderen. »Ungezogener Junge.«

Dave zuckt mit den Schultern.

»Sie vertrauen auf Allah. Ich auf deutsche Technik.«

Ein alter Trick der Special-Ops – etwas deponieren, das gefunden werden soll. Wer sucht, will auch etwas finden, und wenn er etwas gefunden hat, wiegt ihn dies in einem Gefühl trügerischer Sicherheit. Er hält die Gefahr für gebannt.

Der Weiße übergibt Marial die Waffe, der sie in seine Jacketttasche steckt. Was Dave wiederum verrät, dass Marial der Chef der Leibwächter ist.

»Die will ich wiederhaben«, sagt Dave.

»Wenn wir gehen«, erwidert Dahir.

»*Ihre* Männer sind bewaffnet.«

»Freut mich, dass Sie's zur Kenntnis genommen haben«, erwidert Dahir. »Wollen wir jetzt zum Geschäftlichen übergehen?«

»Nicht vor Ihren Leibwächtern«, sagt Dave.

Dahir überlegt einen Augenblick, dann sagt er: »Es ist ein schöner Tag. Meine Leute bleiben hier, wir gehen auf die Terrasse.«

Ulrich sieht sie anrücken.

Zwei Dreierteams überqueren den Boulevard Richtung Hotel. Eindeutig Spezialeinsatzkräfte, so wie sie in Wellen vorrücken, koordiniert, die Bewegungen mühelos, die Augen geradeaus.

»Charlie zwei, wir kriegen Gesellschaft«, meldet er über Funk. »Sechs MAM.«

»Ich sehe sie«, erwidert Lev. »In Bewegung.«

Ulrich geht zum Hotel.

Dann sieht er aus dem Augenwinkel noch etwas.

Kaum wahrnehmbar – dem ungeübten Auge würde es verborgen bleiben.

Auf einem Dach.

»Bravo«, sagt Ulrich zu Alessandro. »Check drei Uhr.«

Alessandro schwenkt sein Fernrohr auf das Gebäude rechts.

Auf dem Dach entdeckt er ihr Spiegelbild.

Ein Scharfschützenteam – ein Spotter und ein Shooter – haben das Hotel im Visier.

Und von der Straße weitere feindliche Kräfte?, wundert er sich.

Was zum Teufel ist da los?

»Zwei MAMs«, sagt er ins Mikro. »Auf drei Uhr. Erbitte Anweisung.«

»Ausschalten.«

Alessandro ist bereits zum rechten Rand des Dachs gerobbt und hat die Beretta ausgerichtet, aber er bekommt die feindlichen Scharfschützen nicht richtig ins Visier. »Negativ.«

Herrgott, denkt Donovan.

Wir haben gedacht, wir locken sie in die Falle. Jetzt stellt sich raus, dass sie uns reinlegen wollen.

»Abbruch«, sagt Donovan und beendet damit den Einsatz. »*Sofort.*«

Michel geht erneut zum Haustelefon.

Wählt. Lässt es zweimal klingeln.

Dann legt er auf und wählt erneut.

Wieder zweimaliges Klingeln.

Das Signal für Dave und Amir zu verschwinden.

Dave öffnet die gläserne Schiebetür und führt Dahir und Baseyew auf die Terrasse.

»Ziel erfasst«, sagt Willem und hat Dahirs Kopf im Visier.

»Warte«, befielt Donovan.

Dave geht nach draußen, und Amir folgt ihm. Er macht die Tür hinter sich zu und hört nicht das Klingeln des Telefons.

Am Ende ist das Leben dann doch kein Film.

Im Film würde Miriam vielleicht länger durchhalten.

Vielleicht würde sie lieber sterben, als etwas zu verraten.

Aber Schmerz besitzt eine große Überzeugungskraft, und der Körper überredet den Geist. Er schreit ihn an, nachzugeben, aufzugeben, zu überleben, die Schmerzen zu beenden.

Die erste Kugel ins Fußgelenk erträgt sie noch.

Beißt die Zähne zusammen, schluchzt, saugt Luft durch die Zähne und hält auch noch nach dem zweiten Schuss durch, obwohl der zertrümmerte Knochen wie Feuer brennt. Sie liegt in Embryonalstellung auf dem Boden, in einer Blutlache, sie umklammert ihre Knöchel und hält durch.

Aber dann sagt er: »Jetzt die Knie.«

Er beugt sich über sie und zeigt ihr erneut das Foto. »Oder ist das Collins?«

Sie nickt.

»Sag es.«

»Das ist er«, keucht Miriam. »Das ist David Collins.«

Der Mann richtet sich auf, nickt und wählt eine Nummer.

Dahirs Telefon klingelt.

»Entschuldigung«, sagt er und greift in seine Tasche. Er meldet sich, lauscht eine Sekunde, dann sagt er: »Verstehe. Verstehe. Danke.«

Er legt auf.

Dave sieht, dass er zu einem Gebäude gegenüber blickt und fast unmerklich nickt.

Alessandro sieht, wie der Scharfschütze den Finger anspannt.

Von seiner Position aus kann er nicht den Scharfschützen selbst ausschalten, also zielt er auf dessen Waffe.

»Positiv«, sagt Willem in sein Mikro.

»Los«, sagt Donovan.

Endlich, denkt Willem.

Endlich darf ich abdrücken.

Dave packt Dahir am Jackenaufschlag und schwingt ihn wie ein Schild herum. Der Schuß sprengt den vorderen Teil von Dahirs Kopf ab. Blut und Hirnmasse klatschen Dave ins Gesicht. Er wirbelt Dahir erneut herum, schleudert ihn aus dem Weg, und in genau diesem Moment trifft Willems Schuss das, was vom Schädel des Saudis übrig ist.

Willem setzt die Schussfolge fort.

Aber Baseyew hat sich fallen lassen und ist nicht mehr zu sehen.

»Zielperson eins EKIA«, sagt Willem. »Zielperson zwei negativ.«

Amir presst sich gegen die Terrassenwand, der nächste Schuss trifft die Schiebetür und verwandelt die Scheibe in ein Spinnennetz aus Glas, Marial und die beiden Weißen kommen schießend rausgerannt.

Willem findet sein Ziel und drückt ab.

Die Kugel trifft einen der beiden weißen Leibwächter in die Brust, zerfetzt sein Herz und durchschlägt sein Rückgrat.

Willem nimmt den anderen Leibwächter ins Visier und feuert.

Der Schädel des Mannes explodiert.

Er will wieder zielen, aber …

Collins steht in der Schusslinie.

Marial sieht, dass Dahir tot ist, und schreit, sein Gesicht eine starre Maske aus Wut und Entsetzen. Die Sig Sauer in einer Hand, die Glock 19 in der anderen, zielt er auf Dave.

Dave geht in Deckung.

Kauert in der Haltung eines Läufers beim Start, während die Kugeln über ihn hinwegzischen, dann wirft er sich zwischen Marials Beine. Beim ersten Körperkontakt greift er sofort nach oben, packt mit einer Hand den Lauf der Glock, mit der anderen den Kolben und dreht.

Marials Abzugsfinger bricht wie ein trockener Ast.

Dave entreißt ihm die Pistole, hält sie ihm unters Kinn und drückt ab.

Er spürt, wie das Leben aus ihm entweicht.

Dann sieht er Baseyew durch die geborstene Schiebetür verschwinden.

Er zielt auf seinen Rücken, drückt ab und hört das »Klicken des toten Mannes«.

Das Magazin ist leer.

Er nimmt die Sig Sauer aus Marials anderer Hand, aber Baseyew hat die Suite bereits durchquert und rennt zur Tür hinaus.

Dave läuft ihm hinterher.

Der Mann trennt die Verbindung und zielt auf Miriams Kopf.

Miriam robbt, hangelt und zieht sich über den Boden, um die Dusche zu erreichen, als wäre sie ein Hafen, ein Zufluchtsort, das Leben.

Sie zieht eine blutige Spur hinter sich her.

»Judenschlampe«, sagt der Mann und legt den Finger auf den Abzug.

Miriam sieht seine Augen hervorquellen, dann lässt er die Pistole fallen, fährt sich mit den Händen an die Kehle, aber er bekommt den Würgedraht nicht zu fassen.

Er tritt wild um sich, tanzt einen Stepptanz des Todes.

Dann sinkt er zu Boden.

Palmer steht hinter ihm.

»Ich muss Collins warnen«, sagt Miriam.

Dann verliert sie das Bewusstsein.

Ulrich denkt an den Großen Vorsitzenden Mao.

Und an das einzig Intelligente, was dieses Monster je gesagt hat – »Mit Chaos auf Erden erreicht man große Ordnung.«

Ich muss Chaos stiften, denkt er, während er weitereilt, um die vorrückenden Gegner aufzuhalten. Ich kann sie nicht einfach niedermähen, weil ich nicht weiß, wer das ist. Sie könnten von der spanischen Polizei kommen, von Interpol, wer weiß.

Aber ich darf sie auch nicht in die Suite lassen.

Ich brauche Chaos.

Er zieht sein HK416 und schießt über die Köpfe hinweg in die Luft, zersiebt die Wände der eleganten Geschäfte, sprengt Steinbrocken und Häuserputz ab.

Die Männer bleiben stehen und gehen in Deckung.

Ulrich duckt sich hinter einen parkenden Wagen – natürlich einen Mercedes – und schießt weiter.

Schreie, Rufe.

Herrliches Chaos.

Als Lev sieht, dass einer der Männer den Grünstreifen verlässt und auf das Hotel zugeht, stellt er sich ihm in den Weg, rammt ihm den Ellbogen ans Kinn, drückt ihm den Kopf nach unten und stößt ihm sein Knie ins Gesicht.

Krav Maga.

Der Mann sackt bewusstlos zusammen.

Lev sieht sich um und merkt, dass geschossen wird, er entdeckt Ulrich, der wild durch die Gegend ballert.

Hermès, Yves St. Laurent …

Die gegnerischen Kräfte haben Ulrich allerdings ebenfalls entdeckt, aber Lev fällt auf, dass sie das Feuer durchaus vorsichtig erwidern, darauf bedacht sind, Kollateralverluste zu vermeiden. Also keine Tangos – Terroristen, die einfach alles über den Haufen schießen.

Lev zieht seine Glock und lenkt sie ab.

»Echo!«, schreit Donovan in sein Mikro.

Er tritt aufs Gas und fährt zum Hotel.

Simon hört ihn und fährt los.

Zeit zu verschwinden.

Auch Cody tritt aufs Gas.

Time to Rock 'n' Roll.

Mal sehen, was die Kiste hergibt.

Michel tritt aus dem Fahrstuhl in die Penthouse-Etage.

Er greift unter sein Gewand und löst die Bullpup aus der Halterung.

Ein Zimmermädchen versteckt sich hinter ihrem Putzwagen und starrt ihn fassungslos an.

Willem robbt zu Alessandro.

Sie feuern auf das Nachbardach, machen die Scharfschützen handlungsunfähig, hoffen, Collins und Amir damit den Rückzug freizuräumen. Durch das Chaos auf der Straße kann es allerdings kaum mehr als eine Minute – bestenfalls zwei – dauern, bis sie von Polizeihubschraubern auf dem Dach entdeckt werden.

»Los«, sagt Alessandro.

Willem läuft zur Tür, gleichzeitig gibt Alessandro mehrere Salven ab. Dann hört er Willem rufen: »Sauber!«

Er stellt das Feuer ein und bewegt sich im Krebsgang zur Tür.

Ulrich sieht zwei Spezialkräfte auf den Hoteleingang zugehen, zwei weitere halten ihn in Schach.

So funktioniert das nicht. Das ist Mist.

Er zieht den Reißverschluss seiner Sporttasche auf, holt den Granatwerfer heraus und setzt die CS-Kartusche ein.

CS – Chlorbenzylidenmalonsäuredinitril – auch bekannt als Tränengas.

»Charlie zwei«, meldet er über Funk. »Gaseinsatz.«

Lev bestätigt. Ulrich nimmt seine Gasmaske aus der Tasche, zieht sie über und drückt ab.

Die Kartusche landet metallisch klappernd auf dem Bürgersteig. Eine Sekunde später steigt eine Tränengaswolke auf und breitet sich aus.

Baseyew zieht eine Blutspur hinter sich her.

Kann alles Mögliche gewesen sein, denkt Dave – eine Kugel, ein Glassplitter, ein Holzsplitter. Draußen auf der Terrasse ist so viel Mist durch die Gegend geflogen. Die Blutspur führt zu einer Stahltür ganz hinten im Gang, zweifellos verbirgt sich dahinter ein Treppenaufgang.

Wieder einmal muss Dave durch einen »tödlichen Trichter«.

Im Treppenhaus führt die Blutspur nach oben, nicht nach unten. Auch von Dave tropft Blut – das von Dahir? Marial? Sein eigenes? – spielt keine Rolle. Vage ist er sich eines Schmerzes bewusst, aber der Schmerz ist weit entfernt – wird vom Adrenalin auf Armeslänge weggehalten.

Langsamer, ermahnt er sich. Gib nicht dem Drang nach, zu schnell hochzurennen. Renn nicht in den Tod. Lauf nicht einer Kugel entgegen und achte darauf, nicht derart außer Atem zu geraten, dass du nicht mehr präzise schießen kannst.

Das war Marials Fehler gewesen.

Ein fataler Fehler.

Er hält sich dicht an der Wand, steigt die Stufen hinauf, er weiß, wie Baseyew denkt. Er macht, was du auch machen würdest – sucht einen alternativen Fluchtweg; übers Dach, dann durch den Notausgang auf der anderen Seite nach unten. Eine andere Möglichkeit gibt es nicht.

Tief durchatmen.

Durch die Nase.

Herzschlag senken.

Jetzt ist er dankbar für das ganze Ausdauertraining.

Wenn Baseyew schlau ist, geht er auf dem Dach in Deckung und wartet. Knallt dich ab, sobald du durch die Tür trittst. Was uns zur nächsten Frage führt …

Wieviel Schuss sind noch in der Sig? Zehn passen ins Magazin, aber wie oft hat Marial geschossen? Lässt sich unmöglich feststellen, und um stehenzubleiben und nachzusehen fehlt dir die Zeit. Wir werden es bald erfahren.

Er erreicht den obersten Treppenabsatz.

Eine Blutlache.

Baseyew muss hier eine Sekunde stehengeblieben sein.

Wieder eine Stahltür – aufs Dach hinaus.

Wieder ein tödlicher Trichter.

Was hat Donovan immer gesagt? Man betritt die Welt durch einen Geburtskanal, man verlässt sie durch einen tödlichen Trichter.

Dave holt Luft und stürmt durch die Tür.

Michel presst sich an die Wand draußen vor der Eingangstür zur Suite, wirbelt mit der Bullpup im Anschlag herum und geht rein.

Die Suite wurde völlig zerlegt.

Vom Kugelhagel zersiebte Wände, zerborstene Spiegel, Füllwolle quillt aus Sesseln und Sofas wie Blut aus Wunden. Michel macht einen Rundgang, das Gewehr schussbereit. An der Schiebetür macht er Halt, blickt nach draußen.

Die Terasse ist ein Schlachtfeld.

Vier Leichen auf dem Boden, Blutspritzer haben die Wand in das Gemälde eines wahnhaften Kandinsky verwandelt. Amir geht in die Hocke.

Michel gibt ihm Zeichen – komm rein.

Amir huscht geduckt über den Boden.

»Wo ist Collins?«, fragt Michel.

»Hinter Baseyew her.«

»Wohin?«

»Ich weiß es nicht.«

»Vier EKIA«, sagt Michel in sein Mikro. »Alpha eins unauffindbar.«

»*Mission minus zero.*« Donovans Stimme.

»Wir müssen raus«, sagt Michel zu Amir.

»Und Collins?«

»Collins«, erwidert Michel, »ist auf sich gestellt.«

In dem Moment, in dem er durch die Tür stürmt, rast die im grellen Sonnenlicht blitzende Klinge in horizontalem Bogen auf Daves Bauch zu.

Baseyew führt sie mit aller ihm zur Verfügung stehenden Kraft, er will sein Opfer schlachten.

Reine Reaktion, nicht denken.

Denken ist tödlich.

Dave geht in die Hocke, packt Baseyews Handgelenk und zieht es zu sich runter, dann umklammert er Baseyews Knöchel mit der anderen Hand und lässt sich mit seinem gesamten Gewicht fallen. Baseyew knallt auf den Boden.

Aber Dave fällt dabei die Pistole aus der Hand. Er wirbelt herum und rammt Baseyew ein Knie ins Gesicht. Der Tschetschene ist größer, jünger und stärker. Er windet sich aus der Umklammerung, wirft Dave herum und versucht, ihm die spitze Klinge in die Kehle zu rammen.

Dave packt erneut die Messerhand.

Baseyew schiebt.

Wenn es darauf hinausläuft, wer der Stärkere ist, wird Dave verlieren.

Baseyew weiß das und grinst.

Dave kann die Wunde sehen – eine Glasscherbe über Baseyews linkem Auge. Durch die Anstrengung läuft ihm Blut übers Gesicht und tropft auf Dave runter.

Die Messerspitze bohrt sich Dave in die Kehle.

Der Tod ist so nah, aber …

Das ist einer der Männer, die seine Frau getötet haben.

Seinen Sohn.

Der Mann, der seine Familie vom Himmel stürzen ließ.

Er wird sich dem Tod nicht ergeben.

Dave lässt das Messer los, verschränkt die Hände in Baseyews Nacken, zieht die Knie an, holt mit der Hüfte aus und stößt Baseyew von sich weg. Rollt ab, kniet sich auf Baseyews Messerhand, entwindet es ihm mit der linken und rammt ihm die rechte Faust ins Gesicht.

Einmal.

Zweimal.

Ein drittes und ein viertes Mal.

Es fühlt sich so verdammt gut an, ihm die Fresse zu zertrümmern, zu spüren, wie Haut, Knochen und Knorpel unter den Schlägen nachgeben, und er schlägt und schlägt immer wieder, dann hält er inne …

Nimmt die Glasscherbe über Baseyews Auge und zieht sie – durch den Augapfel.

Baseyew schreit.

Dave steigt von ihm runter.

Baseyew fasst sich ans Auge, rappelt sich langsam auf die Knie, gebückt. Dave tritt ihm ins Gesicht, treibt die Scherbe tiefer ins Fleisch.

»Wo ist Aziz?!«

»Ich weiß es nicht!«

Dave tritt ihm erneut ins Auge.

Schreiend steht Baseyew auf und torkelt davon, Blut strömt aus seiner Augenhöhle. Dave packt ihn hinten am Hemdkragen und tritt ihm in die Kniekehlen, wirft ihn erneut zu Boden.

Baseyew liegt da, zusammengekauert, stöhnend, während Dave die Pistole nimmt und auf ihn richtet.

Baseyew blickt auf.

»Bitte. Bitte. Nicht. Gnade.«

Dave denkt an Jake und Diana.

An die Angst, die sie gehabt haben müssen.

Das Grauen.

Er lässt die Waffe fallen.

Packt Baseyew, hebt ihn hoch.

Schleppt ihn zum Rand des Dachs.

Und wirft ihn runter.

✦

Während sie die Treppe nach unten laufen, lässt Michel sein FAMAS-Sturmgewehr wieder unter dem Gewand verschwinden.

Er öffnet die Tür und tritt mit Amir in die Lobby, wo jetzt absolutes Chaos herrscht. Menschen liegen auf dem Boden, andere plappern in Handys. Die Mitarbeiter ducken sich hinter den Empfangsschalter, die Kellner unter die Tische.

Michel und Amir gehen einfach durch und zur Hintertür hinaus.

Michel sagt in sein Mikro: »Echo eins, bitte melden.«

Keine Antwort.

»Echo eins, bitte melden.«

Stille.

Jetzt sind sie auf der Straße.

Aber wo ist Simon?

Mit Ruhe und Bedacht lädt Ulrich den Granatwerfer.

Dieses Mal mit einer Rauchbombe – Kaliumchlorid, das durch vier Löcher im Metallgehäuse entweicht.

Er zielt auf das Hotel.

Drei Sekunden später explodiert sie, erfüllt die Luft mit dichtem, weißem Rauch. Schon wahr, denkt er, es gibt wirklich nur wenige Probleme, die sich nicht mit dem gekonnten Einsatz von Sprengstoff lösen lassen.

»Charlie zwei«, sagt er. »Rückzug.«

Dann steckt er das HK416 wieder in die Sporttasche und entfernt sich von der Rauchwolke. Geht in der Menge unter, lässt die Gasmaske unauffällig fallen und strebt Richtung Metrostation.

Lev taucht an seiner Seite auf.

Sie gehen weiter, Polizeiwagen und Feuerwehrautos kommen ihnen entgegen. Ein Hubschrauber kreist über ihnen.

Mit Chaos auf Erden erreicht man große Ordnung.

Alessandro und Willem kommen über den Notausgang in die Seitenstraße.

»Echo zwei«, sagt Willem in sein Mikro.

»Auf Posten«, erwidert Cody.

Er fährt mit dem Porsche in die schmale Seitenstraße, und die beiden Männer steigen hinten ein.

»Wohin soll die Reise gehen, Gentlemen?«, fragt Cody.

Und tritt aufs Gas.

Kein Simon.

Nicht zu sehen, nicht zu hören.

»Wir gehen«, sagt Michel.

Er entfernt sich mit Amir vom Schauplatz, und sie gehen mit Donovan Richtung Treffpunkt.

Sie steigen in den Transporter, und Donovan sieht Amir an. »Warum bist du hier? Wo ist Collins?«

Dave benutzt den Notausgang.

Er hört die Sirenen, den Hubschrauber, das Geschrei, sieht den Qualm und riecht das CS-Gas.

Er hat die Exfiltration verpasst, aber er hat Geld und einen sauberen Pass. Jetzt muss er erst mal Distanz zwischen sich und den Einsatzort legen, sich über Nacht in einem billigen Hotel verschanzen und am nächsten Morgen in einen Zug steigen.

Egal wohin.

Das Team wird sich sowieso verstreuen, und das Kommunikationssystem ist bereits eingerichtet.

Ihm wird nichts passieren.

Wichtig ist, dass Dahir und Baseyew tot sind.

Und Aziz ist der Nächste.

Am Fuß der Treppe richtet ein Mann eine Pistole auf ihn.

»Wir haben Gesellschaft«, sagt Alessandro mit Blick durch die Heckscheibe.

Cody schaut in den Rückspiegel und entdeckt den schwarzen Mercedes.

»Jepp.«

Er sucht den Boulevard vor sich ab und sieht links einen weiteren Wagen anfahren, offensichtlich in der Absicht, ihnen den Weg abzuschneiden.

»Oh Mann!«, sagt er. »Seid ihr angeschnallt?«

Dann gibt er Gas.

Jagt auf den entgegenkommenden Wagen zu.

Rammgeschwindigkeit.

Der Fahrer des anderen Wagens steigt auf die Bremsen, Cody reißt das Lenkrad nach rechts und umkurvt ihn. Aber wegen des Manövers konnte das Fahrzeug der Verfolger aufschließen.

»Wie schnell darf's sein?«, fragt Cody, als er auf den Ronda Litoral fährt, die Autobahn am Hafen.

Dann gibt er alles.

Dave hält sich am Handlauf fest und springt dem überraschten Mann mit beiden Füßen ins Gesicht.

Der torkelt zurück, und Dave steigt über ihn hinweg, tritt auf die Seitenstraße hinaus ins Freie.

Zwei weitere Männer versperren ihm den Weg.

Der erste hält ihm eine Schusswaffe vor die Nase.

Dave schlägt ihm die Pistole aus der Hand, rammt ihm den Ellbogen an den Kiefer, holt in der Drehung aus und streckt den zweiten mit einem wohlplatzierten Faustschlag nieder.

Auf dem Passeig de Gràcia wendet er sich nach links vom Hotel ab und geht los. Ohne sich umzudrehen, hört er, dass jemand hinter ihm her ist, mehrere Männer verfolgen ihn im Laufschritt.

Dave wartet ein paar Sekunden, dann läuft er ebenfalls los. Passanten weichen ihm mit entsetzten Gesichtern aus, und ihm fällt ein, dass er blutüberströmt sein muss. Er schafft es bis zur Ecke, biegt rechts ab.

Dann fängt er an zu rennen.

Hundertfünfzig.

Hundertsechzig.

Hundertachtzig.

Cody schlängelt sich durch den Verkehr, zieht rechts an den anderen Fahrzeugen vorbei, rast links über den Seitenstreifen. Der Mercedes bleibt an ihm dran, inzwischen gefolgt von spanischen Polizeiautos und Motorrädern. Und einem Polizeihubschrauber über ihnen.

Er hat diese Szene schon ein paar Dutzend Mal im Fernsehen gesehen, aber nie gedacht, dass er einmal die Hauptrolle spielen würde.

»Echo zwei, bitte kommen«, hört er Donovan übers Netz.

»Kann gerade nicht«, sagt Cody.

»Status.«

»FUBAR«, sagt Cody.

Fucked Up Beyond All Recognition.

Echte Oberkacke.

Willem checkt das GPS auf seinem Handy.

»Viel Straße bleibt nicht mehr«, sagt er.

Scheiße, denkt Cody.

»Wir könnten uns ergeben«, schlägt Alessandro vor.

»Könnten wir«, erwidert Cody.

Werden wir aber nicht.

»Jungs«, sagt er. »Gleich wird's ein bisschen extrem.«

Er reißt das Lenkrad nach links, poltert mit dem Porsche über den Grünstreifen in der Mitte. Mit jaulendem Motor jagt er den Wagen auf die andere Seite der Autobahn.

In den entgegenkommenden Verkehr.

»Haben die dir das in der Ausbildung beigebracht?«, fragt Willem.

»Haben sie«, erwidert Cody. »Und dazu gesagt, dass ich's bloß nie machen soll.«

Er steht jetzt buchstäblich auf dem Gaspedal.

Cody denkt, was für ein abgefahrener WAHNSINNSSPASS.

Dave rennt, versucht, sich dabei an die Straßenkarte von Barcelona zu erinnern.

Wenn er sich nicht täuscht, ist zwei Straßenecken weiter

eine Metrostation. Wenn er den Abstand aufrechterhalten und dort eintauchen kann, wenn eine Bahn wartet und gleich losfährt, hat er vielleicht eine Chance.

Keine große, aber eine Chance.

Dann spürt er ihn.

Einen Transporter auf der Straße neben sich.

Er poltert den Bürgersteig hinauf, schneidet ihm den Weg ab. Noch bevor er ihm ausweichen kann, geht die Schiebetür auf und drei Männer richten ihre MP5s auf ihn.

»Einsteigen.«

Sie packen ihn, zerren ihn rein und werfen ihn auf den Boden. Einer presst Dave sein Knie ins Genick und hält ihm den Gewehrlauf an den Hinterkopf.

Dave macht sich auf den Todesschuss gefasst.

Er bedauert nur, dass er Aziz noch nicht geschnappt hat.

Vielleicht in der Hölle, denkt Dave.

Du entkommst mir nicht, Aziz.

Cody lässt die Scheiben runter.

Fährt erneut über den Grünstreifen und lenkt den schlingernden Wagen auf einen Hafenkai.

»Ihr könnt doch schwimmen, oder?«, fragt er.

Dann tritt er das Gaspedal durch und rast ins Wasser.

»Major Collins …«

Dave reckt den Hals und sieht sich nach dem Sprecher um.

»… Ihretwegen hab ich einen Arschvoll Ärger am Hals«, sagt Wendelin.

Aber Dave zuckt mit keiner Wimper.

✦

Dave spürt das Wogen des Ozeans und begreift, dass er auf einem Schiff ist.

Ansonsten tappt er buchstäblich im Dunkeln, auf eine Pritsche geschnallt, ein Tuch über dem Gesicht, jemand sticht ihm mit einer Nadel in die Wange.

»Das wird ein bisschen pieken«, hört er.

Allerdings. Er hört die Edelstahlspitze mehr, als dass er sie spürt.

»Knochensplitter.« Dazu ein metallisches Klappern, als etwas in eine Edelstahlschale fällt. Jetzt begreift er, dass Dahirs Schädelsplitter entfernt werden, die sich ihm ins Gesicht gebohrt hatten.

Teile seiner Knochen und Haare.

Eine menschliche Granate.

Wenn so etwas nicht sofort entfernt und desinfiziert wird, ist es hochgradig infektiös.

Die Prozedur musste Dave schon einmal über sich ergehen lassen – wenigstens sind es diesmal nicht die Überreste eines Freundes. Wenigstens wird er, wenn er die Narben betrachtet, nicht daran denken müssen, wie sie das letzte Mal ein Bier zusammen getrunken oder die Kinder bei einem Picknick miteinander gespielt haben.

Er kann an Dahir denken.

Ich werde viel Zeit zum Denken haben, sagt sich Dave. Die flicken mich wieder zusammen, nur um mich wegzuwerfen, wie einen lästigen Gegenstand jenseits des Verfallsdatums, abgeschoben in irgendein Menschendepot.

Aber das war der Deal.

Du hast es vorher gewusst, hast Scheiße gebaut, und jetzt haben sie dich erwischt.

Also mach, was du gelernt hast – verrate ihnen so wenig wie möglich und überleg dir, wie du hier wieder rauskommst. Das Tuch wird ihm vom Gesicht gezogen, und er blickt in das Neonlicht an der Decke. Dann hört er Wendelin fragen: »Kann er sitzen?«

»Ja, Sir.«

»Lassen Sie ihn sitzen.«

Dave wird losgebunden, schwingt die Beine herum und setzt sich aufrecht auf die Pritsche. Dana Wendelin sitzt auf einem Stuhl ihm gegenüber.

»Eine Schießerei auf den Straßen von Barcelona?«, fragt Wendelin. »Eine der teuersten Einkaufsmeilen der Welt in Schutt und Asche? Sieben tote Ausländer? Mit zweien davon hätte ich mich sehr gerne unterhalten. Dahir und Baseyew hätten uns Aziz' Aufenthaltsort verraten können.«

»Das hätten sie weder gekonnt noch gewollt«, erwidert Dave.

Außerdem, denkt er, hätte man ihnen einen Deal anbieten müssen, und ich wollte ihnen keinen Deal anbieten, außer dem, den sie bekommen haben. Aber er sagt: »Was würden Sie mit ihm machen, wenn Sie ihn bekämen? Nichts.«

»Sie hatten einfach nur Glück, dass es keine zivilen Opfer gab«, sagt Wendelin.

Das war kein Glück, denkt Dave.

Wir sind gut.

Aber er sagt nichts.

»Die Spanier schlagen Krach, überlegen, unseren Botschafter auszuweisen«, sagt Wendelin. »In der Pennsylvania Avenue gibt es Leute, die meinen Kopf auf einem Tablett serviert bekommen möchten. Wir werden die Sache der ETA in die Schuhe schieben – das ist das Gute an Zeiten wie diesen, es fehlt nie an plausiblen Verdächtigen. Aber ich muss schon sagen, ich bin beeindruckt. Ich hätte nicht gedacht, dass Sie so weit gehen.«

»Ich wäre weiter gegangen, hätten Sie mich nicht aufgehalten«, sagt Dave.

»Das lag nicht allein an mir«, erwidert Wendelin. »Sie sind direkt in einen Hinterhalt getappt. Aziz wusste, wer Sie sind.«

»Woher?«

»Miriam hat Sie verraten.«

Wendelin sieht Daves entsetzten Blick und ergänzt: »Gezwungenermaßen.«

Er erklärt, was in New York passiert ist, dass Palmer sie beschattet hatte und gerade noch rechtzeitig eintraf.

»Geht es ihr gut?«

»Sie wird wieder«, erwidert Wendelin. »Die Frage ist eher, was wir jetzt mit Ihnen machen. Ich würde Sie ja den Spaniern übergeben, aber es hat uns so viel Mühe gekostet, Sie da rauszuholen. Die Kenianer möchten sich natürlich auch gerne mit Ihnen unterhalten. Genauso die Franzosen.«

»Tun Sie sich keinen Zwang an«, sagt Dave.

»Offiziell wird es heißen, Sie seien in Spanien verschwunden«, sagt Wendelin. »Jeder wird glauben, genau zu wissen, was das bedeutet.«

Dave ist völlig egal, was aus ihm wird. Nur nicht, dass er Aziz niemals kriegen wird. Also fragt er: »Wissen Sie eigentlich, warum Dahir und Baseyew sich mit uns getroffen haben?«

»Um BoNT zu kaufen«, sagt Wendelin. »Botulinumtoxin.«

Dave hatte geglaubt, ihn könne nichts mehr überraschen.

Er hatte sich getäuscht.

»Sie haben Aziz verschreckt«, sagt Wendelin. »Jetzt hat er sich in seinem Versteck verkrochen.«

»Und ich dachte, *Sie* verstecken ihn.«

»Auf wundersame Weise wurden Ihre Bankkonten entsperrt.« Wendelin legt Dave einen dicken Ordner auf den Schoß. »Wenn Sie Scheiße bauen, kenne ich Sie nicht. Wenn Sie keine Scheiße bauen, auch nicht. Wenn Sie mit dem Arsch in der Klemme sitzen, rufen Sie nicht nach meiner Hilfe. Wenn Sie lebend wieder rauskommen, erwarten Sie nicht, dass ich Ihnen einen Orden an die Brust hefte. Haben wir uns verstanden?«

»Ja, Sir.«

»Gut«, sagt Wendelin. »Dann gehen Sie und töten Sie das Arschloch.«

✦

Wendelin kehrt in seine Kabine zurück und weiß, dass er seine Karriere gerade auf einen Schlitten gepackt und einen steilen, vereisten Hügel hinuntergestoßen hat.

Zum Teufel damit, denkt er und setzt sich auf seine Pritsche.

Irgendwann kommt der Punkt, an dem man sich nicht mehr anstellen darf und einfach verdammt noch mal das Richtige tun muss.

In der Pennsylvania Avenue wird man nichts unternehmen.

Von Abdullah Aziz wollen die nichts wissen.

Würden sie Jagd auf ihn machen, gäbe es nur zwei Möglichkeiten, alle beide sind schlecht: Entweder sie kriegen ihn gar nicht, oder sie kriegen ihn, und es kommt raus, dass die wahre Absturzursache von Flug 211 vertuscht wurde. Dann rollen Köpfe.

Fast muss er bei dem Gedanken lachen.

Mir fehlen die Ressourcen, aber ein Special-Ops-Major im Ruhestand hat sie. Ich kann kein Killerkommando zusammenstellen, aber er schon – und er hat es getan. Ich darf das Monster, das hunderte von Menschen auf dem Gewissen hat und tausende weitere töten will, nicht verfolgen, aber Collins ist nicht aufzuhalten.

Und ich bete zu Gott, dass er ihn kriegt.

Bete zu Gott, dass es ihm gelingt, sein Team zusammenzutrommeln und Aziz unschädlich zu machen.

Gott weiß, die Chancen stehen nicht gut – sie stehen schlecht, sehr schlecht sogar –, aber das ist jetzt irrelevant. Wenn die Informationen der AWG stimmen, ist ein Erfolg so gut wie ausgeschlossen.

Gerade hat er Nachricht erhalten, dass der von ihnen observierte Embraer Lineage 1000 Jet vom Pariser Flughafen Le Bourget aus gestartet ist. Mit den zusätzlichen Treibstofftanks hat der EL 1000 eine Flugweite von über 8000 Kilometern, damit kommt man, ohne aufzutanken, bis auf die Malediven. Die beiden GE CF34-10E Turbofan-Triebwerke bringen es auf eine Höchstgeschwindigkeit von Mach 2.

Trotzdem könnte eine F-16 Fighting Falcon die Maschine ohne weiteres abschießen und die mordgierigen Passagiere und ihre Ladung im Ozean versenken.

Aber ich darf den Befehl nicht geben, denkt Wendelin.

Also ist Dave Collins die einzige Chance, die wir haben.

✦

Aziz wacht auf und weiß nicht, wo er ist.

Dann sieht er die Bullaugen und erinnert sich, dass er sich im Schlafraum eines Privatjets befindet.

Die Embraer hat fünf separate Kabinen, darunter auch seine Gästekabine. Aziz steht auf, geht in den Waschraum und wirft sich Wasser ins Gesicht. Dann lässt er heißes Wasser laufen und rasiert sich sorgfältig.

Das hätte auch ganz anders ausgehen können, denkt er und führt den Rasierer über seine Wange. Die Sûreté hätte ihn festnehmen können, er hätte eine Kugel in den Rücken bekommen oder durch Yusufs Männer ermordet werden können – das wäre der hohe Preis der Niederlage gewesen.

Dahir ist tot.

Baseyew ist tot.

Sechs weitere Männer sind tot.

Acht Männer getötet, und das alles für nichts und wieder nichts.

Ein einziger verwundeter Feind.

Und was noch schwerer wiegt, kein Gramm BoNT.

Eigentlich müsste ich auch tot sein, denkt er, während er sich das Gesicht abtrocknet und wieder in den Schlafraum geht. Auf dem Bett liegt ein frisches Hemd für ihn bereit. Ein neuer Anzug hängt im Zedernholzschrank. Eine silberne Kaffeekanne wurde ihm, während er sich rasierte, auf den Nachttisch gestellt.

Aziz zieht sich an.

Als er von der Katastrophe in Barcelona hörte, war er kurz davor gewesen, einfach wegzulaufen, sich irgendwo im Untergrund zu verstecken, wo dieser Collins und seine Leute ihn nicht finden können.

Aber das hätte bedeutet, alles zu opfern, wofür er so hart gekämpft hatte. Er wäre ein einsamer Mann auf der Flucht gewesen – wie lange hätte es gedauert, bis ihn auch die treusten seiner Anhänger im Stich gelassen und sich einen neuen Anführer gesucht hätten?

Nicht lange.

Also dann, denkt er, während er das frische weiße Charles-Tyrwhitt-Hemd überzieht, jetzt weißt du, wie's Osama ergangen ist. Aus dem Untergrund kann man kein Terrornetz leiten – man braucht eine Basis.

Daher auch der Name – al-Qaida.

Die Basis.

Osamas Fehler war nicht, dass er eine Basis hatte. Der Fehler war, dass sie gefunden wurde. Dass sie angreifbar war.

Aziz ging also das Risiko ein, sich erneut an Scheich Yusuf zu wenden.

Ich brauche deine Hilfe, deine Gastfreundschaft, deinen Schutz.

Fünfundvierzig Minuten später kam ein Auto, um ihn abzuholen, und er stieg ein. Hätte Yusuf ihn als Sicherheitsrisiko betrachtet, als Schwachstelle, hätten ihn eine Kugel oder ein Messer auf dem Rücksitz erwartet. Stattdessen brachte ihn der Wagen zum Privatflughafen Le Bourget. Auch dort hätten sie's tun können, noch auf der Startbahn, im Schutz des Lärms der landenden und startenden Jets, stattdessen aber setzten ihn Yusufs Männer in die Embraer.

Er speiste am Esstisch seiner eleganten Kabine, wurde bedient von einer Malayin von solch erlesener Schönheit, Zartheit und Perfektion, dass er fast hätte weinen mögen. Wenige Augenblicke später war die Maschine in der Luft, noch etwas später hatte sie bereits den französischen Luftraum verlassen und flog Richtung …

Tja, das weißt du immer noch nicht, oder?

Sie könnten dich überall hinbringen.

Er zieht die Hose des Anzugs von Anderson & Sheppard an. Yusuf kauft all seine westliche Kleidung in London, seine fernöstliche in Dubai. Aziz fragt sich, woher der Scheich seine Konfektionsgröße so genau kennt, und hört dann auf, sich zu wundern.

Es gibt Wichtigeres, über das es nachzudenken gilt.

Zum Beispiel das eigene Überleben.

Oder Rache.

Eins nach dem anderen, sagt er sich, während er das Jackett überzieht. Die bereitgestellten Schuhe sind natürlich von Crockett & Jones und passen perfekt.

Aziz prüft sein Aussehen im Spiegel an der Innenseite der Kleiderschranktür. Eine Niederlage einstecken ist das eine, denkt er, aber wie ein Versager aussehen ist etwas ganz anderes, auch gegenüber einem Blinden. Als er fertig angekleidet ist, holt er tief Luft und geht hinaus in die Hauptkabine.

Yusuf sitzt dort bereits, frühstückt ein gekochtes Ei, Mangoscheiben und Obstsaft. Aziz setzt sich zu ihm. Die reizende Malayin fragt ihn, was er gerne hätte, und er erwidert, er würde sich freuen, das Gleiche zu bekommen wie Scheich Yusuf.

Sie nickt und trippelt leise davon.

Die Embraer kann neunzehn Passagiere transportieren, zusätzlich zur zweiköpfigen Cockpitbesatzung und der schönen Stewardess, aber anscheinend sind nur er und Yusuf sowie zwei Leibwächter an Bord.

Es sei denn, denkt Aziz, es sind Killer.

»Hast du gut geschlafen?«, fragt Yusuf.

»Danke, ja.«

»Und der Anzug?«, fragt Yusuf. »Passt er dir? Zieht er dich an?«

Aziz merkt, dass Yusuf witzig sein möchte, und lacht. »Ja, sehr, du bist sehr großzügig.«

»Nichts zu danken. Deine Bemühungen, die Waffe zu erwerben …«

»Eine Falle«, erklärt Aziz.

»Du bist in die Falle getappt«, sagt Yusuf, »der Feind ist davongekommen. So war das wahrscheinlich nicht geplant.«

Aziz hütet sich vor Ausflüchten. »Nein.«

»Ich habe bereits Anrufe erhalten«, sagt Yusuf. »›Aziz ist ein Risiko. Aziz ist eine tickende Zeitbombe. Aziz ist eine Gefahr für uns alle.‹ Sie wollen, dass ich dich töte. Warum sollte ich es nicht tun?«

Die Stewardess bringt das Frühstück, stellt es vor Aziz ab, verneigt sich und geht. Er nutzt die Zeit, um einen Löffel zu nehmen und vorsichtig die Schale seines gekochten Eis zu zerschlagen.

Jetzt hängt alles von meiner Antwort ab, denkt er.

»Ob du mich töten sollst? Ich kann dir die Frage nicht beantworten. Ich kann dich nur bitten, dir eine andere Frage zu stellen.« Er legt eine Kunstpause ein, um die Wirkung zu steigern und seine Worte sorgfältig zu wählen. Wenn ich es verpatze, sind es möglicherweise meine letzten. »Wer, glaubst du, wird deinen Sohn rächen?«

Aziz zwingt sich, einen Löffel Ei zu essen, während Yusuf nachdenkt. Das Ei schmeckt nach nichts – nein, es schmeckt nach Angst. Im Flugzeug werden sie nicht schießen. Klinge oder Schlinge? Würden sie ihn vor den Augen der schönen Frau umbringen?

Er schluckt den Bissen hinunter, dann steckt er sich noch einen Löffel voll Ei in den Mund.

Yusuf hebt die Hand.

Einer der Leibwächter steht auf.

Aziz bleibt auf seinem Stuhl sitzen – weglaufen ist unmöglich.

Yusuf nickt, und der Leibwächter lässt einen Aluminiumkoffer von Halliburton aufschnappen. Darin befindet sich ein Kühlbehälter, der Deckel ist mit schweren Schließbändern gesichert.

»Ein Geschenk für dich, mein Sohn«, sagt Yusuf.

»Was ist das?«

»Bitte«, erwidert Yusuf, »sag ›Vater‹ zu mir, Abdullah Aziz ibn Yusuf Mansur.«

Abdullah Aziz, Sohn des Yusuf Mansur.

»Was ist das, *baba*?«

Mein Vater.

Yusuf lächelt.

BoNT.

Ein Kilo Botulinumtoxin.

✦

Dave und Donovan sitzen am Hafen in Alghero an der Nordwestküste Sardiniens, wo Wendelin Dave abgesetzt hat.

»Ich muss mich wohl bei Ihnen bedanken«, hatte Dave gesagt.

»Sie wissen, wie Sie mir danken können«, hatte Wendelin geantwortet.

Mehr wurde nicht gesagt. Dave ging von Bord und rief unverzüglich die Nummer an, die ihm Donovan vor dem letzten Einsatz gegeben hatte.

»Ich dachte, du bist tot«, sagt Donovan jetzt. »Wir alle haben das geglaubt.«

»Ich auch.«

»Was zum Teufel war da los in Barcelona?«, fragt Donovan. »Ein absolutes Riesenchaos.«

»Zwei Dinge«, erwidert Dave. Er erzählt ihm von Miriam und Wendelin. »Aber mir macht noch etwas anderes Sorgen – woher wusste Aziz von Miriam?«

»Woher wissen *wir* von ihr?«

»Ich habe früher schon mit ihr gearbeitet.«

»Ach du Scheiße.«

»Was?«

»Das kannst du nicht wissen«, sagt Donovan, »weil du nicht mit uns weg bist. Simon Norris ist nicht mehr aufgetaucht.«

»Nein, das kann ich mir nicht vorstellen …«

»Ich will's mir nicht vorstellen«, sagt Donovan. »Aber er hat sich bis heute nicht gemeldet.«

»Und die anderen?«

»Du warst der Letzte.«

Vieles kann passiert sein. Aziz' Leute können ihn erschossen haben. Vielleicht wurde er von der spanischen Polizei verhaftet. Aber es gibt keinerlei Hinweise. Wäre er im Gefängnis, hätte er eine Nummer gewählt, und in weniger als einer Stunde wäre ein Anwalt bei ihm gewesen.

Aber er ist einfach von der Bildfläche verschwunden.

Das ist nicht gut.

»Warum hat dich Wendelin laufenlassen?«, fragt Donovan.

»Komm mit.«

Sie gehen in das alte Gästehaus am Strand, in dem Dave ein Zimmer bezogen hat, und Dave zeigt Donovan die Unterlagen, die Wendelin ihm gab. Donovan sieht das Material durch, blickt Dave in die Augen und sagt nun wieder: »Ach du Scheiße.«

»Können wir das Team zusammentrommeln?«, fragt Dave.

»Die sind in alle Winde verstreut«, erwidert Donovan.

✦

Alessandro sieht sie aus dem Wasser steigen.

Salz glitzert auf ihrer Haut, und sie riecht nach Meer, als sie sich auf das Handtuch neben ihm legt. Lange Arme, lange Beine, schlank, Mandelaugen.

Das Wasser auf den Seychellen ist himmelblau, der Wellengang mäßig, und das kleine Boot, das sie an diesen privaten Strand gebracht hat, wartet in der Bucht.

Das Boot kann warten, denkt Alessandro.

Lange warten.

Francesca ist Model, zum ersten Mal entdeckt hat er sie in der italienischen *Vogue*. Kennengelernt hat er sie an den Hängen des Monte Bianco, hat sich ihre Telefonnummer geben lassen und sie zu einem »Urlaub« eingeladen. Den er sich, wie er fand, nach dem Einsatz in Barcelona verdient hatte. Immerhin musste er sich aus einem sinkenden Fahrzeug befreien, zu einem abgelegenen Strandabschnitt schwimmen und sich heimlich aus Spanien absetzen.

Jetzt will er Sonne, Sex und Schlaf.

Gerade will er zwei der Komponenten miteinander verbinden, als er das Beiboot heranrudern sieht.

»Ich dachte, ich hätte gesagt, dass wir nicht gestört werden wollen«, fährt Alessandro den Jungen an.

»Es ist dringend«, stammelt der Junge und reicht ihm das Satellitentelefon.

»Das will ich auch hoffen«, sagt Alessandro. Er spricht in den Hörer. »Was? Was ist los?«

Eine Sekunde hört er zu, beobachtet Francesca, die sich Sonnenmilch auf die Schultern schmiert.

Jetzt?, denkt er.

Wirklich?

Sofort?

Cody nimmt die Welle.

Teahupoo.

Ein Killer.

Die schwierigste Welle der Welt.

Reef Break, Deep Barrel, die Welle bricht hohl über einem Korallenriff. Wenn du's hier versaust, bist du Geschichte.

Teahupoo bedeutet »Ort der Schädel« auf Tahitisch.

Cody wollte hier immer schon mal hin.

Jetzt verschwindet er in der Röhre, rast durch den Green Room, der Killer rollt über ihn hinweg wie ein irres Psychomonster, das ihn aufs Riff pressen will, und eine Sekunde lang wackelt er, aber dann streckt er die Hand aus, berührt die Welle, findet sein Gleichgewicht, und die Welle spuckt ihn wieder aus …

Raus aus der Röhre auf die Shoulder.

Was für ein Rausch.

Das reine Adrenalin, Mann.

Er will es gleich noch mal machen, paddelt zum Pick-up-Boat, klettert an Bord, will nur kurz verschnaufen und ein Red Bull trinken.

Der Typ vom Boot reicht ihm ein Telefon.

»Toller Ride. Hier ist eine Nachricht für dich, Bro.«

Echt jetzt?

Er lauscht, legt auf und sagt: »Eine schaff ich noch.«

Lev wandert durch die von ihm so geliebte Wüste Negev.

Schon viel zu lange her, seit er das letzte Mal hier war. Er genießt die Einsamkeit der Wüste, die klare Luft, die Ruhe.

Aber das hier ist besser als Ruhe, denkt er.

Das hier ist Frieden.

Masada erhebt sich vor ihm.

Eine Erinnerung und eine Mahnung.

Warum er der ist, der er ist.

Er klettert zur alten Zitadelle hinauf und sieht sich den Sonnenuntergang vom Gipfel aus an. Am Abend isst er köstliches Lamm mit Couscous und flirtet mit der Kellnerin, macht allerdings den Fehler, noch mal in sein Zimmer zu gehen und etwas zu seinem »Schutz« zu holen, das er vergessen hatte.

Das Lämpchen für neue Nachrichten blinkt.

Er hört den Apparat ab und geht wieder runter.

Dann sagt er zu der Kellnerin: »Ich weiß, das klingt schrecklich und entspricht nicht den gesellschaftlichen Konventionen, aber ich hab nicht viel Zeit.«

Willem paddelt hinter seiner Frau und seinen beiden Mädchen durch den Kanal.

Die Zwillinge sind jetzt sieben.

Gestern Nacht, nachdem sie sich geliebt hatten, lag er neben Gisela wach und sprach mit ihr darüber, dass sie ja wieder schwanger werden könnte.

»Du wünschst dir noch einen Jungen«, hatte sie gesagt und ihm übers Haar gestreichelt.

»Das ist es nicht«, sagte er. »Ich bin sehr glücklich mit den Mädchen.«

»Aber …«

»Aber es wäre doch schön, noch mal ein Baby im Haus zu haben«, hatte er gesagt.

»Für dich vielleicht«, sagte sie sanft.

Aber er hörte den darin enthaltenen Vorwurf. Er ist so häufig weg – sie weiß nie, wo er ist oder wie lange er fortbleibt –, und sie muss sich alleine um das Haus und die Kinder kümmern. Kinder, die ihren Papa vermissen und Fragen stellen, die sie nicht beantworten kann. *Wann kommt Papa nach Hause? Geht es Papa gut? Wann fahren wir in den Urlaub? Wann kommt Papa wirklich nach Hause?*

Sie wurden sich nicht einig, und er hütete sich davor, sie zu drängen. Jetzt paddelt sie vor ihm, und er betrachtet ihren Nacken, ihr braunes Haar, das er so sehr liebt, und er denkt, lass gut sein. Sei dankbar für das, was du hast.

Einige Minuten später legen sie an einer hübschen kleinen Wiese an, um zu picknicken, und er muss die Mädchen bremsen, weil sie sonst das ganze Brot an die Enten verfüttern würden.

Dann klingelt sein Handy.

Gisela sieht ihn an, sie kann ihre Angst nicht verbergen.

Michel war noch nie in Dakar.

Es handelt sich also um eine Art Pilgerfahrt, eine Reise zu seinen Ursprüngen.

Dabei stellt er fest, dass er Franzose ist, kein Afrikaner.

Es ist interessant, Verwandte zu treffen – seine Cousins, seine Onkel und Tanten hätten ihn nicht gastfreundlicher und herzlicher empfangen können –, aber sie haben nur wenige gemeinsame Themen. Die Stadt ist chaotisch, das Essen scheußlich, der Strand schmutzig, der Wein – verdient die Bezeichnung nicht.

Nach drei Tagen schon war ihm langweilig, und er war gereizt.

Als das Telefon klingelt, ist er zugegebenermaßen erleichtert.

Amir weiß nicht so genau, was er mit seinem Urlaub anfangen soll, er hatte noch nie welchen.

Während er über den Hafen Marmaris an der »türkischen Riviera« schlendert, erinnert er sich, dass er direkt aus dem Flüchtlingslager ins Gefängnis kam und sich bereits unmittelbar nach seiner Entlassung Donovan anschloss.

Nach dem Einsatz in Barcelona und dem Befehl, sich zu »verstreuen«, wurde ihm bewusst, dass er eigentlich gar nicht wusste, wohin. In seiner Heimat und bei seiner Familie galt er als Ausgestoßener, in Gaza würde ihn ein Todesurteil erwarten, bestenfalls würde man ihn auf schmerzliche Weise meiden. Nach Israel konnte er ebenfalls schlecht – nicht dass er dies gewollt hätte. Also beschloss er, in die Türkei zu fahren, sie lag relativ nah, und er hatte Gutes darüber gehört.

Die Leute hatten recht.

Das Land ist wunderschön, das Essen gut, die Unterkünfte sauber und angenehm. Seltsam, ganz allein in einem Zimmer zu schlafen, in einem Bett, ein Badezimmer zu haben, einen Fernseher – alles für sich allein. Außerdem genug Geld zu besitzen, um etwas zu essen zu kaufen, ins Kino zu gehen oder einen Kaffee zu trinken.

Oder sich Frauen zu kaufen.

Der Mann im Hotel hatte ihn gefragt, ob er eine Frau wolle.

Er hatte noch nie eine gehabt, und bevor er richtig darüber nachdenken konnte, hörte er sich ja sagen.

Eine Stunde später traf sie ein.

Wunderschönes langes schwarzes Haar, volle Lippen.

Sie lächelte, weil er sich ganz augenscheinlich unwohl fühlte, und fragte: »Bist du noch Jungfrau?«

Er antwortete nicht, was als Antwort völlig ausreichte.

»Keine Sorge«, sagte sie. »Das geht ganz von alleine, und was dich die Natur nicht lehrt, das bringe ich dir bei.«

Und genau das tat sie.

Und wie. Sie brachte ihm wunderbare Dinge bei. Es ging sehr schnell, aber sie meinte, beim nächsten Mal würde es besser werden, und auch damit behielt sie recht. Er wusste, dass er eine schreckliche Sünde beging, aber es war ihm egal. Heute Abend will er sie wieder haben.

Jetzt denkt er an Barcelona.

Und hat ein schlechtes Gewissen.

Wie ein Verräter.

Später am Abend, als er bei der Frau liegt, geht er ans Telefon.

Der Anruf erinnert ihn daran, dass er trotz aller Annehmlichkeiten des Lebens mit dem Tod verlobt ist.

Ulrich kickt seinem Sohn den Ball zurück.

Gerade fest genug, dass der sich anstrengen muss, aber nicht so, dass es ihn frustriert. Mit acht Jahren entpuppt sich Bernd bereits als vielversprechender Fußballspieler, der Junge lebt und atmet für den HSV. Ulrich hat ihm noch nicht gesagt, dass es ihm gelungen ist, Karten für das Spiel heute Abend gegen Dortmund zu ergattern. Die Karten waren sündhaft teuer, aber der Junge wird sich wahnsinnig freuen, erstens, weil er seine Helden persönlich zu Gesicht bekommt, und außerdem, weil er mal Zeit mit seinem Vater verbringen kann. Antje war so nett zu behaupten, sie habe keine Lust mitzugehen – obwohl sie ebenfalls Fan ist –, so dass sie jetzt einen Vater-Sohn-Abend haben werden.

Bernd nimmt den Ball an und schickt ihn gewandt auf Ulrichs linken Fuß. Ulrich lässt ihn aufspringen und gibt gerade wieder ab, als sein Handy klingelt. Er gräbt das Telefon aus seiner Jeanstasche, sieht auf dem Display, wer anruft, und weiß, dass er drangehen muss.

Er sieht die Enttäuschung in Bernds Gesicht und wirft ihm einen Blick zu, der sagen soll: »Kick zurück, wir spielen weiter«. Dann meldet er sich.

»Ja … ja … verstehe.«

Er legt auf.

»Wer war das, Papa?«, fragt Bernd mit vor Sorge angespannter Stimme.

»Ein Mann, mit dem ich arbeite«, erwidert Ulrich. »Kickst du mir den Ball jetzt zu oder muss ich ihn mir holen?«

»Komm und hol ihn dir«, antwortet Bernd lachend.

Ulrich läuft auf ihn zu und fordert ihn heraus, lässt den Jungen aber um sich herumdribbeln und einen Treffer auf das Garagentor landen. Sie spielen noch ein paar Minuten, dann geht Ulrich ins Haus und findet Antje im Arbeitszimmer.

»Den Gesichtsausdruck kenne ich«, sagt sie, als er sich auf die Sessellehne setzt. »Wann?«

»Heute Abend.«

»Aber du wolltest doch …«

Er schüttelt den Kopf. »Heute Abend fahre ich nicht. Morgen ist genug Zeit.«

»Nicht wirklich«, erwidert Antje. »Und wenn du ›nein‹ sagst?«

»Das kann ich nicht.«

»Warum nicht?«

»Weil der Job noch nicht erledigt ist«, erwidert er. Er hat

den Auftrag angenommen, er muss ihn jetzt durchziehen. Außerdem brauchen sie das Geld. Sie haben das Haus erst vor kurzem gekauft und beschlossen, sich in Hamburg niederzulassen, die Stadt zu ihrem Zuhause zu machen, nach all den Jahren, in denen sie von Stützpunkt zu Stützpunkt gezogen sind.

Ulrich weiß, was sie denkt – der Job wird niemals erledigt sein –, und er kann's ihr nicht verdenken. Sie hat über die Jahre so viel Geduld bewiesen, ihn immer unterstützt. Es ist verständlich, dass sie sich jetzt wünscht, er wäre häufiger zu Hause, würde gemeinsam mit ihr leben und nicht nur zu Besuch reinschneien.

»Das ist das letzte Mal«, sagt er.

Noch ein Auftrag, und das Haus ist abbezahlt, dann nimmt er die Stelle an, die ihm angeboten wurde – beim Sicherheitsdienst einer Kaufhauskette hier in der Gegend. Nicht unbedingt die Herausforderung, die er gewohnt ist, aber es kommt genug Geld dabei rum, und er wäre fast jeden Abend zum Essen zu Hause. Er wäre dabei, wenn Bernd mit seiner Mannschaft spielt, wäre an den Wochenenden da, sie könnten Leute zum Essen einladen und all das machen, was »normale« Paare so machen.

»Wirklich?«, fragt Antje.

»Versprochen.«

Sie drückt seine Hand. »Pass auf, dass Bernd heute Abend seinen Schal trägt.«

»Mach ich.«

»Ich bleibe auf, bis ihr wieder da seid.«

»Das ist nett.«

»›Nett‹?«, fragt sie. »Wir sind zu lange verheiratet.«

Nein, denkt Ulrich.

Für mich niemals lange genug.

Alle melden sich.
Alle sagen ja.
Alle außer Simon.

✦

»Simon war's nicht«, sagt Lev. »Ihr habt den falschen im Verdacht.«

Das Team sitzt im Besprechungsraum des neuen Stützpunkts in der Tatra, einem Gebirge in der Slowakei, unweit der polnischen Grenze.

Ulrich hat das Camp dank seiner Kontakte gefunden. Seine alte Einheit hatte hier in der Nähe vor einigen Jahren ein Höhentraining absolviert. Eine kleine Finanzspritze an einen slowakischen Bürokraten gewährleistet ihnen ein paar Wochen Ungestörtheit.

Das Camp ist ganz anders als das in Costa Rica.

Erstens ist es kalt, es befindet sich auf einer windgepeitschten Bergkette, an deren felsigen Hängen nur einige wenige dürre Kiefern wachsen. Statt in Containern wohnen sie in Bergsteigerhütten – kleine steinerne Behausungen mit Holzdächern, ausgelegt für jeweils zwei Mann. In jeder Hütte befindet sich ein Holzofen, die Scheite sind draußen unter blauen Plastikplanen im Schnee aufgestapelt.

»Wer ist während des gesamten Einsatzes nicht aktiv geworden?«, fragt Donovan.

»Wir wissen doch gar nicht, was mit ihm passiert ist«, beharrt Lev gegenüber der Gruppe. »Was glaubt ihr denn? Dass er sich einfach betrunken hat und nicht mehr blicken lässt? Einfach so nicht mehr ans Telefon geht? Wenn einer ein Verräter ist, dann nicht Simon, sondern *der*.«

Er zeigt auf Amir.

Amir will sich auf ihn stürzen.

»Ich mach dich fertig, *yahoudi.*«

Michel hat Mühe, ihn zurückzuhalten. Willem springt dazwischen und hilft ihm.

»Vielleicht sitzt Simon irgendwo in einem Keller«, sagt Lev, »wird gefoltert, und wir machen's uns mit dem da gemütlich, nur damit er uns alle verraten kann.«

»Das ist gelogen! Du bist ein Lügner!«

»Überlegt doch mal«, bohrt Lev weiter. »Wer hat ein Motiv? Ein erfahrener Special-Op, der über seine gesamte berufliche Laufbahn hinweg Terroristen bekämpft hat? Oder dieser Möchtegern-*shahid,* der bei der Hamas in die Schule ging? Wäre doch nicht dein erster Verrat, Amir, oder?«

Amir reißt sich los und stürzt sich auf Lev.

Dave stellt sich dazwischen und stößt ihn zurück.

»Du warst mit ihm in der Hotelsuite, Collins«, sagt Lev. »Was hat er da gemacht? Hat er überhaupt irgendwas gemacht?«

»Er wurde in Schach gehalten und bedroht.«

»Erst hat er dich in die Falle gelockt«, erwidert Lev, »dann ist er in Deckung gegangen. Er ist ein Verräter und ein Feigling.«

»Jetzt reicht's«, sagt Donovan zu Lev.

»Es reicht noch lange nicht«, erwidert Lev. »Ich sage euch was – ich werde keinen weiteren Einsatz mit diesem Mann durchziehen, und wenn ihr schlau seid, macht ihr das genauso wenig. Nicht, bevor wir nicht wissen, wo Simon steckt.«

»Da hat er nicht ganz unrecht«, sagt Alessandro.

Amir starrt ihn wütend an.

»Das hat nicht unbedingt was mit dir zu tun«, sagt Alessandro zu ihm, »es geht um den Einsatz. Möglicherweise sind wir gefährdet, und das wissen wir erst, wenn wir wissen, was mit Simon los ist.«

»Wenn er gefangen genommen wurde«, sagt Willem, »müssen wir ihn finden und befreien. Wenn er tot ist, müssen wir ihn beerdigen. Wenn es was anderes ist, müssen wir's rauskriegen.«

»Amir hat ihn verkauft«, sagt Lev.

»Du hast deine Ansicht bereits deutlich genug zum Ausdruck gebracht«, sagt Donovan. »Wenn du von Simons Unschuld so überzeugt bist, dann geh und such ihn.«

»Das mache ich«, sagt Lev. »Was ist mit dem Arschloch da?«

»Der geht nirgendwohin«, sagt Donovan.

Amir starrt ihn böse an. »Danke für das Vertrauen.«

»Such Simon«, fährt Donovan Lev an und verlässt den Raum.

Simon taucht die Nadel in den Löffel und zieht das Morphium auf die Spritze.

Den Arm hat er sich bereits abgebunden, jetzt sucht er die Vene und spritzt sich den Stoff.

Zwei Sekunden, dann Erleichterung.

Er hatte sich geschworen, es niemals zu tun, das Zeug niemals zu spritzen, nur ab und zu mal ein bisschen was durch die Nase zu ziehen. Aber was schwört man sich nicht alles …

Die Droge lässt ihn vergessen.

Wenigstens für ein paar Stunden.

Das Einzige, was ihn die Droge niemals vergessen lässt, ist die Droge.

Jetzt legt er sich aufs Bett und blickt aus dem Fenster seines Hotelzimmers auf die kleine kroatische Stadt Hvar. Überlegt, ob er ein bisschen rausgehen soll, aber eigentlich ist ihm das zu anstrengend.

Zuerst hatte er an die Karibik gedacht, dann an Polynesien, dann kam ihm das alles vor wie so ein Mist aus dem Reisekatalog. Fruchtige Cocktails mit Schirmchen drin, Platten voller Fusion-Food-Häppchen und dieser ganze schöne Scheiß. Er entschied sich schließlich für die Küste Dalmatiens, auch weil sie so nah lag. Ein Ort zum untertauchen. Ein Ort, an dem man leicht an Drogen kommt. Und an die Schottinnen, die hier billig Urlaub machen – zweihundert Pfund für Flug plus Hotel mit Halbpension, den Strand gibt's umsonst, nur das Bier muss man noch selbst bezahlen.

Dazu ist er aber noch gar nicht gekommen.

Wird Zeit.

Aber das bedeutet, dass er aufstehen muss. Nur um wieder in die Kiste zu springen. Kommt ihm vor wie Energieverschwendung. Durch die Kiefern vor dem Haus schimmert der Ozean, der Sonnenuntergang ist wunderschön. Ein orangefarbenes Glühen, das zu seinem eigenen Inneren passt.

Alles ist friedlich, und mehr wollte er doch nicht, oder?

Zur Abwechslung mal ein bisschen Frieden.

Ist das denn so viel verlangt?

Er dämmert weg.

Wird, keine Ahnung wie viel später, von einem Klopfen an der Tür geweckt. Er brüllt: »Verpiss dich!«

»Zimmerservice, Sir.«

»Ich hab nichts bestellt«, sagt er, steht auf und schlurft zur Tür. Oder vielleicht doch, ich weiß nicht mehr, was ich getan habe oder nicht, aber ein Burger oder ein Kebab wären jetzt gar nicht so verkehrt.

Er macht die Tür auf.

Vor ihm stehen Lev und Willem.

✦

Das Becken der Frau hebt sich vom Bett wie eine anbrandende Woge.

Georges Malouf betrachtet es voller Bewunderung.

So etwas Schönes, das Becken einer Frau.

Er hatte sie in dem Café in Beirut gesehen, sie war im Rock an ihm vorbeigegangen, der Stoff hatte leise geraschelt, Sirenengesang. Als sie sah, dass er sie anstarrte, hatte sie ihren eleganten Hals gedreht und ihn angelächelt.

Er hatte zurückgelächelt.

Da hatte Georges Malouf Bescheid gewusst. Diese wunderschöne Kreatur interessierte sich nicht für ihn als Mann, sondern für sein Geld, was ihn aber nicht wütend darüber machte, dass er alt war, sondern dankbar dafür, dass er Geld hatte.

Seine Freunde gaben ständig vor ihm an: »Ich musste noch nie im Leben dafür bezahlen.« Worauf Malouf erwiderte: »Dann lebt ihr noch nicht lange genug.« Außerdem hatte er sowieso nie verstanden, weshalb man eine Amateurin einem Profi vorzieht. Mrs Malouf hatte ihm fünf wunderbare Kinder und ein schönes Leben geschenkt, aber im Schlafzimmer war sie mehr Mutter als Geliebte.

Die Frau hatte gelächelt, Malouf hatte zurückgelächelt und auf den freien Stuhl gezeigt.

Sie hatte sich gesetzt und mit der Verhandlung begonnen, dem Tanz von »nein« bis »vielleicht« bis »ja«, sie hatte eine Abmachung mit dem Commodore Hotel nur eine Straßenecke weiter.

Jetzt nimmt er sich einen Augenblick Zeit, um das Wogen ihres Beckens zu genießen.

Schöne Frauen sind wie ein gutes Essen, denkt Malouf.

Junge Männer schlingen, alte Männer kosten es aus und genießen. Ein Festschmaus für Augen und Nase – ihr Parfüm ist betörend – ebenso wie für seine Lenden. Er sieht sie an und sieht, dass sie etwas über seine Schulter hinweg entdeckt hat. In seiner Branche wird man nicht so alt wie er, wenn man …

Zu spät.

Ein Unterarm legt sich um seinen Hals, und er wird auf die Zehenspitzen gezogen. Der Atem seines Angreifers riecht nach Zwiebeln, als er ihm zuraunt: »Abdullah Aziz sagt: Überleg dir genau, wen du empfiehlst.«

Malouf sieht die Frau traurig an.

Sie ist das letzte Schöne, das er sieht.

Dann bricht sein Genick, und er spürt nichts mehr.

»Wo bist du gewesen?«, fragt Lev.

»Da, wo ihr alle wart«, erwidert Simon. Er weicht zurück und setzt sich aufs Bett. »Hab mich bedeckt gehalten. Wie habt ihr mich gefunden?«

»Du hast schlampig gearbeitet«, sagt Willem. »Hast ein Zugticket mit deiner Kreditkarte bezahlt. Ganz schlechtes Handwerk, Simon.«

Lev fallen die Spritze und der Löffel ins Auge.

»Nur ein bisschen was zum Chillen«, sagt Simon. »Nimmt ein bisschen die Anspannung raus.«

»Was war los mit dir in Barcelona?«, fragt Willem.

»Spanische Bullen«, erwidert Simon. »Die waren direkt hinter mir, und ich wollte sie nicht zu euch führen. Also hab ich sie wild durch die Gegend gescheucht und dann abgehängt.«

»Warum hast du dich nicht gemeldet?«, fragt Lev. »Ein paar Leute denken sehr hässlich über dich.«

»Siehst du, genau deshalb«, entgegnet Simon. »Ich hatte Angst vor dem, was sie denken, dass sie denken, ich wäre übergelaufen oder so.«

»Du hättest Kontakt zu mir aufnehmen können«, sagt Lev. »Oder irgendeinem von uns.«

»Du hast recht. Vollkommen recht. Eigentlich wollte ich das auch.«

»Aber …«

Simon blickt auf die Spritze. »Wisst ihr … Hört zu, jetzt seid ihr ja da. Könnt ihr mich wieder mitnehmen?«

»Können wir«, sagt Lev.

»Gott sei Dank«, sagt Simon. »Da bin ich echt froh, zum Glück. Hier draußen ist es ganz schön einsam, Freunde, das kann ich euch verraten.«

»Noch eine Frage.«

»Schieß los.«

»Warum liegen plötzlich drei Millionen Dollar auf deinem Konto auf den Cook Islands?«

Simon will zur Tür.

Lev verpasst ihm einen Tritt in die Leber und reißt ihn zu Boden.

Dann spürt Simon, wie ihm ein Tuch vor die Nase gepresst wird, und verliert erneut das Bewusstsein.

»Der Chef will dich sprechen«, sagt Cody zu Dave.

Dave geht den Hang runter zum »Kommandobunker« – einer großen, in den Hang gebauten Steinhütte. Darin befindet sich der kleine Besprechungsraum, in dem Donovan vor einer Reihe Laptops auf einem Regal aus unlackierten Brettern sitzt.

»Glaubst du, Lev hat recht?«, fragt Donovan. »In Bezug auf Amir?«

»Du kennst ihn besser als ich.«

»Scheiße«, sagt Donovan, »lass es uns beim Namen nennen. Er ist Muslim, Palästinenser.«

»Ich weiß nur«, sagt Dave, »dass wir die Operation erst fortsetzen können, wenn wir alle Zweifel ausgeräumt haben.«

Das Team kann nichts unternehmen, wenn die Teammitglieder ständig voreinander auf der Hut sein müssen, sich nicht vertrauen und andauernd damit rechnen, eine Kugel in den Rücken zu bekommen.

Donovan sieht auf die Uhr. »Ja, es wird Zeit. Zeit für ein Gespräch mit einer alten Freundin.«

Er gibt etwas in einen der Laptops ein, und Miriams Gesicht taucht auf dem Bildschirm auf.

Sie wirkt blass, käseweiß im Kontrast zu ihrem schwarzen Haar und dünn – viel zu dünn. Sie muss Daves Gedanken an seinem Gesichtsausdruck abgelesen haben, denn sie sagt: »Man sollte meinen, dass man zunimmt, wenn man nicht laufen kann, aber ich hab's geschafft, Gewicht zu verlieren.«

»Du siehst toll aus«, sagt Dave.

»Und du bist ein charmanter Lügner«, erwidert Miriam. »Aber danke.«

»Wie geht's?«

»Die Physio ist entsetzlich langweilig«, sagt sie. »Die ständigen Wiederholungen machen mich wahnsinnig, aber die Ärzte sagen, in ein paar Monaten kann ich wieder laufen.«

»Das ist toll.«

»Die Aussicht, den New-York-City-Marathon zu gewinnen, muss ich allerdings in den Wind schießen«, sagt sie. »Das sollte jetzt keine Anspielung sein …«

»Miriam«, sagt Dave. »Tut mir wahnsinnig leid. Das ist alles meine Schuld.«

Sie guckt genervt. »Ich mache dir keinen Vorwurf. Mein

Vorwurf gilt Aziz. Schuld ist das hirnverbrannte Arschloch, das auf mich geschossen hat. Wir können uns jetzt nicht gegenseitig unter Druck setzen, Dave, dafür ist es ein bisschen zu spät. Außerdem wäre das billig und unreif. Am Ende des Tages glaube ich immer noch daran, dass es die Guten und die Bösen gibt, und wir sind die Guten. Damit will ich sagen: ›Geh und mach sie fertig, Dave.‹«

»Bin schon dabei.«

»Ich setze volles Vertrauen in dich.«

Ihr Gesicht verschwindet vom Bildschirm.

Donovan schenkt Dave ein Glas Scotch ein und stößt mit ihm an.

»Auf die Guten«, sagt er.

✦

Simon erwacht mit hämmerndem Schädel.

Es ist dunkel, aber dann begreift er, dass sein Kopf unter einer geschlossenen Kapuze steckt. Im Mund hat er ein nach Chloroform stinkendes Tuch.

Panik steigt in ihm auf, er kämpft sie nieder und versucht herauszubekommen, wo er sich befindet. Er spürt die Bewegungen eines Wagens und weiß, dass er auf einem Rücksitz liegt. Die Hände auf dem Rücken gefesselt.

Er stöhnt, um auf sich aufmerksam zu machen.

Niemand reagiert.

Also tritt er gegen die Tür und zwar so lange, bis ihm die Kapuze vom Kopf gerissen wird. Lev sieht ihn an.

»Benimm dich, oder du wanderst in den Kofferraum.«

Willem sieht das genauso und nickt.

Dave sieht die Scheinwerfer eines Wagens über die Serpentinenstraße auf das Camp zukommen. Ein paar Minuten später hat der Wagen das Camp erreicht, und Dave sieht, wie Lev und Willem etwas vom Rücksitz ziehen und wie einen Sack mit unerwünschten Waren auf den Boden knallen lassen.

Gemeinsam mit Donovan geht er rüber und erkennt entsetzt Simon auf dem Rücken liegend im Schnee. Der britische Sanitäter blickt zu Dave und Donovan auf.

»Master Sergeant Simon Norris«, sagt er, »meldet sich zum Dienst.«

»Schafft ihn mir aus den Augen«, erwidert Donovan.

Sie schleifen Simon runter in einen Keller, in dem Kartoffeln lagern, und setzen ihn an die Wand.

»Wenn ich dir die Hände losbinde«, fragt Lev, »versuchst du dann zu türmen?«

Simon sieht Willem an, der in der Tür steht. »Wo soll ich denn hin? Ich weiß ja nicht mal, wo ich bin.«

Lev klärt ihn nicht auf, aber es ist auch egal. Simon weiß, wie man sich orientiert, wie man überlebt und überall herauskommt.

Lev hockt sich neben ihn und nimmt ihm die Fesseln ab.

Simon reibt sich die Handgelenke. »Danke, mein Freund.«

»Ich bin nicht mehr dein Freund.«

Er schämt sich für Simon. Sie alle können sich nur auf eins verlassen: nämlich darauf, dass sie sich aufeinander verlassen können. Das ist das Einzige, was sie unumstößlich und sicher wissen, und nur deshalb funktioniert alles andere.

Ohne diese Gewissheit haben sie nichts.

»Soll das jetzt so weitergehen?«, fragt Simon.

»Ich muss wissen, was du ihnen verraten hast«, sagt Lev. »Wen du verkauft hast, welche Namen du genannt hast.«

»Nur den von Collins.«

»Lüg mich nicht an.«

»Das ist die Wahrheit. Ich schwör's.«

Lev explodiert. »Manche dieser Männer haben Familien!«

»Collins ja wohl nicht mehr, oder?«

Lev schlägt ihm ins Gesicht. Mit geöffneter Hand, aber fest. Simon richtet den Kopf wieder auf, sieht Lev an und sagt: »So geht's also weiter.«

Anstelle einer Antwort schlägt Lev ihn erneut.

Später, als er jede einzelne Information aus ihm herausgepresst hat, hockt sich Lev neben ihn und sagt: »Eine Frage habe ich noch – warum?«

»Warum?«, nuschelt Simon. Seine Lippen sind aufgeplatzt und geschwollen, ein Auge fast zugequollen. »Ich hab mir mein Leben angesehen. Meine Zukunft. Und da war nichts außer weiteren zwanzig Jahren Töten, Bluten, Sterben. Ich wollte nur ein bisschen Frieden, Alter. Nur ein bisschen Frieden.«

»Den kannst du haben«, sagt Lev.

»Willst du wissen, was du wert bist?«, fragt Donovan Dave eine Stunde später. »Drei Millionen US-Dollar. Ich persönlich halte das ja für ein bisschen überteuert.«

»Hat er gestanden?«

»Ein bisschen Überredung hat es schon gebraucht«, sagt Donovan.

Dave schüttelt den Kopf. »So was machen wir nicht. So sind wir nicht.«

»Nein?«, fragt Donovan. »Wo warst du in Balad?«

Dave fällt keine Antwort ein.

»Verschwende dein Mitgefühl nicht auf Norris«, sagt Donovan. »Er hat dich verraten. Und nur damit du's weißt, Miriam hat er auch verkauft. Durch ihn weiß Aziz, wer wir sind und dass wir kommen.«

»Und jetzt?«, fragt Dave.

Donovan sieht ihn einfach nur an.

»Ich mach's«, sagt Dave.

Er steht auf.

»Nein«, sagt Donovan. »Wir müssen das richtig machen.«

Kurz vor Morgengrauen gehen sie mit Simon unter schiefergrauem Himmel nach draußen.

Lev hat ihn auf der einen Seite am Ellbogen gepackt, Willem auf der anderen, und sie führen ihn aus dem Camp hinaus zu einer Gruppe von Birken.

Dave folgt mit dem restlichen Team.

Es ist kalt, und der Schnee knirscht unter seinen Stiefeln.

»Mag ein Klischee sein«, sagt Simon zu Lev, »aber darf ich noch eine rauchen? In meiner Tasche steckt ein Päckchen Regals.«

Lev schüttelt eine Zigarette aus dem Päckchen und steckt sie Simon in den Mund.

»Darf ich sie selbst anzünden?«, fragt Simon. »Nur ein kleines Vergnügen, aber immerhin.«

Lev reicht Simon sein Feuerzeug. Mit zitternden Händen führt er die Flamme an die Zigarette und nimmt einen tiefen Zug.

Die Spitze glüht rot im noch matten Licht.

»Gott, schmeckt die gut.« Simon zieht noch zwei Mal tief, lässt die Zigarette in den Schnee fallen und tritt sie mit dem Fuß aus. »Okay.«

Sie binden ihn mit einem Seil an einem Baum fest, dann treten sie ein paar Schritte zurück und stellen sich zum Rest des Teams, bilden in circa zehn Metern Entfernung eine Reihe. Michel starrt Simon an. Alessandro entsichert sein Gewehr. Cody starrt zu Boden und scharrt mit dem Stiefel im Schnee.

»Fahnenflucht im Angesicht des Feindes«, sagt Donovan, »außerdem Hochverrat an den eigenen Kameraden. Beides hast du gestanden. Willst du noch etwas sagen, bevor das Urteil vollstreckt wird?«

»Wahrscheinlich könnt ihr nicht einfach mal ein Auge zudrücken?«, fragt Simon. »Um der alten Zeiten willen?«

Niemand antwortet.

»Wie vielen von euch hab ich das Leben gerettet?!«, schreit Simon. »Wie viele von euch wären längst tot, wäre ich nicht gewesen?«

Seine Stimme hallt durch den Wald.

»Fickt euch«, nuschelt Simon. »Macht schon, los. Aber versaut es nicht, ja?«

Die Männer legen an.

Dave will sich einreden, dass es nichts anderes ist, als einen SCUD-Schützen aus großer Entfernung auszuschalten, nicht anders, als einen Führer der al-Qaida vor einem F-16-Angriff zu »markieren«. Auch das sind Hinrichtungen. Aber natürlich ist diese hier anders. Er zielt auf Simons Brust – denkt: Du hast mit diesem Mann trainiert, hast neben ihm gekämpft, im Sand gekniet, als er verzweifelt versuchte, einem Kameraden das Leben zu retten. Hast ihn weinen sehen, als es ihm nicht gelang. Aber er hat Miriam verraten, sagt er sich. Er das Team und die Mission verraten. Seinetwegen sterben möglicherweise noch viele weitere Menschen.

»Feuer!«

Schüsse zerreißen die kalte Winterluft.

Simon sackt zusammen.

Sie gehen schweigend zurück.

Zu hören ist nur der Wind.

Die Männer halten die Köpfe gesenkt, das Kinn auf die Brust gepresst, als müssten sie darauf achten, wohin sie ihre Füße setzen. Kurz vor dem Camp holt Lev Amir ein und läuft neben ihm weiter. Amir beachtet ihn nicht. Nach ein paar Minuten sagt Lev: »Ich muss mich bei dir entschuldigen.«

Amir antwortet nicht.

Wissen, dass man sich entschuldigen muss, und es tatsächlich tun, sind zwei verschiedene Paar Schuhe.

»Ich habe dich zu Unrecht verdächtigt«, sagt Lev. »Ich habe mich geirrt.«

»Du kapierst es nicht, oder?«, fragt Amir. »Es geht nicht darum, *dass* du mich verdächtigt hast, sondern *warum* du's getan hast.«

Doch, Lev kann ihn verstehen. Zwischen ihnen liegen tausend Jahre Misstrauen. Misstrauen, Hass und Mord. Jeder Israeli kennt mindestens eine Person, die von einem Palästinenser getötet wurde, jeder Palästinenser mindestens einen anderen, der durch einen Israeli starb.

»Es tut mir leid«, sagt Lev.

Amir antwortet immer noch nicht. Ein paar Schritte weiter sagt er: »Ich war nicht feige. Ich habe die Bombe nicht gezündet, weil es Kinder waren.«

Sie gehen den Hang hinunter.

Die Schaufel scharrt in der felsigen Erde.

Dave hilft mit einem Fußtritt nach, stemmt sich mit seinem Gewicht darauf, und der Boden gibt nach.

Er, Michel und Ulrich haben sich freiwillig als Bestattungskommando gemeldet. Sie graben im vereisten Boden, bis eine tiefe Grube entstanden ist. Dann wickeln sie Simons Leichnam in eine Decke und senken ihn ab, schaufeln anschließend Erde drauf.

»Hier in den Bergen gibt es noch Wölfe«, sagt Ulrich. Sie suchen ein paar Steine und legen sie aufs Grab, damit die Wölfe den Kadaver nicht ausbuddeln.

»Wollen wir ein Kreuz aufstellen?«, fragt Michel.

»Ich glaube nicht, dass er gläubig war«, erwidert Ulrich.

Trotzdem haben sie das Gefühl, dass jemand etwas sagen sollte, aber Dave fällt nichts ein.

Ulrich überrascht ihn.

»Gott«, sagt Ulrich plötzlich, »wir wissen nicht immer, was einen Mann bewegt. Was ihn dazu bringt, seine Freunde und seine Überzeugungen zu verraten. Wir wissen nicht, wie es passieren kann, dass ein Mensch den Glauben verliert. Wir bitten dich darum, uns unseren Glauben zu erhalten. Gott, bitte nimm die Seele unseres Kameraden Simon an und bewahre sie vor weiterem Leid.«

»Amen«, sagt Michel.

»Amen«, sagt Dave.

✦

Aziz blickt durch die Doppelglasscheibe der Sicherheitswerkbank Klasse III.

In dem gasundurchlässigen Behälter mit HEPA-Schwebstofffilter befindet sich eine Probe Botulinumtoxin in Form eines gefriergetrockneten weißen Pulvers. Aziz sieht zu, wie der Biochemiker – ein von der National University of Science and Technology in Pakistan abgeworbener Professor – unter

Zuhilfenahme der fest eingebauten Nitrilhandschuhe einen Tropfen Flüssigkeit aus einer Pipette auf die Petrischale mit dem Gift tropft.

Eine kleine Dampfwolke steigt auf.

»Die Sicherheitsmaßnahmen, die wir normalerweise im Umgang mit BoNT ergreifen«, führt der Professor aus, »dienen dazu, genau dies zu vermeiden: dass sich das Pulver in ein Aerosol verwandelt.«

Als Pulver, erklärt er, ist BoNT relativ harmlos – schließlich handelt es sich im Prinzip um genau dieselbe Substanz, die sich eitle Frauen und Männer im Kampf gegen Falten unter die Haut spritzen lassen. Auf die Haut sollte es allerdings möglichst nicht gelangen, wobei aber die eigentliche Gefahr darin besteht, es zu inhalieren. Deshalb der Schwebstofffilter zur Sterilisierung der Luft, die eventuell der Sicherheitswerkbank entweicht.

Der Professor trägt einen langärmeligen Laborkittel, ein zusätzliches Paar Handschuhe und eine Schutzbrille. Das restliche BoNT wird in einem verschlossenen Kühlschrank im tiefsten Teil des Bunkers aufbewahrt.

»Als Aerosol«, führt der Professor aus, »ist es tödlich.«

Er grinst, denn gerade hat er genau das hergestellt – ein Aerosol.

Ein Aerosol, denkt Aziz, lässt sich leicht verabreichen.

Über die Belüftungssysteme kann es in U-Bahnen, U-Bahnhöfe, Züge und Flugzeuge geleitet werden, was zu einem leider schnellen, dafür aber grausamen Tod aller führt, die sich darin befinden.

Zwölf *shahid* haben sich in Amerika bereits freiwillig gemeldet. Die Zahl hat er aus dem Koran – »›Schlag mit deinem Stock auf den Felsen!‹ Da brachen zwölf Quellen aus ihm hervor.«

Zwölf tödliche Attentate an einem einzigen Tag.

Hunderttausende von Todesopfern.

Die Frage ist jetzt nur, wie das BoNT zu den *shahid* gelangen soll. Die Antwort fällt ihm ein, als er das Gift betrachtet. Wir schmuggeln doch ständig weißes Pulver in die Staaten …

Ein paar Wochen wird es dauern, bis alles für den Transport vorbereitet ist, aber in der Zwischenzeit ist er hier absolut sicher.

Anders als Osamas Basis ist seine unangreifbar.

✦

»Das Barisangebirge auf Sumatra in Indonesien«, sagt Dave.

Er wirft eine Karte auf die Leinwand im Besprechungsraum. Das Beste, was sie machen können, denkt er, zurück an die Arbeit gehen. Sie müssen sich auf den Einsatz vorbereiten. Also präsentiert er die Informationen, die er Wendelins Unterlagen entnehmen konnte.

»Das Barisangebirge zieht sich wie ein Rückgrat über die gesamte Westküste der Insel«, fährt er fort. »Von Norden nach Süden. Es handelt sich um Vulkangestein, wobei einige Vulkane noch aktiv sind, dazwischen liegen tiefe Täler und zerklüftete Bergkämme mit Kiefern- und Regenwäldern. Die höchsten Gipfel sind über 3000 Meter hoch und von dichtem Dschungel bedeckt.«

Das Team betrachtet die Satellitenaufnahmen des Gebiets.

»Aziz hat seinen Stützpunkt hier«, sagt Dave und zeigt auf eine Stelle im Nordwesten. »Das ist Tenkereng, eine entlegene Bergregion, reich an Bodenschätzen, Öl, Erdgas, Bauxit, Zinn, Gold und Kupfer. Größtenteils befindet sie sich im Besitz dieses Mannes …«

Auf der Leinwand erscheint ein Foto von Mansur.

»Scheich Yusuf Mansur«, fährt Dave fort, »ein Multi-Milliardär, der sich in Tenkereng eine Festung gebaut hat – ausgedehnte Bunkeranlagen auf den Berggipfeln, umgeben von Minenfeldern. Dagegen wirkt Tora-Bora wie ein Ferienlager des YMCA. Ursprünglich waren die Bunker für seinen Sohn bestimmt. Seit dessen Tod nutzt Aziz die Anlage.«

»In gewisser Hinsicht«, sagt Donovan, »hat uns Aziz einen Gefallen getan, indem er seine gesamten Kräfte auf einen einzigen Ort konzentriert. Er hat alle seine Kämpfer dorthin abkommandiert und ein Ausbildungslager für Neuanwärter errichtet. Praktisch eine Terror-Universität.«

»Es gibt drei Gravitationszentren«, sagt Dave.

Auf der Leinwand erscheint eine Luftaufnahme von einer Gasförderanlage.

»Erstens, die Grasberg-Erdgasanlage, die Quelle von Yusufs Reichtum«, fährt Dave fort, »den sich Aziz jetzt zunutze macht.«

Neue Satellitenfotos zeigen Hindernisparcours, Schießplätze, Zelte und Gebäude in einem Tal unweit des Berggipfels.

»Zweitens, das Lager selbst«, sagt Dave.

Ein neues Foto vom Berggipfel erscheint. Gerade so zu erkennen ist der getarnte Eingang eines Bunkers unter einer kahlen, konvex geformten Bergkette oberhalb des Trainingsplatzes auf dem Gipfel. Vom Gipfel fällt der Berg dreißig oder vierzig Meter schroff ab bis zur Bunkeröffnung.

»Drittens, Aziz' Hauptquartier. Es befindet sich in einem gut versteckten, titanverstärkten Bunker, dem nicht einmal eine Atombombe etwas anhaben könnte. Da müssen wir rein.« Dave hält einen Augenblick inne, wartet, bis die Information seine Zuhörer erreicht hat, dann fährt er fort: »Wir nehmen alle drei ins Visier. Wenn es uns gelingt, sie zu zerstören, zerstören wir Aziz' gesamte Infrastruktur. Damit ist sein Netzwerk vernichtet.«

Auf der Leinwand wird jetzt eine 3-D-»Sandtafel« sichtbar, ein Geländemodell der Umgebung.

»Der Einsatz gliedert sich in drei Phasen«, erklärt Donovan. »Phase eins: *Operational Deception*. Zerstörung der Förderanlage und Ablenkungsmanöver. Wir müssen Aziz den Geldhahn abdrehen. Außerdem hat es die taktische Funktion, die auf der Basis stationierten Soldaten von dort abzuziehen. Phase zwei: *Demolition*. Sind Aziz' Leute größtenteils damit beschäftigt, die Förderanlagen zu verteidigen, rücken wir an und zerstören das Ausbildungslager. Phase drei: Gezieltes Ausschalten. Wir verschaffen uns Zugang zum Bunker und eliminieren Aziz. Ein Kinderspiel, oder?«

Das Team lacht.

Lamu war ein relativ leichter Einsatz, in Barcelona hatten im Prinzip nur die Scharfschützen wirklich was zu tun. Tenkereng ist eine komplexe Operation mit mehreren Phasen und einem Schwierigkeitsgrad, der alles Bisherige in den Schatten stellt.

»Okay«, sagt Donovan, »sehen wir uns die Sache mal im Einzelnen an.«

»Wie kommen wir in die TZ?«, fragt Ulrich.

Target Zone – das Zielgebiet.

Die Karte zeigt bereits, wo die Schwierigkeiten liegen.

Es gibt weder einen Hafen noch einen Strand in umittelbarer Nähe zum Gebirge, sie könnten niemals aus einer der Ortschaften anrücken, ohne entdeckt und auf den schmalen gewundenen Bergpfaden niedergemetzelt zu werden.

Auch Abseilen aus einem Hubschrauber kommt nicht in Frage – es gibt keinen Auffangraum in der Nähe, und der Hubschrauber würde schon beim Anflug entdeckt werden.

Es gibt nur eine Möglichkeit, das Zielgebiet mit unvermindert großem Überraschungsmoment zu erreichen, und zwar durch einen HAHO-Sprung.

High Altitude, High Opening – hohe Absprunghöhe, hohe Öffnungshöhe.

Also aus mindestens 9000 Metern.

Sie müssen die Fallschirme innerhalb von zehn bis fünfzehn Sekunden nach dem Sprung öffnen und dann per GPS über 50 Kilometer in die LZ (*Landing Zone*) navigieren.

Bei geschätzten 130 Stundenkilometern.

Im Dunkeln.

Aber das ist nicht das einzig Gefährliche.

Der niedrige Sauerstoffgehalt in diesen Höhenregionen kann leicht zu Ödemen in Gehirn oder Lunge führen, was tödlich wäre. Auch kann der Springer das Bewusstsein verlieren, noch bevor er den Schirm öffnet.

»Dann wird es ein HANO-Sprung«, sagt Cody.

High altitude – No opening.

Donovan zeigt auf eine kleine Lichtung, kleiner als ein Fußballplatz, auf einem Bergkamm mitten im Dschungel. »Dort müssen wir landen.«

Aus 9000 Metern Höhe und mit 130 Stundenkilometern, denkt Dave.

Nachts.

Und üben kann man das nicht. Ein HAHO-Sprung ist im Training genauso gefährlich wie beim Einsatz selbst.

»Und dann?«, fragt Willem.

»Angenommen, wir erreichen die LZ relativ intakt«, sagt Donovan, »gehen wir unverzüglich zu Phase eins über.«

Phase eins ist Ulrichs Auftritt.

Er wird die Erdgasanlage mit einer solchen Wucht in die Luft jagen, dass dort in absehbarer Zukunft keinerlei Förderung mehr möglich sein wird, und zwar so, dass die Explosion noch in weiter Ferne sichtbar ist.

Dafür braucht er das, was Special-Ops unter einem BFH verstehen.

Einen *Big Fucking Hammer*.

Hochexplosiven Sprengstoff.

Hochexplosiver Sprengstoff detoniert. Das bedeutet, er explodiert mit Überschallgeschwindigkeit und setzt eine Druckwelle frei, die ausreichend Energie enthält, um Lebewesen zu vernichten und Gebäude zu zerstören. TNT, Nitroglycerin, Oktogen und Nitropenta sind solche hochexplosiven Sprengstoffe.

Ulrich überlegt, Nitropenta zu benutzen – was auch das von Terroristen bevorzugte Material beim Bau von Flugzeugbomben ist. Nitropenta hat einen R. E.-Faktor (*Relative Effectiveness*) von 1,33, TNT dagegen nur 1,0.

Oktogen hat sogar einen noch höheren R. E.-Faktor: 1,91.

Am liebsten aber würde Ulrich eine neue Substanz verwenden, die sich allerdings noch in der Entwicklung befindet – Octanitrocuban.

»C8.«

Wenn's um das Thema geht, wird er richtig beredt.

»Octanitrocuban«, erklärt er Dave, »ist stoßunempfindlich und detoniert bei einer Geschwindigkeit von 10 100 Metern pro Sekunde, das ist der schnellste bekannte nicht nukleare Sprengstoff. Der R. E.-Faktor – das musst du dir mal reinziehen, Dave – liegt bei 2,38, also fünfundzwanzig Prozent höher als der von Oktogen.«

Dave hört sich das Fachgespräch an und fragt: »Warum verwenden wir's dann nicht?«

»Weil es sehr schwer herzustellen ist, selbst unter Laborbedingungen«, sagt Ulrich traurig. »Im Moment bekommt man es nur grammweise, und es ist wertvoller als Gold.«

Also entscheidet sich Ulrich für Oktogen.

Für die *erste* Sprengung.

Donovan hat im Netz einen technischen Bericht über die Grasberg-Anlage gefunden und einen Grundriss heruntergeladen, so dass Ulrich jetzt genau weiß, womit er es zu tun hat. Das Oktogen wird in Verbindung mit den atmosphärischen Gasen in der Luft und dem Erdgas in den Förderbehältern durch seine Detonation eine ganze Kette von weiteren Explosionen auslösen.

»Außerdem«, setzt er Dave enthusiastisch auseinander, »gebe ich den kleineren Sprengsätzen eine Calciumchloridpaste bei.«

Dave will kein Spielverderber sein. »Wozu?«

»Wegen der Farbe«, erklärt Ulrich stolz. »Dadurch entsteht eine grellorangefarbene Flamme, die durch den Schacht nach oben schießt und meilenweit zu sehen sein wird. Das müsste die Tangos aus dem Ausbildungslager anlocken.«

»In der Anlage arbeiten keine Zivilisten«, sagt Dave. »Dort sind ausschließlich Aziz' oder Yusufs Männer beschäftigt – allesamt Dschihadisten.«

»Aber kannst du Oktogen aus 9000 Metern Höhe abwerfen, ohne dass es hochgeht?«, fragt Donovan.

»Müsste möglich sein, ja.«

»Müsste?«

»Na ja, gemacht hat das noch niemand«, sagt Ulrich. »Aber mathematisch betrachtet dürfte es kein Problem geben.«

»Wie gut bist du in Mathe?«, fragt Dave.

»Sehr gut«, erwidert Ulrich.

»Wie sieht's mit der Zerstörung des Lagers aus?«, fragt Dave.

»Gewöhnliche Semtex- und C4-Ladungen«, sagt Ulrich beinahe gelangweilt. »Semtex hat einen eher gemütlichen R.E.-Faktor von 1,59, C4 von 1,55. Die Sprengsätze könnten Kinder legen.«

Jetzt macht sich Dave ernsthaft Sorgen um Ulrichs Nachwuchs.

»Dann beginnt Phase zwei«, schaltet sich Donovan wieder ein. »Ulrich wird sich an der LZ vom Team trennen und an der Förderanlage in Stellung gehen. Wir anderen steuern diesen Punkt hier an.«

Auf dem Bildschirm ist der Berg mit dem Trainingslager und dem Hauptbunker zu sehen.

Das Lager befindet sich in einem kleinen Tal unterhalb des Bunkers. Eine Schotterstraße führt zwischen bewaldeten Bergkämmen östlich davon auf den Gipfel. Auf der Westseite wird das Lager ebenfalls von Bäumen begrenzt. Über die Straße gelangt man in Serpentinen bis zum Hauptbunker.

Donovan zeigt auf den Bergkamm im Nordosten des Lagers.

»Unsere Verteidigungslinie ist hier«, fährt er fort, »wir lassen die Straße zur Grasberg-Förderanlage für die Tangos frei. Wenn wir den Eindruck haben, dass alle dorthin beorderten Tangos draußen sind, greifen wir das Lager an, fallen ein und verschwinden wieder, Gentlemen. Zerstören möglichst schnell möglichst viel. Phase drei hat Priorität.«

Auf dem Bildschirm erscheint ein Foto von Aziz.

»Diesen Mann gilt es gezielt zu eliminieren«, sagt Donovan. »Alles Bisherige diente letztlich nur diesem Ziel. Wir zerstören die Förderanlage, verwüsten das Lager, aber unsere eigentliche Mission besteht darin, diesen Mann in die Hölle zu schicken.«

Phase drei.

Dave betrachtet erneut die Rekonstruktion der Bunkeranlage. Ein einziger durch panzer- und sprengsichere Betonmauern circa dreißig Meter davor abgeschirmter Zugangsweg, der direkt in den Hang gegraben wurde. Der Eingang selbst ist mit zickzackförmigen, betonverstärkten Mauern gesichert, so dass Raketen, lasergelenkte Sprengköpfe oder Artilleriegranaten nicht bis ins Innere vordringen können.

Auf dem Gipfel oberhalb des Eingangs befindet sich ein weiterer Bunker mit Geschützstand und einem schweren 12.7-KORD-Maschinengewehr sowie einem vierläufigen ZPU-4-Flugabwehr-Maschinengewehr.

Direkt östlich des Bunkers, auf der anderen Seite der Zufahrtsstraße, auf dem gegenüberliegenden Hang befinden sich zwei weitere Bunker, ebenfalls ausgestattet mit jeweils einem KORD, so dass der gesamte Bereich zwischen den Bunkern ein offenes Schussfeld ist. Wer den Bunker von der Zufahrtsstraße aus angreifen will, muss durch dichtes Kreuzfeuer.

Donovan wirft Satellitenfotos an die Wand, die eine russische 2P25-Startrampe mit SA-6-Flugabwehrraketen zeigen, außerdem zwei BTR-4-Schützenpanzer und einen T-90-Kampfpanzer.

»Krass«, entfährt es Cody.

»Kann man wohl sagen«, meint Willem. »Ich wage zu behaupten, das ist uneinnehmbar.«

»Dann müssen wir uns überlegen, wie wir's trotzdem hinkriegen«, erwidert Donovan. »Also, ihr genialen Taktiker und obercoolen Superkrieger, wir kennen das Problem. Jetzt will ich eine Lösung.«

Schließlich verpflichtet man Profis dieses Kalibers nicht nur wegen ihres Könnens, sondern auch wegen ihres Wissens und ihrer Intelligenz. Diese Männer sind erfahrene Spezialisten in der Anwendung von Gewalt, das beinhaltet nicht nur reine Brutalität, sondern vor allem auch fein abgestimmte gewaltsame Methoden zur Lösung spezifischer Probleme. Ihre Talente wären verschwendet, würde man ihnen Befehle erteilen und erwarten, dass sie diese wie Roboter ausführen.

Wie Donovan immer sagt: »Ich will nicht das einzige Wort haben, nur das letzte.«

Diesmal fehlt ihnen die Trumpfkarte, an die sie sonst so gewöhnt sind – Luftmacht.

Normalerweise würde man aus der Luft angreifen, und das Problem wäre gelöst – mit schweren Bomben und Raketen würde man Flugabwehr und Bepanzerung zerstören, anschließend die Infanterie mit Kampfhubschraubern vernichten. Dann würden die besten Männer in den Bunker eindringen und die Sache zu Ende bringen.

Diesmal müssen sie ohne Unterstützung aus der Luft auskommen, aber sie verlieren keine Zeit mit Jammern. Stattdessen gehen sie in Gedanken die Liste an Ressourcen durch, die sie in das Gefecht einbringen können, und berechnen deren maximalen Nutzen.

»Mit wie vielen Tangos haben wir's zu tun?«, fragt Michel.

»Mindestens hundert«, erwidert Dave. »Vielleicht sogar hundertfünfzig.«

»Ausbildungsstatus?«

»Schätzungsweise dreißig bis fünfzig erfahrene Mudschahedin«, sagt Dave. »Irak, Afghanistan, Tschetschenien, Somalia. Die anderen sind vor Ort rekrutierte muslimische Karos.«

»Motivation?«

»Hoch«, sagt Dave. »Aziz' Männer sind ihm treu ergeben,

und die einheimischen Karos betrachten ihn als Yusufs Erben. Sie werden kämpfen.«

Die Männer widmen sich weiter der Problemlösung, schreiben Listen mit möglicherweise geeigneten Waffen, berechnen deren Feuerkraft, wägen Taktiken ab. Fast zwei Stunden lang ist es still im Raum, dann reißt Donovan sie aus ihren Gedanken.

Es folgen drei Stunden Brainstorming – Debattieren, Diskutieren, argumentieren; teilweise äußerst erhitzt.

Donovan stört das nicht. Er hat immer gewusst, dass die Schwierigkeit in der Führung eines All-Star-Teams darin besteht, dass jeder ein Star ist. Jeder glaubt, ihm steht der Ballbesitz zu. Pfercht man Männer mit Riesenegos in einem Raum zusammen, sind Streitereien vorprogrammiert. Das ist in Ordnung.

Donovans Aufgabe besteht darin, die Auseinandersetzungen zu schlichten und zu beenden. Anschließend sind die Männer wieder diszipliniert genug, um im Team zu arbeiten. Und so lässt er sie machen, weil er weiß, dass ein Streit auf dem »Schlachtfeld der Ideen« auf dem realen Schlachtfeld Blutvergießen verhindern kann.

Nur eine einzige Sache steht nicht zur Debatte.

»Ich werde den tödlichen Schuss auf Aziz abfeuern«, sagt Dave.

Niemand widerspricht.

Dave hat es sich verdient.

Phase vier: Exfil.

Exfiltration und Infiltration sind verwandte Themen.

Die Infiltration ins Zielgebiet scheint relativ übersichtlich – ein Sprung aus großer Höhe aus einem Flugzeug, in diesem Fall einer C-130.

Die Lockheed Hercules ist so was wie der Ackergaul heutiger Special-Ops. Sie startet und landet auf den holprigsten »Pisten« und kann bis zu sechzehn Tonnen Fracht aufnehmen. Das klingt viel, kommt aber schnell zusammen – Waffen, Sprengstoff, Munition, Helme und Westen. Das Team wird mehr Feuerkraft brauchen als auf Lamu, und das bedeutet schwerere Geschütze und Waffen.

Aber eine C-130 hat selbst bei relativ geringer Zuladung eine maximale Reichweite von lediglich 2500 Kilometern. Das bedeutet, sie brauchen einen Auffangraum in einem Umkreis von 1250 Kilometern Entfernung zum Zielort. Wobei zwei Auffangräume besser wären – einer für den Start, einer als Sammelpunkt nach Beendigung der Mission.

Sie brauchen also ein Flugfeld, von dem aus sie starten können – ohne von den einheimischen Behörden entdeckt zu werden, die angesichts eines mit schwer bewaffneten Männern vollbesetzten Transportflugzeugs durchaus irritiert reagieren könnten.

Das malaysische Festland ist die Sumatra am nächsten gelegene Landmasse. Aber die malaysische Polizei ist bekanntermaßen paranoid und gründlich, besonders in Bezug auf den eigenen Luftraum, das wäre also eine schlechte Wahl.

Das Team sucht weiter nördlich im südlichen Thailand und findet einen schmalen Küstenstreifen nicht weit entfernt vom Urlauberparadies Phuket am indischen Ozean.

»Phuket ist viel zu gut besucht«, sagt Ulrich.

»Was ist mit Satun?«, fragt Cody. Er kennt die Gegend vom Surfen. »Da gibt's einen Flughafen.«

Satun ist eine kleinere Stadt weiter südlich, näher an Sumatra.

»Oder noch besser«, fährt Cody fort, »Hat Yai.«

Hat Yai ist eine Stadt im Süden Thailands, unweit der

Grenze zu Malaysia. Dort gibt es einen Flughafen, von dem aus Gummiplantagen im gesamten Archipel angeflogen werden.

»Wir könnten Vorräte zu den Plantagen fliegen«, schlägt Willem vor. »Das wäre glaubwürdig.«

Donovan nimmt einen Messschieber – knapp über 740 Kilometer vom Zielgebiet entfernt.

Die Lockheed startet also in Hat Yai, setzt das Team über dem Zielgebiet ab, und dann? Donovan bringt es auf den Punkt: »Aus einem Flugzeug kann man rausspringen, aber nicht wieder rein.« Sie brauchen also einen Platz, auf dem die C-130 landen kann, um sie wieder aufzunehmen.

Ein kurzer Blick auf die Satellitenbilder zeigt einen alten Landeplatz sechzehn Kilometer nördlich des Zielgebiets, über den das inzwischen nicht mehr existierende Erdgasunternehmen Materialien angeliefert hatte.

Die Lockheed könnte das Team absetzen, auf der Piste landen und dort bis zur Exfiltration warten. Zu dem Zeitpunkt dürfte das Überraschungsmoment sowieso hinfällig sein.

»Wissen wir, in welchem Zustand sich die Piste befindet?«, fragt Dave.

»Auf dem Foto sieht sie ganz passabel aus«, erwidert Donovan.

»Und wenn sie's nicht ist?«, hakt Dave nach. »Wenn die Lockheed nicht landen kann?«

»Dann sind wir gearscht«, erwidert Donovan.

»Und die sechzehn Kilometer vom Ziel bis zum Flugfeld müssen wir zu Fuß und möglicherweise unter Beschuss zurücklegen«, sagt Cody. »Cool.«

Aber es gibt noch ein anderes Problem.

Ulrich sitzt an der Förderanlage – zehn Kilometer in entgegengesetzter Richtung. Er kann unmöglich rechtzeitig zum

Team stoßen und mit den anderen über die Piste entkommen.

Er schlägt selbst eine Lösung vor.

»Ich komme aus der Luft«, sagt er. »Ich verschwinde durch die Luft.«

Er zeigt auf einen kleinen Hügel auf der Karte, dann fährt er fort. »Ich jage das verdammte Ding hoch, warte, bis sich der Staub gelegt hat, und verziehe mich hierhin, auf den Gipfel.«

»Da können wir nicht landen«, sagt Donovan.

»Davon ist ja auch keine Rede«, sagt Ulrich. »Ich denke an einen *Skyhook.*«

Die Lockheed fliegt möglichst tief und lässt eine Schlinge mit einem Haken aus ihrem Bauch herunter, Ulrich lässt sich daran hochziehen.

Voraussetzung ist ein perfektes Timing.

»Das ist riskant«, sagt Dave.

»Im Gegensatz zum ganzen Rest, oder wie?«, meint Ulrich. »Ansonsten ist die Mission ein Kinderspiel?«

»Wir haben nur eine Chance, dich aufzusammeln«, sagt Donovan.

»Wenn ihr mich verfehlt«, sagt Ulrich, »muss ich zu Fuß an die Küste, Leute schmieren und irgendwie mit einer Fähre oder einem Fischerboot nach Thailand übersetzen.«

Er redet darüber, als ginge es darum, den nächsten Bus zu erwischen.

Die Sache ist beschlossen.

Das Team startet von der alten Piste, Ulrich wird oberhalb der Förderanlage an den Haken genommen, dann fliegen sie weiter nach …

»Satun«, sagt Dave. »Falls es Unstimmigkeiten geben und die Behörden in Hat Yai auf uns aufmerksam geworden sein sollten.«

»Wir fliegen nach Satun«, sagt Michel, »und trennen uns. Von dort aus kommen wir in wenigen Stunden nach Myanmar, Kambodscha oder Indien.«

Klingt nach einem Plan.

Der sieht vor, denkt Dave, dass ein Team der weltweit gefährlichsten Söldner ein sehr großes Flugzeug unter Vortäuschung falscher Tatsachen in ein neutrales Land einfliegt, nachts aus enormer Höhe auf eine kleine Dschungellichtung springt, eine Erdgasförderanlage und einen Terroristenstützpunkt in die Luft jagt, einen zahlenmäßig mindestens zwölffach überlegenen Feind in einem schwer bewehrten Bunker besiegt, Abdullah Aziz tötet und nach einem sechzehn Kilometer langen Marsch durch den Dschungel ein möglicherweise bereitstehendes – möglicherweise aber auch nicht bereitstehendes – Flugzeug besteigt, um damit einen Kameraden mittels *Skyhook* von einem Berggipfel zu angeln, in ein neutrales Land auszufliegen, in dem man vielleicht nur darauf wartet, die Söldner festzunehmen, und sich dann, sollte dies nicht der Fall sein, in die ganze Welt zu zerstreuen.

Okay.

Donovan geht Dave in die Kantine nach. Er hat ein Glas Scotch in der Hand.

»Ich dachte, es gibt nichts mehr zu trinken«, sagt Dave.

»Das gilt nur für die Kinder«, sagt Donovan. »Bei einem Mann meines Alters spielt das keine Rolle mehr. Der Schaden ist längst entstanden.«

»Bist du bei dem Einsatz dabei?«

»Uns fehlen zwei Männer«, erwidert Donovan. »Irgendwie ein schönes Gefühl, gebraucht zu werden.«

Dave sagt nichts. Wenn sich Donovan etwas in den Kopf

gesetzt hat, ist sowieso nichts mehr zu machen. Er wird es sich nicht ausreden lassen. Und im Grunde seines Herzens will Dave ihn auch gar nicht davon abbringen. Es wird gut sein, noch einmal mit Donovan in Aktion zu gehen.

So wie wir angefangen haben, denkt er, so hören wir auch auf.

»Ich hab eine C-130 gefunden«, sagt Donovan. »Baujahr 1981, ausgezeichneter Zustand.«

»Wo?«

»Im Internet«, sagt Donovan beiläufig.

»Im Internet?«

»Im Internet kannst du alles kaufen«, sagt Donovan. »Brauchst du ein U-Boot?«

»Nein«, erwidert Dave. »Wie viel? Das Flugzeug, meine ich, nicht das U-Boot.«

»Zwei Millionen«, sagt Donovan. »Ich kann den Preis auf einskommaacht drücken, und nach dem Einsatz verkaufen wir die Kiste wieder. Vorausgesetzt, sie übersteht's mehr oder weniger in einem Stück.«

Sie setzen sich auf eine Bank an einem der langen Holztische und essen. Heute Abend gibt es Sauerkrautsuppe, Blutwurst und paniertes Schweineschnitzel. Dazu Brot, jede Menge dick geschnittenes dunkles Brot. Im Saal ist es schummrig und deprimierend. Drei Neonröhren hängen an dünnen rostigen Ketten über den Tischen. Der Generator gibt nicht genug Leistung ab, und um Punkt zehn Uhr gehen die Lichter aus.

Die Stimmung hier ist ruhiger als im Camp in Costa Rica, nachdenklicher.

Gedrückt.

Wahrscheinlich geht Simon den Männern nicht aus dem Kopf, denkt Dave.

Oder vielleicht wird ihnen jetzt erst klar, worauf sie sich eingelassen haben. Wahrscheinlich rechnet sich jeder Einzelne seine Überlebenschancen aus. Selbst diese Männer, diese ultra-selbstbewussten Alphamännchen, haben inzwischen Zweifel an der eigenen Unsterblichkeit.

Aber vielleicht auch nicht, denkt Dave und blickt den Tisch entlang. Vielleicht ist es auch nur die Erkenntnis, dass die Mission so oder so bald zu Ende sein wird, und jetzt wird die professionelle Entschlossenheit spürbar, die bevorstehende Aufgabe zu bewältigen.

Das Ding durchzuziehen.

Und dann was?, fragt er sich.

Er steht auf und geht nach draußen. Die Nacht ist schwarz und kalt, der Wind schneidend. Er geht an den Rand eines kleinen Felsvorsprungs, setzt sich und blickt in die Ferne.

Ein paar der Männer werden nach Hause fahren, zu ihren Familien zurückkehren. Zu Freunden, vielleicht auch andere Jobs annehmen, andere Einsätze vorbereiten, und du …

Was?

Du kehrst zurück in ein leeres Zuhause.

Kein Zuhause – ein Haus.

Ohne Jake und Diana gibt es kein Zuhause.

Kein Leben ohne sie. Du lebst nur noch aus einem Grund, um sie zu rächen … wenn du das erst mal …

Vielleicht kannst du bei Donovan bleiben? Zur nächsten Mission übergehen?

Konzentrier dich, sagt er sich.

Das hier ist die einzige Mission, die zählt.

Abdullah Aziz töten.

✦

Tag der Abrechnung.

Die 29,7 Meter lange, 11,68 Meter hohe C-130 H/Q bewegt sich mit einer Tragflächenspannweite von 40,41 Metern wie ein Vogel aus dem Zeitalter der Dinosaurier übers Wasser.

Die Lockheed hat bereits eine ordentliche Strecke zurückgelegt, um überhaupt hierherzugelangen – von ihrem Verkäufer in Dubai wurde sie nach Indien geflogen, von dort nach Myanmar, weiter nach Thailand und schließlich runter nach Hat Yai. Jetzt dröhnen die vier Turboprop-Triebwerke, während das Monster ungraziös über die Andamanensee hinwegfliegt und die Nordküste Sumatras ansteuert.

Jack Heffernan, ehemals 160th Special Operations Aviation Regiment, hat höhere Unterhaltsverpflichtungen als Rentenbezüge und fliegt die Maschine. Von ihm wird behauptet, er könne eine C-130 aus jedem beliebigen Sandloch starten und im Grünen wieder absetzen.

Unter Beschuss.

Vielleicht wird er das auch müssen, denkt Dave.

Er sitzt zusammen mit den anderen im geräumigen Laderaum.

Wie sie ist auch Dave über eine indirekte Reiseroute nach Hat Yai gelangt. Von der Slowakei über Kroatien, dann nach Istanbul. Von Istanbul aus mit dem Flugzeug nach Delhi, weiter nach Bangkok, von dort mit dem Zug nach Hat Yai. Die anderen kamen über ähnlich umständliche Strecken, alle sind sie getrennt voneinander eingetroffen, mit dem Flugzeug, mit dem Auto, mit dem Zug und sogar mit Bussen – aber alle trafen sich lange vor Morgengrauen auf dem Flughafen, wo Donovan sie mit der Lockheed erwartete.

Das ist jetzt das letzte Mal, denkt Dave.

Der letzte Einsatz.

Zum letzten Mal sitze ich hier, lausche dem Lärm der Triebwerke und dem Schweigen der Männer und warte darauf, dass es losgeht.

Cody hat Gehörschutz-Kopfhörer auf und hört Jack Johnson, den Soundtrack zu einem Film, der sich hinter seinen geschlossenen Augenlidern abspielt. Alessandro sieht aus, als würde er tief schlafen. Willem blickt geradeaus, in sich versunken, zweifelsohne geht er den Einsatz in Gedanken durch. Ulrich überprüft, wie immer, seine Sprengkörper. Als Lev mit einem Geschenk am Treffpunkt erschien, war das für ihn wie Weihnachten.

»Wo hast du das her?«, fragte Ulrich, nachdem er den Behälter aus Hartplastik geöffnet und das Octanitrocuban, das C8, darin entdeckt hatte.

»Frag nicht«, erwiderte Lev. »Sagen wir mal, in Tel Aviv gibt es Leute, die unserem Vorhaben nicht ohne Sympathie begegnen. Kannst du's noch gebrauchen?«

»Aber ja. Danke.«

»*Masel tov.*«

Ulrich bereitet jetzt den Sprengkörper mit dem C8 vor, und Dave sieht völlig entspannt dabei zu, wie der Mann mit einem Stoff hantiert, der sie alle im Bruchteil einer Sekunde ins Jenseits befördern könnte. Michel beobachtet ihn ebenfalls interessiert, von Profi zu Profi.

Amir wirkt, als wäre er sprichwörtlich meilenweit entfernt, und Dave fragt sich, ob er wieder auf der Terrasse in Barcelona steht.

»Mach dir keine Sorgen«, hatte er ihn im Trainingscamp in der Tatra wieder aufbauen wollen. »So was kann jedem mal passieren.«

Eine gut gemeinte Lüge.

So was passiert eben nicht jedem mal. Super ausgebildeten Special-Ops, den weltweit besten Elitekriegern, passiert so was nicht. Sie machen nicht einfach dicht und erstarren, und Dave hofft, dass es bei Amir das erste und letzte Mal gewesen sein wird.

Sie sind auf seine Sprachkenntnisse angewiesen.

Verdammt, sie brauchen ihn auch als Kämpfer, und der Palästinenser muss das, was in Barcelona war, aus seinem Kopf vertreiben. Special-Ops brauchen in Bezug auf Niederlagen – ebenso wie Quarterbacks und Torhüter – ein extrem kurzes Gedächtnis. Daraus lernen und weitermachen.

Dave blickt zu Donovan rüber, der ihn hämisch angrinst.

Das alles haben sie schon einmal zusammen erlebt – das Warten vor dem Einsatz. Das ist das Schlimmste, die stillen Minuten, bevor es losgeht. Zu viel Zeit zum Nachdenken, zum Überlegen, zum Grübeln über das, was passieren könnte und all das, was man noch hätte tun wollen, aber nicht getan hat.

Donovan sieht auf die Uhr und sagt: »Mission plus fünfundfünfzig.«

Noch fünfundfünfzig Minuten bis zum Absprung.

Die Männer checken ihre Fallschirme noch einmal doppelt und dreifach, achten darauf, dass die Steuerleinen richtig verstaut, Trenn- und Reservegriff in der Kletttasche befestigt sind sowie das Drei-Ring-System in Ordnung und korrekt eingehängt ist.

Der Fallschirm selbst ist ein MMS 420 mit Blue-Track-Kappe und Airtec Cypres, einem Öffnungsautomaten, der bereits so programmiert ist, dass sich der Schirm zehn Sekunden nach dem Sprung öffnet, sollte der Springer aufgrund der enormen Höhe das Bewusstsein verloren haben. Die meisten Fallschirme sind mit einem Reserveschirm ausgestattet. Auch dieser hier hat einen, außerdem eine Fernsteuerung zur Öffnung des Schirms, die vom Flugzeug aus per Computer bedient werden kann.

Vielleicht lande ich bewusst- und orientierungslos, denkt Dave, aber wenigstens lande ich. Und schlage nicht mit 250 Stundenkilometern auf – das ist die Durchschnittsgeschwindigkeit eines Springers bei ungeöffnetem Schirm zum Zeitpunkt des Aufpralls – und reiße einen Krater in die Erde.

»Mission plus fünfunddreißig«, sagt Donovan.

Dave setzt seinen Ops-Core-Helm auf, eine Weiterentwicklung gegenüber dem alten HGU-55, insofern er sowohl beim Sprung wie auch im Gefecht getragen werden kann. Er besteht aus Kohlenstoff und einem Polyethylen mit ultrahohem Molekulargewicht, ist aber um zwanzig Prozent leichter als der alte Helm, was sowohl für den Sprung als auch im Gefecht von entscheidendem Vorteil ist. An der Seite ist ein Headset befestigt, dass sich ein- und ausklappen lässt, links sitzt ein L-3 GPNVG-18 – ein Vier-Röhren-Nachtsichtgerät, das ein Blickfeld von 97 Grad erfasst.

Auf den Helmen sind Cyalume MILSPEC Chemical Light Circles angebracht, die mit Nachtsichtgerät meilenweit zu erkennen sind.

Cody ist der PT für diesen Sprung.

Physiology Technician.

Eigentlich wäre das Simons Job gewesen, aber …

Cody hat die entsprechende medizinische Ausbildung durchlaufen, also übernimmt er die Aufgabe, die darin besteht, darauf zu achten, dass alle ihre Atmungsgeräte für den Sprung vorschriftsmäßig vorbereiten. Die Helme sind zusätzlich mit einem PHAOS-*Parachutist High Altitude Oxygen System* – ausgestattet, das die Atmung der Männer vor und während des Sprungs reguliert.

»Vor-Atmung«, befiehlt Cody.

Jeder stöpselt den Schlauch seiner MBU-12P-Maske in die OXCON, die Sauerstoff-Konsole, eine sieben mal fünf Zentimeter große Metallbox mit acht Anschlüssen. Die OXCON verteilt und reguliert den Sauerstofffluss in die einzelnen Masken. Mit dem »Voratmen« werden neunzig Prozent aller Fälle von Dekompression bei HAHO- und HALO-Sprüngen verhindert. Cody holt Luft aus einer separaten kleineren OXCON.

Sie sitzen und atmen dreißig Minuten lang Sauerstoff.

Dann beginnt die Maschine ihren Aufstieg auf 9000 Meter Höhe.

Dave prüft ein letztes Mal seine Ausrüstung – seinen Höhenmesser, seine Freifallstiefel, seine Gentex-Brille und die Handschuhe aus Polypropylen. Die Körpertemperatur des Menschen nimmt pro 330 Meter Höhenanstieg um ein Grad ab, ohne die Handschuhe würden seine Hände sofort einfrieren und er verlöre die Fingerfertigkeit, die er für die anstehenden Aufgaben dringend braucht.

Ein Rucksack mit Ausrüstung und Waffen ist an einem Geschirr zwischen Daves Beinen befestigt, erst kurz vor der Landung wird er die Schnur lösen.

Die Waffen darin sind nicht die, die er beim Einsatz benutzen wird. Schwere Gegenstände fallen schneller als leichte, deshalb wurde die gesamte Ausrüstung unter den Soldaten verteilt, um Gewichtsunterschiede auszugleichen. Damit wird gewährleistet, dass alle mit derselben Geschwindigkeit fallen und dementsprechend gleichzeitig landen. Auf dem Boden angekommen, werden sie sich versammeln und die Ausrüstung sortieren.

Ulrich fungiert als Absetzer.

Das Team geht im »Stapel« raus, Ulrich ist als erster und deshalb unterster Springer für die Navigation zur LZ verantwortlich. Ein S&S NavBoard Mega ist am Brustgurt seines Fallschirms befestigt und mit einem digitalen Höhenmesser, einem beleuchteten Magnet-Kompass und einem tragbaren GPS versehen, das bereits auf die LZ eingestellt wurde.

Nach Beendigung des Voratmens trennt sich Ulrich von der OXCON, steht auf und geht an die Rampe der C-130, die sich hydraulisch öffnet. Die durch die Luke eindringende Luft ist arktisch, lässt die Sprungbrillen beschlagen.

Ein rotes Lämpchen leuchtet an der Luke.

Das Team stellt sich auf und checkt sich gegenseitig durch – Helme, Brillen, Gurte, Sauerstoffflaschen.

Dave hört, dass die Turbotriebwerke in der dünnen Luft tausend Meter über der empfohlenen maximalen Flughöhe zu kämpfen haben.

Das Lämpchen an der Rampe schaltet von Rot auf Grün.

Los.

Die Angst vor dem freien Fall ist dem Menschen angeboren, ein evolutionäres Überbleibsel aus der Zeit, als wir noch auf Bäumen lebten.

Wenn man merkt, dass man fällt – oder kurz davor ist zu fallen –, senden die Neuronen aus dem Auge Signale an einen kleinen walnussförmigen Teil des Vorderhirns namens Amygdala und lösen damit eine Kettenreaktion aus. Die Amygdala schickt die Information weiter an den Hypothalamus, der ein Kortikotropin erzeugendes Hormon (CRH) produziert, das wiederum die Hirnanhangdrüse so stimuliert, dass sie Cortisol absondert. Das Cortisol setzt Glukose frei, die Treibstoff für Muskeln und Gehirn liefert, so dass diese auf die Bedrohung reagieren können. Außerdem wird der Blutfluss gehemmt, weshalb der Blutverlust bei einer Verletzung im freien Fall sinkt.

Diese Reaktion läuft automatisch ab, deshalb durchzuckt einen augenblicklich »Angst«, wenn man zum Beispiel rückwärts vom Stuhl fällt.

Aber das ist nicht die einzige Reaktion. Im selben Moment, in dem die Amygdala die biochemische Kettenreaktion auslöst, sendet sie eine Botschaft an den präfrontalen Cortex, an den Teil des Gehirns, der für die bewusste Einschätzung einer Gefahr zuständig ist. Der präfrontale Cortex analysiert die sensorische Information nach Aussehen, Geruch, Klang und Beschaffenheit und entscheidet, ob die Gefahr real ist, woraufhin er die Fortsetzung der biochemischen Reaktion »autorisiert« oder den Vorgang gegebenenfalls – sollte sie nicht real sein – »abbricht«.

Die Gefahr ist gerade allerdings sehr real – das Gehirn weiß, dass der Körper gleich fallen wird, ungebremst, aus enormer Höhe. Aber das Gehirn eines Elitesoldaten ist anders als dass eines »Normalsterblichen«, und zwar in zweierlei Hinsicht.

Die Amygdala eines Elitesoldaten reagiert weniger empfindlich. Gefahr wird von ihm nicht genauso wahrgenommen wie von anderen Menschen. Wenn man sagt, diese Männer seien »anders gepolt«, dann ist da zumindest teilweise etwas Wahres dran.

Außerdem ist ihr präfrontaler Cortex darauf trainiert, Gefahren zu analysieren. Dem ganzen gnadenlosen Training liegt letztlich das Bestreben zugrunde, den präfrontalen Cortex so weit zu stärken, dass er die Amygdala dominiert – im Prinzip, um die in einem bestimmten Moment notwendigen biochemischen Reaktionen »anweisen« zu können.

Ein Sprung aus einem Flugzeug ist im wahrsten Sinne des Wortes ein Akt wider die Natur. Die Amygdala schreit: »Nein, tu's nicht, halt dich am Türgriff fest und lass bloß niemals los.«

In 9000 Metern Höhe aus einem Flugzeug zu springen und 30 Kilometer weit durch die Luft zu einer kleinen Landezone zu navigieren, um gegen einen zahlenmäßig zwölffach überlegenen Feind zu kämpfen, ist absolut irre.

Der präfrontale Cortex eruiert die Gefahr und ist derselben Meinung, aber der von der Amygdala unabhängige, hochgradig trainierte präfrontale Cortex eines Elitesoldaten analysiert diese Information anders – man spricht auch von einem *OODA Loop*.

Observation, Orientation, Decision, Action.

Observation – gleich springt er. Die Amygdala reagiert relativ verhalten.

Orientation – der präfrontale Cortex versichert ihm, dass er weiß, was er tut, und es dank seiner Ausrüstung und Ausbildung überleben wird.

Decision – er wird es tun. Im Prinzip heißt das: »Fick dich, Amygdala – halt's Maul, und gib mir Saft.«

Action.

Ulrich springt kopfüber, gefolgt von Alessandro und Amir.

Michel, dann Willem und Lev.

Cody dreht sich zu Dave um, zeigt ihm den hawaiianischen *Shaka*-Gruß und ist draußen.

Dave geht in Stellung – die Augen geöffnet, das Kinn auf die Brust gepresst, Ellbogen fest an die Seite.

Der Oberkörper leicht vorgebeugt, die Knie leicht eingeknickt.

Dann springt er.

In 9000 Metern Höhe herrscht eine Temperatur von minus 44 Grad.

Dabei sind der kalte Wind und die Luftströmung, die ein mit 200 Stundenkilometern aus einem Flugzeug fallender Mann erzeugt, noch gar nicht mitgerechnet. Dave trägt einen Anzug aus Polypropylen unter dem Tarnanzug, trotzdem drohen ihm Frostbeulen und Unterkühlung.

Dave streckt Arme und Beine von sich, bildet ein X, um sein Falltempo zu senken, denn er weiß, dass er nicht mehr als 180 draufhaben sollte, wenn sich der Schirm öffnet. Ist man sehr viel schneller, kugelt man sich unter Umständen durch die Wucht Arme und Beine aus, und als Sockenpuppe nutzt man weder sich selbst noch sonst jemandem was.

Das PHAOS beginnt sofort, in effizienten Schüben – statt in konstantem Fluss – Sauerstoff durch die Maske zu pumpen. Um bei Bewusstsein zu bleiben, braucht der Mensch eine Sauerstoffsättigung von 87 bis 97 Prozent – in 9000 Metern Höhe sinkt sie auf unter 70 Prozent. Das PHAOS zwingt Sauerstoff mit höherem Druck in die Lungen als die Umgebungsluft, so dass die Sauerstoffsättigung über den kritischen 87 Prozent bleibt.

Dave hat kein wirkliches Gefühl für sein eigenes Tempo, denn es gibt keine Fixpunkte, an denen er sich orientieren könnte, sein windgepeitschter Körper flattert, und sein Gesicht fühlt sich an, als würde es unter gewaltigem Druck zermalmt.

Zehn Sekunden lang fällt er durch den schwarzen Himmel. Er weiß, dass das CYPRES – *Cybernetic Parachute Release System* – den Schirm in wenigen Sekunden öffnen wird und wenn nicht …

Wird er das Problem schon irgendwie lösen.

Also genießt er den Sprung.

Schneidet mit 180 Sachen durch die Luft.

Wie ein verfluchter Superman.

Neun Sekunden später öffnet sich der Schirm.

Der eingebaute Computer sendet eine Nachricht an den »Cutter«, dieser durchschneidet die Verschlussschlaufe, mit der der Container des Schirms verschlossen ist, der Schirm wird nach außen geschleudert und entfaltet sich.

Daves freier Fall wird abrupt gebremst, er fliegt jetzt mit »nur« noch 140 Stundenkilometern Richtung Erde.

Er prüft seinen Höhenmesser – 5500 Meter – dann setzt er das Nachtsichtgerät auf und hält nach dem orangefarbenen Leuchten von Codys MILSPEC unter sich Ausschau. Als er es entdeckt, orientiert er sich an der Kette aus Leuchtkreisen, die sich jetzt in einer dicht gepunkteten Diagonale über den Himmel ziehen.

Im Prinzip ist er jetzt so was wie ein ultraleichtes Fluggerät, ein Paraglider, der seinen Schirm an eine bestimmte Stelle dreißig Kilometer weiter manövrieren muss.

Dave checkt das GPS an seinem Schultergurt und korrigiert mit der rechten Steuerleine um sich stärker südwestlich zur LZ hin auszurichten. Indem er sich am MILSPEC-Leuchten unter sich und dem GPS-Signal orientiert, gelingt es ihm, das Gleichgewicht zu halten und seinen Kurs zu finden.

Der Plan sieht vor, die LZ lange vor Anbruch der Morgendämmerung zu erreichen, der Sprung wurde so getimt, dass die Männer bei ihrer Landung nicht ohne weiteres zu entdecken sind, sie in Ruhe ihre Ausrüstung und ihre Waffen zusammensetzen und beim ersten Licht zum Angriff übergehen können.

Sie liegen gut in der Zeit.

Cody hat in seinem jungen Leben schon so manche hohe Welle geritten.

Darunter auch ein paar Monster, ein paar *bomboras*, echte Killer.

Aber dieser Scheiß hier stellt alles in den Schatten.

Was den Adrenalinausstoß, das Rauschen des Bluts, das Pochen seines Herzens und den absolut bewusstseinserweiternden *fucking freaking thrill* angeht, dann ist das hier …

Der Ritt seines Lebens.

Niemand kann ihn hören, nicht mal er selbst, aber er muss es rausschreien.

COWABUNGA!

Das musste gesagt werden.

Jetzt kann Dave die Berge unter sich erkennen.

Das Barisangebirge wird von einem Teppich aus hohen Kiefern überzogen, unterbrochen nur von vereinzelten, abgeholzten Stellen. Kleine Dörfer aus strohgedeckten Hütten schmiegen sich an winzige Lichtungen unter messerscharf zulaufenden Bergkämmen, und Dave sieht das rote Glühen der Feuerstellen am frühen Morgen.

Während er über einen felsigen Gipfel gleitet, stellt er sich vor, was passieren würde, würden sie von Aziz' Leuten entdeckt. Sie wären völlig machtlos, könnten nur versuchen, möglichst bis zur Landung zu überleben und am Boden angekommen einen neuen Plan entwerfen.

Einen Plan, das weiß er, der im Prinzip darin bestehen müsste, eine Verteidigungslinie zu improvisieren und diese so lange wie möglich zu halten – was nicht lange wäre. Aziz würde seine beträchtliche Feuerkraft auf sie konzentrieren, und auch die Zeit würde für ihn arbeiten.

Verdammt, denkt Dave, er würde nicht mal kämpfen müssen – er müsste uns nur den Weg abschneiden und verhungern lassen.

Diesmal kommen keine Hubschrauber und holen uns aus der Scheiße raus.

Wir bleiben drin sitzen und verrecken.

Ach, verdammt, denkt er.

Wir werden unentdeckt eindringen, die Mission durchführen und wieder verschwinden. Genau so wird es laufen.

Ulrich ist kurz davor, mit einem Pfund des gefährlichsten Sprengstoffs der Welt in einer Metalldose um den Bauch geschnallt auf dem Boden aufzuschlagen. Für so was gibt es alle möglichen Begriffe, denkt er, als der Höhenmesser nur noch zweistellige Werte anzeigt.

»Meteorit« wäre einer.

»Asteroid« ein anderer.

Oder auch »Rakete«.

Nein – genauer noch – »Kamikaze«, denn immerhin macht er das hier freiwillig. Woraufhin ihm der Begriff »Selbstmordattentäter« einfällt, den er aber sofort wieder als unpassend und pessimistisch verwirft.

Entweder das C8 ist so stabil, wie seine Fürsprecher behaupten …

Oder es gibt einen großen Knall, und ich muss die Landezone nicht mehr markieren.

Dave sieht das Achteck aus grünen Leuchtsignalen.

Ulrich ist zuerst gelandet und hat die LZ markiert.

Jetzt muss Dave sie nur noch treffen.

Die Bäume sind Feinde.

»Das Goldilocks-Prinzip« – steigt man zu früh ab, bleibt man in den Bäumen hängen. Zögert man zu lange, bleibt man auch in den Bäumen hängen. Man muss den Zeitpunkt genau abpassen.

In den Bäumen hängen zu bleiben wäre schlecht. Dabei brichst du dir ein Bein, der Einsatz wäre für dich vorbei, und du wärst eine Last für dein Team. Selbst wenn du's unverletzt überstehst, dauert es viel zu lange, bis du dich freigekämpft und abgeseilt hast. Manche dieser Bäume sind über zwanzig Meter hoch, und vielleicht kommst du gar nicht mehr runter. Das alles kostet Zeit, die du nicht hast. Außerdem wäre es ganz schön bescheuert, aus 9000 Metern abzuspringen und dann bei einem Sturz vom Baum aus 20 Metern Höhe draufzugehen.

Also vorbei an den Bäumen, du Blödmann, sagt er sich.

Mach deinen Job.

Die Baumwipfel befinden sich direkt unter seinen Füßen, als er den Blick senkt und die anderen orangefarbenen Leuchtsignale über die LZ huschen sieht.

Das Team ist gelandet.

Er löst die Rucksackschnur und geht in die Landehaltung – von hinten kommt ein leichter Wind, deshalb zieht er die Steuerleinen hoch bis an die Brust und hält sie dort. Dann beugt er die Knie, presst Beine und Füße fest aneinander, drückt das Kinn auf die Brust.

Der Boden kommt auf ihn zu.

Fast spürt er ihn, bevor er ihn sieht.

Er achtet darauf, auf den Fußballen zu landen, kommt anschließend mit dem Hintern auf und rollt seitlich ab, damit ihn der Schirm nicht weiter über die LZ und in die Bäume zieht.

Er schlittert ein Stück über die Lichtung und kommt schließlich zu stehen.

Im dämmrigen Licht zählt er schnell durch.

Ulrich, Alessandro, Willem ...

Cody, Michel, Amir, Lev ...

Auch Donovan kommt sicher runter.

Alle haben es geschafft.

Die HAHO-Phase ist abgeschlossen.

✦

Jack Heffernan liebt C-130er, North Carolina Basketball, Frauen, Jack Daniels und Marlboros, nicht immer in dieser Reihenfolge. Flugzeuge und Tarheel Ball kommen zwar stets an erster und zweiter Stelle, bisweilen hat er aber auch schon dem Jack Daniels Priorität vor gewissen Frauen eingeräumt, was besagte Frauen verwerflich genug fanden, um es vor einem Richter zur Sprache zu bringen.

Jetzt sieht er runter und entdeckt die alte Piste.

Donovan hatte ihn gewarnt, dass die Landung unsanft werden könnte.

Und das wird sie auch – die Landebahn ist voller Schlaglöcher und Pfützen, und jüngste Regenfälle haben sie glitschig gemacht, es liegt eine Schmierschicht aus gelb-braunem Matsch darauf. Nach ein bisschen Geschlitter – nichts Aufregendes – bringt er die Maschine einigermaßen zum Stehen.

Nicht gerade ein Golfplatz, denkt Heffernan, aber es wird reichen. Und wie ein altes Air Force-Sprichwort besagt:

»Würde das Minimum nicht reichen, wäre es nicht das Minimum.«

Sofern es nicht noch mal regnet, kriegt er den Vogel auch wieder hoch. Vorerst aber hat er nichts weiter zu tun, als sich eine anzuzünden und zu warten.

Zu warten und zu hoffen, dass niemand hier aufkreuzt.

Neugierige Einheimische, ehemalige Grubenarbeiter.

Aziz' Leute.

Aber die Maschine ist keine leichte Beute, sie ist mit einer M134/GAU-17/A MiniGun ausgestattet.

Bei einer effektiven Reichweite von knapp 1000 Metern kann sie bis zu 16 000 7.62 x 51mm-Patronen pro Minute verschießen. Damit eignet sie sich sehr gut für *hot extractions* – Abgänge unter Beschuss – mit 16 000 7.62 x 51mm-Patronen schüttelt man die meisten Verfolger ab – und Heffernan hat schon ein paar solcher *extractions* auf dem Buckel.

Natürlich hofft er, dass es diesmal keine wird.

Aber sollte sich jemand dieses Flugzeug hier unter den Nagel reißen wollen, hat er ein Problem – dafür wird Heffernan sorgen.

»Ausrüstung anlegen«, sagt Donovan.

Zuerst ziehen die Männer die Polypropylen-Anzüge aus. Normalerweise würden sie sie zusammen mit den Fallschirmen vergraben, aber das hier ist kein normaler Einsatz. Entweder sie kommen erfolgreich rein und auch wieder raus oder eben nicht, und langfristiges Unentdecktbleiben ist hier kein Thema. Sie lassen die Anzüge also einfach liegen und ziehen die Schutzwesten aus ihren Rucksäcken.

Dann versammeln sie sich und verteilen die Waffen und die Ausrüstung.

Da sie zahlenmäßig nicht sehr stark sind, müssen sie ihre Unterlegenheit mit maximaler Feuerkraft ausgleichen. Dave und Cody werden den Raketenwerfer bedienen, um die Bewehrung und den Bunkereingang zu zerstören.

Cody übernimmt die »Carl Gustaf«, das M3 84mm MAAWS – *Multi-Role Anti-Armor Anti-Tank Weapon System* –, von amerikanischen Soldaten auch liebevoll »die Gans« genannt. Im Irak und in Afghanistan wurde sie häufig gegen Häuser und Bunker eingesetzt.

Dave trägt zwei Javelin Medium Antiarmor Weapon Systeme – die erste *Fire and Forget*-Panzerabwehrlenkwaffe, die allerdings nur einmal abgefeuert werden kann – sie verschießt eine 26 Pfund schwere FGM-148 Tandemhohlladung mit 2500 Metern Gefechtsreichweite und panzersprengender Wirkung.

Die CLU – *Command Launch Unit* – verfügt über ein Infrarotvisier, das Daten an den Wärmesucher im Sprengkopf sendet. Der wichtigste Vorteil einer *Fire and Forget*-Waffe besteht darin, dass der Schütze die Rakete abfeuern und anschließend die Stellung wechseln oder in Deckung gehen kann.

Die Rakete findet ihr Ziel allein.

Als Seitenwaffe haben sie sich für die MP5 A3 entschieden. Mit 6,8 Pfund war die 9mm-Maschinenpistole leicht genug beim Absprung und hat sich in der Vergangenheit auch schon in Bunkeranlagen bewährt. Außerdem trägt jeder eine weitere Schusswaffe eigener Wahl sowie ein Kampfmesser, falls es, wie Donovan meinte: »Eng und persönlich wird.«

Sie brauchen nur zehn Minuten, um die Waffen zu verteilen. Danach lutscht jeder ein Energy Gel und trinkt Wasser.

»Wenn alle ihren Job gut machen«, sagt Donovan, »fahren

wir vollzählig nach Hause. Dann gibt Collins eine Runde Bier aus.«

Sie ziehen los.

Die MP5 in der rechten Hand, die beiden Javelins jeweils über einer Schulter, bewegt sich Dave über einen schmalen Pfad durch den dichten Regenwald. Der Himmel wird jetzt heller, aber wegen des dichten Baumbestands bleibt der Pfad relativ dunkel und kühl.

Beides ist gut.

Er schwitzt bereits unter der Last der schweren Ausrüstung, der Weste, der hohen Luftfeuchtigkeit und dem steilen Aufstieg. Sie marschieren in über 3000 Metern Höhe, wobei sich ihre Lungen schon in der Tatra an die dünnere Luft gewöhnen konnten.

Die kleine Kolonne erstreckt sich über einen halben Kilometer, Alessandro geht voran, Amir folgt, dann kommen Donovan, Cody, Dave und Michel. Willem bildet das Schlusslicht.

Dave erinnert sich an die alte Binsenweisheit der Infanteristen …

Du bist Fußsoldat.

Egal, mit wie vielen Panzern, Helikoptern, Starrflügelflugzeugen du unterwegs bist, wie viele HALOs und HANOs du absolvierst – am Ende musst du marschieren.

Ulrich läuft alleine zur Förderanlage.

Er startet in einem lockeren, gemäßigten Trott und hält das Tempo. Er muss sich Zugang zum Gelände verschafft, die Sprengladungen angebracht haben und in Stellung gegangen sein, bevor das Team das Lager erreicht und Donovan das Signal gibt.

Donovan meldet über Funk: »Ziel in Sicht. Verteilt euch.«

Sie sind einen Kilometer vom Lager entfernt.

Dave konsultiert sicherheitshalber seine laminierte Umgebungskarte. Dann verlässt er gemeinsam mit Cody den Pfad und schlägt sich durchs Dickicht. Nachdem sie sich eine halbe Stunde lang durch Buschwerk gekämpft haben, beziehen sie auf einer der niedrigeren Anhöhen oberhalb des Lagers Stellung.

Die letzten zweihundert Meter legen sie auf dem Bauch robbend zurück. Dann blickt Dave nach unten und sieht die Zelte, die Feuerstelle, den Hindernisparcours, die Kantine, die Kommandozentrale.

Drei alte Bedford-Pritschenwagen parken auf dem offenen Gelände, und Dave fällt sofort auf, dass die beiden BTR-80 Schützenpanzerwagen direkt daneben stehen, nicht oben vor Aziz' Bunkeranlage.

Gut.

Er zählt drei Wachposten.

Zwei rauchen, die rot glühenden Zigaretten erscheinen im Grün seines Nachtsichtgeräts als schwarze Punkte.

Dave sieht nicht, wie sich das Team U-förmig um das Lager herum verteilt. Die Männer sind zu gut, als dass man sie entdecken könnte.

Aber er weiß, dass sie da sind.

Jetzt warten sie auf das Feuerwerk.

Darauf, dass Ulrich mit der Party beginnt.

Ulrich riecht Grasberg, bevor er es sieht.

Der unverkennbare saure Geruch von Schwefelwasserstoff, ein Nebenprodukt der Erdgasgewinnung.

Fünf Minuten später sieht er die Anlage vor sich – eine riesige Narbe im Dschungel. Hinter einem mit Natodraht verstärkten dreieinhalb Meter hohen Zaun pumpen Bohrer in zwölf Meter hohen Gestellen. Riesige Rohre schlängeln sich wie Würmer über den Boden zu unzähligen Tanks.

Allesamt gefüllt mit Flüssigerdgas.

LNG.

Neunzig Prozent Methan.

Bomben, die nur darauf warten, gezündet zu werden.

Er robbt hinter das Gelände, bis er eine Lücke zwischen den Lichtkegeln der Scheinwerfer findet, dann zieht er einen Drahtschneider aus der Tasche und schneidet ein Loch in den Zaun, groß genug zum Durchkriechen.

Unheimlich, denkt er, während er sich auf dem Bauch rutschend den Erdgastanks nähert. Still und verlassen. Die Arbeiter haben noch nicht angefangen, die Wachen sind vorne am Haupttor. Eine Weltraumkolonie wie aus einem Science-Fiction-Film.

Er nimmt das C8 aus dem Behälter und platziert es am Fuß eines der Bohrtürme. Dann befestigt er einen Sprengsatz daran und bringt einen Zünder an, den er mittels Laser aktivieren kann.

Danach verlässt er das Gelände wieder robbend und läuft anschließend einen guten Kilometer bergab, sucht Schutz hinter einem Felsen und hält gleichzeitig im Osten nach Donovans Signal Ausschau.

Donovan sieht auf die Uhr, entscheidet, dass Ulrich jetzt genug Zeit hatte, um seine Aufgabe zu erledigen, dann nimmt er seinen »Leuchtkäfer«. Eine Art Lichthupe, ungefähr so groß wie ein Päckchen Kaugummis, die drei Infrarot-Dioden circa achtzig Mal pro Sekunde aufblinken lässt. Mit bloßem Auge ist das Signal nicht erkennbar, kann nur durch das Nachtsichtgerät wahrgenommen werden.

Dave sieht den Leuchtkäfer.

Und hofft, dass auch Ulrich ihn sieht.

Das tut er.

Er sieht das Signal und grinst.

Dann richtet er den Laser auf den Sprengsatz und zündet.

Der Sprengsatz explodiert und entzündet das C8.

Jetzt kommt es zur Detonation.

Die Druckwelle lässt das Metall des Bohrturms vibrieren. Einen Augenblick lang bebt das Gerüst, dann stürzt es ein, wobei der Bohrkopf abbricht und das Erdgas der nun folgenden Erschütterung aussetzt.

Es geht hoch.

Eine riesige grelle Flammensäule reißt ein Loch in den Nachthimmel und lässt die dunkle, zerklüftete Landschaft hell aufleuchten. Es regnet Feuer, der Himmel bricht auf. Orangefarbene Flammen züngeln an den Wolken, machen die Nacht zum Tag. Sie sprenkeln das Firmament wie ein Sternschnuppenschwarm.

Wie fallende Engel.

Dann explodieren die Gastanks.

Dave sieht, wie sich ein Flammenberg auftürmt.

Ein von Menschenhand geschaffener Vulkan.

Die nächsten Explosionen erschüttern den Boden unter seinen Füßen.

Ein Erdbeben.

Er hat keinerlei Zweifel daran, dass von Aziz' Einkommensquelle nichts mehr übrig ist. Die Förderanlage ist zerstört. Unterirdisch wird das Feuer über Monate hinweg schwelen.

Phase eins – erfolgreich ausgeführt.

Er sieht die Männer unten aus den Zelten eilen und in westlicher Richtung zum Himmel aufschauen, der jetzt orange, pink und rot erstrahlt. Tumult, Chaos, dann gebrüllte Befehle, die Offiziere setzen sich in Bewegung, reagieren.

Die Männer laufen in die Zelte zurück, holen Waffen, kommen hauptsächlich mit Kalaschnikows und vereinzelt auch mit Glocks wieder raus. Sie springen auf die Pritschenwagen und in die Schützenpanzerwagen. Fünf Minuten später haben sie das Lager verlassen.

Die Versuchung ist groß, die Schützenpanzerwagen mit Raketen abzuschießen und Dutzende von Tangos auf einen Schlag zu töten, aber der Plan sieht etwas anderes vor.

Sie haben einige Dutzend Männer zurückgelassen.

Zeit für Phase zwei, denkt Dave.

Er legt seine MP5 an und wartet auf Donovans Signal.

Ulrich zieht eine Pop-Tart mit Zimtgeschmack aus dem Rucksack, kaut genüsslich und bestaunt das teuerste Feuerwerk der Welt.

Beeindruckend.

Die Explosion der Grasberg-Erdgasförderanlage ist aus dem Weltraum zu sehen.

Dana Wendelin guckt über Satellit zu.

Major David Collins, denkt er.

Bravo Zulu.

Gut gemacht.

Wendelin gönnt sich außerdem einen schwelgerischen Moment und gratuliert sich selbst. Ganz schön schlau, den Mossad-Agenten das C8 zu besorgen, damit sie's an Donovans Lieblings-Israeli weiterleiten.

Aber ein kurzer Augenblick der Freude genügt, denkt Wendelin. Ein wichtiges Ziel ist zerstört – die Quelle von Yusufs Reichtum –, aber es ist nur eins von dreien. Bleiben das Ausbildungslager und das wichtigste Ziel überhaupt.

Aziz und das BoNT.

Er wendet sich an Palmer. »Was haben wir herausgefunden?«

»Nur Widersprüchliches.«

»Widersprüchliches kann ich nicht gebrauchen«, fährt Wendelin ihn an.

»Was wir sicher wissen?«, fragt Palmer. »Collins' Team ist vor Ort und in Aktion.«

Gut so, denkt Wendelin.

Schnappt euch Aziz, bevor es zu spät ist.

Ein Beben reißt Abdullah Aziz aus dem Tiefschlaf.

Zunächst hält er es für einen Alptraum, oder eine der Panikattacken, unter denen er seit Lamu und Barcelona leidet – seitdem er erfahren hat, dass Collins hinter ihm her ist.

Baseyew wurde vom Hoteldach geworfen.

Entsetzlich verprügelt und anschließend vom Dach geworfen.

Wie ein Stück Dreck.

Seitdem träumt Aziz, er würde fallen. Manchmal rücklings mit Blick gen Himmel; manchmal mit dem Gesicht voran, dann starrt er dem unnachgiebigen Boden entgegen, wartet entsetzliche Sekunden lang, bis er auf den Asphalt klatscht, zermatscht, zer...

Aber er wacht immer vorher auf. Man sagt, wenn man im Traum stirbt, stirbt man auch im wahren Leben, und deshalb weckt ihn sein Gehirn, aber die Träume sind grauenhaft. Jetzt begreift er, dass er sich in einem Bunker befindet, in Sicherheit. Seine Atmung normalisiert sich, und er will wieder einschlafen.

Aber irgendetwas stimmt nicht.

Er hört Stimmen.

Aufgeregte Stimmen.

Aziz steht auf, macht Licht und will sich gerade Hemd und Hose überziehen, als es an der Tür klopft. Er hat jetzt einen Bart – Verstellung ist sinnlos geworden –, seine Haare sind lang, und er trägt einen Turban. Er nimmt die GSh-18, die russische 9mm-Maschinenpistole neben seinem Bett.

Wie oft werden Männer von ihren eigenen Bodyguards ermordet ...

»Herein.«

Es ist Muamar, ein verdienter Mudschahed und inzwischen Kommandant von Aziz' persönlicher Schutztruppe.

»Was ist?«, fragt Aziz.

»Irgendwas an der Förderanlage«, erwidert Muamar. »Es hat eine Explosion gegeben.«

Aziz schlüpft in seine Sandalen und geht aus dem Schlafzimmer in den Kommandoraum. Rasch wirft er einen Blick auf die Monitore, die den Zugangsweg zum Bunker zeigen.

Scheinbar alles ruhig.

Er schaltet zum Ausbildungslager um.

Chaos.

Männer rennen zu den Pritschen- und Panzerwagen, und Aziz kann im Westen ein seltsames, beunruhigendes Leuchten ausmachen. Über Satelliten-Telefon erreicht er das Lager.

»Was ist los?«, fragt er. »Warum sind die Männer …«

Dann hört er die Worte, die ihm das Blut in den Adern gefrieren lassen.

»Es hat eine entsetzliche Explosion gegeben. Grasberg steht in Flammen. Ich habe Männer hinge…«

»Wie bitte?!«, schreit Aziz.

»Ich habe Männer.«

»Pfeif sie sofort zurück!«, schreit Aziz. »Jetzt sofort!«

Das darf nicht wahr sein.

Doch nicht jetzt.

Nicht so kurz vor dem nächsten Attentat, das Amerika vernichten und seine Regentschaft für immer sichern wird.

Nicht jetzt.

Sie müssen die Männer zurückpfeifen.

Es ist zu spät.

Donovan gibt den Befehl, und Alessandro und Amir, die an den vorderen Enden des U in Stellung gegangen sind, eröffnen das Feuer mit M240 Maschinengewehren.

Sie haben sich für dieses Fabrikat und gegen das leichtere M249 Para entschieden, obwohl es mit 27,6 Pfund gute elf Pfund schwerer ist. Die Erfahrung in Südasien hat aber gezeigt, dass das M249 gerne mal blockiert, und Donovan war die Mannstoppwirkung der 7.62mm-Munition gegenüber den nur 5.56mm des M249 wichtig. (»Wenn wir einen Tango umlegen«, sagt Donovan, »will ich, dass er liegen bleibt.«) Von der Kadenz ist es mit 950 Schuss pro Minute etwas langsamer, mit knapp 1000 Metern Gefechtsreichweite aber ungefähr gleichwertig.

Dank der Trijicon ACOG-Zieloptik und dem PEQ-2 Illuminator feuern sie präzise und verheerend, überziehen das

Lager auf überlappenden Schussfeldern immer wieder mit kurzen Salven.

Tangos sacken zusammen, einige brechen aus und laufen los, andere lassen sich fallen, versuchen, sich auf den Boden zu pressen, nur einige wenige wagen es, den Kopf zu heben und zu schauen, woher der Tod kommt.

Aus der Dunkelheit.

Als flammend rote Salve.

Dann wieder Dunkelheit.

Und noch mehr Tod.

Der MK47 Striker ist im Prinzip ein Granatwerfer mit integriertem Feuerleitsystem.

Bei nicht ganz 40 Pfund und einer Länge von 94 Zentimetern verschießt der MK47 40x53mm-Munition bei einer Kadenz von 250 Schuss pro Minute. Das superleichte AN/PWG-1 Videovisier sendet dreifach vergrößerte Bilder an einen ballistischen Computer mit Laserentfernungsmesser und Wärmebildsucher, eignet sich also sowohl für Gefechte bei Tag wie bei Nacht. Man kann damit M406 High-Explosive Fragmentation Rounds abfeuern, die gegen ungeschützte Personen auf einer Fläche von rund 25 Quadratmetern tödlich wirken und auf 75 Quadratmetern immer noch schwere Verletzungen hervorrufen, ebenso aber auch panzerbrechende M433 High-Explosive-Dual-Purpose-Granaten, einsetzbar sowohl gegen harte wie weiche Ziele, außerdem luftzündende MK285 Programmable Pre-Fragmented High-Explosives, die Tausende von Granatsplittern zum Beispiel über einer zwischen Bäumen in Deckung gegangenen feindlichen Abordnung versprengen können. Der einzige Nachteil dieser Killermaschine ist, dass man optimalerweise zwei Männer dafür braucht. Ihre Feuerkraft ist den Kompromiss aber wert, und Willem und Michel bedienen sie gemeinsam.

Auf dem Hügel über dem Lager stellt Willem den Striker auf »Wärmebildkamera«, anschließend blickt er auf die dreifach vergrößerte Displayanzeige. Er macht das kleine Kommandogebäude ausfindig und setzt ein donutförmiges Zeichen auf dessen Haupteingang. Dann bedient er den »Laserentfernungsmesser« und stellt den genauen Abstand zum Ziel ein. Er schaltet das Feuerleitsystem aus und ist jetzt in der Lage, das Ziel unter Berücksichtigung des korrigierten Abstands ins Fadenkreuz zu nehmen.

Michel feuert.

Die M433 HEDP 40mm-Granate jagt durch die Tür.

Das Gebäude versprüht Flammen und Splitter. Die wenigen Überlebenden torkeln als menschliche Fackeln heraus, versuchen verzweifelt, die Flammen zu ersticken, indem sie sich fallen lassen oder auf der Erde wälzen.

Das Maschinengewehrfeuer macht ihrem Leiden ein Ende.

Lev späht durch das Laservisier seines XM25 und sucht die Kantine, in der eine Gruppe von Tangos Zuflucht gesucht hat.

Der XM25 ist reine Science-fiction. Mit den lasergelenkten *smart-bullets* – jede der 25mm-Granaten besitzt zwei Sprengköpfe mit jeweils mehr Wumms als eine 40mm-Granate. Der Laserentfernungsmesser – LEM – bestimmt den Abstand zum Ziel, gibt die Information an einen in jeder Granate eingebauten Microchip weiter und legt damit fest, wie weit die Granate vor ihrer Detonation fliegen muss.

Im Prinzip ein Luftangriff.

Der LEM misst die Entfernung, und Lev feuert die »intelligente« Granate ab. Der erste Sprengkopf durchdringt das Mauerwerk und reisst ein Loch hinein. Der zweite fliegt durch und explodiert im Gebäude.

Lev schießt noch mal.

Die wenigen überlebenden Tangos werden von Granat-

und Holz-Splittern getroffen und verwundet, sie kriechen hinaus, bluten aus Nasen und Ohren. Einige fallen mit dem Gesicht voran zu Boden, andere heben die Hände, um sich zu ergeben.

Aber in diesem Krieg werden keine Gefangenen gemacht.

Die Maschinengewehre mähen alle nieder.

Es kommt zu einem kurzen Augenblick der Stille, unterbrochen nur von den Schreien der Verwundeten und dem Knistern der Flammen in den brennenden Gebäuden. Dann hört Dave das Geknatter kleiner Waffen, um ihn herum schlagen Kugeln in die Baumstämme ein.

Donovan ist mit einem M32 MGL bewaffnet, der in drei Sekunden bis zu sechs 40mm-Granaten und eine ganze Bandbreite unterschiedlicher Munitionsarten verschießt, darunter auch die für das Gelingen der Mission entscheidende HUNTIR – *High Altitude Unit Navigated Tactical Imaging Round*. Diese schießt zunächst eine kleine Infrarot-CMOS-Kamera an einem Fallschirm ab, die Donovan bis zu sieben Minuten Videomaterial auf den Laptop sendet.

»Ich bin ein New-Age-Typ«, hatte Donovan gesagt, als er sich für die Waffe entschied, »und das ist eine New-Age-Waffe.«

Jetzt feuert Donovan eine HUNTIR-Granate aus seinem M32 ab. Sie rast in einem Bogen über das Lager, der kleine Fallschirm öffnet sich, und die CMOS-Kamera sendet Donovan Luftaufnahmen auf sein iPad. Er sieht Leichen und Verwundete, dann entdeckt er, wonach er gesucht hat. Das kleinkalibrige Feuer kommt von einer Baumreihe hinten im Lager. Einleuchtend – genau dort würde die Infanterie Deckung suchen.

Ganz eindeutig führt hier ein erfahrener Mudschahed das Kommando und hat bereits begonnen, die Verteidigung zu organisieren.

Donovan hängt sich ans Funknetz. »Bravo?«

»Hier Bravo«, meldet sich Michel.

»Kannst du eine PPHE in die Baumreihe ganz hinten schicken?«

Willem lädt die hochexplosive luftdetonationsfähige Granate in seinen MK47 und visiert die Baumreihe an. Nachdem er den Abstand bestimmt hat, schickt er die Information an Michel, der das Fadenkreuz ausrichtet und schießt.

Die Granate explodiert circa fünf Meter über den Tangos in den Bäumen und jagt tausende Granatsplitter in die Gruppe. Was ein Zufluchtsort hätte sein sollen, entpuppt sich als Todesfalle, als Killerzone, und das kleinkalibrige Feuer verstummt.

Ich habe die Zukunft gesehen, denkt Dave.

Das ist die neue Realität – die moderne Kriegführung: eine Handvoll speziell ausgebildeter Männer vernichtet mit technologisch ausgefeilten Waffen in nur wenigen Sekunden Dutzende von Gegnern.

Ein Hoch auf die Technik.

Und die Computerisierung.

Nur dass die Waffen in Zukunft von Robotern bedient werden – und diese wiederum werden von irgendeinem pickligen Jungen in einem Bunker in Nevada gelenkt, der im Keller seiner Mutter zu viele Videospiele gespielt hat.

»Wir sind Dinosaurier«, denkt Dave.

Eine gefährdete Spezies.

Die letzten Soldaten.

Donovan wartet ein paar Sekunden und betrachtet das hereinkommende Videomaterial. Abgesehen von herumkriechenden Verwundeten, entdeckt er keinerlei Bewegung. Aber er weiß, dass so etwas täuschen kann – möglicherweise verstecken sich immer noch Männer in den Zelten, auch in den

Bäumen können welche überlebt haben oder auch sonst irgendwo am Rande des Lagers – erst mal bedeckt halten, abwarten, bis sich ein Ziel zeigt.

Jedenfalls würde ich es so machen, denkt Donovan.

Trotzdem wird es Zeit reinzugehen.

»Charlie?«, sagt er über Funk.

»Hier Charlie«, antwortet Dave.

»Zugriff.«

Das ist der Befehl, auf den Dave gewartet hat.

Der Satellitenempfang ist gestört.

Die Kommandozentrale im Lager reagiert nicht.

Weil sie vernichtet wurde.

Was übrig geblieben ist, brennt.

Aziz blickt auf den Monitor und ist geschockt. In nur wenigen Augenblicken wurde das Lager dem Erdboden gleichgemacht. Überall Leichen, Verwundete liegen auf dem Boden, schreien oder kriechen wie Insekten umher.

Eine Szene aus der Hölle.

Sein erster Gedanke ist, dass es einen Luft- oder Drohnenangriff gegeben haben muss. Aber die Amerikaner würden doch keinen Drohnenangriff in Indonesien starten. Und eine einzige Rakete hätte niemals zwei separate Gebäude und die Baumreihe treffen können.

Von der Gasförderanlage mal ganz zu schweigen.

Wieder überkommt ihn Angst.

Das ist ein koordinierter, sorgfältig geplanter Überfall.

Zuerst auf Grasberg.

Dann auf das Ausbildungslager.

Und als Nächstes kommen sie hierher.

Er denkt an das tief im Inneren des Bunkers lagernde

BoNT. Egal was passiert, er darf nicht zulassen, dass es den Amerikanern in die Hände fällt. Aber so weit wird es nicht kommen – der Bunker ist uneinnehmbar, erfahrene und hochmotivierte Mudschahedin, die bereits mehrfach amerikanischen Special-Ops gegenüberstanden – und sie besiegt haben –, verteidigen ihn mit schweren Waffen. Sobald die Amerikaner den Berg raufkommen, rennen sie in den Tod.

Trotzdem sticht ihn die Angst.

Im Dämmerlicht des frühen Morgens verändert der Himmel seine Farbe und wechselt von Bleiern zu Stahlgrau.

Es ist ruhig, abgesehen von kurzen Maschinengewehrsalven, wenn Alessandro oder Amir einen »Flitzer« entdecken – einen Tango, der zu fliehen versucht.

Im Schutz des Maschinengewehrfeuers bewegen sich die restlichen Teammitglieder in Zweiergruppen und in einigem Abstand zueinander den Berg hinauf – Dave und Cody links, Donovan und Lev in der Mitte, Willem und Michel rechts.

Dave hat die MP5 im Anschlag.

Aus einem Graben auf dem Hindernisparcours springt plötzlich ein Tango. Dave nagelt ihm eine Salve in die Brust. Ein weiterer taucht in Daves Augenwinkel auf, aber Cody schaltet ihn aus.

Jetzt sind sie an den Zelten.

Dave hört, dass sich in einem der Zelte etwas bewegt, und gibt eine Salve ab. Die Kugeln durchtrennen die weiße Leinwand, zerfetzen sie. Zwei Tangos kauern hinter Pritschen. Einer springt Dave mit seiner Kalaschnikow entgegen, aber Dave schießt, wendet sich anschließend dem anderen zu und tötet auch ihn.

Das Team bewegt sich wie die mythischen Furien durchs

Lager, sie brennen alles nieder, töten und zerstören. Sie finden das Munitionslager und jagen es mit C4-Plastiksprengstoff in die Luft – die Explosion ist ungeheuer. Dann finden sie einen unterirdischen Bunker, in dem ebenfalls Waffen lagern – Kalaschnikows, AGS-17 »Plamja«-Granatwerfer, Handfeuerwaffen, Landminen; Artillerie, mit der man ein Dutzend Städte verwüsten könnte.

Lev stellt zwei Stangen C4 in den Bunker, geht raus und zündet sie.

Aziz' Waffenlager geht in Flammen auf.

Dave nimmt sich einen Augenblick Zeit, um einige der Leichen zu betrachten.

Asiatische Gesichter. Einheimische Rekruten.

Aziz' Mudschahedin sind entweder an der Förderanlage oder oben im Bunker.

Warten dort.

Geduld, denkt er. Wir kommen.

Gemeinsam mit Donovan betritt er das, was von der Kommandozentrale übrig ist. Der Striker hat ganze Arbeit geleistet und das Gebäude in ein Beinhaus verwandelt. Überall Tote, Körperteile liegen verstreut herum wie kaputtes Spielzeug.

Nein, nicht wie Spielzeug, denkt Dave.

Spielzeug war immer schon leblos. Diese Menschen waren vor wenigen Minuten noch lebendig, und jetzt liegen ihre inneren Organe obszön entblößt hier herum wie in der Auslage eines Kannibalenschlachters. Das sind die Greuel des Krieges.

Er erschießt zwei Schwerverletzte. Sie haben Schmerzen, und das Team hat weder die Mittel noch die Zeit, sie zu versorgen, außerdem hätten sie sowieso keine Überlebenschance.

Dave tritt nach draußen und betrachtet das brennende

Lager. Dann entdeckt er die Videoüberwachungsanlage, die Kamera hängt an einem Baum und ist auf ihn gerichtet.

Dave starrt direkt in die Linse.

Kannst du mich sehen, Aziz?

Komm schon. Sieh genau hin.

So sieht Vergeltung aus.

Aziz starrt in das Gesicht und erkennt es von den Aufnahmen aus Barcelona wieder.

Major Dave Collins.

Ihm fällt ein Koranvers ein – »Und wir rächten uns an ihnen«. Na bitte, denkt Aziz. Zwei Männer auf Rachefeldzug.

Hast du's auf mich abgesehen, Collins?

Willst du Vergeltung?

Komm nur.

Dann wird der Bildschirm schwarz.

Dave schießt die Videokamera vom Baum.

Erst nimmst du dem Gegner die Sicht, dann seinen Verstand, zum Schluss seinen Körper. Er erinnert sich, dass Indianer toten Feinden die Augen ausstachen, damit sie im Jenseits nicht mehr kämpfen konnten. Zur Hölle mit dem Jenseits, denkt Dave, im wahrsten Sinne. Man muss sie in diesem Leben kampfunfähig machen.

Donovan feuert eine weitere HUNTIR ab, diesmal über die Bunkeranlage. Er und Dave betrachten das Videomaterial auf dem iPad.

Anscheinend wird man dort jetzt auch aktiv.

Eine Crew steigt in einen T-90 Kampfpanzer. Andere Mudschahedin beziehen vor dem Hauptbunker und auf dem Hang gegenüber Stellung. Wieder andere nehmen vorbereitete Gefechtspositionen an den umliegenden Hängen ein.

Der T-90 rollt die Straße runter zum Lager.

»Phase drei«, sagt Donovan über Funk. »Los.«

Das Team steigt bergan, meidet die Straße.

Die Straße ist eine verlockende Abkürzung. Einmal kurz um die Kurve, und schon steht man direkt unterhalb des Hauptbunkers.

Im Fadenkreuz des Feindes.

Die Architekten der Verteidigungsanlage waren davon ausgegangen, dass jemand mit ausreichend Feuerkraft für einen Angriff auf den Bunker den steilen Anstieg über den bewaldeten Berghang nicht würde bewältigen können. Eigentlich bräuchte man Panzer dafür. Oder zumindest Laster, um die notwendigen schweren Geschütze aufzufahren. Auf jeden Fall aber würde man das, was man braucht, über die Straße transportieren müssen. Ohne Deckung aus der Luft und gegen Panzer und schwere Maschinengewehre ankämpfend wäre das reiner Selbstmord. Man hätte viel zu viele Verluste zu verzeichnen, um noch einen erfolgreichen Angriff starten zu können.

Das Problem liegt auf der Hand – die Lösung ebenfalls.

Man geht nicht zum Bunker rauf – sondern kommt zu ihm runter.

Vergisst die Serpentinen und klettert den Berg hoch.

Eine Steigung von zwölf Grad.

Dicht bewachsen.

»Ist das machbar?«, hatte Donovan gefragt.

»Muss«, hatte Dave geantwortet.

Deshalb warten sie jetzt, dass Alessandro und Amir, die im Lager ausgeharrt haben, zu ihnen stoßen, anschließend klettern sie mit den beiden als Vorhut auf den Berg. Sie sind zweihundert Meter aufgestiegen, als Dave nach unten blickt und den T-90 Richtung Lager rollen sieht. Verlockend, ihn jetzt anzugreifen, solange er isoliert ist, aber damit würden sie ihre Position verraten. Also ducken sie sich und warten, bis er vorbei ist, dann setzen sie den Aufstieg fort.

Dave gibt sich keinen Illusionen hin.

Die eigentliche Schlacht beginnt erst noch.

Alessandro weiß es in dem Moment, in dem er auftritt, aber da ist es bereits zu spät.

Mit seinem rechten Fuß aktiviert er einen zylindrischen Metallkörper, der in die Luft geschleudert wird und einen dünnen Stahldraht hinter sich her zieht. Auf circa fünfzig Zentimetern Höhe ist der Draht straff gespannt und zündet ein halbes Kilogramm Composition B – eine Sprengstoffmischung aus RDX und TNT.

1200 Stahlsplitter bohren sich in Alessandros Beine.

Dave hört den Knall.

Das kann nur eine Mine sein.

Dann kommt auch schon der Befehl über Funk: »Sanitäter kommen. *Eagle down.*«

Er folgt Cody, der jetzt den Hang zur Unfallstelle hinauftrottet, vorbei am restlichen Team.

Alessandros Beine sind weg.

Cody kniet neben ihm, reisst ihm die Morphiumampullen vom Hals und spritzt ihm das Schmerzmittel. Dann legt er Kompressionsverbände auf die Stümpfe und bindet Stauschläuche darum.

Alessandro blickt Cody aus drogenvernebelten Augen an.

»Bitte.«

»Dude, das kann ich nicht.«

»Bitte.«

Er bittet Cody um den »finalen Schuss« – darum, dass er ihm eine tödliche Dosis Morphium spritzt. Hier gibt es keine Evakuierung, keinen Hubschrauber, der ihn rausholt und ins Krankenhaus bringt. Cody weiß das, alle wissen das. Aber er kann nicht tun, worum ihn sein Freund bittet. Als Sanitäter hat er einen hippokratischen Eid geschworen. »Ich werde niemandem ein tödliches Medikament verabreichen, auch nicht, wenn er darum bittet.« Und es gibt immerhin auch noch die Chance, dass Alessandro überlebt. Wenn sie die Mission zu Ende bringen, können sie ihn holen und zum Flugzeug schleppen.

Das sagt er jetzt zu Dave, der weiß, dass es Blödsinn ist. So viel Zeit hat Alessandro nicht – vorher wird er am Blutverlust oder an den Folgen des Schocks sterben. Oder noch schlimmer, von Tangos gefunden werden.

»Ich bleibe bei ihm«, meldet sich Cody freiwillig.

Funktioniert auch nicht, weiß Dave. Ihnen fehlt sowieso schon ein Mann – wenn sie mit zwei Männern weniger anrücken, wird der Überfall auf den Bunker zum Selbstmordkommando. Alessandro kann nur gerettet werden, wenn sie die Mission jetzt abbrechen und zum Flugzeug gehen.

Ein klarer Deal: Vergeltung oder Alessandros Leben.

Er kannte die Risiken, denkt Dave, er wusste, worauf er sich einlässt. Er hat das Geld genommen und es drauf ankommen lassen. Das ist der Unterschied zwischen einem Söldner und einem Soldaten. Wir haben nie versprochen, dass wir ihn hier rausholen, wir haben nie …

Herrgott, denkt er.

Hätte Diana gewollt, dass du das tust? Einen verwundeten

Kameraden sterbend zurücklassen? Was hättest du Jake erzählt, wenn er dich gefragt hätte? *Das verstehst du noch nicht, mein Sohn. Manchmal muss man …*

Was?

Was ist aus dir geworden?

Was hat Aziz aus dir gemacht? Er würde es tun – er würde seinen Mann liegen lassen und die Mission zu Ende bringen. Aber irgendwo, denkt Dave, muss es einen Unterschied zwischen uns geben, sonst gewinnen die Bösen.

Die ultimative Vergeltung – lass sie nicht gewinnen.

Er packt Alessandros Hand. »Halt durch. Wir holen dich hier raus.«

Donovan sieht Dave an. *Bist du sicher?*

Dave nickt. *Ja, ich bin sicher.*

In meinem ganzen Leben war ich mir noch keiner Sache so sicher.

»Wir tragen ihn raus«, sagt Donovan.

Cody geht an seinen Rucksack und zieht einen Evakuierungsschlitten aus Plastik raus. Er schiebt ihn unter Alessandro, damit werden sie ihn abwechselnd in Viererteams zum Flugzeug tragen.

Alessandro sieht Dave an. »Was ist mit deiner Vergeltung?«

»Die kann warten.«

Dave steht auf und hilft Cody mit dem Schlitten.

In dieser Sekunde zieht Alessandro seine Beretta 92, hält sie sich an die Brust und …

Dave hört einen gedämpften Schuss.

Ulrich sucht das Gelände unter sich ab.

Eine Abordnung von Tangos schlängelt sich durch den

Dschungel und kommt direkt auf ihn zu. Einer, der aussieht wie ein Batak – mit einem schwarzen Turban auf dem Kopf –, führt den Trupp an.

Ein Fährtenleser.

Na, das ist interessant, denkt Ulrich.

Er checkt den Ladestreifen seiner MP5.

»Ich geh jetzt voraus«, sagt Dave.

Amir will widersprechen, »ich bin …«

»Ich gehe voraus.«

Ende der Diskussion.

Gefolgt von Amir setzt Dave den Aufstieg fort.

Könnte eines der Minenfelder sein, denkt er. Oder doch nur eine einzige, die von einem der vielen Aufstände hier übrig geblieben ist? Egal. Wir müssen auf diesen Berg rauf, und wir müssen uns beeilen. Selbst wenn wir Minensuchgeräte dabeihätten, uns bliebe nicht die Zeit, sie zu verwenden.

Manchmal muss man einfach nur einen Fuß vor den anderen setzen und auf Gott vertrauen.

Aziz sucht die Monitore ab, die den Zugang zum Bunker zeigen.

Alles ruhig.

Niemand zu sehen.

Wo sind sie? Er funkt den Kommandanten des T-90 an. »Was seht ihr?«

Nichts. Keinen Feind. Nur ein zerstörtes Lager und die Leichen unserer Leute.

»Kommt zurück.«

Möglich, dass Collins schon wieder weg ist, aber Aziz

glaubt es nicht. Wenn er nicht über die Straße kommt, dann kommt er über den Berg.

Wendelin blickt auf seinen Computerbildschirm.

Eine Satellitenaufnahme des vernichteten Terrorlagers.

Alles liegt in Schutt und Asche, die Gebäude brennen. Tote Tangos.

Dave Collins, denkt er.

Nein, korrigiere, verflucht noch mal, Dave Collins!

»Habt ihr seine Position jetzt ermittelt?«, fragt er Palmer.

»Negativ, Sir.«

»Vor dem Bunker?«

»Negativ.«

Was würdest *du* machen, fragt sich Wendelin. Wie würdest du den Bunker angreifen?

Er blickt erneut auf den Bildschirm und bittet um eine Vergrößerung.

Dann sieht er es.

Dave erreicht den Gipfel.

Er steht jetzt in einem Kiefernwald.

Dies wird der RP sein, der *Rallying Point*, von dem aus sie die nächste Phase starten.

Auf dem Bergkamm oberhalb des Hauptkomplexes liegen zwischen ihnen und dem Bunker dreihundert Meter offenes Gelände.

Sofort wird feindliches Feuer eröffnet.

Das schwere Knattern eines 12.7mm-KORD-Maschinengewehrs in einem eigens gebauten Geschützstand oberhalb des Hauptkomplexes ertönt, kurze disziplinierte Salven kommen ihnen entgegen. Der Munitionsgurt des KORD fasst nur fünfzig Patronen, deshalb schießt die Crew sparsam und effizient.

Die beiden Bunker auf dem gegenüberliegenden Hang, auf der anderen Seite der Straße, befinden sich dank ihrer erhöhten Lage in ausgezeichneter Gefechtsposition.

Das ist ein Problem, denn selbst wenn es Donovan und seinem Team gelingt, die Schützen in dem ihnen nächstgelegenen Bunker auszuschalten, stehen sie durch die Mudschahedin im anderen Bunker noch immer unter Beschuss. Aber eins nach dem anderen. Dave legt sich flach auf den Boden und meldet über Funk: »Unter Beschuss.«

Aber dann nimmt Dave eine Bewegung wahr und lenkt seinen Blick auf die Bäume links des kargen Geländes. Infanterie kommt über die Flanken. Der Rest des Teams schließt auf, und sie legen sich flach hinten auf den Hang. Dave robbt zu Donovan. »Tangos auf neun Uhr.«

An sich kein großes Problem – wäre da nicht die Zeit. Sie können es sich nicht leisten, sich schon hier mit einer Schießerei aufzuhalten, sie müssen das offene Gelände überqueren, in den zerstörten Bunker gelangen und von dort einen Zugang zum Hauptkomplex finden. Aber wenn sie von links beschossen werden, können sie das Gelände nicht überqueren. Hätte Dave die Tangos nicht entdeckt, wären sie losmarschiert und niedergemäht worden.

Höchste Zeit für eine kleine Planänderung.

»Amir«, sagt Donovan. »Geh zurück und außen rum. Komm hinter der Baumgrenze da wieder raus. Im Prinzip greifst du die Flügelstürmer vom rechten Flügel aus an. Gib ihnen was zu tun.«

Amir rutscht den Hang hinunter und bewegt sich im Laufschritt nach links.

Lev sieht Donovan an.
»Was?«, fragt Donovan.
»Nichts.«
»Kümmer dich um deinen eigenen Job«, fährt ihn Donovan an. »Wenn wir hören, dass er das Feuer eröffnet, gehen wir los.«
Dave lehnt sich zurück und nimmt einen Schluck Wasser.
Die Sonne steht jetzt am Himmel, es wird ein heißer Tag.

Sie sind mir auf der Spur, denkt Ulrich. Wenn sie in dem Tempo weitergehen, sind sie in circa dreißig Minuten bei mir.
Er weiß, dass er zwei Möglichkeiten hat.
Fliehen oder kämpfen.
Wenn ich abhaue, denkt er, kann ich sie vielleicht einen Tag lang abschütteln, aber dann schaffe ich es nicht mehr hierher zurück zum EP. Und es ist zweifelhaft, ob ich das Team später noch finde. Noch zweifelhafter, dass ich alleine von der Insel komme. Also beschließt er zu kämpfen.
Die Anhöhe zu verteidigen, bis er abgeholt wird.
Ulrich geht bergab zum Rand der Lichtung und wartet.

Amir erreicht die Baumgrenze im Westen, legt sich hin und klappt das Zweibein seines M240 aus. Durch die Bäume kann er die Tangos nicht sehen, aber er weiß, dass sie knapp zweihundert Meter vor ihm sind.
»In Stellung«, meldet er über Funk.
»Leg los, wenn du bereit bist.«
Amir spricht ein schnelles Gebet – bitte lass mich nicht wieder erstarren. Lass mich meine Aufgabe erfüllen. Dann drückt er ab.

Dave hört das unverkennbare abgehackte Knattern des M240.

»Macht euch bereit«, sagt Donovan. Dann gibt er Amir über Funk durch: »Noch zehn Sekunden, dann ziehst du dich zurück und gehst in Deckung.«

Zehn Sekunden, denkt Dave.

Dann: *Banzai.*

Alle wissen, was zu tun ist, jetzt geht es nur noch darum, es wirklich zu tun.

Donovan wirft drei Nebelgranaten, dann schickt er eine luftzündende Granate über die Bäume.

»Los!«

Die Mudschahedin im Wald sind gut.

Sie überlasten das Maschinengewehr nicht, verteilen sich u-förmig und decken sich gegenseitig beim Vorrücken. Vor Amir explodiert eine Granate, er bekommt eine Ladung Erde ab und ist einen Augenblick geblendet.

Als er wieder sehen kann, späht ein Mudschahed hinter einem Baum hervor und feuert.

Die Kugel zischt über Amirs Kopf hinweg. Er schwenkt den Lauf seines Gewehrs und schlägt den Mudschahed nieder. Von rechts kommt ein weiterer. Amir dreht sich und schießt. Kann nicht sehen, ob er ihn getroffen hat, aber anscheinend ist er nicht mehr da.

Ein dritter nähert sich ihm auf dem Bauch robbend.

Amir kann den Lauf nicht tief genug senken, um ihn zu treffen. Er schnallt die MP5 ab, rollt links herum, legt den Lauf der Maschinenpistole auf den Boden und feuert. Das Gesicht des Mudschahed zerspringt in tausend Teile.

Amir hört Donovans Befehl über Funk: »*Pop smoke*!«

Weg da.

Amir steht auf und rennt.

Zwei Sekunden später reißt es die Welt aus den Fugen.

Dave hört die luftzündende PPHE zwischen den Bäumen, während er sich über das offene Gelände durch den Qualm bewegt. Die Schützen in den Bunkern können ihn nicht sehen, aber das müssen sie auch nicht – wahrscheinlich haben sie längst das gesamte Gelände im Visier.

Dieses Schlachtfeld, das er jetzt überquert.

Cody befindet sich irgendwo zu seiner Linken, Donovan rechts.

Lev ist direkt hinter ihnen.

Michel und Willem bedienen den MK47 von der Baumgrenze aus.

Wegen des Qualms können die KORD-Schützen kein Ziel ausmachen, sie können nur die gesamte Fläche unter Beschuss nehmen. Aber Flächenbeschuss kann verdammt tödlich sein und 12mm-Geschosse zischen durch die Luft und an seinen Füßen vorbei.

Jetzt hat der MK47 den Bunker anvisiert und spuckt Feuer. M406 HE-Granaten treffen die Anlage, rütteln an den Betonmauern.

Das Maschinengewehrfeuer lässt nach, hört aber nicht auf.

Ebenso wie Dave.

Beweg dich, sagt er sich. Beweg dich, egal was.

Wenn du einknickst, bist du tot.

Und Aziz lebt.

Also beweg dich.

Dann verstummt das KORD.

Dafür gibt es einen Grund, so viel weiß Dave. Entweder ist der Bunker eingestürzt oder …

Dann sieht er's.

Mudschahedin kommen durch den Qualm auf sie zugelaufen, grau wie Gespenster, Feuer spuckt aus den Mündungen ihrer Kalaschnikows.

Wir kennen uns, denkt Dave.

Wir bekämpfen einander schon seit zwölf Jahren.

Zwei Armeen in einem vernebelten Fegefeuer.

Halbblind.

Voller Zorn.

Er legt die MP5 an und feuert.

Ein Geist löst sich auf, dann ein weiterer.

Der dritte wirft eine Granate.

Ein roter Blitz, und der Kopf fliegt vom Hals.

Wie mit einem Schwert abgeschlagen.

Ulrich hatte die Ladung neben den Baum geworfen, auf Höhe des Halses.

Der Zugführer bleibt eine Sekunde schockiert stehen, sieht dem Kopf des Fährtenlesers nach.

Dann durchbohren Kugeln seine Brust, und er sackt zu Boden.

Ulrich wechselt die Position.

Na ja, das wird sie eine Weile aufhalten, denkt er. Und mit dem Fährtenlesen ist es jetzt auch vorbei.

Amir ist taub.

Nach dem Granateneinschlag klingelt es in seinen Ohren.

Aber er lebt, fast wundert er sich darüber. In einer Landschaft, in der ansonsten alles tot oder fast tot ist. Die Bäume sind zerfetzt, Körperteile hängen in seltsamen Winkeln an leblosen Körpern. Die Leichen der Mudschahedin, jetzt vermutlich *shahid*, liegen verstreut wie gefallenes Herbstlaub. Aber Amir riecht keine Paradiesrosen. Es stinkt nach Kordit, Rauch, Blut und Tod, eher wie in der Hölle, nicht wie im Himmel.

Er rappelt sich auf und rennt zum RP.

Cody rast zum Bunker.

Die Geräusche setzen ihm zu – das Zischen und Knacken der Kugeln, die Explosionen –, das alles kommt ihm gleichzeitig neu und alt vor, und er merkt, wie er die Beherrschung verliert.

Die Vergangenheit walzt auf ihn zu wie eine gigantische Welle, vor der er nicht davonlaufen kann.

Jeder Surfer weiß das – vor einer Welle kann man nicht fliehen. Man muss drunter durchtauchen, sie über sich hinwegrauschen lassen und hoffen, dass man genug Luft in der Lunge hat, um hinterher wieder auftauchen zu können, den Himmel noch einmal zu sehen.

Jetzt spürt er die Welle hinter sich.

Tangi-Tal.

Die Geräusche, der Geruch, Harding stirbt in seinen Armen, das Blut.

Er erinnert sich nicht, er ist wieder dort. Oder das Tal ist hier bei ihm, so real, wie man es sich nur vorstellen kann.

Er zieht den Kopf ein und bewegt sich weiter in Richtung Bunker.

Bitte, lass mich nicht die Nerven verlieren, denkt er. Lass mich noch ein kleines bisschen durchhalten.

Der Mudschahed greift nach der Waffe des Toten.

Eine schöne MP5 liegt in der geöffneten Hand des Mannes.

Dave packt ihn am Handgelenk, zieht ihn runter und tritt ihm gleichzeitig die Beine weg. Dann zieht er sein Messer und rammt es ihm in die Kehle. In einer einzigen Bewegung zieht er die Klinge heraus und springt auf.

Vom Granateneinschlag noch benommen, steht er wackelig auf den Beinen und spürt, wie ihm Blut über den Arm läuft. Granatsplitter, vielleicht auch Gesteinsbrocken – egal, er muss weiter durch den Qualm zum Bunker.

Vor ihm ein Gesicht.

Er schwingt seinen Kolben, und das Gesicht verschwindet.

Ein Gespenst zu seiner Rechten.

Dave feuert.

Jetzt sieht er den Bunker, nur fünfzig Meter vor ihm, links. Aber er sieht auch Lev, der ihm zuwinkt, ihn zurückwinkt?

Der Israeli legt den XM25 an, zielt und feuert in den Bunker. Ein Mudschahed kommt brennend herausgerannt, läuft und fällt. Zwei weitere kommen raus, die Hände erhoben, und Dave sieht, wie Donovan sie niedermäht.

Die MP5 im Anschlag betritt Dave den Bunker.

Die beiden KORD-Schützen sind tot. Drei weitere Leichen liegen daneben.

»Sauber!«, brüllt Dave über Funk.

Donovan, Cody und Lev folgen ihm.

Sie bleiben nicht in dem Bunker. Sobald die Mudschahedin auf dem gegenüberliegenden Hang kapiert haben, dass er eingenommen wurde, werden sie Raketen und Granaten darauf abfeuern. Also gehen sie in Deckung.

Jetzt müssen sie die anderen über den Bergkamm holen, und das bedeutet, sie müssen die Mudschahedin in dem Bunker auf dem gegenüberliegenden Hang ausschalten.

Aziz erkennt auf den Monitoren, dass sich die Amerikaner direkt über dem Eingang zum Hauptbunker befinden.

Wir müssen sie da runterholen.

»Bereit machen«, befiehlt Donovan über Funk.

Michel und Willem packen den MK47 ein. Amir legt sich Alessandros M240 auf die Schulter.

Donovan schießt weitere Nebelgranaten ab.

Kaum sind sie hochgegangen, brüllt er: »Los!«

Lev pumpt 25mm-Granaten in den Bunker auf der anderen Seite der Straße, während Dave eine weitere HEDP-Granate in die »Gans« lädt.

Cody richtet den Laserentfernungsmesser aus.

»Ziel erfasst.«

»Feuer.«

Cody feuert, die 84mm-HEDP rast auf ihr Ziel zu. Zwei Sekunden später explodiert sie, reißt ein Loch in die Betonwand. Dave lädt eine weitere Granate, und sie feuern erneut. Durch sein Fernglas sieht Dave die Zwei-Mann-Crew, beide sind tot. Das Maschinengewehr ist zerstört.

Donovan feuert mit seiner MP5. Die Munition für den M32 ist begrenzt, und sie werden sie für den Hauptbunker brauchen.

Michel, Willem und Amir überqueren die Lichtung. Das KORD lässt nach, als die Schützen in Deckung gehen, aber jetzt hört Dave Kalaschnikows, die Mudschahedin feuern hinter Bäumen und Felsen hervor.

Dave packt seine MP5 und sieht sich auf der anderen Seite der Schlucht nach Zielen um.

Michel taucht neben ihm ab, dann Willem. Weiter rechts hat Amir sein M240 in Stellung gebracht und zu feuern begonnen. Sie müssen den gegenüberliegenden Hang freiräumen, um zum Eingang des Hauptbunkers zu gelangen.

Der MK47 kommt zum Einsatz, übersät den gegenüberliegenden Hang mit HEDP- und PPHE-Granaten. Amir erledigt die »Flitzer« mit Alessandros M240. Innerhalb von zwei Minuten lässt das feindliche Feuer nach und verstummt schließlich ganz, als die wenigen Überlebenden versuchen, in entgegengesetzter Richtung über den Berg zu entkommen.

Dave sucht Donovan, sagt: »Es wird Zeit.«

»Jepp.«

Der Eingang zum Hauptbunker befindet sich am Fuß einer circa dreißig Meter hohen Felswand. Der Plan sieht vor, dass Cody, Donovan und Dave runterklettern, während Amir ihnen mit dem MK47 Feuerschutz gibt. Anschließend seilt sich Lev ab und sichert den Bunkereingang.

Sie lassen das Seil an der Steilwand herunter und verankern es mit einem dreizackigen Felshaken. Dave trinkt ein paar Schluck Wasser und übergibt Cody die Javelins, die sich dieser zusammen mit der »Gans« über die Schultern hängt. Dann beginnt Dave, sich abzuseilen. Cody folgt und kurz darauf Donovan.

Sie sind auf halber Höhe, als Dave ein leises Dröhnen hört. Er blickt runter und sieht den Panzer um die Ecke biegen.

Der T-90 ist ein echtes Ungetüm.

Zehn Meter lang, vier Meter breit, 47 Tonnen schwer, der Zwölf-Zylinder-V-96-Dieselmotor bringt es auf eine Höchstgeschwindigkeit von 65 Stundenkilometern, und der Panzerstahl an Turm und Wanne ist zusätzlich mit einer Reaktivpanzerung vom Typ Kontakt-5 verstärkt – Platten, die seitlich wegrutschen, wenn sie getroffen werden, und so die Wucht einer Rakete ablenken. Vorausgesetzt, die Rakete kommt überhaupt so weit – der T-90 besitzt ein Laserwarnsystem, das den Wärmesucher eines nahenden Projektils erkennt und der Besatzung die Möglichkeit gibt, geeignete Gegenmaßnahmen zu ergreifen – in diesem Fall wäre das die Aktivierung des TShU-1 Schtora-1, eines elektro-optischen Abwehrkomplexes, der das Wärmeleitsystem der Rakete stört. Außerdem erzeugt das Schtora-1 Aerosolwolken, die eine Zielverfolgung unmöglich machen.

Das sind die aktiven Schutzmaßnahmen.

Aber auch die Bewaffnung kann sich sehen lassen.

Die 125mm-Glattrohrkanone stellt so ziemlich alle anderen Panzerkanonenrohre in den Schatten, und mit einem 12.7mm-NSV-MG, sowie einem 12.7mm-Fla-MG-KORD lässt sich so ziemlich jede Infanterie wegfegen, die sich einem widersetzen will.

Dieses Ding – bemannt mit drei in Russland ausgebildeten Irakis und einer Abordnung von Mudschahedin zu ihrer Unterstützung – kommt gerade auf Dave, Cody und Donovan zugerollt. Vor der roten Erde der Steilwand über dem Bunker hängend sind sie unschwer auszumachen.

Man muss sie nur abknallen.

»Cody!«, schreit Dave, während die ersten Maschinengewehrschüsse den Hang zersieben.

Cody hat die »Carl Gustaf« und die beiden Raketenwerfer, die einzigen Waffen, die es mit dem Panzer aufnehmen können.

Aber Cody rührt sich nicht.

Cody ist abwesend.

Er ist wieder im Tangi-Tal, und Harding verblutet noch einmal in seinen Armen. Er kniet auf dem Boden neben ihm, presst sich die Hände auf die Ohren, aber er kann den Lärm nicht aussperren. Die Kugeln, die Explosionen, das Gebrüll, das Geschrei, das Hämmern seines Herzens.

»Cody!«

Wenn er nichts hört, kann er nicht antworten.

Wenn er nichts sieht, ist er nicht da.

Er macht die Augen zu.

»Cody!«

Willem richtet den MK auf den Panzer.

Lädt eine HE-Granate und feuert.

Er trifft den Turm.

Die Platten rotieren und lenken den Schuss ab. Der Turm schwenkt auf die Männer in der Wand, das Kanonenrohr hebt sich.

Willem schießt erneut.

Die Kanone feuert, Flammen schießen aus der Mündung wie Feuer aus dem Maul eines Drachen.

Erde, Steine und Felssplitter regnen auf Dave herunter, während er sich hinter einen Felsbrocken kauert. Eine Hand am Seil, die Füße gegen den Felsen gestützt, hat er Mühe, nicht zu fallen, er schaut nach oben und sieht, dass Cody noch lebt, am Abgrund hockt, die Waffen, die ihre Rettung sein könnten, über die Schultern gehängt.

Dave sieht, dass sich der Panzerturm erneut bewegt, erneut ausrichtet. Die MGs spucken Feuer, zerfurchen den Hang. Dave stößt sich vom Felsen ab und versucht, sich wieder zu Cody die Wand hinaufzuziehen, aber so weit kommt er nicht.

Lev feuert mit dem XM-25, aber das Schtora-System des T-90 zündet eine Aerosol-Granate, die das Geschoss ablenkt und irgendwo in der Schlucht sinnlos explodieren lässt.

»Cody!«, brüllt Dave, während er sich die Wand hinaufhangelt. »Die Javelin!«

Cody hört ihn, aber er will nicht.

In seinem Kopf ertönt ein Singsang: *Ich kann sie nicht retten, ich kann sie nicht retten, ich kann niemanden retten.*

Er macht die Augen auf und sieht den Panzer unter sich, der Turm sucht sein Ziel, das Kanonenrohr zeigt auf seine Freunde. Er nimmt eine Javelin von der Schulter und lädt eine Tandemhohlladung.

Reiß dich zusammen. Reiß dich zusammen. Reiß dich zusammen.

Eine Gewehrfeuersalve geht über seine Beine hinweg. Er spürt den Schmerz, aber er ist weit weg, er schultert die Javelin und zielt auf den Panzer.

Lev sieht ihn.

Er muss es schaffen, genau eine Sekunde vor Cody zu feuern, denn das Schtora kann nicht auf beide Geschosse so kurz hintereinander reagieren.

Er feuert.

Die Granate rast auf den Panzer zu.

Das Schtora lenkt sie ab.

Reiß dich zusammen. Reiß dich zusammen. Reiß dich zusammen.

Cody drückt ab.

Die Tandemhohlladung schießt heraus, der Wärmesucher findet den Panzer. Der erste Sprengkopf löst sich, das Schtora ist noch nicht wieder reaktionsbereit.

Der erste Sprengkopf trifft die Panzerung des Turms und schlägt nur eine leichte Beule.

Der Schaden ist aber groß genug, so dass das zweite Geschoss die beschädigte Bepanzerung durchstößt.

Und im Turm explodiert.

Dave erreicht Cody.

»Du hast es geschafft, du …«

Cody grinst.

Ein sauberes Einschussloch mitten auf der Stirn.

Der Alptraum ist vorbei.

Aziz hat die Vernichtung des T-90 auf dem Monitor mitverfolgt.

Nicht gerade erfreulich, aber er hat noch gut zwanzig ausgezeichnete Kämpfer im Bunker, und der Bunker selbst ist unbezwingbar. Den Angreifern wird es nicht einmal gelingen, die titanverstärkte Stahltür aufzubrechen. Und wenn doch, dann haben seine Männer längst Gefechtsstellung bezogen, sie lauern mit KORDs, Granatwerfern und Kalaschnikows, bereit, alles und jeden auszulöschen, der hier rein will. Praktisch ein Bunker im Bunker, eine tödliche Falle.

Und im Komplex gibt es mehr als ausreichend Lebensmittel, Wasser- und sonstige Vorräte, ein Luftfiltersystem und Stromgeneratoren. Zur Not können sie sich monatelang hier verschanzen. Aber das wird nicht nötig sein – die anderen werden bald von der Förderanlage zurück sein, und dann sitzen die Angreifer in der sprichwörtlichen Klemme.

Trotzdem wäre Selbstgefälligkeit jetzt fehl am Platz, nicht nach all dem, was er gerade mit ansehen musste.

Die Angreifer wirken entschlossen und sehr gut in dem, was sie machen, sie sind *shayatin* – Dämonen. Und dieser Collins ist *iblis* persönlich – der Teufel –, »aus Feuer erschaffen«, wie es im Koran heißt.

Aziz lässt Männer zur Verteidigung des Bunkers in der Nähe des Eingangs zurück und begibt sich selbst in die hinteren Räume, um das BoNT zu holen.

Falls unerwarteterweise doch etwas schieflaufen sollte und er fliehen muss, will er vorbereitet sein.

Wenn er das Gift hat, hat er alles, was er braucht.

Ulrich feuert, wechselt die Stellung und feuert erneut.

Bislang hat er fünf erwischt.

Aber die Abordnung, die sich an seine Fersen geheftet hat, besteht nicht aus Idioten. Sie verteilen sich über den Hügel, bilden ein Netz, treiben ihn allmählich immer höher und in die Enge.

Es ist nur eine Frage der Zeit.

Jetzt, nachdem der Panzer ausgeschaltet ist, fegt Amir mühelos die restliche Infanterie aus der Schlucht. Dave lässt sich mit »der Gans« und der verbliebenen Javelin zum Bunkereingang herunter.

Als Nächster kommt Donovan, dann Lev.

Zum Schluss Michel.

»Du brauchst einen Ersatz für Cody«, sagt er und bekreuzigt sich. »Willem kann den Striker auch alleine bedienen.«

Drei unserer Brüder haben ihr Leben gelassen, damit wir es bis hierher schaffen, denkt Dave.

Jetzt wird es Zeit, dass wir die Sache zu Ende bringen.

Die Sonne scheint.

An diesem Tag der Abrechnung.

✦

Dave presst sich gegen die Bunkerwand links der Schießscharten.

Der MG-Schütze dahinter hat eine ausgezeichnete Schussposition auf die Straße unterhalb, aber gegen einen Feind, der bereits ganz nah ist und von der Seite kommt, ist er so hilflos wie eine Schildkröte in ihrem Panzer. Daher ist er auf die Unterstützung aus den Bunkern auf der anderen Seite der Schlucht angewiesen, oder wenigstens auf Panzer oder Infanterie, doch die sind bereits allesamt vernichtet.

Der nervöse Schütze gibt trotzdem eine Salve nach der anderen ab.

Dave wartet, schiebt eine M67-Granate durch die Öffnung und presst sich flach an die Wand.

Die Granate explodiert.

Michel schaltet die beiden Videokameras, die den Eingang filmen, mit seiner MP5 aus.

Sollen sich die *putains* ruhig fragen, was wir vorhaben.

Lev robbt an Daves Füßen vorbei und legt einen Sprengsatz an die vier Meter hohe und sieben Meter breite titanverstärkte Stahltür.

Mit gewöhnlichem C4 ist hier kein Durchkommen.

Also nimmt Lev C8.

Sie haben es nie zuvor benutzt und wissen nicht, was zum Teufel gleich los sein wird. Blitzschnell entfernen sie sich vom Bunker, gehen hinter Felsen in Deckung und pressen sich die Hände auf die Ohren.

Die Explosion ist gigantisch.

Die Druckwellen bewirken buchstäblich eine Umverteilung der Moleküle und durch das gestörte Gleichgewicht wird die Tür aus ihren massiven Scharnieren gerissen.

»Sesam öffne dich«, sagt Donovan.

Die Druckwelle lässt die Kammer beben, in der Aziz mit einigen seiner besten Männer wartet.

Er geht an den Monitor und sieht, dass er schwarz ist, dass die Kameras draußen keine Bilder mehr senden. Nur die Kamera im Eingangsbereich zeigt eine Tür, die wie ein Gehenkter an einem einzigen Scharnier hängt.

Aziz ist erschüttert, im wahrsten Sinne des Wortes.

Die Tür hätte Bomben und Raketen standhalten müssen.

Shayatin, denkt er.

Dämonen.

Schön, dann lasst die Dämonen kommen.

Hier erwartet euch die Hölle.

Der Bunkereingang ist der ultimative »tödliche Trichter«.

Dave weiß das. Niemand ist dumm genug zu glauben, Aziz würde den Eingang unverteidigt lassen. Da sie vorher keinen Blick ins Innere werfen konnten, wissen sie nicht genau, was sie erwartet, aber sie wissen, dass es heftig wird.

Abgesehen von ein paar technologischen Neuerungen hat sich in der Wissenschaft des Befestigungsbaus nicht viel getan –

es gilt nach wie vor, möglichst viele Hindernisse einzubauen. Überwindet man das erste, steht man vor dem zweiten. Hat man dieses hinter sich gelassen, muss man sich mit dem dritten auseinandersetzen. Und so weiter und so weiter, bis die Eindringlinge zermürbt sind.

Darauf gibt es nur eine Antwort.

Man greift nicht die Bewehrung an – sondern die Menschen dahinter.

Donovan ist bereit.

Er hat seinen M32 MGL geladen und feuert damit in den Bunker.

Die XM1060 Aerosolgranate hat zwei Sprengköpfe.

Der erste setzt eine Benzinwolke im Bunker frei.

Der zweite lässt diese explodieren und zwar so gewaltig, dass die Betonmauern und mit ihnen auch die Mudschahedin dahinter vernichtet werden.

Jedenfalls diejenigen, die Glück haben.

Den anderen platzen die Trommelfelle, und es zerreißt ihnen die Lungen. Die Druckwelle zerstört ihre inneren Organe – die Galle, den Darm, den Magen. Nur nicht das Gehirn, was für die Betroffenen Pech ist. Sie bleiben bei vollem Bewusstsein, während sich im Bunker ein Vakuum bildet, das sämtlichen Sauerstoff aus den Räumen zieht und sie langsam ersticken lässt.

Als Dave den Bunker betritt, sind alle Mudschahedin in der ersten Kammer entweder tot oder liegen im Sterben. Einige der Leichen sind verkohlt, die Arme in der »Boxerhaltung« angewinkelt, die typisch ist für einen Feuertod. Andere umklammern ihre Kehlen, als hätten sie sie aufreißen wollen, um Luft zu bekommen. Wieder andere sind verschrumpelt, ihr

Fleisch hat sich wie die Schale einer Trockenfrucht um ihre zerquetschten Organe gerafft.

Dave spürt kein Mitleid.

Er weiß, wie es in dem Flugzeug ausgesehen haben muss.

Er sucht die Leichen ab, sieht, dass Aziz nicht darunter ist. Natürlich nicht, denkt Dave, hier vorne ist er nicht. Er wird sich hinten verstecken, bereit zu fliehen.

Aber ihm geht der Platz aus.

Dave sieht das leichte Gefälle, das zu einer weiteren Stahltür führt.

Über der Tür hängt eine Kamera.

Dave blickt direkt hinein.

Aziz starrt in das Durchschnittsgesicht eines Mannes, der alles andere als durchschnittlich ist.

Es ist mit Schweiß und Schmutz verschmiert.

Und Blut.

Blutspritzer.

Über seine Arme läuft noch mehr Blut.

Aber es sind seine Augen, die Aziz zu schaffen machen.

Sie sind grau oder blau – schwer zu sagen, und es ist auch nebensächlich.

Entscheidend ist die unglaubliche Intensität, mit der sie ihn ansehen.

Collins' Frau und Sohn starben bei dem Absturz von Flug 211, und der ganze Schmerz ist in diesem Blick zu erkennen.

Trauer, ja.

Aber auch Zorn.

Ein mörderischer Zorn.

Aziz reißt sich vom Monitor los, geht zum Schließfach und nimmt die verschlossene Box mit dem BoNT heraus.

Die Stellung hier im Barisangebirge ist nicht zu halten, das weiß er jetzt. Aber solange er das Gift hat, ist für ihn noch nichts verloren. Die Amerikaner haben hier vielleicht gewonnen, aber sie werden schon bald im eigenen Land viel größere Verluste hinnehmen müssen.

»Hol Yusuf«, befiehlt er Muamar. »Hol ihn her, jetzt sofort.«

Der alte Scheich befindet sich in seinem Quartier, tief im Inneren des Bunkers. Die Zeit reicht gerade noch, ihn herzuholen, bevor die Angreifer eindringen.

Aziz hat noch zwölf Männer.

Seine persönliche Leibwache.

»Ihr habt die Ehre, *shahid* werden zu dürfen«, sagt er zu ihnen. »Schon bald werdet ihr den Duft von Rosen riechen. Ich beneide euch. Ich muss im Diesseits bleiben und Gottes Krieg führen. Wir sehen uns im Paradies wieder.«

Er befiehlt ihnen, den Tunnel zu verteidigen, der zum Hangar führt.

Damit sie dort als Märtyrer sterben.

Dann geht er zum Helikopter.

Oben auf dem Bunker sitzt Willem am MK47 und sieht zu.

Er sieht sie kommen.

Zwei Schützenpanzerwagen, gefolgt von Trucks.

Es sind die von der Gasförderanlage zurückbeorderten Soldaten.

»Bravo, wir bekommen Gesellschaft«, meldet er über Funk. »Wie läuft's da unten?«

»Noch bei der Arbeit«, sagt Donovan.

»Überlegt euch, ob ihr nicht lieber fertig werden wollt«, sagt Willem.

Der Kreis zieht sich immer enger um Ulrich.

Die Mudschahedin kommen immer näher, drängen ihn immer höher den Berg hinauf zur Lichtung, wo er – schutzlos – zur Zielscheibe wird.

Berge, denkt Ulrich, während er durchs Dickicht kriecht, eignen sich ausgezeichnet für ein letztes Gefecht.

Der russische Mi24 »Hind«-Helikopter wird auch als »fliegender Panzer« bezeichnet. Zwei Klimow TW 3-117A Gasturbinen mit jeweils 2200 PS treiben ihn an, bei einem Rotorkreisdurchmesser von 17,3 Metern bringt er es selbst vollbeladen auf eine Höchstgeschwindigkeit von 335 Stundenkilometern. Der UPK-23-250-Maschinenkanonen-Behälter ist mit einer doppelläufigen 23-mm-Maschinenkanone GSch-23L sowie zwei UB-32 S-5 Raketenwerfern ausgestattet.

Das sollte mehr als ausreichend sein, um Aziz sicher aus dem Gebirge zu fliegen.

Die Ägypter führen Scheich Yusuf zum Hangar. Yusufs drei Leibwächter begleiten ihn, jeder trägt eine PP-2000 9mm-Maschinenpistole mit eingeklappter Schulterstütze.

»Wir müssen weg von hier, *baba*«, sagt Aziz.

Yusuf nickt seinem Sicherheitschef zu.

Der hebt sein Gewehr.

Für die nächste Tür reicht ein C4-Sprengsatz und eine weitere XM1060 macht den Weg durch den »tödlichen Trichter« frei.

Dave geht zuerst, durch einen langen Gang mit gewölbter Decke. Auf jeder Seite Türen, die in Wohnräume führen.

Niemand da.

»Sauber!«, schreit Dave.

Donovan kommt hinter ihm her, dann folgen Lev und Michel. Sie betreten das, was einmal ein Besprechungsraum gewesen sein muss. Klappstühle, eine Schautafel, ein Fernseher, Bücher, sogar DVDs und ein paar alte Videokassetten.

Das Team fasst nichts an – die Mudschahedin könnten irgendwo einen Sprengsatz versteckt haben.

Sie kommen in die Kantine – ein langer Holztisch mit Stühlen, dazu eine gut ausgestattete Küche, in der es noch nach dem Eintopf des vergangenen Abends und dem Tee vom frühen Morgen riecht. Teller und Tassen stehen auf dem Tisch, als wäre die Mahlzeit unterbrochen worden.

In der nächsten Kammer befindet sich die Kommandozentrale.

Videomonitore, Computer, Satellitentelefone.

Aziz war eben noch hier, denkt Dave.

Wir kommen ihm näher.

Zu einem anderen Zeitpunkt wäre die Kommandozentrale eine geheimdienstliche Fundgrube gewesen, und sie hätten alles eingesammelt. Aber das ist jetzt egal, sie haben keine Zeit.

Jetzt gilt es, Aziz zu erwischen.

Dave tritt durch die nächste Tür in eine Kammer mit einer Art Safe.

Nein, kein Safe, denkt Dave.

EinTresor.

Dann sieht er den Kühlschrank, der Deckel noch offen, als hätte jemand in Eile etwas herausgenommen.

Nicht besonders schwer, zwei und zwei zusammenzuzählen.

Aziz hat das Gift bekommen und will damit verschwinden.

Es wird tausende und abertausende weitere Dianas und Jakes geben.

Dave geht durch die nächste Tür in den Tunnel.

Der Leibwächter schießt zuerst durch Yusufs Brille.

Mit dem zweiten Schuss reißt er ihm die Schädeldecke weg.

Klappernd fällt sein Gehstock auf den Betonboden.

Wie oft werden Männer von ihren eigenen Leibwächtern getötet?, denkt Aziz. Leibwächter sind käuflich – für Geld und das Versprechen, mit einem Hubschrauber einer tödlichen Falle zu entkommen, machen sie alles.

Yusuf hätte ihn ermorden lassen, weil er Tod und Zerstörung hier ins Barisangebirge gebracht hat.

Jetzt ist Yusuf tot.

Insaha'Allah.

Während er den toten Alten auf dem Boden betrachtet, wird ihm bewusst, dass er ihm gerade zum ersten Mal in die Augen sieht. Oder in das, was von ihnen übrig ist. Jetzt sind sie auf ewig blind.

»Die Amerikaner haben ihn getötet, haben wir uns verstanden?«, sagt Aziz zu den Männern, die mit ihm im Hangar stehen.

Alle nicken.

Zumindest widerspricht keiner.

»Unser geliebter Scheich Yusuf ist ein *shahid*«, ergänzt Aziz.

»Ja, Scheich Abdullah.«

Aziz hört, dass der Pilot mit der Vorflugkontrolle beginnt. »Ruder- und Steuerklappen geprüft … Steuerknüppel gezogen, Parkbremse gelöst … startklar.«

Gut, denn außerdem hört Aziz Schüsse im Tunnel.

Blut erscheint schwarz im grünen Licht.

Ein verletzter Mudschahed muss sich in den Tunnel geschleppt haben.

Es ist dunkel. Die Generatoren sind ausgegangen – entweder durch eine der Explosionen oder weil Aziz sie ausgeschaltet hat. Dave hat also wieder sein Nachtsichtgerät aufgesetzt.

Der Gestank von verbranntem Fleisch beißt in der Nase, er steigt über einen Tango, den er gerade getötet hat, und bewegt sich mit der MP5 im Anschlag den Tunnel entlang, bereit zu schießen. Sein Hemd ist schweißdurchnässt – die Hitzereflexionen in Folge der Granateneinschläge haben den Tunnel in einen Ofen verwandelt.

Ein Schuss zischt ihm entgegen.

Mündungsfeuer, wie rote Teufelsaugen.

Dave hört das Knacken, als die Kugel an seinem Gesicht vorbeifliegt.

Er feuert zurück.

Und verfehlt sein Ziel nicht.

Er staunt, dass der Mudschahed ebenfalls ein Nachtsichtgerät trägt. Viel hat es ihm trotzdem nicht genutzt. Dave schießt ihm sicherheitshalber zweimal in den Kopf. Selbst in der Hölle sollten die Toten tot bleiben.

Eine Hand tippt ihm von hinten an die Schulter.

Donovan – das Signal weiterzugehen.

Charlie Mike – *continue mission.*

Drei weitere Schritte, und er sieht eine Gestalt vor sich, die etwas unter dem Hemd hervorzieht – eine Pistole, ein Messer, eine Granate.

Dave will schießen aber – mein Gott, das ist ein Kind!

»Echo! Echo!«, schreit Dave, weil er Angst hat, dass Donovan das Kind von hinten erschießt. Was macht es hier? Dave wundert sich und greift nach dem Jungen, will ihn aus dem Schussfeld stoßen, aber dann ist es doch kein Kind, sondern ein hockender Mudschahed, der Dave jetzt mit einem Messer anspringt.

Und etwas auf Paschtu schreit.

Dave weicht aus.

Die Klinge trifft die Keramikplatten seiner Weste und gleitet ab.

Schneidet ihm ins Bein.

Dave rammt dem Mudschahed seinen Gewehrkolben an den Schädel.

Hört den Knochen brechen.

Verpasst ihm einen weiteren Schlag.

Und noch einen.

Die Schädeldecke gibt nach.

Dave steigt über ihn hinweg und geht weiter. Ein anderer Mudschahed taucht auf und wird von Donovan niedergemäht. Dave spürt das Mündungsfeuer an seinem Ohr. Er geht weiter. *Tödlicher Trichter* – das Videospiel. X-Box 360. Geh bis zum Ende, töte den Bösen, sammle Bonuspunkte. Der Tunnel ist vielleicht fünfzig Meter lang, ihm kommen sie vor wie fünfhundert. Die Entfernungen werden immer länger, die Zeit schleppt sich voran, all das bewirkt der Adrenalin-Cortisol-Cocktail.

Dann ganz was anderes.

Schüsse.

Hinter ihnen.

Die Mudschahedin müssen uns durchgelassen und die Tür hinter uns zugeschlagen haben. Donovan wendet sich der neuen Gefahr zu. Acht Mudschahedin kommen schießend durch den Tunnel auf sie zugerannt. Lev und Michel lassen sich auf den Boden fallen und erwidern das Feuer.

Donovan wendet sich an Dave und zeigt in den Tunnel.

»Los! Los doch!«, schreit er. »Charlie Mike!«

Dave geht weiter.

»*Range check*«, sagt der Hubschrauberpilot. »Countdown läuft.«

Aziz macht es sich auf seinem Platz bequem.

Der kostbare Behälter mit dem Gift steht sicher zwischen seinen Füßen.

Eine verheerende Niederlage ist das hier, denkt er, aber solange ich lebe und das BoNT habe, ist sie nicht endgültig. Es gibt andere Stützpunkte, andere Zufluchtsorte, und in Amerika warten zwölf *shahid* auf die ehrenvolle Aufgabe, das Attentat durchzuführen.

New York, Chicago, Los Angeles …

Washington.

Schon bald wird dieser Tag vergolten sein.

Die Rotorblätter setzen sich in Bewegung.

Ulrich robbt durch das Dickicht, ein letzter schmaler Streifen, dann wird er auf die Lichtung gedrängt.

Was dann?, fragt er sich.

Entweder die Lockheed kommt vorbei und holt dich hier ab, oder …

Du musst dir was Drastisches einfallen lassen.

»Du die Männer«, sagt Willem. »Ich die Fahrzeuge.«

»Verstanden.«

Amir sieht die Schützenpanzerwagen um die Kurve biegen: Die sind für Willem. Er selbst zielt auf die Tangos auf dem Pritschenwagen. 1000 Meter ist seine maximale Reichweite, deshalb wartet er, bis sie auf 800 Meter herangekommen sind.

Willem wählt eine HEAT-Granate.

Er stellt auf *video imaging,* sucht den vordersten Schützenpanzerwagen, blickt auf das Display und richtet den »Donut« auf den schwächsten Punkt unterhalb des Fahrgestells knapp oberhalb der Reifen. Dann stellt er *laser range* ein, drückt auf den Entsicherungsknopf, korrigiert noch einmal das Fadenkreuz und feuert.

Die HEAT-Granate schießt heraus und findet den Schützenpanzerwagen. Zwei Sekunden später explodiert sie, und der Personentransporter »hüpft« in die Luft, bevor er, völlig lahmgelegt, auf die Straße knallt und diese für die Fahrzeuge hinter sich blockiert.

Die darauf montierten MGs sind allerdings nicht blockiert.

Der BTR-4 verfügt über eine 30mm-Maschinenkanone und zwei koaxiale 7.62mm-Maschinengewehre. Die Schützen hinter den Panzerplatten suchen jetzt den Hang ab.

Die Jungs sind gut, findet Willem.

Jeweils acht Männer steigen aus den hinteren Luken der Schützenpanzer, gehen professionell in Stellung und feuern.

Willem zielt erneut, diesmal auf den zweiten Panzer.

Gleichzeitig gibt er über Funk durch: »Alpha. Alpha. Bitte kommen.«

Keine Antwort.

Das ist nicht gut, denkt Willem.

Nahkampf im Tunnel.

Gewehrkolben, Messer, Ellbogen, Fäuste.

Sie könnten genauso gut Kreuzritter sein und sich um mittelalterliche Burgen streiten.

Donovan hört Willem über Funk, hat aber keine Zeit zu antworten. Er rammt einem Tango ein Knie in den Magen und stößt ihn gegen die Wand. Packt ihn an der Kehle und schlägt seinen Kopf gegen den Beton, bis er spürt, wie das Leben aus ihm weicht.

Die Klinge, die Donovan im Rücken trifft, hätte ihn getötet, hätte er nicht die Schutzweste getragen. Er wirbelt herum und verpasst dem Mudschahed einen Kopfstoß, zertrümmert ihm die Nase, dann schlägt er ihm mit beiden Fäusten gleichzeitig auf die Schläfen, bis er einknickt. Donovan schleudert ihn beiseite und hält nach dem nächsten Ausschau.

Lev bricht seinem Gegner den Ellbogen, als wär's ein trockener Ast, dann rammt er ihm zwei Finger ins linke Auge. Der Mudschahed schreit. Lev zieht seine blutige Hand zurück und rammt ihm den Handballen an die Nase, schiebt ihm den Knochen ins Gehirn und tötet ihn.

Michel liegt mit seinem Gegner auf dem Boden, die Beine um dessen Kehle gewunden, wie eine Python presst er das Leben aus ihm heraus.

Donovan hilft nach – er kommt heran und bläst dem Mudschahed das Hirn weg. Dann antwortet er Willem: »Im Gefecht.«

»Dito. Drück auf die Tube, ja«, fordert ihn Willem auf. »Die Munition geht uns schneller aus als die Tangos.«

Wo ist Collins, fragt sich Donovan.

Dave folgt dem abwärtsführenden Tunnel durch die Dunkelheit.

Dunkelheit ist ihm nicht neu.

Seitdem er weiß, dass Flug 211 abgestürzt ist, ist es um ihn herum dunkel, seitdem er weiß, dass Diana und Jake tot sind, aus heiterem Himmel abgeschossen, ermordet.

In dem Moment, in dem er es erfuhr, brach Nacht über ihn herein und ist seither keinem Tag gewichen.

Eine unablässige Hölle.

Eine stygische Dunkelheit der Seele.

Jetzt geht er durch sie hindurch.

In der Hölle joggt man nicht, man geht. Renn nicht in den Tod. Renn nicht so, dass dein Herz schneller schlägt und du wegen der Wunde im Bein noch mehr Blut verlierst. Gleichmäßig ist stetig, stetig ist schnell. Zu schnell ist tödlich. Tempo tötet. Die Nacht gehört uns. *Because the night belongs to lovers, because the night belongs to us.* Der Mudschahed vor ihm will unbedingt zum Märtyrer werden, sein Gesicht ist verkohlt, sein Kinn weggeschossen, sein Kiefer baumelt herunter, als er nach dem Zünder an seinem Gürtel greift und sie beide ins Jenseits befördern will, sich selbst in den Himmel und Dave in die Hölle. Aber Dave schießt auf seine Hand, der Mudschahed fällt, die MP5 ist leer, aber Dave bleibt nicht stehen, um nachzuladen, er lässt sie einfach fallen und zieht sein Baby, die Glock. Er geht weiter, dann hört er das Dröhnen eines Triebwerks.

Dann noch etwas.

Ein krachendes Geräusch – ein Zerren, Mahlen, Brechen – und die Erde reißt auf.

Mit einem hydraulischen Ächzen schiebt sich die Decke über ihm auseinander, teilt sich und öffnet sich zum Himmel.

Urplötzlich ist es hell.

Amir eröffnet das Feuer auf die Pritschenwagen.

Trifft drei oder vier Tangos. Die anderen springen auseinander. Zwei der Fliehenden schaltet er aus, dann widmet er sich den Männern, die aus den Schützenpanzern klettern.

Aber er hat nicht mehr viel im Gurt und muss nachladen.

Die Tangos sind Profis. Sie nutzen die Pause, um vorzurücken und in Deckung zu gehen.

Kugeln schwirren um ihn herum, während er den Gurt in die Kammer führt.

Dann sieht er die auf ihn gerichtete Kanone des Schützenpanzers.

Der Helikopter hebt durch dic Öffnung ab.

Aziz sitzt hinten.

Fünfzehn Meter, dreißig, sechzig.

Dave kann Aziz' Gesicht gerade so erkennen.

Auch Aziz sieht ihn.

Er blickt runter und lächelt.

Lächelt.

Das darf nicht sein, denkt Dave. Nicht nach all dem – nach all den Opfern, all dem Schmerz, nachdem gute Männer ihr Leben ließen.

Aziz entkommt.

Aziz blickt auf Collins hinunter.

Er ist blutverschmiert, verschwitzt, schmutzig und erschöpft.

Er hat ausgespielt.

In einem längst verlorenen Spiel.

Aziz hebt die Hand und winkt.

Goodbye, Major Collins.

Dann wendet er sich an den MG-Schützen.

»Töte ihn.«

»BOHICA!«, schreit Donovan.

Bend over, here it comes again.

Donovan und die anderen sind im Eingang des Hauptbunkers in Deckung gegangen, und jetzt fliegt ihnen die Scheiße nur so um die Ohren – von den Schützenpanzern kommt ihnen heftiger Beschuss entgegen, und die Infanterie rückt immer näher. Amir und Willem tun ihr Bestes, um von oben Deckung zu geben, aber ihnen läuft die Zeit davon.

Donovan versucht, Collins über Funk zu erreichen.

Keine Antwort.

Die beiden Läufe der GSch-23L Maschinenkanone pumpen 450 Schuss mit einer Geschwindigkeit von 720 Metern pro Sekunde heraus. All das ergießt sich wie ein bleierner Monsun über Dave, und er presst sich gegen die Bunkerwand, während rings um ihn Kugeln einschlagen.

Der Schütze hat jetzt Ziel genommen.

Aziz lacht, als er den Amerikaner herumhuschen sieht wie eine Ratte. Dann wirft sich Collins flach auf den Bauch, streckt die Arme aus, wie ein Gekreuzigter.

»Mach ihn fertig.«

Dave rollt herum und löst die Javelin.

In wenigen Sekunden wird der Helikopter außer Reichweite sein. Bitte, Gott, lass mir die Zeit – um mehr bitte ich dich nicht, nur noch ein paar Sekunden.

Er lädt die HEAT-Rakete, rappelt sich auf die Knie, hebt die Waffe auf seine Schulter und prüft die CLU – *Command*

Launch Unit, auch »The Clue« genannt – einen Infrarotsucher, der das Ziel vierfach vergrößert und auf einem kleinen Display anzeigt.

Dave markiert den Helikopter auf der Anzeige und schaltet auf NFOV – *Narrow Field Of View* –, vergrößert das Ziel damit zwölffach.

Jetzt kann er Aziz deutlich erkennen.

Er sieht den Mann, der seine Frau und seinen Sohn ermordet hat.

Er blickt in die Augen eines schamlosen, kaltblütigen Killers.

In das Gesicht des Bösen.

Und er erkennt die Angst in Aziz' Augen, als der den Lauf des Raketenwerfers sieht.

Eine Kugel trifft Daves Weste.

Wie ein Schlag mit einem Baseballschläger.

Eine weitere prallt von seinem Helm ab.

Er hat Mühe, bei Bewusstsein zu bleiben. Er schaltet auf Infrarot, zieht eine *track box* um das Ziel, klammert es ein.

Nur noch ein paar Sekunden, lieber Gott, bitte.

Mehr verlange ich nicht.

Aziz reißt die Augen auf und schreit: »Erschießt ihn! Erschießt ihn! Tötet ihn!«

Kugeln schlagen rings um Dave ein, als er auf den Seeker FOV – *Field Of View* – drückt, der das Lenksystem im Sprengkopf aktiviert. Nachdem er sich vergewissert hat, dass es auf Aziz gerichtet ist, drückt er erneut ab, hält die Waffe nach oben.

Die Rakete rast aus der Röhre.

Über 4000 Detector-Elemente – auch »Seeker-Elemente« genannt – senden Informationen an das FPA – *Focal Plane Array* –, das die Rakete lenkt. Über eine eingebaute Argonflasche wird das FPA während des Flugs gekühlt – sechs Lamellen drehen sich vor der Suchoptik im Sprengkopf und halten das Geschoss auf Kurs.

Angesteuert wird nicht einfach irgendeine Wärmequelle oder auch nur die nächste Wärmequelle. Der Raketensensor sucht nach einer Übereinstimmung von über tausend Pixeln mit dem genauen Bild der CLU, passt den Kurs dem Windgang und den Bewegungen des Zielobjekts an. Weicht das Geschoss um einige Grad von seinem Kurs ab, korrigiert es diesen mittels vier beweglicher Heckruder und sechs Flügeln.

Die Rakete sucht das Bild von Abdullah Aziz.

Jetzt kann sie nichts auf der Welt mehr davon abhalten, ihr Ziel zu treffen.

Die Javelin ist eine *Fire and Forget*-Waffe.

Aber Dave feuert und vergisst nicht.

Er feuert und erinnert sich.

Aziz bleibt gerade genug Zeit, um Entsetzen zu spüren.

Seine Schreie hallen durch den Helikopter, als er nach unten blickt und die Rakete auf sich zukommen sieht. Er riecht weder Rosen noch Honig, nur den widerlichen Gestank seiner eigenen Angst.

Das Letzte, was er in diesem Leben sieht, ist David Collins.

Der erste Teil der Tandemhohlladung trifft die Kabine des Helikopters, und das Molybdän-Gehäuse durchschlägt den

Rumpf. Die zweite passiert die Öffnung und explodiert, bläst das Botulinumtoxin in den freien Himmel – ebenso wie Abdullah Aziz.

Dave sieht die Flammen aus dem Hubschrauber schießen.

Dann stockt der Helikopter und bricht entzwei.

Dave sieht, wie Aziz in die Luft geschleudert wird, er vor Schmerzen schreit, sein Körper lichterloh brennt, während er am blauen Himmel irre Purzelbäume schlägt.

Dave verfolgt seinen Sturz, bis er auf dem Boden aufschlägt.

Ein Feuerball auf verbrannter Erde.

Vergeltung.

✦

»Ich hole Cody«, sagt Dave.

»Uns bleibt keine Zeit«, erwidert Donovan. Aus dem Bunker rauszukommen wird schon schwer genug, ganz zu schweigen davon, eine Leiche aus der Felswand zu holen. »Cody würde das verstehen. Keiner aus dem Team würde wollen, dass ein Kamerad sein Leben lässt, nur um seinen Leichnam zu bergen.«

Dave hört nicht zu. »Wir sind zusammen gekommen, wir gehen zusammen.«

»Ich hätte nicht verhindern dürfen, dass sie dich abknallen, als du noch ein junger Hund warst«, sagt Donovan.

»Hast du aber.«

»Nur ein weiteres Beispiel für meine mangelnde Urteilsfähigkeit«, sagt Donovan. »Schnelle Frauen, langsame Pferde und du.«

Sie improvisieren einen Plan.

Kein toller Plan, das muss Dave zugeben, aber einen besseren haben sie nicht.

Donovan, Lev und Michel werden massiv feuern, um Dave Deckung zu geben, während er Cody holt. Er wird ihm ein Seil umlegen, und Willem wird ihn hochziehen. Dann wird Dave folgen.

Das Team im Bunker geht hinten raus – durch den Hangar und über den falschen Berggipfel. Dave tritt als erster den Rückzug an, gefolgt von Willem und Amir, der als letzter Feuerschutz geben wird, bevor sie verschwinden.

Auf dem Rückweg sammeln sie den toten Alessandro ein, dann marschieren sie sechzehn Kilometer zur verabredeten Stelle, wo hoffentlich die C-130 auf sie wartet.

»Total einfach«, sagt Donovan. »Ein Kinderspiel.«

Ein Kinderspiel, denkt Dave.

Er macht sich bereit, während Donovan, Michel und Lev hinter der gesprengten Bunkertür Stellung beziehen.

Dann geht's los.

Luftzündende 25mm-Granaten, Karabinerfeuer, Maschinengewehrsalven und der ganze Mist, den ein MK47 Striker so verschießen kann, kommt jetzt in einem einzigen plötzlichen Schwall über die Schlucht gejagt.

Dave bricht aus und klettert die Steilwand hinauf. Er packt das Seil, stemmt die Füße fest in den Boden und zieht sich bis zu Codys totem Körper rauf. An den Abhang geklammert führt er das Seil durch Codys Gürtel, bindet es fest und befiehlt über Funk: »Hochziehen.«

Willem und Amir hören lange genug auf zu feuern, um das Seil zu packen und Codys Leiche raufzuziehen, loszubinden und Dave das Seil wieder runterzuwerfen. Dave hangelt sich hoch, während von der anderen Seite erneut geschossen wird, zunächst nur vereinzelt, dann wieder verstärkt, als die Mudschahedin unten merken, dass ein Mann ungeschützt an einem Seil baumelt und eine unwiderstehliche Zielscheibe abgibt.

Er schafft es nach oben und wirft sich flach auf den Bauch.

»Bewegung«, hört er Donovan neben sich.

Sie werden über den Berg steigen. Wenn sie erst mal oben sind, werden Dave und Willem mit dem toten Cody vorangehen. Nach ungefähr fünfhundert Metern werden sie Amir Feuerschutz geben, damit dieser zu ihnen stoßen kann.

Das gegnerische Feuer verdichtet sich.

Dave nimmt Codys MP5 und sucht nach Zielen. Munition wird allmählich zum Problem, und er feuert nicht mehr als nötig.

Ein paar Minuten später hört er Donovan: »Oscar Mike.«

»Los«, sagt Dave zu Willem.

Sie nehmen eine Falttrage aus Codys Rucksack, packen ihn drauf und heben ihn an.

»Bewegen uns«, sagt Dave zu Amir über Funk. »Zwei Minuten, dann haust du ab. Das M240 lässt du liegen und *läufst*. Verstanden?«

»Verstanden«, sagt Amir.

Dave und Willem ziehen los. Das intensive Ausdauertraining macht sich bezahlt, zumal sie jetzt Codys Leiche bei zügigem Schritttempo mit sich schleppen.

Wenn wir's über den Bergkamm und in den Dschungel rein schaffen, denkt Dave, haben wir vielleicht eine Chance. Aber so weit sind wir noch lange nicht. Sobald Amir die Stellung aufgibt, wissen die Mudschahedin, dass sie nicht mehr unter Beschuss stehen, und dann werden sie kommen – schnell.

Sechzehn Kilometer unter feindlichem Feuer?

Schwierig.

Aber es hat keinen Sinn darüber nachzudenken.

Setz einfach einen Fuß vor den anderen, bis du die Baumgrenze erreichst.

Amir weiß, dass die anderen mehr Zeit und Abstand zwischen sich und die Mudschahedin legen müssen, wenn sie es bis zum Treffpunkt schaffen wollen.

Ich bin der Einzige, der dafür sorgen kann.

Schnell, er zieht ein Tuch aus der Tasche und wischt sich Arme und Ellbogen sauber.

»*Allahu Akbar*« – Gott ist groß.

Er legt die rechte Hand über die linke auf seine Brust und sagt: »Oh Allah, gepriesen seist du, oh Allah, gelobt seist du und gesegnet dein Name, und hoch erhaben ist seine Herrschaft, es gibt keinen Gott außer dir.«

»*Allahu Akbar. Subbhana Rabbiya Al Allah*«, stimmt er, flach hinter dem Maschinengewehr liegend, an. Gott ist groß. Gepriesen seist du, oh Allah.

Die Mudschahedin kommen jetzt auf ihn zu.

Er drückt ab.

»*Pop smoke*!«, brüllt Dave über Funk, als sie am RP angelangt sind. »*Pop smoke*!«

Amir antwortet nicht.

Ist er getroffen?, fragt sich Dave. Dann hört er das Bellen des M240 und weiß, dass Amir lebt.

»Komm her!«, schreit Dave. »Wir geben dir Feuerschutz!«

»Geht!«, schreit Amir zurück.

Lev hört über Funk mit.

»Was zum Teufel hast du vor?«, fragt er.

Aber er weiß es schon.

»Du musst niemandem was beweisen!«, brüllt Lev.

»Ich bleibe«, erwidert Amir. »Charlie Mike!«

Continue Mission.

»Ich hole ihn«, sagt Lev.

»Das tust du nicht«, sagt Donovan.

»Und ob.«

»Wir können nicht auf dich verzichten«, sagt Donovan. Er braucht zwei Männer, um Alessandro zu tragen, und einen dritten, der ihnen Feuerschutz gibt. »Amir hat sich entschieden.«

Donovan meldet sich über Funk bei Dave. »Geht weiter.«

»Wir können ihn nicht hierlassen.«

»Wir haben keine Wahl«, sagt Donovan. »Wenn ihr euch nicht in dreißig Sekunden in Bewegung setzt, wird er umsonst sterben. Also los.«

Die Luft ist frisch und süß.

Es riecht nach Honig.

Und nach Rosen.

Ich hatte keine Angst, denkt Amir.

Damals, als ich die Sprengsätze am Körper trug. Und jetzt auch nicht, umgeben vom Feind.

Mein Tod sollte nur einen Sinn haben.

Gewiss ist es das, was Allah meinte, als er um *shahid* bat.

Man soll sich opfern, um andere zu retten.

Er schwingt das Gewehr herum und mäht eine Abordnung

Mudschahedin nieder, die von links auf ihn zukommen. Kugeln schlagen um ihn herum in die Erde ein. Eine trifft seine Weste, eine andere trifft ihn ins Bein. Der Schmerz ist qualvoll und schön zugleich.

Sicher war es das, was Allah meinte.

Man soll nicht aus Hass, sondern aus Liebe sterben.

Du warst immer schon mit dem Tod verlobt, sagt sich Amir. Du hast gewusst, dass der Tag der Hochzeit kommen wird.

Amir kniet sich hinter das Gewehr.

Er schwenkt den Lauf nach rechts, feuert, dann nach links und sagt: »*Assalamu alaikum wa rahmatu Allah.*«

Mögen der Frieden und die Gnade Allahs mit dir sein.

Auf seinem Weg durch den Dschungel hört Dave Amirs Schüsse.

Sie werden spärlicher.

Und versiegen.

Stille.

Frieden.

Dann setzt Regen ein.

✦

Sechzehn Kilometer weit tragen die erschöpften Männer ihre gefallenen Kameraden.

Sechzehn Kilometer durch den peitschenden, strömenden Monsun – tapfere Männer, selbst verwundet, tragen sie die Freunde, die sie nicht zurücklassen wollen.

Sie wissen, dass deren Gewicht sie langsamer macht.

Wissen, dass die Feinde sie einholen.

Wissen, dass sie es vielleicht nicht mehr schaffen werden.

Und tun es trotzdem.

Keine Wissenschaft kann das erklären. Keine Biochemie, keine Evolutionsanalyse, keine neue Hirnforschung.

Einzig und allein Menschlichkeit.

Erbitterte Loyalität.

Außergewöhnlicher Mut.

Eine größere Liebe gibt es nicht.

Ulrich weiß, dass seine Kameraden kommen.

Er kann sie jetzt über Funk hören, sie fordern ihn an.

Seine Verfolger sind ihm so nah, dass er nicht zu antworten wagt. Aber er hört, welche Stimmen fehlen – die von Alesandro, Cody und Amir.

Dann hört er Donovan sagen: »Charlie, wenn du da bist, mach dich bereit.«

Ulrich macht sich bereit.

Bis zum Treffpunkt werden sie von Kugeln gejagt.

Während sie sich mit pochenden Armen und brennenden Beinen durch den peitschenden Regen schleppen, hören sie ihre Verfolger immer näher kommen. Dann setzt das Feuer ein – vereinzelte Schüsse zwischen den Bäumen hindurch, dann Granaten.

Nur dank Amirs Opfer sind sie überhaupt so weit gekommen, das weiß Dave. Ohne ihn wären sie längst überholt und überwältigt worden. Aber jetzt sieht er eine Lichtung – die alte Piste – und die C-130.

Heffernan sitzt auf der Laderampe und raucht.

Vielleicht ist es schon zu spät, denkt Dave. Die Verfolger sind zu nah, als dass sie noch an Bord steigen und starten könnten.

Über Funk warnt Donovan den Piloten: »Kommen unter Beschuss.«

Dave sieht, wie Hefferman nickt, aufsteht und sich hinter die M134-Minigun setzt. Dann hört er ihn sagen: »Geht lieber in Deckung, Jungs.«

Dave und Willem setzen Cody ab und werfen sich neben ihn auf den Boden, während sechstausend 7.62mm-Patronen über ihre Köpfe hinweg in die Bäume fliegen.

Die Mudschahedin, die den Ansturm überleben, weichen zurück.

Jetzt macht ihnen der Schlamm zu schaffen

Eine leere C-130 wiegt knapp 35 Tonnen. Mit Ladung und Waffen bringt es diese Maschine hier auf über 40. 40 Tonnen Fahrwerk tief im Schlamm auf einer kurzen Startbahn, die sich rasant in einen Sumpf verwandelt, hoch oben in den Bergen.

»Nicht gerade ideal«, lautet Heffernans Einschätzung.

Eine Lockheed C-130 muss auf einer durchschnittlichen Startbahn 80 Knoten machen, um abheben zu können. Selbst wenn es Heffernan gelingt, die Hercules trotz Schlamm in Bewegung zu setzen, wird er sie in diesem Riesensumpf niemals auf die nötige Geschwindigkeit jagen können. Und selbst wenn er das Tempo erreicht, kann die Maschine immer noch von der Bahn rutschen.

»Wobei sie dann keine 130 mehr wäre«, sagt Heffernan, »sondern ein Museum.«

Eher ein Mausoleum, denkt Dave. Die Mudschahedin müssen nichts weiter tun, als warten, bis uns die Munition ausgeht, dann können sie uns ganz bequem abservieren. Er blickt auf Alessandros und Codys Leichen, die in Plastik gehüllt vor ihm liegen. Er sitzt nicht zum ersten Mal mit toten Freunden hinten in einer 130 oder einem Helikopter. Aber er hofft, zum letzten Mal.

Wir sind nicht so weit gekommen, denkt er, um sie jetzt nicht nach Hause zu bringen.

»Wir müssen auf JATO umstellen«, sagt Heffernan.

Jet Assisted Take-off.

Die Lockheed C-130 ist mit Kanistern voller Raketentreibstoff ausgestattet, die direkt unter den Tragflächen am Rumpf angebracht sind. Durch diese bekommt sie zusätzlichen Antrieb, um auf einer kurzen Startbahn abheben zu können, besonders unter Beschuss.

»Wir sind nämlich dreifach gearscht«, sagt Heffernan.

Kurze Piste, feindliches Feuer und große Höhe.

Von Nässe und Schlamm ganz zu schweigen.

Und den Kugeln, die jetzt von den Außenwänden des Flugzeugs abprallen.

»Was ist der Nachteil?«, fragt Donovan.

»Die Maschine könnte explodieren«, sagt Heffernan beiläufig, »wie eine römische Kerze. Aber hier sitzenbleiben und warten, bis der Regen aufhört und die Startbahn trocknet, ist wohl keine praktikable Alternative.«

»Also JATO«, sagt Donovan.

Die Turbinentriebwerke lassen das Innere des Flugzeugs beben.

Dave schnallt sich an.

Die Triebwerke pochen. Die ganze Maschine zittert.

Dave glaubt, sie ächzen zu hören, während sie verzweifelt versucht, sich aus dem Klammergriff des Schlamms zu befreien.

Dann kommt sie langsam in Bewegung.

Sie fährt schneller und nimmt Tempo auf.

Das Heck schlittert seitwärts.

Wenn wir von der Piste rutschen, sind wir tot, denkt Dave.

Wenn wir nicht abheben, auch.

Heffernan sieht, dass er 60 Knoten macht.

Das reicht nicht.

Außerdem braucht er 400 Meter Startbahn, und vor ihm liegen nur 300.

Er aktiviert JATO.

Dave spürt das Flugzeug schlingern und dann ansteigen.

Der Boden lässt los, und die Maschine ist in der Luft.

»Haarscharf«, sagt Donovan.

»Wie mein alter Fluglehrer immer gesagt hat«, erwidert Heffernan. »›Würde das Minimum nicht reichen, wäre es nicht das Minimum‹.«

Ulrich sieht das Flugzeug kommen.

Sehr gut, denkt er. Jetzt muss ich nur lange genug überleben, bis sie mich hochziehen. Auf einem Berg, auf einer Lichtung – als perfekte Zielscheibe.

Zum Glück hat er für diesen Fall vorgesorgt.

Auf seinem langen Rückzug hat er an verschiedenen Stellen C4-Sprengladungen versteckt, die jetzt einen explosiven Ring um den Gipfel herum bilden.

Er zündet die letzte und stößt auf die Lichtung vor.

Donovan entdeckt ihn vom Cockpit aus.

Ulrich läuft aus dem Schutz der Bäume auf die Lichtung.

»Sichtkontakt«, sagt er über Funk. »Lass den *Skyhook* runter.«

Michel startet die Vorbereitungen, der Bauch der Maschine öffnet sich, und die Schnur wird hinabgelassen. Die Lockheed befindet sich auf gefährlich geringer Flughöhe, nur neunzig Meter und noch dazu im Anflug auf einen Berg.

Dann explodiert ein Feuerring auf dem Gipfel, ein Sprengsatz nach dem nächsten geht hoch, während Ulrich auf die Lichtung rennt, den vorbereiteten »Fallstrick« auslegt und an seiner Hüfthalterung befestigt. Er hat nur diese eine Chance, mitgenommen zu werden. Er packt den Haken und lässt ihn einschnappen.

Zwei Mudschahedin kommen aus dem Dschungel gerannt, feuern im Laufschritt auf Ulrich.

Der Strick reißt ihnen die Beine weg, als sich das Seil anspannt und Ulrich neunzig Meter in die Luft gehoben wird.

Er blickt nach unten und winkt.

»Bis später!«, schreit er.

Die Winde zieht ihn ins Flugzeug, und der Bauch schließt sich.

»Hast du den ganzen Berg hochgejagt?!«, fragt Willem.

Ulrich zuckt mit den Schultern. »Wie gesagt – nur wenige Probleme lassen sich nicht mit dem gekonnten Einsatz von Sprengstoff lösen.«

Er setzt sich und schnallt sich an.

Sie haben es geschafft.

Es ist vorbei.

Vor ihnen nur noch ein kurzer Flug über den Ozean, sie werden in Satun landen und getrennte Wege gehen.

Aber es gibt kein Schulterklopfen, keine Glückwünsche. Zwei ihrer Freunde liegen tot neben ihnen, ein anderer im Indischen Ozean, einen weiteren haben sie auf der Insel gelassen.

Die Männer sind erschöpft. Und verwundet – Dave versorgt die tiefe Schnittwunde an seinem Bein. Michel zieht sich Granatsplitter aus der Schulter. Willem entfernt Steinbröckchen und Schmutz, die sich ihm in die Haut gebohrt haben.

Lev verbindet seinen vermutlich verstauchten Fußknöchel und denkt an Amir.

Den *ars*.

Ich hab mich geirrt, denkt Lev.

Vielleicht irre ich mich auch in anderen Dingen.

Darüber werde ich nachdenken müssen.

Amir, Cody, Alessandro, Rolf.

Und Simon.

Dave überschlägt den Preis der Vergeltung.

Fünf unserer Leute.

War es das wert?, fragt er sich.

Um der Vergeltung wegen? Nein. Aber um Aziz und sein Netzwerk zu zerstören?

Ja.

Ja.

Ich glaube zwar nicht an Gott, aber ich habe dem Satan in die Augen gesehen – und wenn ihr weitere Jakes und Dianas und den Tod tausender Unschuldiger verhindern wollt, dann müsst ihr den Teufel dort töten, wo er wohnt.

In der Hölle.

Ich kann leben mit dem, was ich getan habe.

Vielleicht habe ich Alpträume und ein gebrochenes Herz, aber ich kann mit meinen Taten leben.

Weil einer es machen muss.

Plötzlich wird das Flugzeug von einem heftigen Schlag getroffen. Die Maschine kippt backbord ab und sinkt.

»Wir wurden von einer Boden-Luft-Rakete getroffen!«, schreit Heffernan.

Durch den Qualm, der jetzt in den Innenraum dringt, sieht Dave das klaffende Loch, wo zuvor die Ladeluke war.

Und Feuer.

Flammen züngeln über den Boden und rasen auf die verbliebene Munition zu. Das Flugzeug – zur Zeitbombe geworden – sackt immer tiefer, während das Team die Munitionskisten und die überflüssige Ladung abzuwerfen versucht.

Aber es ist zu spät – wenn sie jetzt nicht abspringen …

»Ausstieg!«

Die Männer greifen blitzschnell zu den Fallschirmen und schnallen sie um. Dave schiebt sich durch die kniehohen Flammen und folgt Lev und Willem durch das Loch im Heck. Ulrich und Michel springen nach ihnen.

Dave weiß nicht, auf welcher Höhe er sich befindet, schätzt aber, auf circa 2500 Metern, und öffnet den Schirm.

Fast zerreißt es ihn, dann geht er in einen gebremsten Sinkflug.

Aber wohin?

Die C-130 stürzt mit brennenden Tragflächen ab.

Nur knapp am Berghang vorbei rast sie vom Himmel herab und in die Reste der Grasberg-Erdgasförderanlage, wo Yusufs Männer immer noch versuchen, das Feuer zu löschen.

Die Explosion ist apokalyptisch.

✦

Mit Messern graben sie Vertiefungen – *Ranger Graves* – letzte Gefechtsposten.

Denn genau das werden sie sein, denkt Dave.

Das Team hat es vollzählig nach unten geschafft, jetzt haben sich sich auf einer kargen Anhöhe in der Nähe der alten Minenstraße versammelt.

Aber hier gibt es keine Sicherheit.

Es ist nur eine Frage der Zeit, bis die übriggebliebenen Mudschahedin sie ausfindig gemacht haben. Das so gut wie undurchdringliche Dickicht unter ihnen bietet Angreifern ausreichend Deckung. Das Team hat kaum noch Munition, nur noch die Ladestreifen ihrer Handfeuerwaffen, die sie sich vor dem Absprung schnappen konnten.

Wenig Munition.

Kaum Wasser.

Nichts zu essen.

Over.

Sie reden darüber, dass sie bis Anbruch der Dunkelheit durchhalten und dann zur Küste aufbrechen wollen. Ein Fischerboot finden und damit nach Satun fahren. Aber sie wissen, dass das nur Gerede ist, um sich selbst bei der Stange zu halten. Sie wissen, dass es nicht so kommen wird.

Sie sind mehr als erschöpft. Michel hat sich bei der Landung einen Knöchel gebrochen – er wird nirgendwo hingehen. Daves Schnittwunde hat sich bereits entzündet, und sein Bein ist angeschwollen wie ein Kugelfisch. Wenn er es eine Meile weit schafft, wäre das ein Wunder.

Aber darüber sprechen sie nicht.

Dave blickt die Anhöhe hinunter und sieht die Trucks über die Straße näher kommen.

Fünf Trucks voller Männer.

Er kann ihre Gewehrläufe funkeln sehen.

»Wir nehmen noch ein paar von den Schweinen mit«, sagt Donovan. Der große Mann sieht alt aus. Müde. Aber er grinst, als ginge es um eine Kneipenprügelei.

»Das machen wir«, sagt Dave.

Sie schütteln die Hände, umarmen sich.

»Das war's wert«, sagt Donovan. »Alles.«

»Ja, das war's.«

»Auftrag erledigt«, sagt Donovan.

Er hat recht, denkt Dave. Wir kommen hier zwar nicht mehr raus, aber wir haben getan, was wir uns vorgenommen haben. Ein bisschen wie das Leben selbst – sterben müssen wir sowieso, aber vielleicht können wir ja vorher was Gutes tun.

Er sieht die Trucks anhalten. Die Männer steigen aus und formieren sich. Er zählt fünfzig, dann hört er auf.

»Wir können uns ergeben, wenn ihr wollt«, sagt Donovan zu seinem Team.

Niemand antwortet.

»Hab ich mir gedacht«, sagt Donovan. »Ich bin sicher, morgen Abend zischen wir irgendwo ein paar Bier, aber nur für den Fall, dass nichts draus wird: Es war mir ein Vergnügen mit euch zu arbeiten. Und jetzt Köpfe runter, sparsam feuern, gegenseitig decken. Und Gentlemen – Bravo Zulu.«

Die Männer gehen in Position.

Dave legt sich in die Vertiefung und stützt seinen Pistolenkolben auf dem Boden ab.

Neun Schuss, denkt er. Die sollen sie mitzählen können.

Acht für den Feind.

Einer für dich selbst.

Weil ich mich nicht so richtig gerne auf CNN sehen möchte. Den Kopf unter einer Kapuze, die Hände auf den Rücken gefesselt.

Das wird nicht passieren.

Die Mudschahedin kommen aus dem Dschungel, schießen.

Dave kann einen Schuss platzieren, als …

Die Mudschahedin plötzlich niedergemäht werden.

Von hinten.

✦

»Major Collins!«

Die Stimme kommt aus dem Dickicht weiter unten.

Dave erkennt sie.

Dana Wendelin.

»Sie sehen vielleicht scheiße aus …«, sagt Wendelin.

Dave sieht zu, wie die roten Barette der Kopassus, der indonesischen Spezialeinheiten, Michel auf einen Truck helfen. Die anderen reichen Wasser, Energy Gel und Proteinriegel herum.

»Die Kopas hassen diese Dschihadisten-Schweine«, sagt Wendelin. »Aber offiziell sind sie natürlich nicht hier. Ich auch nicht.«

»Wie zum Teufel haben Sie uns gefunden?«, fragt Dave.

»Wir haben Sie nicht mehr aus den Augen gelassen, seit ich Sie in Barcelona auf freien Fuß gesetzt habe«, sagt Wendelin. »Ich habe mich drauf verlassen, dass Sie machen, was mir meine Regierung nicht erlaubt. Und so war's. Sie haben ganze Arbeit geleistet. Aber einen Orden bekommen Sie trotzdem nicht.«

»Ich hab's nicht für einen Orden getan.«

»Ich weiß«, sagt Wendelin. »Was werden Sie jetzt machen?«

Dave zuckt mit den Schultern.

Er hat keine Ahnung.

Er hat keinen Job, zu dem er zurückkehren könnte.

Kein Zuhause.

Er weiß nicht, was das Leben für ihn bereithält.

»Wir verziehen uns lieber, bevor die reguläre indonesische Armee eintrifft«, sagt Wendelin. »Damit ersparen wir uns eine Menge peinlicher Erklärungen in der Pennsylvania Avenue. Ihnen ist aber bewusst, dass nichts von alldem hier je passiert ist.«

»Absolut.«

Wie so viele ihrer Kämpfe, wird auch die »Schlacht von Tenkereng« zur stillen Erinnerung in den Köpfen derer werden, die dabei waren.

Niemals dürfen sie darüber sprechen, aber loslassen wird sie keinen von ihnen.

»Los, wir bringen euch nach Hause«, sagt Wendelin.

Klingt gut, denkt Dave.

Aber wo ist zu Hause?

✦

Die Oktoberluft ist kühl.

Dana Wendelin und Mike Donovan stehen im Red Hook Park, wo die Gedenkfeier für die Opfer von Flug 211 stattfand. Miriam Birnam steht auf einen Stock gestützt bei ihnen – die Ärzte haben ihr versichert, dass sie in nur wenigen Wochen ohne Gehhilfe auskommen wird.

Ulrich, Willem, Michel und Lev stehen in einer Gruppe beieinander. Sie tragen Zivilkleidung – gute Anzüge, ordentlich gebundene Krawatten –, jeder hält ein Andenken in Händen. Ulrich Rolfs Osprey Pin von den Selous Scouts, Willem Alessandros Tapferkeitsmedaille und Michel Codys rotes Barett. Lev hält Amirs grünes Stirnband der Al Qassam in Händen und ist bereit, sich mit jedem anzulegen, der daran etwas auszusetzen hat.

Sie alle halten respektvoll Abstand, als Elaine Hauser nähertritt und Daves Hände in ihre nimmt.

Elaine Hauser, denkt Dave.

Die Frau, die als Erste bei der Versammlung der Angehörigen einen Scheck ausschrieb.

Jetzt kommt es ihm vor, als sei das Jahre her, nicht erst Monate.

Sie ist gealtert.

Aber wer ist das nicht?

Ihre Hände zittern leicht – wegen der Kälte? Der Emotionen? –, als sie sagt: »Danke, dass Sie für Gerechtigkeit gesorgt haben.«

Dave nickt, fürchtet, bei dem Versuch zu sprechen keinen

Ton herauszubekommen. Stattdessen legt er seine Arme um sie.

»Danke«, sagt sie noch einmal. Dann geht sie.

Eine einsame Witwe.

Dave sieht ihr nach, anschließend öffnet er die kleinen Käfige zu seinen Füßen und lässt die erste weiße Taube frei. Für Rolf.

Dann eine für Alessandro.

Eine für Cody.

Und eine für Amir.

Mit flatternden Flügeln brechen die Vögel in die Freiheit des blauen Himmels auf. Ein paar Augenblicke lang kreisen sie wild umher, dann scheinen sie eine gemeinsame Richtung gefunden zu haben und fliegen davon.

Dave dreht sich zu Donovan um.

Er nickt und lächelt.

Für abwesende Freunde.

Dann greift Dave erneut in die Käfige und richtet sich wieder auf, in jedem Arm einen Vogel. Einen Moment hält er sie an seine Brust gedrückt, dann hebt er die Arme und lässt sie ebenfalls frei.

Jake.

Diana.

Sie fliegen zusammen.

Heimwehkranke Engel.

Dave sieht ihnen sehr lange nach, bis sie immer kleiner werden und schließlich hinter schmalen weißen Wolkenfetzen verschwinden.

✦

Der Schnee fällt sanft.

Setzt sich auf Dianas Haar und zerschmilzt zu glänzenden Kristallen.

Sie lächelt Dave an, dann nimmt sie eine Handvoll Schnee und packt sie auf die Burg, die Jake grimmig konzentriert baut.

Es ist kalt in Montana, aber Dave spürt die Kälte nicht, während er seiner Frau und seinem Sohn zusieht. Er spürt nur die Sonne, wenn auch schwach und weit entfernt.

»Dad, komm und hilf uns!«, schreit Jake.

Dave bückt sich und rollt einen Schneeball. Als er sich aufrichtet, sieht er, dass ihn Diana ansieht.

Ihn liebt.

Er lächelt sie an, und dann ist Jake an seiner Seite.

Gemeinsam rollen sie den Schneeball, und jetzt macht auch Diana mit.

Alles ist weiß.

Weiß und rein und sauber.

Diesen Traum träumt David Collins jede Nacht.

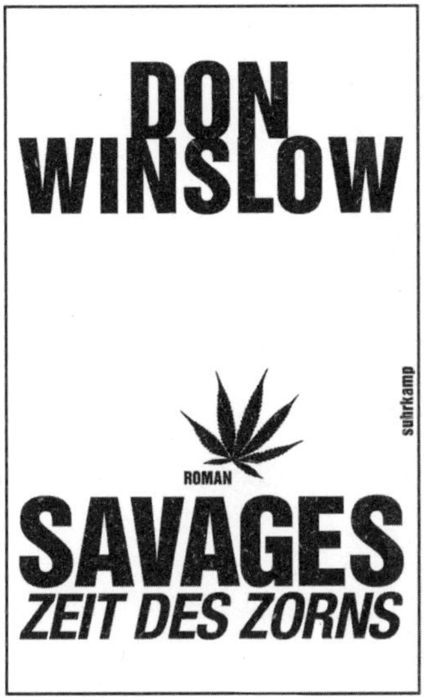

Don Winslow
Savages – Zeit des Zorns
Roman
Aus dem Amerikanischen von
Conny Lösch
st 4489. 338 Seiten
(978-3-518-46489-2)
Auch als eBook erhältlich

»Ein brillanter Roman.«

Frankfurter Rundschau

Wenn dein Feind dich in die Enge treibt. Dir den Boden unter den Füßen wegzieht. Wenn er dir nimmt, was du liebst. Dann bleibt kein Spielraum für Verhandlungen. Dann kommt die Zeit des Zorns.

Verfilmt von Oliver Stone.

»Macht euch auf was gefasst. Dieses Buch wird euch umhauen.« Der Spiegel

suhrkamp taschenbuch

Weitere Informationen erhalten Sie unter www.suhrkamp.de
oder in Ihrer Buchhandlung.

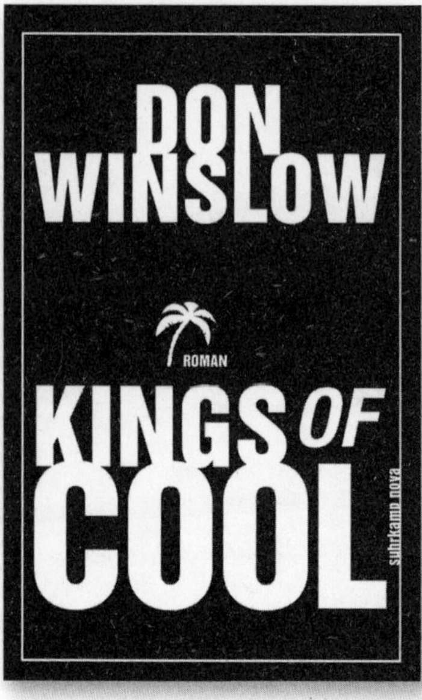

Don Winslow
Kings of Cool
Roman
Aus dem Amerikanischen von
Conny Lösch
st 4400. 351 Seiten
(978-3-518-46400-7)
Auch als eBook erhältlich

»Eine Offenbarung!« *Stephen King*

Am Strand ist das Paradies. Am Strand verlor Kalifornien seine Unschuld. Aussteiger, die in Versuchung gerieten. Lokalhelden und Träumer, die nicht genug bekommen konnten. Drogen, Gier, der Sündenfall. Es ist eine Geschichte, die weit zurückreicht, bis in die Sechziger, als in Laguna Beach Surfer und Hippies zusammentrafen und einen Pakt mit dem Teufel schlossen. Eine brutale, majestätische, atemberaubende Geschichte.

»Der Meister des coolen, harten Thrillers.«

James Ellroy

suhrkamp taschenbuch

Weitere Informationen erhalten Sie unter www.suhrkamp.de
oder in Ihrer Buchhandlung.

Don Winslow
Tage der Toten
Roman
Aus dem Englischen von
Chris Hirte
st 4340. 689 Seiten
(978-3-518-46340-6)
Auch als eBook erhältlich

Mit großem Tatendrang hat sich der US-Drogenfahnder Art Keller darangemacht, in die Strukturen der mexikanischen Drogenmafia einzudringen – mit Erfolg. So viel Erfolg, dass die Drogendepots reihenweise auffliegen und die Narcotraficantes die Jagd auf ihn eröffnen.
Nachdem sein Mitarbeiter von den Gangstern zu Tode gefoltert wurde, schwört Art Keller Rache und startet einen gnadenlosen, blutigen Feldzug gegen die Drogenbarone. Zu spät bemerkt er, dass er sich damit neue Feinde macht – und die sitzen in Washington.
Was als ›Iran-Contra-Affäre‹ in die Geschichte einging, erlebt Keller als gigantisches Drogen-, Geldwäsche- und Waffengeschäft. Vor die Wahl gestellt, seiner Regierung zu dienen oder seinem Gewissen zu folgen, trifft er eine einsame Entscheidung – und stößt dabei auf unverhoffte Verbündete.

»*Das Buch des Jahrzehnts.*« Lee Child

suhrkamp taschenbuch

Weitere Informationen erhalten Sie unter www.suhrkamp.de
oder in Ihrer Buchhandlung.